Hans Bergel

Am Vorabend des Taifuns

Hans Bergel

Am Vorabend des Taifuns

Geschichten aus einem abenteuerlichen Leben

EDITION
Noack Block

Einige Personennamen wurden – sei es auf Wunsch der Betroffenen, sei es der Angehörigen – geändert.

Umschlagabbildung: Hans Bergel in den Dünen der Atlantikküste von Namibia 1993.

ISBN 978-3-86813-002-7

Herstellung durch das atelier eilenberger, Taucha bei Leipzig.

www.noack-block.de

Die Generation nach uns wird sich mit der Inhaltsleere abmühen müssen und am Ende an der Langweile zugrunde gehen. Alles, was ich von ihr weiß und beobachte, nötigt mich zum Bedauern. Anders als Sie und ich hat sie kein Lebensthema. Sie wird sich eines erfinden müssen. Und wer weiß, was dabei herauskommt?

Rudolf Augstein, nach Joachim Fest:
Begegnungen

Zwangen die Zeitumstände unserer Generation nicht das Außergewöhnliche auf? Jeder von uns hat damit zu leben, wie er sich ihm stellte.

Der Gastgeber, nach Hans Bergel:
Begegnungen mit dem Rätselhaften

Inhalt

Das Menuett der Königin

Von der ersten bis zur vierten Volksschulklasse hatte ich einen Banknachbarn, der sich in vielerlei Hinsicht von den Bauern- und Handwerkersöhnen unterschied, mit denen wir im Unterricht zusammensaßen, unsere Hefte vollkritzelten und den Lehrern das Leben versüßten. Florian, den wir „Flori" nannten, sprach als Einziger nicht die Mundart, er beteiligte sich niemals an Rangeleien und Balgereien und hatte die natürliche Gabe, ein ruhiges Wesen mit Klugheit, furchtloser Freundlichkeit und Hilfsbereitschaft zwanglos zu vereinigen, was sich auch auf die Streitsüchtigen unter uns entwaffnend auswirkte. Dass er mit einer ungewöhnlichen Leichtfüßigkeit alle Wettläufe in den Pausen und Sportstunden gewann, sicherte ihm unsere Achtung. Kaum einer, der ihn nicht mochte.

Floris Eltern führten in einer benachbarten Ortschaft eine Bäckerei, über deren Erzeugnisse sich die Leute Wunder erzählten. Ein älterer Bruder, der sich später in Budapest und Wien als Porträtmaler einen Namen machte, besuchte das städtische Honterus-Gymnasium. Während der Schulzeit wohnte Flori bei zwei Tanten, Schwestern des Vaters, zuvorkommenden, höflichen Frauen, die ihn mit mütterlicher Liebe umhegten. Vielleicht hatten sie ihm die Umgangsformen beigebracht, die sein Auftreten jederzeit bestimmten.

Das Besondere, das Flori in unseren Augen anhaftete, rührte aber nicht allein von der gewissen Feinheit seines Betragens her, auch nicht vom Umstand, dass er als Ortsfremder den in unseren Ohren seltsam klingenden Familiennamen Észtèrgéthy führte – was auf magyarische Adelsabstammung schließen lässt –, nein, es hieß, das Distinguierte seiner Art sei dem „königlichen Umgang" zuzuschreiben, den er pflegte. Dies zumindest hatte unser Lehrer in Floris Abwesenheit gesagt, ohne dass uns die Mitteilung weiter beschäftigt hätte; keiner von uns Zehnjährigen konnte sich unter dem „königlichen Umgang“ etwas vorstellen, doch erschien uns der Nimbus unseres Klassenkameraden hinfort in einem zusätzlichen Licht des Besonderen.

Der schmächtige, hellblonde Florian Észtèrgéthy mit dem runden Kopf, den rötlichen Sommersprossen um die Nase und dem fröhlichen Blick war damals mein bester Freund. Wir besuchten uns gegenseitig, sooft unsere Beschäftigungen es zuließen. Mich reizten dabei vor allem Menge und Vielfalt der schmackhaften Kuchen, die mir seine Tanten anboten, Flori hingegen kam an seinen freien Nachmittagen in mein Elternhaus, weil bei uns viel musiziert wurde. Meine Schwester hatte ihm eines Tages eine Sopranblockflöte in die Hand gedrückt, ihn aufgefordert: „Versuch's mal!“ und ihm die ersten Griffe gezeigt. Wir staunten über die schnellen Fortschritte, die ihn bald in die Lage versetzten, gemeinsam mit mir die schönen kleinen Stücke aus Bachs „Notenbüchlein für Anna Magdalena Bach“, aus Händels Opern und Oratorien, die Menuette und Sarabanden von Jean Philippe Rameau und Georg Philipp Telemann fehlerfrei und zu aller Vergnügen zu musizieren. Wohin das führen sollte, ahnte keiner von uns.

Darüber verging das Schuljahr, und es stimmte mich zunehmend traurig, dass Floris Abschied nahte und ich für die Dauer fast zweier Monate auf meinen Spielgefährten, aber auch auf die bemerkenswerten Kuchen seiner Tanten verzichten musste. Noch trauriger als ich war Flori, „denn“, sagte er, „du kannst mit deinen Geschwistern und deinem Vater musizieren, aber in meiner Familie spielt keiner ein Instrument.“ Doch schon tags darauf machte er einen Vorschlag zur Lösung der misslichen Lage: Er lud mich ein, die Sommerferien als Gast der Familie Észtèrgéthy im nicht weit entfernten, am Fuß der Südkarpaten zwischen den Gebirgsstöcken des Butschetsch und des Königsteins malerisch unter dem Törzburger Schloss gelegenen gleichnamigen Ort zu verbringen, in Törzburg. „Mein Vater“, fügte Flori der Einladung gleichsam als Köder hinzu, „mein Vater bäckt noch bessere Kuchen als meine Tanten. Er ist

Königlicher Hofzuckerbäcker und liefert während der Sommerwochen, wenn sich die Königin Maria in Törzburg aufhält, täglich die Süßigkeiten aufs Schloss …" Das war ein nicht allein bedenkenswertes, sondern ein doppelt verlockendes Angebot. Von früh an mit der unwiderstehlichen Neigung zu allem Süßen begabt, verschob ich mein Ferienvorhaben, zu den Hirten des Großvaters ins Malaeschter Tal hinaufzugehen, und sagte nach kurzem Gespräch mit der Mutter zu, einen Teil der Ferien im beliebten Luftkurort zu verbringen.

Drei Tage später trafen wir in Törzburg ein. Um seinen Eltern – gemütvollen, warmherzigen Menschen, die ich sofort ins Herz schloss – außer dem guten Schulzeugnis auch die neu erlernte Kunst im Flötenspiel vorzuführen, bat mich Flori schon am Nachmittag desselben Tages in die Gartenveranda des unter den Türmen der stolzen Felsenfestung am Passeingang stehenden ebenerdigen Hauses.

Noch bevor ich den weiträumig in den Garten hinausragenden Glasvorbau betrat, wo Floris Eltern bereits warteten, erreichten Wellen verzaubernder Aromen meine Nase. O ja, auf dem Tisch lagen im Licht der schräg einfallenden Sonnenstrahlen – zum entzückendsten Stillleben gefügt, das ich mir denken konnte – neben den Flöten und Notenheften auf blau geblümten, fast durchsichtigen Porzellantellern goldglänzende Schnitten eindringlich duftender Greta-Garbo-, Dobosch- und Sachertorten, die Floris Vater in den Jahren vor dem Ersten Weltkrieg als Lehrling und Geselle in der Kaiserstadt Wien backen gelernt hatte. Es waren Juwelen jener im höchsten Grade ausgereiften Schlemmerkultur, die einst bei Dutzenden von Völkern und Völkerschaften im großen Habsburgerreich von der Adria bis zur Hohen Tatra, von Lemberg in Polen bis zur Lombardei in Norditalien gleicherweise gepflegt wurde. Sie trug mit Sicherheit mehr als alle militärische Macht und das Diplomatengenie der apostolischen Majestäten in Wien dazu bei, das komplizierte und launische Imperium zusammenzuhalten. Heute noch, fast ein Jahrhundert nach dessen Zerfall, lassen sich die ehemaligen politischen Grenzen der k.u.k.-Herrlichkeit dank der geschichtsüberdauernden

Präsenz dieser berühmten wie begehrten Schleckereien unfehlbar genau bestimmen. Was nämlich als einheitliches Reich auf den Landkarten längst nicht mehr eingetragen ist, zeigen immer noch die Duft- und Geschmacksmarken an, die vormals den Backstuben und Konditoreien aller imperialen Provinzen und Kronländer entströmten und selbst die unterschiedlichsten k.u.k.-Untertanen zu gemeinsamen Gefühlen für Krone und Kaiser veranlassten. Denn verzehren der Ungar am Plattensee und der Szekler in den Ostkarpaten, der Kroate an den Südhängen des Karst und die letzten Sachsen im siebenbürgischen Kronstadt nicht heute noch die Köstlichkeiten mit den gleichen Wonneaufwallungen wie der Wiener, der Pressburger, der Czernowitzer und der Temeswarer, obwohl sie alle nicht mehr vereint in der Donaumonarchie, sondern seit langem verstreut in vielen Staaten leben? Erst wenn auch diese ehemals reichseinigenden Kräfte der Kuchen- und Tortendüfte aus unserer Welt verschwunden sein werden, wird der Historiker mit Recht den endgültigen Untergang der mächtigen kaiserlich-königlichen Monarchie mit dem Doppeladlerwappen vermelden dürfen. Welches Großreich hinterließ noch so eindrucksvolle Spuren? … O ja, in Abwandlung des schönen Kanons „Himmel und Erde müssen vergehn, aber die Musici bleiben bestehn" können wir daher sagen, Imperien und Majestäten müssen vergehn, aber die Magie der Dobosch- und Sachertorte bleibet bestehn.

Kurz, angeregt, ja erregt vom Geruchsgewoge in der sommerlichen Veranda des Hofzuckerbäckers Julius Észtèrgéthy bliesen Flori und ich die barocken und vorklassischen Flötenstücke mit einer solchen Fertigkeit und Hingabe, dass Floris Eltern nicht müde wurden, uns immer wieder um Zugaben zu bitten. Die heiteren Klänge drangen über den Garten hinaus auf die Straße, zu den nahen bewaldeten Bergflanken beidseits der Talenge und zu den Balkonen und Altanen des Schlosses empor; erst gegen Abend klappten wir die Notenhefte zu. Da lagen sie dann – seltsam nichtssagend neben den ebenso nichtssagenden leeren Tellern, wie diese ihres Sinnes, ja ihrer

Berufung beraubt, und mit dem Musizieren und der Schlemmerei waren auch unsere Gespräche beendet.

Floris Vater, schnauzbärtig, beleibt, hob die Tafel mit plötzlich in Falten gelegter Stirn und der fast mürrischen Bemerkung auf, es sei Zeit zum Schlafengehen; wieder einmal missgelaunt, erwarte die Königin den frischen Zitronenkuchen und die mit Marzipanpuder bestreuten niedlichen Schokoladenkügelchen, die der Kenner unter der Bezeichnung „Nonnenfürzchen" schätze, pünktlich zum Frühstück, wehe, wenn da nicht auch das kleinste Krümel ihrem Gaumen schmeichele. „Und ihr beiden", fügte er hinzu, „bringt das Gebäck morgen Früh ins Schloss hinauf. Flori, du kennst den Weg über die Bedienstetentreppe."

Er hatte sich gerade von der roten Plüschbank erhoben, als es an der Eingangstür klingelte. Wenige Minuten danach brachte Floris Mutter mit erschrockenem Gesicht – wie zur Bestätigung der jähen Übellaunigkeit ihres Ehemannes – die Nachricht: Einer der Hofdiener, von der Königin geschickt, habe mit kaltem Blick wissen wollen, ob das Geflöte, das soeben noch bis zum Schloss hinauf zu hören gewesen sei, in diesem Hause seinen Ursprung hätte? Sie, die Mutter, habe wahrheitsgemäß Auskunft erteilt über die Bläser, die Instrumente, die Musik – und der Mensch sei mit abweisendem Gesicht wieder gegangen, zum Schlosstor hinüber. „Mein Gott", sagte sie und griff mit leicht zitternder Hand nach der Brille, die ihr an einem Silberkettchen auf der Brust hing, „sollte das Flötenspiel die Königin gestört, vielleicht sogar geärgert haben? Die Majestät kann zuweilen recht unduldsam sein …" In der Tat, die hochmütige Miene des Mannes aus dem Schloss, den ich beim Weggehen durch die Glaswand gesehen hatte, schien wenig Gutes zu verheißen.

Da in der Angelegenheit zu dieser Stunde nichts mehr unternommen werden konnte und wir ohnehin den Launen der Königin ausgeliefert waren, gingen wir beklommen und vom Missklang, mit dem der schöne Tag geendet hatte, leicht verwirrt zu Bett. Ehe wir in Floris Zimmer im Geruch der Tannenwälder und Bergwiesen einschliefen, stellte ich meinem Freund die dumme Frage: „Ist die Königin denn im Schloss?“ „Die ist in jedem Sommer einige Zeit dort“, erwiderte Flori gähnend, „sie ist eine feine und schöne Frau, aber immer, wenn der Generalleutnant zu spät kommt, macht sie Vater Ärger.“ „Der Generalleutnant?“ „Ja, ihr Geliebter. Der König ist schon lange tot. Da hat sie halt so ihre Freunde … Ach was, ich mag sie … Schlaf gut!“, sagte Flori noch. Dann hörte ich ihn auch schon tief atmen.

Er kennt die Königin!, dachte ich beeindruckt, er mag sie, auch wenn sie wütend nach unserem Flötenspiel hat fragen lassen, es macht ihm nichts aus … Das ist also der „königliche Umgang“ meines Freundes, von dem der Lehrer gesprochen hatte. Schöner Ferienbeginn!, haderte ich gleichzeitig mit mir, wäre ich doch zu den Hirten ins Hochtal hinauf gegangen, von denen regt sich keiner übers Flötenspiel auf, die blasen selber auf ihren Flöten. Warum nur habe ich mich von den dämlichen Kuchen verführen lassen, nach Törzburg zu kommen! Dann schlief ich im Murmeln des Bachs hinter dem Garten ein.

Am Morgen darauf weckte uns Floris Mutter mit sorgenvoller Miene; es war ihr anzusehen, dass sie schlecht geschlafen hatte. Aus den Räumen der Bäckerei im Seitenflügel drang der Duft des warmen Zitronenkuchens und der Sachertorte und mischte sich mit der würzigen Frühluft von den Bergen her. Nach der Morgenwäsche mussten wir Fingernägel, Ohren und Hals zur Überprüfung unseres Sauberkeitszustands Vater Észtèrgéthy vorzeigen. Herr Észtèrgéthy war in weißer Kleidung und ebensolcher Kochmütze mit den beiden Lindenholztabletts herübergekommen, auf denen – unter zwei in den Landesfarben blaugelbrot gestreiften Tüchern – das dampfende Gebäck lag. „Gott mit euch“, sagte er, legte uns die Tabletts auf die ausgestreckten Hände und öffnete uns die Tür. „Beeilt euch, die Zeit drängt!“ Mir hatte er das Tablett mit den „Nonnenfürzchen“ anvertraut, deren Schokoladendünste sich wie ein Duftgarten unter meiner Nase ausbreiteten, mir das Wasser im Mund zusammentrieben und mich vor Begierde fast besinnungslos machten.

Der Empfang in der Schlossküche war trotz all dieser Nöte und der unguten Vorzeichen freundlich, als wir schnaufend nach dem beschwerlichen Aufstieg durchs steinerne Wendeltreppenhaus mit unseren Schätzen vor der Königlichen Oberköchin standen. Diese war, wie uns Floris Vater belehrt hatte, vor Jahren aus Paris engagiert und besonders als „gardemanger", das heißt in der Fleischzubereitung ausgebildet worden, sie besaß ebenso die Meisterbriefe als „légumier" und „pâtissier". „Ha", hatte Floris Vater aber fast grimmig hinzugefügt, „in der Kunst der Zuckerbäckerei kann sie der Wiener Schule nicht das Wasser reichen!" Die hagere, resolute, nicht mehr junge Madame Juliette Roccard hob je einen Zipfel der Trikoloretücher, nickte zufrieden, murmelte: „Parfait!" und ließ uns die Tabletts von zwei hübschen Mädchen mit gestärkten weißen Häubchen auf den dunkelbraunen Haaren abnehmen. Die beiden betrachteten uns neugierig und kicherten.

Flori, mit den Umständen bekannt, stieß mich an und gab mir zu verstehen, dass es Zeit zum Gehen sei. In diesem Augenblick öffnete sich die dunkle Tür vor uns und herein trat der strenggesichtige Mann, den ich gestern Abend nach dem kurzen Wortwechsel mit Floris Mutter flüchtig gesehen hatte. Unangenehmste Gefühle stiegen in mir auf, als ich dem Kerl mit den glattgekämmten, geölten schwarzen Haaren und den tadellosen Bügelfalten in die Augen blickte. „Ihre Majestät", sagte er und bewegte die Lippen kaum, „hat Ordre erteilt, die beiden Flöten unverzüglich bei ihr erscheinen zu lassen." Lautlos, wie er gekommen, war er weg. Hatte er uns nicht höhnisch betrachtet? Hatte er gar uns mit den „beiden Flöten" gemeint?

Noch ehe Flori etwas sagen konnte, war ich in Angst und ohnmächtiger Wut aus der Schlossküche hinaus- und die Wendeltreppe hinabgestürmt. Nein, dachte ich, nein, die Flöten kriegt sie nie und nimmer! Sie kann tausendmal die Königin sein und den arroganten Laffen mit einer „Ordre" ausschicken. Die Flöten kriegt sie nicht! Flori rannte hinter mir über die Straße und durch den Garten ins Elternhaus. „He", schrie ich ihn an und riss die Schachtel mit den

Instrumenten an mich, „deine Königin kann mir gestohlen bleiben, die Flöten gebe ich nicht her!" Es beruhigte mich nicht, dass Floris Vater rief: „Noch sind wir in diesem Lande nicht so weit, dass sich die Herrschenden widerrechtlich fremdes Gut aneignen! … Was schon soll die Königin mit den Flöten? Sie will sie vermutlich bloß sehen." Ich spürte seine ganze Anspannung, als er nachdenklich hinzufügte: „Euer Ungehorsam kann üble Folgen für mein Geschäft haben." Auch seine Frau wirkte angespannt, als sie die Stimmung mit dem Satz zu beruhigen versuchte: „Aber mit dem frechen Lakaien haben wir jetzt nicht mehr zu tun." Bloß Flori war nicht aus der Fassung zu bringen, er sagte: „Ich befürchte nichts von der Königin." Das klang zwar ein bisschen künstlich, aber es ließ mich die Fassung wiedergewinnen. Wir machten uns mit den Flöten auf den Weg ins Schloss, das wir diesmal mit der Berufung auf die königliche „Ordre" durch den Haupteingang betraten.

Nein, Maria, Enkelin der britischen Königin Victoria aus dem Hause Sachsen-Coburg-Gotha, Witwe des 1927 verstorbenen Königs Rumäniens Ferdinand von Hohenzollern-Sigmaringen, Mutter des skandalumwitterten Königs Carol des Zweiten und weithin beliebte Landesmutter – die hochgeborene Maria führte nichts Abträgliches gegen uns und unsere Flöten im Schilde. Das sahen wir sofort. Sie war bloß verärgert wegen der Verspätung des feschen Generalleutnants Eugen Zwiedinek Edler von Südenhorst, der ihr Hofmarschall und im Kreise ihrer Geliebten zugleich ihr repräsentativer Galan war – sie war also verärgert und mochte bis zur Ankunft des Herrn von Südenhorst jede Abwechslung begrüßen, die ihr die Zeit zu verkürzen versprach. Da waren ihr „die beiden Flöten", wie der geschniegelte Schlosslakai sich ausgedrückt hatte, gerade recht.

Jeder eine Flöte in der Hand, standen wir vor ihr im überwölbten Empfangsgemach mit den dunkel getönten Holzverkleidungen an den Längswänden. Sie war trotz ihrer Jahre immer noch eine jugendlich aussehende, schlanke Frau. Man erzählte sich von ihr, sie beeindrucke ihre Besucher – ob Minister, Staatssekretäre oder Offiziere aus dem In- und Ausland – unter anderem dadurch, dass sie sich bei jeder Bewegung wohlüberlegt so vor die mit Schnitzereien versehenen Palisandertäfelungen stelle oder setze, dass ihr kupferrotes, volles Haar auf dem dunklen Untergrund doppelt schön, ja wie eine mystische Krone wirke; auch als sie jetzt auf uns zutrat, bedachte sie dessen Aureolenglanz. Sie lächelte über die Maßen gewinnend, begrüßte Flori, der sich mit vollendeter Noblesse verbeugte, wie einen guten Bekannten mit dem Satz: „Bist *du* seit dem vorigen Sommer aber gewachsen!“, und bot uns einige der k.u.k.-Köstlichkeiten an, die wir soeben aufs Schloss gebracht hatten – was mich sogleich und restlos für sie einnahm.

Doch erst nach dem Schleckerimbiss gestand uns die stolze Maria fast zutraulich ihr Anliegen. Sie habe, sagte sie, sofern sie recht vernommen hätte, gestern Abend einige Melodien gehört, die sie an ihre Kindheit erinnerten. Darunter Menuette, Tänze jener frühen europäischen Kultur bei Hofe, wie sie längst in Vergessenheit geraten, deren Musik aber nach wie vor dank bedeutender Meister in so erfrischender Lebendigkeit erhalten geblieben sei, dass sie jeden musisch empfänglichen Menschen noch heute anrührte. „Wer von euch beiden ist der bessere Flötenbläser?“, fragte sie unvermittelt. Flori zeigte auf mich: „Er, Majestät.“ Und während ich nun die in langsamem Dreivierteltakt dahinfließenden Menuettmelodien zu blasen begann, die ich alle auswendig konnte, nahm die Königin Maria Flori bei der Hand, erklärte ihm einiges – und mein rasch auffassender Freund verneigte sich artig und führte seine erhabene Partnerin ohne zu zaudern im Tanzschritt durch den Raum, dessen Palisandertäfelung alles tat, um ihr karminrotes Seidenhaar noch leuchtender erscheinen zu lassen. Ich staunte über Floris Unbefangenheit und die sichere Leichtfüßigkeit, mit der er seiner Pflicht als Tänzer Ihrer Majestät nachkam. Der tanzt so, wie er läuft, dachte ich, so wie er uns jedesmal allen davonläuft, als würde er fliegen, als wären wir Klötze neben ihm! … Die Sonne hatte die Bergkämme überschritten. Ihr Licht fiel durch die offenen Fenster herein und trug das seine dazu bei, die Gelöstheit der Morgenstunde ohne Makel erstrahlen zu lassen.

Ich blies Menuette von Bach, Corelli und Mozart, dachte an den betörenden Duft des Naschwerks, an die eine der beiden hübschen Küchengehilfinnen, die mir das Tablett abgenommen hatte, und war nicht im geringsten verwundert darüber, den in weißer Galauniform eintretenden Generalleutnant von Südenhorst bei unserem Anblick im Türrahmen mit halbgeöffnetem Mund und erbärmlichem Gesichtsausdruck erstarren zu sehen. Nicht einmal die Funkelschnallen und Orden auf seiner Brust vermochten das Lächerliche seiner Erscheinung in dieser Sekunde zu beseitigen. Denn die Königin scherte sich nicht um ihn, sie ließ ihn stehen, wo und wie er stand, tanzte selbstvergessen mit wehendem Haar, hingegeben meinen Flötentönen und dem sicheren Schritt meines Freundes. Was war dagegen aller Generalleutnantspomp der Tressen, Borten und Bordüren? Mit den alten Meistern beschwörender Flötenmusik und beschwingter Tanzschrittfolgen konnte er's trotz durchaus imponierender Männlichkeit und blendenden Aussehens nicht aufnehmen.

Noch lange nach der denkwürdigen Tanzstunde auf Schloss Törzburg roch meine Flöte nach „Nonnenfürzchen“ – von meinen Lippen hatte sich der Schokoladenseim auf das Mundstück des Instruments übertragen. Es wurden zwei unvergessliche Sommerwochen. Dreimal waren wir im Schloss zu Gast.

*

Seit jenem Menuett der Königin in der Südkarpatenfeste ist viel Zeit verflossen. Mit den großen Imperien verschwanden auch die Menschen, die damals für eine kurze Spanne in mein Leben traten. Die Königin Maria starb wenig später. Der Generalleutnant Zwiedineck Edler von Südenhorst kam während der Nachkriegsjahre im kommunistischen Hochsicherheitsgefängnis Sighet im Norden seines Vaterlandes elend ums Leben. Und Flori? Der Freund, der mir vorgeführt hatte, dass die Anmut seiner tänzerischen Leichtigkeit in allem, was er tat, nichts mit „königlichem Umgang“ zu tun hatte, sondern ganz und gar seine Art war? … Mein Freund Florian Észtèrgéthy fiel 1942 als blutjunger Unteroffizier der Königlichen Rumänischen Armee bei der Erstürmung der Schwarzmeerstadt Odessa, der „Perle des Schwarzen Meeres“. Bis heute kennt niemand die genaue Stelle seiner letzten Ruhestätte.

Das einfache Leben

Mein Vater verspürte nach dem Fronteinsatz 1914–1918, nach fünf Studiensemestern in Berlin, die er sich als Geiger in Nachtlokalen selber bezahlt hatte, und etlichen Reisen ins Deutschland der Weimarer Republik den Drang zum einfachen Leben. „Er hatte von Krieg und Großstadt, vom Elend in den Schützengräben, vom Geschwätz in den Literaturcercles und vom Gezänk in der Politik die Nase voll", sagte die Großmutter. Am liebsten, erzählte mir meine Mutter, wäre er damals Landwirt geworden, hätte sich mit Pferden und Rindern, Äckern, Wiesen und Wald beschäftigt, sich zum Pflügen, zur Heumahd und zur Getreideernte und im Herbst zum Holzfällen in die nahen Südkarpatenwälder hinausbegeben. Es sei schwer gewesen, ihn davon abzubringen und ganz zum Lehrer- und Erzieherberuf hinzudrängen, dem er mit Leidenschaft und Erfolg nachging. Ein Rest von Sehnsucht nach dem Bauerndasein regte sich freilich noch lange in ihm und veranlasste ihn trotz übermäßiger Schularbeit, bald ein Pferd, bald zwei Schweine, eine Kuh, auf alle Fälle ein halbes Dutzend Hunde, dazu Hühner und Hasen auf dem großen Wirtschaftshof und zwanzig Bienenstöcke im noch größeren Garten zu halten.

So sehr dies zweite Leben neben dem Berufsleben seine Kräfte beanspruchte, uns Kindern bescherte es Jahre einer Natur- und Kreaturverbundenheit, die ich um nichts auf der Welt missen möchte. Als der Älteste lernte ich nicht nur mit fünf Jahren reiten, ich musste schon früh beim Stallausmisten genauso zupacken wie beim Füttern und Striegeln, beim Hühner- oder Schweineschlachten. Ich hatte mich um die Hasen zu kümmern, um den Zustand der Honigschleuder, um das Pflücken des Obstes – vom alten Gravensteiner-Apfelbaum im vorderen bis zur Marie-Luise-Birne im hinteren Teil des Gartens – und um das Hundefutter. Ich erinnere mich nicht, dass mir all dies jemals zuviel geworden wäre.

So weit, so gut. Doch dann kam es eines Tages zu dem Ereignis, das Vaters Hingabe an die ländlichen Beschäftigungen so empfindlich eindämmte, dass ich darin im Rückblick den Beginn seines Verzichtes auf den Traum vom einfachen Leben sehen muss; das Ereignis, darf ich sagen, bewirkte seinen endgültigen Sinneswandel.

Dieser hing mit einem jener schwarzen Büffel zusammen, die der Zoologe „Bubalus arnee bubalis“ oder „Hausbüffel“ nennt – ein naher Verwandter des großen indischen Wasserbüffels und des durch seine Angriffswucht und -lust gefürchteten afrikanischen Kaffernbüffels: ein schwarzes bis pechschwarzes Vieh von muskulöserer Gestalt und weit robusterer Natur als Kühe oder Stiere, nicht selten mit heimtückischem Blick unter massigem Hornansatz und dem Ruf der Unberechenbarkeit. Aber auch – sofern es sich um die Büffelkuh handelt – dem eines Milchgebers von unüberbotenem Rang. Die schneeweiße Büffelmilch ist nicht nur fetter und nahrhafter als die Kuhmilch, sie schmeckt würzig und gibt einen Rahm und eine Butter her, die ihresgleichen nicht kennen. In der Landschaft meiner Kindheit gehörte der Anblick der schwarzen Büffelherden, die oft im Schlamm der Flussufer, beim Austrieb auf die Weide und bei der abendlichen Rückkehr zu sehen waren, um nichts weniger zum gewohnten Bild als jener der Kuhherden. Einer der Unterschiede allerdings bestand darin, dass sich die Straßen von Menschen leerten, sobald sich die Büffel wie eine dunkle Brandungswoge näherten. Denn es kam vor, dass sich Einzelne der Tiere durch ein Geräusch oder eine Bewegung dermaßen gereizt fühlten, dass sie aus der Herde ausbrachen und den nächststehenden Menschen angriffen, ohne eine Sekunde zu zögern.

Von einer „sehr friedlichen, ja sanften Büffelkuh“ erzählte Vater beim Abendessen, die auf dem Viehmarkt des Nachbarortes zum Kauf angeboten worden sei, sie gäbe täglich „nahezu zwanzig Liter Milch – stell dir das vor“, sagte er zu Mutter, „bis zu zwanzig Liter …“ Ich hatte Mutter schon bei der ersten Erwähnung des Tieres die Skepsis angesehen. „Und wer wird das Vieh melken?“, fragte sie.

„Nun", erwiderte Vater rasch, „Anna, die rumänische Bäuerin vom Straßenende. Ich habe mit ihr gesprochen. Sie kriegt dafür jedesmal fünf Liter von der Milch." Anna war seit zwei Jahren Witwe, hatte drei Kinder und gehörte nicht zu den Betuchten. Ich kam Vater zu Hilfe und erklärte, Anna beim Melken helfen zu wollen, wogegen Mutter mit der Bemerkung Einspruch erhob, dass sich unsere Büffelerörterungen zwar „reizvoll" anhörten, aber die Schule für mich nach wie vor das Wichtigste im Leben zu sein habe. „Du vergeudest", sagte sie, „ohnehin zu viel Zeit mit all dem Tierzeug." Sie war von Vaters Bauernwesen nicht eben hingerissen und hielt außerdem die Geschichte von den zwanzig Litern Büffelmilch für übertrieben.

Was die Eltern nach Tisch in dieser Angelegenheit noch miteinander sprachen, weiß ich nicht. Doch schon tags darauf hielt Vater mit dem knickeschwarzen, bulligen Büffel weiblichen Geschlechts vor der versammelten erweiterten Familie Einzug im Hof. Es war fast ein triumphaler Vorgang. Denn das in der Nachmittagssonne glänzende Fell leuchtete in einem so festlichen Dunkel, dass sich jeder von uns Gaffern beeindruckt zeigte. Von den Großeltern, Tanten, Vettern, Nichten, der Bäuerin Anna und uns Kindern mit bewundernden Rufen empfangen und begleitet, brachte Vater das würdevoll an der Kette hinter ihm herschreitende Tier in den vorbereiteten Stall. Es hatte alle davon überzeugt, dass es nicht zu den reizbaren Zeitgenossen gehörte. Durchaus nicht! Im Gegenteil: Es bewegte seine Muskelpakete im Zeichen philosophischer Gelassenheit und souveräner Fügsamkeit durch die Stalltür und ließ sich ohne Widerstand am Krippenring anketten. „Ein sanftes Monster!" rief Tante Minnu entzückt aus. „Ce animal frumos", „So ein schönes Vieh", sagte Anna und gab damit die Stimmung aller wieder, „wann darf ich mit dem Melken beginnen?"

Das Melken war zu jener Zeit noch keine Angelegenheit elektrisch betriebener Gerätschaften. Was heute der Membranpulsator an der weichen Zitze besorgt, um die Milch aus dem vollen Euter zum Fließen zu bringen, war damals dem Können gefühlvoller Frauenhände überlassen, deren pulsierende Wärme sich halb als Druck, halb als Sog dem tierischen Organ anschmiegte und es zum Sprudeln veranlasste. Die Frage der Bäuerin Anna war berechtigt, der Abend näherte sich. Anna holte Melkschemel und -kübel von ihrem Hof, und unter den neugierigen Blicken der abermals versammelten Großfamilie setzte sie sich im Stall in Euternähe des „sanften Monsters“ zurecht und griff nach den beiden nächsten Zitzen. Währenddessen widmete sich die Büffelkuh nicht nur gleichmütig, sondern sogar in ansteckender Gemütsruhe dem duftenden Heuhaufen in der Krippe.

Wir hielten den Atem an, jeder wollte Augenzeuge des ersten Milchstrahls sein, der unter Annas Händen in den Zinkkübel zwischen ihren Knien schießen würde. Die leicht erregbare Tante Minnu hatte vor Anspannung beide Hände erhoben und zu Fäusten geballt. Doch dann trat ein, womit keiner gerechnet hatte: Das genießerisch kauende „sanfte Monster“ gab keinen halben Tropfen Milch her … Annas Bemühungen blieben fruchtlos im wahren Sinne des Wortes – kein noch so gutes Zureden, keine noch so kunstvolle Finte, kein noch so geschickt angesetzter Handgriff führte zum Erfolg. Anna mochte ziehen und kneten so viel sie wollte und auf das schwarze Wundertier mit der schneeweißen Milch noch so beschwörend einreden, ihm die verheißungsvollsten Zaubersprüche zurufen – die sture Büffelkuh zeigte kein Entgegenkommen und kein Mitleid mit Tante Minnu's gequältem Aufstöhnen.

In unser aller Entsetzen hinein sagte Anna zu Vater: „Na ja, so ist das. Manche dieser Büffel geben nur unter bestimmten Bedingungen Milch. Man muss sie kitzeln oder zupfen, am Ohr kratzen …“ „Oder ihnen ein Gedicht aufsagen!“ schrie Tante Minnu. Anna versuchte es mit ausgiebigem Kitzeln am Bauch, ließ mich danach am Schwanz der Büffelkuh zupfen – und gab es nach einer Viertelstunde auf. Wohl wusste jeder in der Runde, dass Büffel im Unterschied zu den gutmütigen Kühen gelegentlich zu absonderlichen Zicken neigen, die Geschichten von solchen gingen immer wieder durchs Land.

Doch keiner war bisher Zeuge eines entsprechenden Spektakels gewesen. Ob ihm denn der Verkäufer den Trick nicht verraten habe, wollte Anna schließlich von Vater wissen, es müsse einen Trick geben. Vater begann sich unter den spöttischen und belustigten Bemerkungen der Verwandtschaft unbehaglich zu fühlen, schüttelte bestürzt den Kopf und sagte: „Nein, nein, der Verkäufer hat den Büffel beim Greger für die Dauer meiner Bedenkzeit eingestellt. Setz dich aufs Fahrrad", wandte er sich an mich, „fahr bis zum Greger und frag ihn, was er darüber weiß. Als ich das Tier abholte, war nur die Gregerin zu Hause. Rasch, beeil dich!"

Das Gekicher und Gelächter der Verwandtschaft im Ohr, hetzte ich um die Straßenecke bis zum Greger und kehrte außer Atem mit der unglaublichen Nachricht zurück: „Der Viehhändler hat dem Greger gesagt, dass die Büffelkuh nur dann Milch gibt, wenn man ihr Musik vorspielt … Auf der Violine …" Eine Sekunde lang war es totenstill, nichts als das mahlende Kaugeräusch des Büffelviehs war zu hören. „Hat der Greger gesagt, wo ich den Viehhändler finde?", fragte mich Vater schließlich. „Er hat gesagt, der ist über alle Berge. Er kennt ihn nicht. *Du* hattest ihn ja zum Greger gebracht." Die Lach- und Kicherkaskaden, die in allen Tonlagen auf Vater niedergingen, nahmen kein Ende, und Vater machte ein dümmeres Gesicht, als ich es mir jemals hätte vorstellen können. Tante Minnu hatte Mund und Augen aufgerissen und die Hände vors Gesicht geschlagen, Mutter starrte ihren Mann entgeistert an, und Vaters rothaarige Kusine Tilla hüpfte und klatschte vor Vergnügen in die Hände. Nur Anna zeigte ehrliche Freude. Sie blickte von ihrem niedrigen Schemel erwartungsvoll zu Vater hinauf und sagte mit leuchtenden Augen: „Ach!" Natürlich!, dachte ich, auf diese Weise würde sie, die Musikalische, die gerne sang, bei jedem Melken in den Genuss des schönen Violinspiels meines Vaters kommen, der als guter Geiger bekannt war.

Von dieser Stunde an kam nicht nur Anna jeden Abend pünktlich zum Melken, auch eine wachsende Anzahl von Familienmitgliedern und Nachbarn versammelte sich Tag für Tag vor der Stalltür und im Stall – immer dann, wenn das „sanfte Monster" bei Bach-, Mozart- und Beethovenklängen unter Annas Händen die schneeweiße Milch sprudeln ließ. Neben dem anspruchsvollen Tier an die Futterkrippe gelehnt, spielte ihm Vater außerdem Vivaldi, Telemann und Lully vor, ließ es gelegentlich Tartini und Corelli hören oder improvisierte, von Haydn- oder Brahmsmotiven ausgehend, je nach Laune virtuos oder in elegischem Cantabile. Schier endlos schäumte dabei die Milch in Annas Zinkeimer. Ich musste rechtzeitig den Notenständer aufstellen, die Noten bereit legen und umblättern, wenn Vater spielte.

Es dauerte nicht lange, bis die Büffelkuh in der Familie „Wolfgang Amadeus" hieß und Vater sich den Namen „Büffelpaganini" gefallen lassen musste, wie seine beiden zu schnippischen Bemerkungen und Respektlosigkeiten neigenden Schwestern ihn getauft hatten. Natürlich war das, wie jeder verstehen wird, auf Dauer kein Zustand. Doch sosehr Vater, Anna und ich es mit allen Mitteln versuchten – die schwarze Milchspenderin ließ sich um die Abendkonzerte auf gehobenem Niveau nicht betrügen. Wir suchten Ersatz für Vater.

Zuerst wurde meine Schwester mit der Flöte ausgeschickt – trotz der lieblichsten Melodien aber wie „Ännchen von Tharau", „Hänschen klein" und „Alle meine Entchen", die sie mit Hingabe blies, floss kein Tropfen aus dem geheimnisvollen Euter. Danach kehrte ich mit dem Violoncello ebenso erfolglos aus dem Stall zurück, weil „Wolfgang Amadeus" auch bei meinem wenig glücklichen Anfängerspiel keine Andeutung einer Milchfreigabe machte. Dann wurde Mutter als Sängerin ersatzweise für Vater, den Geiger, ausgesandt; sie sang allein, sie sang im Duett mit Tante Tilla. Doch mit dem stoischen Urvieh war nichts zu beginnen, unterhalb eines bestimmten künstlerischen Anspruchs war das musisch sensible Muskelknäuel nicht zu haben. Denn ohne sich etwas zu denken, hatte Vater den Fehler gemacht, sich ihm als Erster mit seinem vortrefflichen Violinspiel angeboten zu haben; davon verwöhnt, hatte es danach alle anderen

Künstler abgelehnt – das Tier wollte ausschließlich Vater hören. Tante Minnu's Vorschlag, einen Chor zu gründen und es damit zu versuchen, kam zu einem Zeitpunkt, als Vater schon Anzeichen erhöhter Gereiztheit zeigte, er fuhr denn auch seine Schwester ungewohnt wütend an. Und es half genauso wenig, dass er zwei Tage später das Telefunken-Radio in die Krippe stellte und die Berliner Philharmoniker mit dem Samstagskonzert unter Wilhelm Furtwängler für „Wolfgang Amadeus" aufspielen ließ – der würdigte das laut tönende Gerät keines Blickes und uns keines Tropfens Milch. Ja, ich bin überzeugt, dass selbst die heutigen Kasetten-, Platten- und CD-Geräte das Tier nicht hinters Licht hätten führen können. Nein, „Wolfgang Amadeus" wollte mit keinerlei Konservenmusik abgespeist werden, nein, er wollte gewissermaßen im Konzertsaal vom ausübenden Künstler selbst mit der Musik großer Meister bedient sein. Wobei ihm, wie wir bald feststellten, nicht in erster Linie daran gelegen war, die Komponisten klassischer Musik, etwa Bach mit der von Vater wunderschön gespielten Siciliana aus der Sonate für Violine solo in g-Moll, zu hören. Nein, es konnten durchaus auch Meister der Unterhaltungsmusik von Johann Strauß bis Niko Dostal sein. Mit langsamer Bewegung des Unterkiefers kauend oder wiederkäuend, vom wohligen Gefühl der an den Zitzen beiderseits massierenden Hände Annas durchflutet, genoss er milchspendend das durch die Kunst verschönerte Dasein.

Auf diese Weise kam es dazu, dass wir bald alle im großen Haus auf die unterschiedlichste Weise vom Gespenst „Wolfgang Amadeus" träumten. Wir erschienen mit übernächtigtem, verstörtem Blick zum Frühstück und tranken dessen ungeachtet begierig von der köstlichen, schneeweißen Büffelmilch. Auch Vater.

Aber was half's? Sein Ansehen stand nicht nur in der Sippschaft, sondern auch bei den Nachbarn auf dem Spiel, musste er sich doch jeden Abend von neuem als Büffelpaganini den halb mitleidigen, halb spöttischen Blicken des Publikums ausliefern. Und das trug erheblich dazu bei, seine Widerstandskraft nach einem Monat tapferer Musikausübung im Stall zum Erlöschen zu bringen. Er verkaufte das „sanfte Monster“ für billiges Geld, ließ seine Violine, die den Büffelgeruch angenommen hatte, bei einem Instrumentenhersteller säubern und ging innerlich auf Distanz zu seinen Vorstellungen vom einfachen Leben.

Mir aber blieben „Wolfgang Amadeus“ und der „Büffelpaganini“ als die letzte bedeutende Erinnerung der Kindheitsjahre auf dem Land erhalten, denn noch im Herbst jenes Jahres übersiedelten wir in die Stadt, wo ich nie wieder Vergleichbares erlebte.

Balmung und die Schläfenlocken

Er stand genau so verlassen da wie ich. Der Lärm ringsum war unbeschreiblich. Jeder raufte mit jedem um einen vorteilhaften Sitzplatz in den alten zweireihigen, von Tintenklecksen, Taschenmessergravuren und Kratzern aller Art – ich darf sagen – in Ehren ergrauten Schulbänken, und alle bekundeten aus Leibeskräften schreiend ihren Besitzanspruch. Ich begriff ziemlich bald, dass auch er hier neu war – in dem deutschen Gymnasium der mittelsiebenbürgischen Kleinstadt, die auf den sanft geneigten Hängen zwischen dem aus den Ostkarpaten kommenden Fluss und den bewaldeten Hügelrücken lag, als habe der liebe Gott persönlich die Stelle für sie ausgesucht. Schließlich war es so weit: Alle saßen in den Bänken, wenn auch aus unerfindlichen Gründen immer noch schreiend. Nur die zwei hintersten Plätze der rechten Bankreihe waren frei geblieben. Für uns, die beiden Neulinge.

Vier lange Schuljahre saßen wir auf den beiden von den ortsansässigen Klassenkollegen verschmähten Plätzen, den Rücken zur Wand, und je nach Zu- oder Abneigung guten Mutes oder vor Anstrengung mit feuchten Händen – er mit der Gelassenheit eines Philosophen in den Fächern Mathematik und Chemie, die mich noch lange über die Schulzeit hinaus innerlich zum Keuchen brachten und mir in Träumen als Sadisten erschienen; wohingegen ihn die Fächer Deutsch, Latein und Französisch noch blasser erscheinen ließen, als er es ohnehin war, indessen ich vor der Klasse brillierte.

Die Ergänzung war vollkommen. Dass ich trotz meiner mathematisch-chemischen Unzulänglichkeit nicht auf der Strecke blieb, verdanke ich ihm. Dass er die deutschen, lateinischen und französischen Klippen heil umschiffte, verdankt er mir. Denn zusätzlich zu unseren Schwächen beziehungsweise Stärken verfügten wir beide über die Gabe, uns mit den unschuldigsten Schafsgesichtern unter den Augen der Lehrer gegenseitig unbemerkt, sei es bei den schriftlichen Schulaufgaben, sei es bei den mündlichen Antworten, zu Hilfe zu eilen – um mit diesem schönen Bild die Gerissenheit zu tarnen, mit der wir es ohne jeglichen Skrupel taten. So waren wir auf Gedeih und Verderb miteinander verbunden. Und das entbehrte nicht des dramatischen Hintergrunds.

Denn der einen halben Kopf höher als ich gewachsene, klapperdürre, immer kahlgeschorene und von der Natur mit einem Adamsapfel auffallenden Ausmaßes beschenkte Lewi war Jude, ältester Sohn von sechs Kindern des über seine Gemeinde hinaus in der Stadt angesehenen Rabbiners Ignaz Hirschberg. Doch nicht seine Jüdischkeit beschwor das vier Jahre währende Drama unserer Beziehung – saßen doch dem Bevölkerungsbild der Stadt entsprechend in der Bank vor uns Pavel Pintea, der Sohn des rumänischen Notars, und Dénes Lajos, der Sohn eines ungarischen Holzgroßhändlers, ohne dass jemand in der Klasse daraus auch nur das geringste Aufhebens machte. Nein, genährt wurde das Dauerdrama meiner Freundschaft mit Lewi Hirschberg durch dessen, wenn auch gleichsam nur angedeutete Schläfenlocken, den Peikeles, wie wir sie nannten, auf deren Tragen der strenggläubige Vater bestand. Rechts und links seines schmalen Schädels mit der hohen Stirn und den eng anliegenden Ohren erregten sie Aufmerksamkeit und wirkten wegen ihrer Schwärze und Einmaligkeit in der Klasse provozierend. Ich will hier nicht missverstanden werden und verdeutliche: Das hatte nichts mit Lewis Volkszugehörigkeit zu tun. Die Welt war in dieser Frage damals dort noch mehr in Ordnung als andernorts. Es war lediglich eine Frage der Optik. Das heißt, die zwei Finger breiten, dezenten Haarbüschel an den Schläfen stachen ins Auge, regten die Fantasie an und verlockten zu Schabernack. Was verlockt Zwölfjährige nicht dazu?

Wer in der Klasse als Erster daran dachte, weiß ich nicht. Die Ungeheuerlichkeit, daran erinnere ich mich, ereignete sich vor der letzten Unterrichtsstunde an einem Freitag. Die Stunde war dem Werkunterricht gewidmet, für den jeder von daheim Schere, Hammer und Zange mitzubringen hatte. Bodo, der Draufgänger, stand plötzlich mit gezückter Schere vor Lewi, feixte ihn an, schrie: „He, Lewi, ich hol dir die Peikeles runter!“, und schnappte mit der Schere furchterregend nahe an Lewis Schläfenbehaarung herum. Da der Mensch immer noch ein Affe ist, dauerte es keine drei Sekunden, und Bodo hatte seine Nachahmer. Mit einem Sprung rettete sich Lewi in die hintere Ecke des Klassenraums, ein Dutzend auf- und zuschnappender, blitzender Scherenschneiden dicht vor dem Kopf. Es waren Gefühle der Freundschaft, die mich zum sofortigen Beistand veranlassten. Ich warf mich gegen die Schar der Bedränger und trieb sie auseinander. Ehe Böseres geschah, läutete auf dem Gang die Glocke zum Unterrichtsbeginn, der Lehrer Schwarz mit der gebrochenen, etwas schräg im Gesicht sitzenden Nase betrat die Klasse und wendete dadurch Unheil von Lewi ab.

Mit Bodos Blitzangriff auf Lewis kostbaren Schläfenbehang war aber ein Zeichen gegeben: An jedem Freitag in der Pause vor dem Werkunterricht stürzte sich die Schar der begehrlichen Lockenschänder auf den Rabbinersohn, der sich in die Ecke rettete und sich, mit dem Rücken zur Wand, tapfer wehrte, indem er den Angreifern mit einer so bewundernswerten Genauigkeit ins Gesicht spuckte, als hätte er die Kunst von einem Lama gelernt. Ich sprang ihm beim gefährlich klirrenden Klingenkreuzen regelmäßig mit der äußersten Entschiedenheit bei. Und das – ich gebe es zu – nicht zuletzt aus egoistischem Grund.

Denn mir war sehr schnell klar geworden: Sollte es der Meute unter Bodos Führung gelingen, auch nur einen der Lockenstränge zu entstellen, würde der Rabbinervater den Sohn sofort von der Schule nehmen – und dann war mein Sturz in die Abgründe der Mathematik und Chemie unabwendbar und ich den Torturen, die mich dort erwarteten, hilflos ausgeliefert. Noch heute erzeugt mir der Gedanke daran Gänsehaut. Nein, niemals würde ich es zulassen, dass jemand Lewis heiliges Haargehänge verunstaltete oder gar entfernte!

Und die Not machte mich erfinderisch: Von meinem Taschengeld kaufte ich im Schreibwarenladen Binder eine wunderschöne Papierschere und bot sie meinem Vater zum Tausch an für seine einem archaischen Mordwerkzeug gleichende Riesenschere von der Länge eines ausgewachsenen Männerunterarms – eines jener ungefügen antiken Geräte, wie sie seit langem nicht mehr hergestellt wurden; er hatte das Instrument von seinem Vater geerbt. Solcherart furchterregend ausgestattet, betrat ich am Freitag das Klassenzimmer mit dem Gefühl, mich als der besser gerüstete Einzelkämpfer künftig in die Scherenschlachten um Lewis Peikeles gegen die Schar der Angreifer werfen zu können. Bedroht von der Vision mathematischer und chemischer Untergänge, wuchs mein Mut ins Grenzenlose. Als ich Lewi heimlich mein neues Kampfgerät zeigte, machte er erschrockene Augen und flüsterte: „Ist es so schlimm?" „Wenn du von der Schule gehst", antwortete ich, „bin ich erledigt." Lewi nickte. „Ich auch …"

Hinfort schob ich an jedem Freitag zu Beginn der Pause vor dem Werkunterricht Lewi umgehend in eine der beiden hinteren Ecken des Klassenraumes. „Du kannst denen über meinen Kopf hinweg in die Fresse spucken", sagte ich, „alles andere mache ich", stellte mich vor ihn – und focht die zehn Pausenminuten der Peikelesbataille beim Geklirre aufeinanderschlagender Scherenschneiden im Gefühl der Rüstungsüberlegenheit. Als Bodo sich zum ersten Mal meiner Waffe gegenübersah, schrie er auf: „Mann, woher hast du den Balmung?" Keine der gegnerischen Schneiden hatte die Reichweite meines „Balmung", wie das legendäre Schwert des Helden Siegfried in der Nibelungensage heißt, die wir vor kurzem im Deutschunterricht mit dem bei allen beliebten dickleibigen Lehrer Scheben eingehend behandelt hatten.

So wurde meine Schere mit dem Namen des Germanenschwertes in ungezählten Freitagsgefechten zu Lewis siegreichem Beschützer, und ich bekam im Gegenzug weder mit Pythagoras noch mit Lavoisier und Justus Liebig ernsthafte Schwierigkeiten. Die blutigen

Finger und Handrücken, die ich mir dabei holte und anderen beibrachte, waren Beweise meiner Entschlossenheit, mich durch die Engpässe der Mathematik und Chemie hindurchzuzwängen – was mir mit Hilfe des Rabbinersohnes auch gelang. Wir waren ein unbezwingbares Doppel.

Nach vier Jahren der Freitagskämpfe, die bald zum Ritual gerannen und so an Gefährlichkeit verloren, verließen Lewi Hirschberg und ich aus unterschiedlichen Gründen das schöne, alte Gymnasium und die idyllische Kleinstadt am Mieresch-Fluss, ohne dass wir jahrzehntelang voneinander hörten. Doch wir überlebten beide. Als ich den Dr.-Ing. Lewi Hirschberg ein halbes Jahrhundert später in Haifa wiedersah, war das Erste, woran wir uns aus Kindheitstagen erinnerten, die Reihe unserer siegreichen Gefechte. „Zum Schutz des haarigen Symbols meiner Pennälerjahre", sagte er lachend. „Nein", rief ich, „zur Abwendung früher Bildungskatastrophen." Lewi, immer noch schlank, ein leicht ergrauter, gepflegter Herr von gewinnend geistreicher Freundlichkeit, hatte viele Jahre hindurch bei der Phosphatgewinnung in der Negev-Wüste und danach bis zum Rentenalter als Leiter einer chemischen Versuchsstation in der Nähe von Tel Aviv gearbeitet. Er versicherte mir geheimnisvoll, dass er noch genauso gut spucken könne wie ehemals, es aber nicht mehr tue; er ergänzte, dass er von Bodos Karriere als liberaler Politiker in Österreich gehört habe.

Wir stehen seither im Briefwechsel. Eingedenk früher, auf gegenseitiger Ergänzung und Abhängigkeit beruhender siamesischer Zwillingsbruderschaft und wiederentdeckter Zuneigung erfreuen wir uns herzlicher, die Zeiten und ihre Verrücktheiten überdauernder Freundschaft.

Die Himmelsleiter

Die Erinnerung, die uns blieb – nein, es ist gar keine Erinnerung. Denn jedesmal, wenn wir uns an den Winterabenden trafen und um den großen Kamin mit den braunen Kacheln saßen, klangen unsere Gespräche so, als sei er eben und nur für einen Augenblick aus dem Zimmer gegangen.

Aber manchmal kam eine Unruhe über uns, als hätten wir abgemacht, ihm nachzugehen, da er ja draußen wartet, und als zögerten wir schon zu lange. Vielleicht dachten wir immer noch, dass er wiederkommen könnte. Wie ein Lichtstrahl, der durch die Glastür oder eins der Fenster tritt und in der Dämmerung eine Weile lautlos über die Gegenstände wandert, zwischen denen wir saßen. Worauf warteten wir? … Dies hatte sich geändert, seit er nicht mehr war: In die Dinge war eine Flüchtigkeit gekommen, die wir ihnen nicht mehr nehmen konnten.

Meinen anderen Bruder traf ich damals immer nur einmal im Jahr. Im Menschengewühl des letzten größeren Bahnhofs suchten wir uns. Ich sah ihn gewöhnlich, ehe er mich entdeckte; er war fast einen Kopf größer als die anderen, und seine Augen hatten einen eigenen, tiefen Ernst. Wir reichten uns die Hand, als hätten wir uns erst vor kurzem gesehen, und legten das letzte Stück der Reise gemeinsam zurück.

Es war schon dunkel, wenn wir auf dem kleinen Marktplatz vor der Kirche eintrafen. Wir stiegen steif aus dem Bus, schnürten die Mäntel enger und schritten eilig durch das hauchfeine, eisige Treiben der Raureifkörnchen die paar gewundenen Straßen hinauf. Die Laternenpfähle wurden seltener, die letzten Fußgänger blieben zurück; dort, wo sich die Spiräehecken unter der Last des Schnees bogen, stand auch der letzte Lichtmast, neben ihm die Tür im Gartenzaun.

An der untersten Steintreppe klopften wir den Schnee von den Schuhen und blickten, ehe wir das Haus betraten, noch einmal hinauf – hier, am äußersten, höchstgelegenen Rand des Städtchens, standen die Sterne viel deutlicher über uns als in den Straßen unten, trotz des Glitzerns, das auch hier die Luft zitternd füllte.

Die Mutter war zu dieser Tageszeit gewöhnlich in der Küche beschäftigt. Wir schlossen die Eingangstüre auf – es duftete mit einem Mal warm nach gerösteten, butterbestrichenen Broten und nach Milchkaffee; durch die halbgeöffnete Küchentür klang Tellergeklirr. Wir näherten uns ihr auf den Zehenspitzen. Doch die Mutter hatte uns gehört, sie stand plötzlich vor uns. „Ich wusste, dass ihr kommt!", rief sie und zog unsere Köpfe zu sich herab. „Meine großen Jungen!", sagte sie einige Male. Es war seit Jahren dieselbe schwarze Samtweste, die ich unter meinen Händen fühlte, wenn ich Mutter umarmte, es war der Augenblick, der mich das Jahr, das hinter mir lag, vergessen ließ; obgleich wir niemals darüber sprachen, denke ich, erging es meinem Bruder ähnlich wie mir.

Meine Schwester war jedesmal schon etliche Tage vor uns eingetroffen; während wir die Mäntel ablegten, kam ihr sicherer, lebhafter Schritt durch das Nebenzimmer. Aus der Tür rief sie unsere Namen und lief demjenigen von uns in die Arme, der ihr am nächsten stand. „Ach!", rief sie und stieß uns weg, „ihr seid kalt wie Eiszapfen!", und zerzauste lachend unsere Haare.

Wir gingen in den Wohnraum hinüber, jeder mit Tassen, Besteck und Broten in den Händen. Doch meine Schwester befahl uns stehen zu bleiben. Sie lief voran, wir hörten ihre raschen Handgriffe, Papier raschelte und knisterte, dann durften wir eintreten.

Das warme Licht des Wohnraums kam uns zusammen mit dem Obst-, Kuchen- und Tannenduft entgegen. Jedesmal, wenn wir an diesem Abend des Jahres aus der Türnische in den Wohnraum traten, sahen wir zuerst den Tannenbaum: Er stand in der Ecke vor den hohen, fast bis zum Boden reichenden Fenstern und spiegelte sich in den Glasscheiben. Auf dem runden Nussholztischchen neben ihm lagen Äpfel und Silberwatte, Marzipankugeln und Kuchen in Stern- und Sonnenform, alles kunterbunt durcheinander, es war dem Häufchen anzusehen, dass sich soeben noch ein Paar Hände mit ihm beschäftigt hatte. In den gleichmäßig unter dem Baum ausgebreiteten Zweigen aber herrschte schon friedliche Ordnung. Das Krippenhäuschen kauerte sich ins Nadeldickicht; es war aus Kuchen und hatte weiße und blaue Zierstreifen auf Dach und Wänden. Durch die winzige Tür waren winzige Menschenköpfe zu sehen; Ochs und Esel lehnten schief daneben. Nur eine Spanne breit über ihnen holten die untersten Äste des Baumes weit aus. Den hellen Strohstern auf der Spitze, ragte die Tanne bis zur Decke empor.

Meine Schwester hob einen Knäuel roten Bindfadens von der Teppichecke vor dem Kuchenhäuschen und legte ihn neben die prallen Jonathanäpfel; während sie das weiße Damasttuch über den großen Tisch in der Mitte des Raumes breitete, fragte sie: „Soll ich ihn rufen?“ Sie blickte zur Tür an der Schmalwand des Zimmers. Ich stellte die Teller ab. Mein Bruder legte den Zeigefinger auf den Mund und schüttelte den Kopf.

Durch die karminrote Schiebetür, auf die wir jetzt alle blickten, drangen Klavierklänge. Wir hatten sie längst gehört. Die Mutter war hereingekommen. Wir standen und hörten zu: Arcangelo Corelli, Weihnachtskonzert, dritter Satz. Als der letzte Ton verklungen war, schob Mutter die Tür einen Spalt weit auf und neigte sich vor. Ich sah sie lächeln, als sie sagte: „Rate, wer gekommen ist.“ Der Kopf der Mutter war mir nahe, und ich bewunderte ihre schönen dunklen Haare. Sie schob die Tür ganz auf, fasste uns unter, ich nahm meine Schwester am Arm, und so standen wir in einer Reihe vor der offenen Tür.

Er war damals vierzehn Jahre alt, aufgeschossen und die Haare immer in der Stirn. Er war der jüngstgeborene, der blauäugige und hellhaarige unter uns Geschwistern; wir drei älteren hatten die Farben der Mutter. Er fand sich niemals gleich zurecht, und seine Hilflosigkeit übertrug sich in solchen Augenblicken auf die Menschen und, so schien es, selbst auf die Gegenstände seiner Umgebung, gleichzeitig sah es aus, als würde ihn jetzt niemand im Stich lassen. Sogar der Flügel, die vielen Bücherrücken an der Wand dahinter, die Notenständer sahen aus, als hätten sie sich ihm zugewendet. Er hatte sich erhoben und legte den Deckel über die Tasten, ich trat schnell auf ihn zu, umarmte ihn und freute mich bei dem Gedanken, dass er der liebste Sohn meines Vaters war.

Als wir zu fünft in den Wohnraum zurückgegangen waren, hörten wir Vaters Schritt über den Gang kommen. Er rief: „Holla!", und das hieß so viel wie: „Bitte öffnen!" Der Jüngste sprang zur Tür, dann stand Vater im Zimmer.

Sein Gesicht, von der Kälte gerötet, sah aus wie großflächig gehämmertes Kupfer, in das Risse eingetrieben waren. Höher gewachsen als wir alle, ging er auch zu dieser Jahreszeit barhäuptig und ohne Handschuhe. Wir nahmen ihm die Pakete und Päckchen ab, die er auf den Armen trug. Als er mir die Hand reichte, erinnerte sie mich an raue Brotrinde, die trotz der Winterkälte warm geblieben war. Ich nahm ihm den Mantel ab.

Bei Tisch plauderte unsere Schwester für uns alle. „Wie lange bleiben meine großen Jungen?", fragte die Mutter; sie sah uns an und sagte: „Jetzt sind wir wieder alle beisammen." Mein Bruder neigte sich über den Tisch und strich mit der Hand über ihre Wangen. Wir waren alle glücklich, wieder daheim zu sein.

Während meine Schwester abtrug, zog der Vater die Taschenuhr hervor, hielt sie mit gestrecktem Arm vor sich, klappte den Deckel zu und schob sie wieder zurück. „Es ist Zeit", nickte er und erhob sich, „wir Männer gehen jetzt. Bis wir zurückkommen, schmücken die Frauen den Baum."

Wir zogen die Mäntel über. Vater hob den braunen Geigenkasten vom Flügel, ich nahm die große, flache Holzschachtel mit dem Messinggriff, einer griff nach dem Stoß Notenhefte. Jeder von uns nahm etwas, der Jüngste das zusammengelegte Notenpult aus Metall, er schob es in die Manteltasche; das herausragende Ende schimmerte.

Ich weiß heute nicht mehr, wie und wann es zu dem Brauch kam – aber es gab in jenen Jahren keinen Weihnachtsabend, an dem wir ihn nicht pflegten. Er gehörte zum Fest als dessen Teil, ohne den wir gezögert hätten, die Kerzen auf der Tanne anzuzünden. Es war bitterkalt, als wir die Treppe hinabstiegen. Der dünne Raureifschleier, der über dem Tal und hier über der Höhe gelegen hatte, war verschwunden, der Sternenhimmel nahe gerückt; auf den Spiräebüschen wölbte sich der Schnee in leuchtenden Haufen ins Dunkel.

Vater ging voran. Ins Knirschen der Schritte mischten sich unsere Stimmen. Wir hatten den Jüngsten in die Mitte genommen, es gab viel zu fragen und zu erzählen. Die verhängten Fenster straßenabwärts, die Buckeldächer der Häuser, die Berge, die sich gleich durchsichtigen Schattenwänden dahinter erhoben, unsere Stimmen – sonst schien es hier am Rand des Städtchens nichts zu geben.

Wir durchschritten auf einem tief in den Schnee geschaufelten Pfad einen leeren Garten. Hohe, verschneite Buschreihen umgaben ihn. Wie wir hintereinander gingen und kein Wort sprachen, war der Widerhall unserer Schritte an den Buschwänden entlang zu hören. Nachher unterhielten wir uns nicht mehr. Wir überquerten einen Weg, betraten eine weiträumige Hofterrasse und blieben vor einem großen Gebäude stehen.

Über der Eingangstür hing an einem Eisenarm eine Schirmlampe; ihr gelbes Licht floss über die Steinstufen herab bis vor unsere Schuhe. Der Platz, auf dem wir standen, war so blank gekehrt, dass ich die Rillen in den Steinplatten erkannte, mit denen er ausgelegt war. Ich erinnere mich an die Rillen, weil sich das Lampenlicht immer wieder in ihnen verfing – schmale Abgründe, wollte mir plötzlich scheinen; als ich eine Bewegung machte, um dem Licht nachzublicken, leuchteten an ihren Rändern Kristalle, die heller waren als an anderen Stellen.

Vater hatte auf den Knopf neben dem Türstock gedrückt. Wir warteten. Ich blickte in den Himmel. Am Polarstern hing der Kleine Bär mit zurückgebogenem Nacken; es sah aus, als versuchte er zu fliehen. Aber von der anderen Seite stemmte sich der Große Bär gegen die Bewegung des Drachens, der mit herumgebogenem Kopf zwischen ihnen lag. Erschrocken blickte die Kapella hinüber. Das alles sah aus, als spielte es sich in der brennenden Krone eines Riesenbaums ab.

Erst als ich ihre Stimme hörte, sah ich die Krankenschwester, die uns geöffnet hatte. „Kommen Sie, bitte, wir erwarten Sie", sagte sie. Wir gingen hinter ihr durch den hohen, mit schwarz-weißen Mosaiksteinchen gefliesten Gang. Es war still und angenehm warm hier. In einer Halle des ersten Stockwerks bedeutete uns die Schwester durch ein Handzeichen stehen zu bleiben; sie ging auf den Fußspitzen weiter. Aus der Halle verzweigten sich nach drei Seiten Gänge, überall sah ich weiße Türen.

Als Vater den Geigenkasten auf die weißgestrichene Holzbank legte, ihn öffnete, der Jüngste das Notenpult auf den Steinboden stellte und ich die Notenhefte aufblätterte, gaben die Wände jedes Geräusch wieder. Ich sah, wie mein Bruder die Flöten aus der Schachtel holte und seine schmalen Hände die Stücke sorgfältig ineinander fügten. Dann schob ich das Pult vor, bis das Deckenlicht voll darauf fiel; im Gedränge der Notenzeichen schienen nur die senkrechten Striche eine Ordnung herzustellen. Der Jüngste blies den Kammerton, Vater stimmte die Geige; die Töne summten die Wände entlang und kehrten zurück.

Unterdessen waren aus all den Türen Schwestern mit weißen Hauben getreten. Vater nickte ihnen zu, nachdem er den Bogen gespannt hatte. Sie traten fast gleichzeitig zu den Türen und öffneten sie. Wir hatten die Instrumente gehoben. Vor dem Pult stehend, sahen wir über den Noten die vielen Gesichter und Augen der Kranken. Dann gab Vater mit dem Kopf das Zeichen: „Der Heiland ist geboren ..."

Als die ersten Töne hinausschwangen, trat ein Arzt mit raschem Schritt aus einer Türe. Er blieb betroffen stehen, wie ein Mensch, der unerwartet beim Namen gerufen wird, langsam fielen ihm die Schultern nach vorne; er ließ sich mit dem Rücken gegen den Türstock sinken.

Die Klänge unserer braunen, gelben und schwarzen Instrumente füllten die Halle, die Gänge, das ganze Haus. Als ich zum Arzt hinblickte, dachte ich: „Vielleicht werden wir alle so betroffen sein, wenn der letzte Ton verklingt und alles wieder so wird wie vorher." Vater stand mir halb zugekehrt über die Geige geneigt, es sah aus, als glühte diese unter seinen Fingern.

Die vielen Gesichter und Augen waren noch da, als wir die Instrumente wieder einpackten. Der Arzt war zu uns getreten, begleitete uns durchs Treppenhaus hinab und sprach dabei mit Vater, öffnete die Tür und gab uns die Hand. Es war eine schmale, weiche Hand. „Und im nächsten Jahr?", fragte er. Vater nickte: „Ja." Wir gingen über die Steinplatten mit den hellen Kristallen an den Rändern der wie Abgründe klaffenden Rillen.

Jedesmal, wenn wir aus einem der vier Krankenhäuser traten, war der herumgeworfene Kopf des Drachens über uns, und immer noch stand der Große Bär zum Sprung bereit vor dessen Feuermaul.

Unser letzter Weg über die Anhöhe mit den Krankenhäusern führte zum kleinsten Gebäude. Es stand auf der Halde eines etwas abseits gelegenen Gartens und wirkte durch Erker, Balkone und Mansarden lebhafter und bewegter als die drei- und vierstöckigen Bauten, in denen wir bisher gewesen waren. Über die Ränder seines Satteldachs hing der Schnee in übervollen Wechten. Auf seiner Tür stand „Frauenklinik – Entbindungsheim".

Auch hier wurden wir erwartet, wie in jedem Jahr seit Bestehen dieses Brauchs. Hier musizierten wir am längsten. Hier waren die Augen, die aus den offenen Türen zu uns herüberblickten, anders als jene, die wir bisher über den Rand des Notenpults hinweg gesehen hatten. Hier kam es vor, dass sich aus einem der Zimmer ein Kinderstimmchen hell wie Vogelgezwitscher am Morgen in unsere Klänge mischte, etliche Male suchend ansetzte und dann zusammen mit den Klängen unserer Instrumente wie auf einer Himmelsleiter jubelnd hinaufstieg und die Notenköpfe zum Tanzen brachte. „In dulci jubilo“, riefen die Flöten, „nun singet und seid froh“, antwortete die Geige.

Als wir auf dem Heimweg wieder durch den leeren Garten gingen, begannen im Tal unten die Glocken zu läuten. Wir unterbrachen unsere Gespräche und standen eine Minute lang hinter Vater auf dem schmalen, in den Schnee geschaufelten Pfad.

Mutter kam uns auf der Treppe entgegen. Ich weiß nicht, was sie bewog, mit einem Mal stehen zu bleiben – sie hatte gerade etwas sagen wollen, das hatten wir alle gesehen. Aber da war, entgegen seiner zurückhaltenden Art, der Jüngste an uns vorbei die Stufen hinaufgestürmt. „Mutter“, rief er außer sich, „Mutter, wir haben allen Freude gemacht, und im nächsten Jahr gehen wir wieder, hat Vater gesagt!“ Er schwieg und fand sich erst zurecht, als sich die Mutter zu ihm beugte, ihn zu sich hinaufzog und ihn in die Arme schloss.

In den hohen, doppelten Fensterscheiben des Wohnzimmers spiegelten sich die brennenden Kerzen wie auf einem dunklen, rätselhaft aus der Tiefe brechenden Grund. Wir traten vor den Baum.

Dies ist das letzte Bild, das ich von meinem jüngsten Bruder behalten habe. Drei Tage vor dem Weihnachtsfest des darauffolgenden Jahres begruben wir ihn. Er war in einer Lawine ums Leben gekommen. Am Weihnachtsabend saßen wir um den großen Tisch im Wohnzimmer. Keinem wollte ein Wort über die Lippen. Da sagte die Mutter: „Ihr hattet ihm versprochen, an diesem Abend wieder zu musizieren. Nehmt die Instrumente und geht. Er wird dann bei uns sein.“ Vater nickte mit nassen Augen. Wir nahmen die Noten, die Instrumentenschachteln und das Pult. Wir musizierten, und die Instrumente jubelten: „In dulci jubilo, nun singet und seid froh …“

Der Junge aus der Heide

Er hieß mit Familiennamen Bischoff. An den Vornamen erinnere ich mich nicht. Vierter Sohn eines Bauern in der Banater Heide. Blond wie die endlosen Kornfelder seiner Heimat im Sommer. Blauäugig, feingliedrig. Auf stille Weise eine heitere und umgängliche Natur. Was ihn für die Dauer eines Schuljahres an das siebenbürgische Gymnasium verschlug, dessen Schüler ich war, wusste ich damals nicht. Schon während der ersten Tage schlossen wir Freundschaft und trafen uns in den Pausen auf dem Schulhof; er war eine Klasse vor mir, lernte leicht und lehrte mich, sogar den Chlorverbindungen und Säure-Base-Reaktionen eine Sonnenseite abzugewinnen. Das war 1941. Er war zwei Jahre älter als ich und hatte durch eine frühe Krankheit ein Schuljahr verloren. Erst später erfuhr ich, dass sich sein Schulwechsel als Folge mehrerer Zusammenstöße mit dem nazistisch gesinnten Direktor des Gymnasiums in der Stadt Temeswar ergeben hatte.

Eines Tages sagte er mir im Vertrauen, dass ihn das Heimweh „wie eine Krankheit“ plage – die Sehnsucht nach den Weiten südlich des unteren Miereschflusses nahe der Theiß, „wo du hingucken kannst, so lange du willst, und kein Berg versperrt dem Blick und den Gedanken den Weg“. Sogar „im Schlaf“, sagte er, „bedrückt mich die Nähe eurer Berge …“ Er werde nach Temeswar zurückkehren, gleichviel wie sich jener „scharfe Hund von einem Direktor mit seinen wahnsinnigen Ideen“ dazu stelle.

Die Trennung fiel mir schwer. Als er abgereist war, beherrschte mich wochenlang das Gefühl, ein Stück meiner selbst verloren zu haben. Mir fehlte seine frohe und sichere Art, die Dinge zu sehen und an Schwierigkeiten heranzugehen, als gäbe es sie nicht. Vielleicht, sage ich mir heute, vielleicht hatten die Gespräche mit ihm, dem Älteren, und seine Vorstellung davon, wie die Welt aussehen solle, meinen schon wenig später erfolgten Rausschmiss aus der Schule und aus der Hitlerjugend-Organisation, der wir obligatorisch angehörten, mitbewirkt. Danach war mein Leben so voller Veränderungen und ungewohnter Lagen gewesen, dass die Bedrängnis durch die Ereignisse unseren Briefwechsel nach wenigen Wochen unterbrochen hatte. Nicht im Traum hätte ich mir zu jenem Zeitpunkt die schaurigen Umstände unseres zufälligen Wiedersehens vorstellen können.

*

Ungefähr anderthalb Jahre nach unserer Trennung stand ich in Erwartung meines Schnellzugs an einem eiskalten Winterabend auf dem Bahnsteig eines mittelsiebenbürgischen Verkehrsknotenpunktes. Der Zug in die Gegenrichtung war soeben auf Gleis 2 eingetroffen. Frierend und ohne Anteilnahme beobachtete ich die Aussteigenden: Männer mit hochgeschlagenem Mantelkragen und Fellmütze, Frauen und Kinder mit und ohne Gepäck, die Köpfe in Schals gewickelt, und wie überall in jenen Kriegszeiten Uniformen – Soldaten und Offiziere im Khaki der rumänischen, einige im Feldgrau der deutschen Armee. Der Nachmittag hatte begonnen ins Halbdunkel des Abends überzugehen. Das erhöhte den Eindruck, die in ihren Vermummungen an mir vorbeieilenden Gestalten seien schattenhaft unwirkliche, verwischte Wesen, erst recht, weil niemand sprach, jeder nur darauf bedacht, den Weg in die warme Wartehalle und von dort nach Hause möglichst schnell zurückzulegen.

Da fielen mir drei Männer auf, die aus dem Gepäckwaggon stiegen und sich, als die Letzten, nicht dem Ausgang, sondern dem Flügel des Bahnhofgebäudes näherten, wo ich im ungewissen Licht einen Wagen erblickte, der sie zu erwarten schien – an die Motorhaube gelehnt stand ein Mann und winkte. In diesem Augenblick gingen die drei an mir vorbei. Zwei von ihnen trugen feldgraue Uniform, das Blechschild auf der Brust wies sie als Militärpolizisten – als „Feldjäger" – aus. Der in Zivil gekleidete Mann zwischen ihnen trug Handschellen; er war ihr Gefangener. Im letzten Moment erkannte ich meinen Freund Bischoff – den schmalen Jungen aus dem Dorf in der Banater Heide, den das Heimweh aus der alten siebenbürgischen Stadt in das vom großen Prinzen Eugen zur Metropole des Banats erhobene schöne Temeswar zurückgetrieben hatte.

Mit vier, fünf schnellen Schritten holte ich die drei ein und verstellte ihnen den Weg. Es gab keinen Zweifel, der Gefangene war Bischoff. „Weg da!", herrschte mich der rechts gehende Wachtmeister an und hob abweisend die zur Faust geballte Hand gegen mich, „weg da!" Bischoff hatte mich erkannt. Wie bei einem unserer einstigen Gespräche lächelte er und bewegte den Mund, ohne dass ich verstand, was er flüsterte. Der Wagen nahm die drei auf und entfernte sich sofort. Wie gelähmt stand ich allein im eisigen Luftzug auf dem Bahnsteig. Der Spuk war vorbei. Aber die Verstörtheit, die sich meiner bemächtigt hatte, blieb so stark, dass ich mich beim Besteigen des wenige Minuten danach eintreffenden Zugs kaum bewegen konnte. Ich brauchte eine erhebliche Zeit, ehe ich die gespenstische Szene im milchigen Licht des Bahnsteigs als Wirklichkeit begriff und mich in meiner Umgebung zurechtfand.

Erkundigungen einzuholen, wozu es mich in der Folge drängte, war nicht möglich. Ich kannte niemanden in der fernen Stadt, die Anschrift der Eltern Bischoffs besaß ich nicht. Den in den nächsten Wochen immer wieder auftauchenden Gedanken, ich sei auf dem wegen drohender Fliegerangriffe abgedunkelten Bahnsteig einer Täuschung erlegen, es könne sich unmöglich um meinen Freund gehandelt haben, wies ich schließlich endgültig von mir.

*

Vier Jahrzehnte später erst erhielt ich unerwartet die Erklärung des Vorfalls, dessen ich mich in allen Einzelheiten erinnerte. Durch seltsame Umstände, die einer gesonderten Schilderung bedürften, begegnete ich einem mit den Verhältnissen in Bischoffs Heimatort ehemals vertrauten Mann. Er war Volkskundler und in der Mundartforschung verdienter Lexikograph; wie wenige hatte er die deutschen Bauernsiedlungen des Banats kennengelernt. Im Krieg zum Krüppel geschossen, hasste er alles, was mit der Verherrlichung von Waffe und Uniform zu tun hatte. Wir trafen uns in München und blieben bis zu seinem Tod einander eng verbunden. Meinem Freund Toni Bischoff, sagte er mir, sei nach der Rückkehr ans Temeswarer Knabengymnasium durch jenen von ihm als „scharfer Hund" bezeichneten Direktor das Leben so schwer gemacht worden – „sogar den Freundeskreis hat der vergiftet und gegen ihn aufgehetzt" –, dass er nur unter der Bedingung zum vorgezogenen „Not-" oder „Kriegsabitur" zugelassen worden sei, sich danach „freiwillig" zum Dienst in der Waffen-SS zu melden. Einen anderen Ausweg aus der verfahrenen, für ihn unerträglichen Lage habe Bischoff nicht gesehen. Nach den Ausbildungsmonaten in Süddeutschland einer Wachmannschaft des Konzentrationslagers Auschwitz in der Nähe von Krakau in Polen zugeteilt, sei er dorther desertiert, einige Wochen später zu Hause eingetroffen und durch den Verrat eines Nachbarn den nach ihm fahndenden „Feldjägern" in die Hände gefallen.

Auf meine ungeduldige Frage, wo sich Bischoff heute aufhalte, sah mich mein Gesprächspartner an und sagte: „Ein Militärrichter verurteilte ihn zum Tod. Er wurde erschossen … Ordnungsgemäß erhielten die Eltern darüber schriftlich Bescheid. Sie wissen ja, bei uns Deutschen muss alles seine ‚Ordnung' haben …"

Sooft ich an den blonden, lebensfrohen Freund vom Bauernhof in der Banater Heide denke, werden die freundlichen Bilder gemeinsamer Schultage überlagert: Ich sehe ihn als Schemen zwischen den zwei Militärpolizisten mir im Graulicht des eisigen Winterabends für immer entgleiten, während er mich wie aus einer anderen Welt anlächelt und ich das alles ohnmächtig geschehen lassen muss.

Jedesmal überkommt mich dann jener Zustand maßloser Wut, von dem ich weiß, dass er mich bis ans Lebensende begleiten wird.

Die drei Tode des Prinzen

Wenn ich Geschichten hören wolle, wie er wohl sehe, sagte er, o ja, er sei bereit, mir eine zu erzählen – oder auch mehrere, fügte er hinzu und begann, seine Pfeife zu stopfen.

Das war nur wenig südlich vom Prislop und Tscheachlau und ereignete sich vor gut einem halben Jahrhundert, als ich im Gras neben dem Achtzigjährigen saß, unter uns zum Greifen nahe das ruhelose Wasser der Goldenen Bistritz, das damals, als es den großen Staudamm weiter unten bei Bikas noch nicht gab, wild und an den ruhigeren Stellen so glasklar dahinschoss, dass jeder Stein am Grund zu sehen war. Prislop und Tscheachlau sind die höchsten Gipfel der Ostkarpaten. Unter ihnen zwängt sich der Fluss durch dunkelblaue Tannenwälder, deren Stämme bis dicht ans Wasser treten. Die gewundenen Schaumschnellen des Oberlaufs lagen hinter mir; ich ließ mir Zeit, ehe mich das Wasser in die behäbigen Breiten des moldauischen Sereth hinaustragen würde. Es war nicht das erste Mal, dass ich den Fluss im Kajak befuhr.

Da sei nun so eine Geschichte, sagte der Alte neben mir und saugte an der Pfeife, die Geschichte mit dem tollen Prinzen Sturdza, von dem ich doch sicher gehört habe. Drüben – er zeigte mit einer Kopfbewegung über den Fluss –, drüben hat sein Schloss gestanden. Und er war wohl ein Prinz – aber er war auch ein Flößer, ein Holzhacker, ein Jäger und Reiter, je nachdem, sagte der Alte, was es galt. Ein hoher Herr also und auch keiner. Denn er habe mit den Flößern und den Waldarbeitern in der Dorfschenke gezecht und den Tag darauf so hohen Besuch empfangen wie, na, wie etwa den König. O nein, Bücklinge habe der keine gemacht! Er habe aus dem Garten gewinkt und gewartet, bis der König zu ihm hinaufgegangen sei. So einer war der Prinz.

Dreimal hat sich der Tod bei ihm angemeldet, mein Herr, sagte der Alte unvermittelt, drei Tode musste der Prinz sterben – drei, denn der Prinz Sturdza war ein starker Mann, wie es sie heute nicht mehr gibt, er hat das mit dem Tod nicht gleich verstanden. Oder doch? Aber wer will das schon! Und alle drei kurz hintereinander. Das sei also die Geschichte, die ich zu hören bekomme:

Den ersten starb er, als er sich einen neuen Wagen aus Piatra geholt hatte. Ein funkelndes Teufelszeug aus Nickel und Glas, vor dem die Pferde scheuten, als es angebraust kam. Denn da ist der Prinz nun gleich am ersten Tag mit dem Wagen das Tal hinaufgejagt. O ja, der Prinz hat immer alles ganz gemacht! Das müsse man schon sagen. Ich hätte die Talstraße doch gesehen, fragte der Alte, nun ja, dann wüsste ich, dass sie sehr schmal sei. Die Breite eines Pferdegespanns und nicht mehr. Wozu auch? Hier in den Tälern und Bergen ist das nun einmal so. Und da stand – und das ausgerechnet in der Krümmung über der Moara Dracului, der Teufelsmühle, wo der Fluss ganz weiß ist –, stand da der Pferdewagen des tauben Doro. Schrittweit vor dem Prinzen ist er aufgetaucht, und der Doro hatte natürlich nichts gehört, der war damals schon taub. Gott hab ihn selig, er war ein anständiger Mensch. Die Augen sind ihm noch einmal so groß geworden vor Schreck … Der Alte schüttelte den Kopf. Denn links dran, mein Herr, sind da die Felsen, rechts drei Klafter senkrechtes Steinufer und der Fluss. Der Prinz, mein Herr, sagte der Alte, hat nachher niemals gesagt, was er gefühlt oder gedacht hat. Nur eins ist sicher: Er hat den Wagen nach rechts gerissen – und die Teufelsmühle hat ihn samt dem Wagen im Augenblick darauf verschluckt. Wie der Doro da geglotzt haben muss! Da war nun kein Prinz mehr zu sehen. Ein Stück weiter flussabwärts ist er dann aus dem Wasser geklettert, nass von oben bis unten, und hat nicht ein einziges Mal zurückgeblickt, wie ich ihn kenne. Ein paarmal geschüttelt hat er sich wohl und den nassen Rock ausgezogen. Dann ist er zum Pferdewagen hingegangen, wo der Doro immer noch gegen die Zügel gestemmt lehnte. Hat den Pferden den Hals geklopft. Den Alten mit einer

Kopfbewegung gefragt, ob die Gäule gescheut hätten, ob ihm was zugestoßen sei. Der Doro hat da nur noch gezittert, und der Prinz hat sich neben ihn gesetzt, ihm die Zügel abgenommen, und hü!, hat er ihn ins Dorf zurückgebracht, bis auf seinen Hof, hat die Pferde abgeschirrt und sie in den Stall geführt … Und dies war das erste Mal, dass der Prinz gestorben ist. Ob er es gewusst hat? Nein, er war ein starker Mensch – und wer will das schon mir nichts dir nichts wissen.

Drei Tage später, mein Herr, sagte der Flößer und drückte mit dem Daumen den Tabak im Pfeifenkopf fest, nur drei Tage später zum zweiten Mal. Er saß mit uns in der Schenke beim einarmigen Gavril. Da stürzt der Tudor herein, schreit wie verrückt und haut wie besessen in einem fort auf die Türklinke. Das Schloss, schreit er, Prinz, das Schloss brennt! … Mir hat es einen Stich gegeben, denn ich bin alt und erfahren, und ich habe gedacht, es sind nur drei Tage her … Der Prinz, eh' sich einer von uns umsehen konnte, über die Tische und zur Tür hinaus – das geschah wie nichts. Wir hinterdrein.

Das Schloss stand schräg gegenüber am Berg, an der Lehne, dort, wo jetzt die Heuhaufen stehen, und es leuchtete wie der Vollmond über dem Tscheachlau. Wir gafften und wussten nichts anderes, als dass das schöne Schloss abbrennt, wo jeder von uns schon drin war. Der Prinz den Garten hinauf und mitten in die Flammen hinein – auch das geschah wie nichts. Keine Spur von ihm, nur glühendes Gebälk, das hinter ihm niederkrachte. Bis wir oben im Garten waren, am Brunnen nach Wasser und Schaufeln schrien – tja, da kam der Prinz schon wieder heraus, mit verbrannten Haaren, schwarz im Gesicht, und klopfte sich die Hosen ab und – Gott sei Dank!, rief er von der Treppe, als er uns sah, Gott sei Dank, sie sind schon abgefahren, meine Frau und die Kinder … Los, rief er, als er wieder bei uns stand. Wirt! rief er, noch eine Runde! Da war nichts zu machen, und wir haben bis in den nächsten Tag hinein beim Gavril getrunken. Vom Schloss standen in der Morgensonne nur noch die Grundmauern. Da drüben bauen wir ein neues, sagte der Prinz und sah nicht hin, wo das alte gestanden hatte mit all den schönen Sachen. Es war Sonntag, und der Gligor gab dem Prinzen einen Rock und eine Hose, weil nur er so breit und groß war. Wir sind nämlich in die Kirche gegangen … Und denken Sie nicht, mein Herr, dass das eine Sünde war, weil wir uns vollgesoffen hatten. Der Prinz hat ganz vorne gekniet und hat gebetet. Und das war das zweite Mal, dass er gestorben ist.

Und wieder drei Tage später ist der Prinz nach Piatra gefahren, ein Boot zu holen, das man ihm aus einem fremden Land geschickt hatte, wie es hieß – so eines wie Ihres, o ja, ich habe es nachher gesehen. Wir haben es alle gesehen. Er hat nicht warten wollen, bis er mit dem Boot im Dorf angekommen war. Unten bei der Toantschele hat er das kleine Boot aufs Wasser gesetzt und ist hineingeklettert. Da kommen Sie auch noch hin. Da haben sogar die Flößer Angst. Da ist das Wasser zornig wie sonst nirgends wieder im Tal. Dort hört einer sein eigenes Wort nicht, wenn er am Ufer steht. Die damals dabei waren, haben nicht viel gesehen – nur so viel, dass das kleine Boot gewankt hat, als der Prinz eingestiegen ist. Es ging alles sehr rasch. Der Prinz, sagen sie, sei nicht weit genug oben ins Wasser gegangen, das Wasser ist hier überall sehr schnell. Es hat ihn, ehe er die Flussmitte über der ersten Schnelle erreichte, in die Seitenbrecher hineingedrückt. Ihn zugedeckt und nicht mehr freigegeben. Die am Ufer haben umsonst gewartet. Sie haben das nicht gleich verstanden, denn der Prinz schwamm wie nur einer … Drei Tage lang haben wir ihn gesucht. Alle hier im Tal. Gegen Abend haben wir ihn beim ersten Wehr gefunden – eingewickelt in die Stahlkabel, die manchmal von den Flößen reißen und an den Felsen unten hängen bleiben …

Und das, mein Herr, sagte der alte Flößer und klopfte den Pfeifenkopf am Stiefelabsatz leer, war der dritte Tod des Prinzen Sturdza. Er hat dreimal sterben müssen, ehe er verstand, dass es am Sterben war. Er war ein starker und guter Mensch, wie es sie heute nicht mehr gibt, das dürfen Sie mir glauben.

Der delikate Umstand

Jedes Theater auf der Welt hat zwei Gesichter. Das eine zeigt es dem zahlenden Publikum, das andere bleibt seinen Mitgliedern vorbehalten. Ehe Schillers „Maria Stuart", Verdis „Il trovatore" oder Shakespeares „Hamlet" im Parkett und auf den Rängen zum Ereignis werden, kommt es hinter den Kulissen zu bühnenreifen Vorfällen, die sich den betroffenen Akteuren und Beobachtern als zusätzliches Spektakel darbieten. Vier Jahre als Cellist an einer Opernbühne machten mich mehrfach zum Zeugen des Theaters am Theater.

So wurde dem Ensemble eines Tages ein blutjunger Tenor vorgestellt, der sich frisch von der Hochschule weg erfolgreich um eine ausgeschriebene Stelle beworben hatte. Der gutaussehende, sympathische Junge erhielt seine erste Rolle im Historienstück eines Komponisten, der seit kurzem von sich reden machte. Da Spielleitung und Direktion dem Neuling, wie immer in vergleichbarer Lage, Gelegenheit zur Eingewöhnung geben wollten, war diesem eine bescheidene, dennoch wichtige Rolle zugedacht worden, wenige Sätze, die er als Page am Königshof auf die Bühne stürzend seinem vom Feind bedrängten Herrscher zuzurufen hatte. „Majestät, Majestät!", lautete die Replik, „Majestät, die Rettung naht. Am Horizont tauchen die Segel Eurer Flotte auf!" Wiewohl denkbar knapp bemessen, bezeichneten die beiden Sätze den mit Spannung erwarteten dramatischen Höhe- und zugleich den Wendepunkt des Stückes. Ihre „szenische Wirkung muss voll kommen", schärfte der Regisseur dem Neuling ein, die Sätze müssen „präzise und gemeißelt bis in den letzten Winkel des Saales verständlich vorgebracht werden".

Der Junge nahm seine Aufgabe ernst, ging tagelang durch die Korridore des Theaters und hinter den Kulissen auf und ab, hob emphatisch die Arme und murmelte oder rief in immer neuer Betonung vor sich hin: „Majestät! Die Rettung naht. Am Horizont tauchen die Segel Eurer Flotte auf!", bereit, auf das Stichwort hin ins Rampenlicht des Bühnenraums zu stürmen und Ihrer Majestät das erlösende Wort zuzurufen.

Nun kannte er weder die in unserem vielgesichtigen Theaterkosmos lauernden Tücken noch gar deren gesellschaftliches Umfeld und wusste daher nicht, dass im Orchestergraben in Gestalt des Soloklarinettisten ein alter, abgebrühter Theaterhund saß, zu dessen Eigenheiten die Lust gehörte, jedem Neuling – sei es auf der Bühne, sei es im Orchester – zum Berufsbeginn ein Bein zu stellen. Der kahlgeschorene und beleibte eingefleischte Junggeselle beherrschte nicht nur sein Instrument mit einer Meisterschaft, die den Damen auf den Rängen das Auge feucht werden ließ, sobald er in Puccinis „Tosca" das Solo als gefühlsbewegendes Aufschluchzen in den Saal hinein weinen ließ. Er war außerdem ein Meister im Aushecken der niederträchtigsten Fallen, die er ahnungslosen Anfängern auslegte. Die kalte Berechnung, mit der er dabei vorging, setzte uns, seine Kollegen, jedes Mal in Erstaunen.

Diesmal begann er das nichtsnutzige Spiel schon in der ersten gemeinsamen Probe der Sänger und des Orchesters – wie immer unbewegten Gesichts. Da er von seinem Platz aus im flachen Orchestergraben nahe der Trennwand zum Saal hin den Vorderteil der Bühne überblickte und zudem der Neuling seinen Rettungsruf dicht an der Rampe unmittelbar über ihm in die Szene zu schmettern hatte, hob er, wenn es soweit war, den Kopf und zischte zu dem vor Lampenfieber blassen Jungen hinauf – während der sich anschickte, „Majestät, am Horizont tauchen die Segel Eurer Flotte auf" zu rufen –, zischte also: „He, du! Nicht die Flotte! Die Lotte! Flotte ist falsch … Lotte! Lotte!" Verwirrt starrte der Junge auf den Dicken mit dem bedrohlich schwarz funkelnden Instrument in der Hand unter sich, der wie der fleischgewordene Unhold aus der Schattenwelt zu ihm hinaufblickte, ihm freundlich zunickte und ermunternd wiederholte: „Die Lotte! Nicht die Flotte ist am Horizont zu sehen. Die Lotte!" Doch der Junge fing sich und warf nach kurzem Zögern mit heller Stimme sein „… am Horizont tauchen die Segel Eurer Flotte auf!“ über die Bühne. Mit triumphierendem Blick hinab auf den Klarinettenfettwanst verließ er, so wie die Regieanweisung es ihm vorschrieb, die Szene. Nein, nein, das mit der Lotte statt der Flotte soll sich der an den Hut stecken, so leicht lasse ich mich nicht hereinlegen, sagte sein Blick, während er in den Kulissen verschwand.

Wer jedoch geglaubt haben sollte, der falsche Souffleur habe damit seinen Meister gefunden und so die Absicht der Attacke auf den Jungen fallen lassen, der täuschte sich. Nein, im Gegenteil: Bei allen folgenden Proben wiederholte er das hundsgemeine Spiel und versuchte unbeirrbar, dem Bühnennovizen die herannahende Lotte statt der herannahenden Flotte zu suggerieren. Aber von Mal zu Mal seiner selbst sicherer, verließ der Junge nach jedem der Kurzauftritte mit immer spöttischerem Blick in den Orchestergraben die Bühne, nachdem er tapfer und zuverlässig seinem Herrscher – dem Star des Ensembles, einem hochnäsigen, blasierten, bei den Kollegen wenig beliebten Schönling – die herannahende Flotte angekündigt hatte.

Wie groß, ja wie verhängnisvoll war der Fehler, den er damit beging! Denn der mit allen Bühnenwassern gewaschene Mensch im Orchestergraben hatte sich einen Plan von langer Hand zurechtgelegt und verfolgte ihn mit perfider Hartnäckigkeit. So geschah das Unausweichliche. Am Tag der Erstaufführung – das Haus war bis auf den letzten Platz gefüllt – stürzte der Page „Majestät! Majestät“ rufend an entsprechender Stelle auf die Bühne, „Majestät, die Rettung naht …“, doch in der Kunstpause, die hier zu machen der Regisseur ihn aus Gründen der Spannungssteigerung angewiesen hatte, flüsterte ihm der ausgefuchste Klarinettenintrigant diesmal nicht wie gewohnt „Lotte! Lotte!“ zu, nein, er zischte hinterhältig: „Flotte! Flotte!“ zur Bühne hinauf. Und daran gewöhnt, sich keinesfalls an die Vorgabe des Zuflüsterers zu halten, sondern gleichsam immer den anderen Weg zu gehen, rief der Junge siegesgewiss und bis zum letzten Galerieplatz vernehmlich mit glasklarer Stimme: „Majestät, am Horizont tauchen die Segel Eurer Lotte auf!“ – was den Saal zum

Ausbruch unaussprechlicher Heiterkeit veranlasste: Denn wovon der ortsunkundige junge Schauspieler nichts wusste, war der delikate Umstand, dass die stadtbekannte Kokotte, mit der der angesprochene Bühnenstar neuerdings seine Frau betrog, auf den Vornamen Lotte hörte.

Der dramatische Höhepunkt des Historienstücks war damit gewissermaßen geköpft, die Aufführung trotz aller Anstrengungen der gesamten Künstlertruppe unrettbar in die Niederungen der Lächerlichkeit abgesackt und jedes neuerliche Erscheinen des in der Rolle der Majestät hoheitsvoll agierenden Stars der Grund für nicht endendes Gelächter. Das Stück musste in der Folge als unwiederholbar vom Spielplan genommen werden, und die Direktion des Hauses – zugleich verärgert und amüsiert – verordnete dem begabten Neuling eine dreimonatige Auftrittspause, um über die im Nu weithin verbreitete Geschichte Gras wachsen zu lassen. Der soufflierende Soloklarinettist jedoch beantwortete die Beanstandungen seiner Intrige, mit der er dem ihm verhassten Bühnenstar eins ausgewischt hatte, kurz und ungerührt: „Man muss die Jungen früh genug an die Abgründe ihres Berufs heranführen."

*

Dieselbe Bühne beschäftigte einen Heldentenor, der in Lehárs Operette „Die lustige Witwe" als Darsteller des Grafen Danilo gegen Ende des ersten Aktes auf Anweisung der immer um den besonderen Effekt bemühten Regie wegen der schönen und steinreichen Hanna Glawari mit einem Nebenbuhler aneinandergerät – einem mit dem Heldentenor eng befreundeten Chorsänger. Die zwei machten sich einen Jux aus der Szene und steckten mit Temperament und Spiellust bei den Proben das ganze Ensemble an. Was dem Regisseur und seinen Assistenten an Raffinessen nicht einfiel, kam mit Zuverlässigkeit von einem der beiden, sodass sich Vokalsolisten, Chorsänger, Tänzer und Orchestermusiker, Direktor und Regisseur, Bühnenbildner und Techniker aus Freude über den reibungslosen Arbeitsverlauf die Hände rieben und den Aufführungen in bester Stimmung entgegensahen. Als einer der Höhepunkte der Inszenierung stellte sich eben jene Szene Ende des ersten Aktes heraus, in der die beiden Rivalen – cherchez la femme – wegen besagter Hanna gegeneinander tätlich werden müssen. Mit Witz hatten sie sich eine blitzschnelle Folge von Scheinhieben und -paraden ausgedacht und diese solange trainiert, bis sie zum Feuerwerk mimischer Kunst gerieten. Es konnte kein Zweifel an ihrer Wirkung beim Publikum bestehen.

Doch zwei Wochen vor Generalprobe und Premiere geschah Unvorhergesehenes, und die ganze Arbeit drohte zum Scherbenhaufen zu werden: Der Darsteller des Grafen Danilo und der Darsteller des Nebenbuhlers zeigten sich privat – außerberuflich also – über Nacht mit elementarer Gewalt von ein und derselben Weiblichkeit angezogen, einer glattgesichtigen, dunkelhaarigen Vollbusengrazie, Altistin im Chor. Sie war keine bedeutende Künstlerin, nein, eine sängerische Dutzendbegabung, aber ansehnlich und begehrenswert in mancherlei Hinsicht, so recht zum Anbeißen einladend für die zwei dreißigjährigen Heißsporne, die sich plötzlich über das Operettenlibretto hinaus mit der Leidenschaftlichkeit ihrer Gockelnaturen von Mann zu Mann als Rivalen mit blitzenden Augen gegenüberstanden.

Du lieber Gott, was waren das fortan für Proben! Nervöse, gereizte Wortwechsel, immer häufiger ungehaltene Zwischenrufe vom Regietisch im Saal, mit gemurmelten Flüchen garnierte Wiederholungen fatal missratender, noch gestern brillant gespielter Sequenzen und hingeworfener Pointen … Kurz, die vom Grafen und seinem Nebenbuhler ausgehende Spannung übertrug sich wie eine Lähmung auf alle und vergiftete die Arbeitsatmosphäre. „Haben Sie den Verstand verloren?“, brüllte der Regisseur die beiden mit geballter Faust an, als sie in der genannten Szene des ersten Aktes, anstatt mit der einstudierten Artistik aufeinander loszugehen, in eisiger Regungslosigkeit voreinander verharrten, sich tatenlos mit lodernden Blicken maßen und so das Spektakel ausgerechnet an dieser prickelnden Stelle abwürgten. „So bewegen Sie sich endlich!", brüllte der Regisseur, „oder ich kriege einen Schreikrampf!" Es half nichts.

Der einzige Mensch, der sich mit biegsamer Gelassenheit auf der großen Bühne bewegte, war die umworbene Altistin. Das lockenhaarige, schönbusige Objekt der Begierde wiegte sich verführerisch in den Hüften, unverhohlen stolzgeschwellt vom Bewusstsein seiner Bedeutung im Gefühlsleben der beiden Sänger. Denn derlei verdoppelte Aufmerksamkeit war in diesem Hause bisher noch keiner zuteil geworden – keiner Primadonna, keiner der hochbezahlten Gastkoloratursängerinnen, keiner noch so hübschen Soubrette. Allein sie, die anonyme Altistin aus der letzten Reihe des Chores, hatte beider Sänger Gunst erregt und auf sich vereinigt. Ihr Triumph war unübersehbar.

Redet einer vom Realismus auf der Bühne? Vom Theater als lebendigem Leben? Nun, die Generalprobe der „Lustigen Witwe" ging mit erbärmlich schülerhaft gespielter Konfrontationsszene im ersten Akt über die Bretter. Doch getreu der Weisheit, dass der schwachen Generalprobe die geglückte Premiere folgt, wurde diese zum Knüller, den keine Gaukelkunst hätte überbieten können. Denn natürlich hielt die Starre der zwei Liebesrivalen nicht lange vor, sie endete schon mit dem ersten, lange einstudierten Scheinhieb zu Beginn der erwähnten Szene, den der Gegenspieler des Grafen Danilo zu vollführen hatte. Wohl holte er mit überzeugender Täuschung zu dem Schlag aus, der am Kopf des Grafen vorbeiführen sollte. Doch den hitzigeren Grafen entzündete die Finte solcherart, dass er – cherchez la femme – seinem Gegenüber blitzschnell zuvorkam und diesem eine schallende Ohrfeige verabreichte, die Parkett und Ränge den Atem anhalten ließ. Nur den Bruchteil einer Sekunde zeigte sich der Geohrfeigte geschockt, dann beförderte er, der Untersetzte, Kräftigere, den Grafen mit einem rechten Haken der Länge nach quer über die Bühne, der am äußersten Flügel des Chores stehenden Altistin geradewegs vor die Füße, sprang ihm mit zwei Sätzen hinterher und verpasste dem Aufstehenden gleich noch einen Hieb in die Magengegend. Hatte die Altistin das Geschehen zuerst fassungslos beobachtet, so zog sie nun, dem darniederliegenden Grafen offensichtlich heftiger zugetan als dessen Widerpart, kurzerhand eines ihrer neckischen roten Stiefelchen aus und ging zornentbrannt laut fluchend auf den Täter los, dessen Kopf sie unter einem Wirbel von Schlägen mit dem Stiefelabsatz gewissermaßen begrub. Der dazwischenfahrende Baritonsolist, der energische Darsteller des Barons Mirko, der die Aufführung retten wollte, kriegte von der Wildgewordenen ebenso sein Teil ab wie der herbeigeeilte Bühneninspizient. Im jubelnden Aufschrei des Publikums zog sie auch noch dem auf die Bühne stürzenden Regisseur mit solcher Wucht zwei über, dass der zurücktaumelte, stolpernd niederstürzte und im Souffleurkasten verschwand. In wenigen Sekunden war auf der Bühne eine Massenbalgerei im Gange. Vom Beifall des von den Sitzen aufgesprungenen Publikums begleitet und angefeuert, schlugen Tenöre, Kulissenschieber und Bassisten auf Altistinnen, Beleuchtungsmeister und Regieassistenten mit einer dermaßen überzeugenden Vehemenz ein, dass es für jeden Anhänger des realistischen Theaters die reine Freude war. Als endlich der Vorhang fiel, war der Abend – noch ehe es nach längerer Erholungspause zum zweiten Akt kommen konnte – nicht nur gerettet, er hatte im Zeichen des Prinzips von der Verfremdung auf den Brettern, die die Welt bedeuten, auch noch Furore und den Regisseur berühmt gemacht: Der habe die imposante Bühnenkeilerei großartig inszeniert und obendrein sich selber auf dem Höhepunkt wirkungsvoll ins Spiel gebracht, schrieben die allwissenden Zeitungen tags darauf … Für die Kenner aber ging die Altistin als die Diva des Abends in die Annalen der städtischen Opernbühne ein. Sie trennte sich von den beiden Sängern und heiratete den Regisseur, der Zeit seines Lebens einige Narben von den Schlägen mit dem Stiefelabsatz auf der Stirn behielt; ihr Anblick soll seine Gattin zu immerwährender Zärtlichkeit veranlasst haben.

*

Kaum hatten sich am Theater die Erregtheiten im Gefolge der Massenbataille einigermaßen gelegt, als es zu einem Vorfall kam, in dem ich die kostbarste Erinnerung an jene bewegten Jahre sehe. Sie blieb mir als ein Begebnis der liebenswerten, diskreten Art mit fast märchenhaften Zügen vor tragischem persönlichem Lebenshintergrund mitten im grellen, zuweilen nach allen Regeln der Kunst verrückten Betrieb des nach einigen hundert Beschäftigten zählenden Hauses im Gedächtnis.

Neben dem Konzertmeister – am ersten Pult zur Linken des Dirigenten – saß der etwa sechzigjährige F., ein allseits geachteter Geiger, grauhaarig, mit asketenhaft übergeistigtem Gesicht, schlank und von hochgewachsener Gestalt, ein ruhiger Einzelgänger, der sich niemandem gegenüber öffnete, allen aber mit unaufdringlicher Freundlichkeit begegnete. Der Hauch von Einsamkeit, der ihn umgab, wurde respektiert, man munkelte, F. habe sich seit dem frühen Tod seiner Frau nie wieder ganz gefunden.

Jedoch waren seit einiger Zeit in der vornehmen Beherrschtheit seiner Gesichtszüge Anzeichen eines Leidens zu erkennen, die allerdings nur von wenigen bemerkt und als Äußerungen vorübergehender leiblicher Unpässlichkeit erklärt wurden; die paar Kollegen, die davon Notiz nahmen, waren sich sicher, dass der in allem vernünftig handelnde Mann zum rechten Zeitpunkt das Rechte tun, das heißt einen Arzt konsultieren würde, umso mehr, als zu seinem Bekanntenkreis, wie wir wussten, ein solcher von gutem Ruf gehörte.

Da ich bei den täglichen Proben und Aufführungen F. schräg gegenübersaß und ihn so immer im Blickfeld hatte, wurde mir aber bald klar, dass der Grund seiner Veränderung keineswegs körperlichen Ursprungs war, dass sich vielmehr ein seelisches Leiden seiner bemächtigt hatte. Die jähen Schatten in seinen Augen, vor allem die Momente der Selbstvergessenheit, in die er gelegentlich verfiel, erschienen mir als eindeutige Hinweise auf ein solches. Bis ich eines Tages eine Beobachtung machte, die mich auf unvermutete Weise in meiner Annahme bestätigte. Bei jedem anderen Mann seines Alters würde sie mich erheitert haben, bei dem disziplinierten, in sich gekehrten F. jedoch versetzte sie mich in Fassungslosigkeit: Ich entdeckte, dass sich der Sechzigjährige – wer von uns wusste schon, durch welche Lebensumstände er zum Sonderling geworden war? – in eine Siebzehnjährige verliebt hatte, in die hübscheste Tänzerin des Corps de ballet, ein sonnenblondes, graziles Wesen namens Larissa, das durch Begabung, Ernst und Fleiß zu den Hoffnungen des Theaters zählte.

Die Premiere der Ballettkomposition „Die Fontäne von Bachtschisaraj" des Russen Boris Assafjew stand damals bevor, und die Proben des Ballettkorps und des Orchesters waren ins Stadium jener Vorbereitungshektik eingetreten, die sich trotz aller Akkuratesse unweigerlich einstellt, wenn der Termin in greifbare Nähe rückt.

Rotationsbedingt dienstfrei, hatte ich mich in eine Loge nahe der Bühne gesetzt, um mich über das Ballettgeschehen im Ganzen zu unterrichten, als ich sah, wie sich F. mitten im Spiel unterbrach und sekundenlang zu den Tänzern hinaufstarrte, die gerade die furiose Szene des von Puschkin dramatisch geschilderten Tatarenüberfalls übten. Tänzerinnen und Tänzer des Ballettkorps flogen und wirbelten in gegeneinander stürmenden konzentrischen Kreisen handbreit aneinander vorbei über die Bühne; ein renommierter und wegen der Arbeitshärte auch gefürchteter Gastchoreograph hatte den dramatischen Augenblick als klug organisiertes Chaos in monatelanger Arbeit zum Höhepunkt der Komposition gemacht, Assafjews Musik entsprach dem wilden Geschehen. Und jedesmal, wenn die hellblonde Larissa in scheinbar schwerelosem Schwebesprung als eine der Tänzerinnen des äußeren Kreises nur einen Fußbreit von der Rampe entfernt über F. vorbeiflog, war es, als zwinge diesen eine unsichtbare Macht, den Kopf zu heben. Plötzlich aber, als habe er gespürt, dass er beobachtet wurde, sah er mir über die wenigen Meter hinweg, die uns voneinander trennten, gerade in die Augen und erblasste. Bis zum Ende der Probe hob er den Kopf nicht mehr, noch blickte er ein zweites Mal zu mir herüber.

Ich handelte von der Einsicht getrieben, ihm das Gefühl der Peinlichkeit meiner Entdeckung nehmen zu müssen, als ich mich auf dem nachmittäglichen Heimweg zu ihm gesellte und ein belangloses Gespräch begann; da wir in einem unverkrampften Verhältnis zueinander standen, fiel mir das nicht schwer. Doch als wir uns vor der Hoftür zu seiner Wohnung voneinander trennten, sah er mich ruhig, jedoch mit gequältem Blick an und sagte leise: „Missdeuten Sie das alles, bitte, nicht. Ich bin mir der Situation bewusst ..." Er schwieg, und mit einer ans Herz rührenden Trauer im Blick flüsterte er: „Sie nur einmal in den Armen halten. So wie meine Tochter ... Bald nach dem Tod meiner Frau starb sie an Krebs. Sie war siebzehn Jahre alt ..."

Am Tag darauf erfüllte sich sein Wunsch bei der letzten Ensembleprobe vor den Aufführungen.

Das Ballettkorps wirbelte, flog und stürmte in der Szene des Tatareneinfalls über die Bühne, wir hörten trotz der Fortissimomusik die hämmernden Schritte der Tänzer über uns.

Es geschah innerhalb einer Sekunde: Larissa, so der spätere Bericht, strauchelte durch die Berührung mit einem ihr entgegenlaufenden Tänzer. Ich sah den Dirigenten vor mir zusammenfahren, im selben Augenblick glitt über mir ein Schatten durch die Luft, mit einem kurzen Aufschrei landete die Siebzehnjährige an F.s Brust. Die Violine in der einen, den Bogen in der anderen Hand, hatte der spontan die Arme auseinander gerissen und so die Herabstürzende aufgefangen. In der Stille der Schrecksekunde saß sie auf seinem Schoß, an den Erstarrten gepresst und gekauert. Zu aller Erleichterung hatten weder F. noch Larissa eine Verletzung erlitten, sodass nach vielen „Ah!" und „Oh!" die Probe wieder aufgenommen und fortgesetzt werden konnte.

Das Bild des grauhaarigen Sechzigjährigen, der eng umschlungen mit der blonden Tänzerin auf dem Stuhl saß, habe ich nicht vergessen: Er lächelte, gleicherweise verstört wie glücklich, erschrocken wie erlöst. Sein Gesicht, sooft ihm Larissa nach diesem Tag bei den Proben lachend zuwinkte oder ihm eine Kusshand zuwarf, hatte nichts von dem bitteren Zug um den Mund, in dem sich die Trauer um den weit zurückliegenden Verlust der Gattin und der Tochter spiegelte.

Eine deutsche Geschichte

Es gehöre zwar nicht zu meinen beruflichen Pflichten, begann der Chefredakteur, nachdem ich mich gesetzt hatte, doch er rechne mit meinem Verständnis, wenn er sage, dass es im Sinne der Partei sei, uns dem ausländischen Gast von der vorteilhaftesten Seite zu zeigen.

„Der Genosse ist Schriftsteller", sagte der Chefredakteur – der in der letzten Zeit etwas feist geworden war, sein Doppelkinn glänzte rosé, was ihm zusammen mit seinem unüberhörbaren Lispeln eine Note des Komischen verlieh, die Nichtkenner zur fatalen Einschätzung hätte verleiten können, der Mann sei harmlos –, „ein Arbeiterschriftsteller aus Ost-Berlin. Natürlich aus Ost-Berlin. Gesunde soziale Herkunft. Kulturinteressiert und so ... Na, du weißt ja." Da ich schwieg, wurde er unsicher, und wie immer, wenn er unsicher wurde, neigte er dazu, heftig zu werden. „Also", rief er, „du wirst ihn drei Tage lang begleiten und auf seine Wünsche eingehen. Deine Arbeit hier wird derweil Ricky übernehmen. Die Genossen vom Regionskomitee erwarten, dass der Genosse die beste Betreuung erfährt. In deiner Eigenschaft als Kulturredakteur bist du der geeignete Mann." „Ist ja gut", sagte ich besänftigend, „wo finde ich ihn, wie heißt er?" Das Gesicht des Chefredakteurs, eine Babyphysiognomie mit rattenhaften Zügen, verlor das Rosé und entspannte sich. Der Name, na ja, der sei ihm entfallen, doch das Hotel könne er mir nennen, in dem der Genosse wohne. „Aro, Hotel Aro. Morgen Früh um neun Uhr." „Aha", sagte ich und ging.

Das war nun eine ganze Menge. „Ich rechne mit deinem Verständnis" hieß: Wehe dir, wenn du ablehnst. „Im Sinne der Partei" hieß: Du wirst auf Schritt und Tritt beobachtet. „Auf seine Wünsche eingehen" hieß: Du wirst ihm nur gewisse Dinge zeigen. Und „die beste Betreuung" hieß: Du wirst jedes Wort, das er sagt, notieren und nachher melden ... Und so weiter. Ich kannte das Vokabular und wusste, dass die darin nicht enthaltenen Termini es waren, auf die es ankam. Der Chefredakteur hieß übrigens Wollhöhle, Edmund. Der Doktortitel kam später hinzu.

Der Genosse „Arbeiterschriftsteller aus Ost-Berlin" – natürlich Ost-Berlin – war ein etwa fünfunddreißigjähriger kleiner Mann von gedrungener Gestalt, in dessen Augen von Zeit zu Zeit jene Art schwärmerischer Aggressivität aufflackerte, die sich aus unvorhergesehenem und nichtigem Grund entzündet, besser noch: den Anlass dafür kaum erwarten kann. Er frühstückte gerade an einem Ecktisch des großen, hellen Speisesaals. Während ich auf ihn zuging, sah ich, wie er das hartgekochte Ei mit einer zupackerischen Wut bearbeitete, als sei es der leibhaftige Klassenfeind. Drei Tage, dachte ich, als ich vor ihm stand und mich vorstellte, die drei Tage werden mit oder ohne Gottes Hilfe vergehen. Der Arbeiterschriftsteller sprang vom Stuhl auf, riss den Kopf nach unten, als wollte er sich das Kinn in die Brust rammen, und bellte einige unverständliche Silben, die, so mutmaßte ich, seinen Namen bedeuteten. Als ich mich fragend vorneigte, bellte er noch einmal: „Äama Wäana Uptsch!" Na ja, dachte ich wieder, auch das wird an mir vorübergehen, nur nicht die Ruhe verlieren. Im Laufe einiger Sätze fand ich heraus, dass sein Name Hermann Werner Hupsch lautete und er während der drei Besuchstage in Stalinstadt, wie meine schöne Vaterstadt Kronstadt in Siebenbürgen damals heißen musste, „erstens eine historische Stätte, zweitens eine Minderheitenschule, drittens ein Industriewerk" zu besichtigen wünschte.

Äama Wäana Uptsch war, wie ich ziemlich bald feststellen musste, außerstande, einen Satz gelassen und in wohltemperierter Tonlage von sich zu geben. Im Blick auf die Leute dieses Schlags hatte mir vor einiger Zeit ein Bekannter etwas von „ostelbisch vulgärpreußischem Staccato" gesagt, das sich – der Historie gewissermaßen zum Trotz – „als Tonfall und Zungenschlag in den SED-Sozialismus herübergerettet" habe. Wie dem auch sei, ich hatte derlei bisher nur bei aufgeregten Foxterriers kennengelernt. Uptschs Gebelle nahm kein Ende –

mit der gleichen agitatorischen Wut, mit der mir der Mann seinen Namen entgegengekläfft hatte, sollte er in den folgenden drei Tagen alles ankläffen, was sich in seinem Gesichtskreis bewegte oder auch nur eine Bewegung andeutete.

Da ich noch niemals einen „Arbeiterschriftsteller aus der Deutschen Demokratischen Republik“ zu Gesicht bekommen hatte, fühlte ich mich beschämt zur Korrektur meines Bildes von den Betreibern der sozialistischen Weltrevolution veranlasst. Oho, dachte ich ahnungsvoll, nicht unsere verhassten bedächtigen Parteibosse, diese Hinterwäldler im Windschatten der transsilvanischen Berge mit dem gemächlichen, altwalachischen Akzent bewegen die Dinge der proletarischen Revolution, nein, verbesserte ich mich, das tun diese messianisch aufgedrehten Kläffer aus dem Vaterland der Marx, Engels und Thälmann.

Da Äama Wäana Uptsch den heutigen Tag mit der Überarbeitung seiner Notizen für das „Südöstliche Reisetagebuch eines Proletariers“ zu verbringen vorhatte, holte ich ihn erst am Morgen des darauffolgenden Tages mit einem Wagen ab, den das Regionskomitee der Kommunistischen Partei seinem Gast zur Verfügung gestellt hatte; ich wies den Fahrer an, uns nach Törzburg zu bringen. Das Schloss Törzburg, hatte ich mir überlegt, nur fünfzehn Kilometer entfernt, entspricht genau dem ersten Wunsch des Besuchers, außerdem liegt es malerisch am Fuß des Südkarpatenmassivs Butschetsch und der zwei wilden Königsteine, ist gut erhalten, weil es noch wenige Jahre vor dem Einzug der sozialistischen Glückseligkeit ins Land als rundum gepflegte königliche Sommerresidenz gedient hatte, und erfreut sich schließlich zu allem anderen auch des historischen Stolzes der Parteimächtigen. Da kann nichts schief gehen, dachte ich.

Doch es kam – wie hätte es beim klassenbewussten Naturell des Gastes anders sein können – nicht so, wie ich gedacht hatte. Einiges davon dämmerte mir, als wir im schönsten Licht des Maientags an der bis weit in die Hochebene hinein sichtbaren Rosenauer Bauernburg vorbeifuhren und mich der Arbeiterschriftsteller aus dem

Wagenfond mit der Frage anbellte: „Wat'n dat? Wat'n dat?" Ich sagte in drei Sätzen das Erforderliche und hörte ihn, kaum dass ich geendet hatte, hinter mir kläffen: „Ach nee! Ach nee! … 'ne Deutschordensfeste zur Ausbeutung des Bauernproletariats! Ach nee!" Ich versuchte, seinen Verdacht mit dem Hinweis auf das Nächstliegende zu zerstreuen: dass nämlich die abseits der Hauptstraße auf einer Berghöhe von Bauern erbaute Burg kaum für Raubüberfälle geeignet gewesen sei. „Es ist eine Verteidigungsburg", sagte ich, „gegen, nicht für Raubüberfälle." Sein Kommentar warf mich fast aus dem Wagen. „Wat Se nich sag'n!", bellte er, „wat Se nich sag'n!", und gab mir damit einen Vorgeschmack auf das, was mich dann auf dem am Eingang des Törzburger Gebirgspasses gelegenen Schlosses erwartete.

Denn als wir uns dort in luftiger Höhe aus einem Fenster des Wehrturms hinauslehnten, die im Frühlingslicht regenden Berge der Terra Borza in einer wunderbaren Ruhe vor uns, und ich Zweck und Zeit der Entstehung des Schlosses, eines Baues der Kronstädter Bürger, genannt hatte – „Grenzzollstation und Festung am Passeingang gegen mörderische Türkeneinfälle" –, jaulte er auf: „Det han ik mir jedacht! Eine SS-Station des Mittelalters! Eine Fortifikation der Fremdenfeindlichkeit! Ein Palast des Rassismus! …" Mein lieber Mann, überlegte ich erschrocken, der geht aber ran, von dem kann einer fortschrittliches Geschichtsbewusstsein lernen: SS des Mittelalters, darauf muss man erst kommen. Und die Bereitschaft zur Abwehr endloser und blutiger Einfälle der Türkenhorden als rassistische Fremdenfeindlichkeit auszulegen, ist wohl eine Erkenntnis des schöpferisch weiterentwickelten Marxismus … Armer Jenosse Marx!, dachte ich, so hast du's nicht gemeint.

Ich gebe zu, dass mir von diesem Augenblick an die Gesellschaft des DDR-Gastes, der sich während der ganzen Zeit Notizen machte, unheimlich zu werden begann. Vor dieser Art Piefke, dämmerte mir, ist auf unserer Welt nichts sicher. Ich atmete auf, als ich den Menschen gegen Abend im Hotel Aro ablieferte und dem Fahrer – von dem ich natürlich wusste, dass er ein Agent der Securitate mit

Deutschkenntnissen war – empfahl, sich morgen einen schönen Tag zu machen, unser Gast beabsichtige, so sein zweiter Wunsch, nach einem Gang durchs Stadtzentrum den Besuch einer Schule.

Äama Wäana Uptsch zeigte sich am Morgen darauf bester Laune. Während er beim Frühstück wieder mit der Verbissenheit des im Zeichen von Hammer und Sichel um den Endsieg kämpfenden Revolutionärs aus dem ersten Arbeiter-und-Bauern-Staat auf deutschem Boden über Ei, Tomaten, Toastbrot und Schweineschinken herfiel, sie zertrümmerte und zerfetzte, gestand er mir kauend, dass er dem gestrigen Tag „unerwartete und einzigartig anmutende Anregungen“ verdanke, die er bis lange nach Mitternacht im Hotelzimmer „vorformuliert“ habe – „die endgültige Durchformulierung behalte ich den Gesprächen mit dem Kollektiv der Berliner Genossen vor“, sagte er. Ich bemühte mich in den Monologpausen, ihn mit Blick auf unser Tagesprogramm einiges über die deutsche Minderheit in der Stadt Kronstadt und im Land Transsilvanien wissen zu lassen: Über deren frühes Schul- und Bildungswesen, den jahrhundertelangen Kampf um die Wahrung kultureller Eigenständigkeit, um die deutsche Muttersprache und die Selbstbehauptung inmitten anderer, größerer Völker. Ich fügte vorsichtshalber hinzu, dass die gegenwärtige Regierung dies alles durchaus würdige und gemäß der Lenin-Formel „National in der Form, sozialistisch im Inhalt“ als legitimes Anliegen respektiere … Da ich kein Selbstmörder bin, biss ich mir hier auf die Zunge und schwieg. In Gegenwart dieses Jüngers aus dem Kader ideologisch geschmiedeter Eiferer made in Germany hätte alles Weitere unabsehbare Folgen für mich haben können. Doch der erweckte nur für Sekunden den Eindruck ernsthaften Interesses an meinen Mitteilungen.

„Auf geht's!“, rief er nach Beendigung des Frühstücks mit der klassenbewussten Energie, die ihn auszeichnete und mich an die vorwärtsstürmenden Gestalten auf Werbeplakaten seiner Partei erinnerte, „mal so 'nen Minderheitenunterricht im Bruderland aus der Nähe zu erleben", sei die Beeilung wert, „wo Se Recht ham", sagte er, „da ham Se Recht".

Die Zwölfjährigen, vor denen wir wenig später in einem Klassenraum der „Grundschule Nummer 2 mit deutscher Unterrichtssprache" standen – unweit des Honterus-Gymnasiums, wo seit dem Mittelalter neben dem lateinischen Studium generale viele Generationen Wissbegieriger in deutscher Sprache unterrichtet wurden –, die Zwölfjährigen mit Namen Fritz, Jürgen, Thomas und Peter verharrten regungslos, als der Klassenlehrer Dr. Laartz den Gast aus der DDR willkommen hieß. Sie strahlten den Abgesandten aus Goethes und Schillers Heimat an, bereit, ihm jedes Wort von den Lippen abzulesen, denn selten fand ein Vertreter des Volkes, dem sie sich zugehörig wussten und das zu lieben man sie in Elternhaus und Schule gelehrt hatte, den Weg hierher. Dr. Laartz, mit dem ich mich tags zuvor ins Einvernehmen gesetzt hatte, bat den Arbeiterschriftsteller und mich, auf den beiden Stühlen hinter den Schulbänken Platz zu nehmen, und fuhr mit dem Unterricht fort.

Ich erinnere mich nicht mehr, worum es in jener Unterrichtsstunde ging. Lebhaft aber erinnere ich mich der Wachheit und Aufmerksamkeit der Halbwüchsigen, die zu Ehren des Gastes ihr Bestes gaben – so als wollten sie ihm vorführen: Sieh nur, Sendbote der Sprache unserer großen Dichter, allen Teufeln zum Trotz haben wir uns hier im Hexenkessel des Südostens die treue Anhänglichkeit zu Sprache und Herkunft bewahrt und werden es mit Gottes Hilfe auch weiterhin tun. Ihr Wunsch, sich dem als brüderlich empfundenen Gast auf diese Weise verständlich zu machen, lag geradezu in der Luft, ich spürte ihn mit allen Fasern.

Ach, hätte sich doch dieser Äama Wäana Uptsch nach reibungslos und lebhaft verlaufener Unterrichtsstunde nur stumm vor die Klasse gestellt, ihr mit nichts weiter als einem Kopfnicken gedankt und sich dann entfernt, so wie er gekommen war, dieser Tag wäre den Zwölfjährigen als beflügelnde Bekundung unvergessener Gemeinsamkeit über alle Grenzen hinweg in schönster Erinnerung geblieben.

Doch was tat Äama Wäana Uptsch? Er baute sich vor der Klasse auf, reckte sich zur fahnentragenden Arbeitergestalt, wippte einige Male auf den Zehenspitzen und rief den vor ihm stehenden Jungen zu: „Jungs, ihr habt ein wunderbares Vaterland – werdet gute Rumänen!", wendete sich und verließ mit federndem Schritt den Raum … Keins der Gesichter, das nicht zur Maske erstarrt wäre. Einschließlich das des Dr. Laartz, der außerstande war, den Gast zur Tür zu begleiten.

Mir war das Blut in den Kopf geschossen. Auf dem Korridor überkam mich beim Gedanken an die Gemütsverfassung, in der die Jungen im Klassenraum zurückgeblieben und sich selber überlassen waren, die nur schwer bezähmbare Lust, den DDR-Emissär zu Boden zu schlagen. Doch „nein", überlegte ich, „um ihn geht es hier gar nicht, es geht um die Zwölfjährigen". Ich sagte: „Augenblick mal, hab was vergessen", ließ ihn stehen und ging noch einmal in den Klassenraum. Auf den ersten Blick erkannte ich, dass sich keiner von ihnen bewegt hatte, seit der Gast gegangen war. Und gerade, als ich nun etwas sagen wollte, ohne noch zu wissen was, platzte der aufgeschossene Blondschopf in der ersten Bankreihe vor mir heraus: „So ein Trottel! Das verlangen doch nicht mal die Rumänen von uns …" „Eben", sagte ich, „genau dies wollte ich richtig stellen."

Der kleingeratene Mensch aus Ost-Berlin erwartete mich auf der Eingangstreppe. „Na, jefunden?", fragte er. „Und wie", antwortete ich, bat ihn, mit Rücksicht auf meine heftigen Kopfschmerzen für den Rest des Tages auf die Begleitung zu verzichten, und ließ ihn stehen. „Ik hatte ohnehin vor, alleene durch die Stadt zu bummeln", rief er, „bis morjen! … Prachtvolle Jungs sind dat", rief er mir nach, „janz prachtvolle Jungs!" „Ja", erwiderte ich, „das sind sie", und machte mich nach der anderen Seite davon.

Am dritten und letzten Tag erging es mir mit Äama Wäana Uptsch wie mit den Dingen, die wir längst so gut kennen, dass wir wissen, was wir von ihnen zu erwarten und nicht zu erwarten haben, und die wir wegen ihrer Zuverlässigkeit schätzen. Ich wusste, was ich von dem Genossen Arbeiterschriftsteller nicht zu erwarten hatte – und er enttäuschte mich nicht, im Gegenteil.

Als ich mich am nächsten Morgen vor dem Hotel Aro einfand, wartete der Fahrer bereits neben dem Wagen, einer viertürigen schwarzen „Pobjeda-Limousine neuesten Datums, 1958“, wie ich mich unterrichten ließ. Schmunzelte der Mann nicht, als ich sagte, ich ginge ins Hotel, unseren Gast zu holen? Er war doch, überlegte ich, während ich den Speisesaal durchquerte, weder vorgestern bei der Anmerkung über den „SS-Palast Schloss Törzburg“ noch bei der gestrigen Unterrichtsstunde mit der Parole „Werdet gute Rumänen!“ dabei gewesen. Aber er hatte soeben geschmunzelt, als sei er durchaus im Bilde und teile insgeheim und auf mokante Weise mit mir die Einschätzung des Menschen aus dem sozialistischen Bruderland. Nun, es gibt unerforschliche Gesellschafts- und Staatssysteme, die über die diabolische Kunst verfügen, sogar Schnürsenkeln das Abhören beizubringen; es führt zu nichts, darüber nachzudenken. Ich werde mich dreimal bekreuzigen, schwor ich mir, wenn auch dieser Tag mit den erhebenden Botschaften aus Arbeiterschriftstellermund hinter mir liegt. Besichtigung eines Industriewerkes stand auf dem Programm.

Äama Wäana Uptsch würgte mit revolutionärem Ingrimm gerade sein hartgekochtes Ei, als ich ihm einen „Guten Tag“ wünschte. Sein „Moj'n!“ klang wie ein Pistolenschuss; er beeilte sich, Toastbrot, Konfitüre, Wurstaufschnitt nebst Butter bis zum letzten Krümel zu vernichten und ließ mich, als er mir nach einigen Minuten auf seinem Zimmer in der Rezeption federnden Schrittes entgegentrat, emphatisch wissen, dass er diesen Tag sicherlich mit goldenen Lettern in sein „Reisetagebuch“ eintragen werde, denn, „weeßte, Jenosse, ik komme selber von der Drehbank, und die bevorstehende Bekanntschaft mit Arbeitskumpeln des Bruderlandes erregt meen Jemüt freudig ... Falls du dat vastehst.“ Wohin ich ihn denn heute bringe? „Ins Traktorenwerk“, sagte ich, „wir leben hier in einer Stadt früher

Eisenindustrie." Doch, doch, fügte ich hinzu, ich verstünde das, auch ich freute mich auf das Wiedersehen.

Auf der Fahrt bis zum Haupteingang der Traktorenwerke kläffte er uns ununterbrochen die Ohren voll – vom Braunkohlenkombinat Schwarze Pumpe, von Fünfjahresplänen und der Kalisalz-Förderung in Thüringen ... Pforte und Wachpersonal waren über unser Kommen informiert, es gab keine Verzögerungen – nein, danke, sagte ich, einer Führung bedürften wir nicht, „ich habe vor einigen Jahren hier gearbeitet". So standen wir nach wenigen Minuten in der von Maschinenlärm, Eisenspangeruch und dem Gestank heißen Schmieröls erfüllten riesigen „Werkhalle 3", wo die Traktoren-Motorblöcke als Rohguss auf die Waagerecht-Fräsmaschinen gehoben und ihre Flächen mit der Spindel auf die erforderlichen Millimetermaße gefräst wurden. In der mittleren Reihe der Maschinen erkannte ich von weitem zuerst den dürren Paradare und davor den rundlichen Spaßvogel Timofej; die beiden hatten mir vor Zeiten, als ich wegen gewisser politischer Umstände ein halbes Jahr lang in der Nachtschicht hier untergetaucht war, geholfen, mich an der Maschine zurechtzufinden, und bald herausgehabt, dass ich dank besonderer Bewandtnisse zu ihnen verschlagen worden war. Sie waren die besten Kumpel, die sich einer vorstellen kann, sie hielten dicht, bis ich wieder auftauchen durfte.

Das Wiedersehen mit ihnen, mit den zwei anderen Rumänen an den Maschinen daneben und dem schnauzbärtigen Ungarn Miklós an der Maschine dahinter war wie erwartet herzlich. Die Männer mit den von feinem Eisenstaub bedeckten Gesichtern und ölverschmierten Händen freuten sich wie Kinder, mich wieder in ihrer Mitte zu sehen, wir schüttelten uns die Hände, und ich hatte Mühe, ihnen bei dem Maschinenlärm verständlich zu machen, wer mein Begleiter war und was er hier suchte. Sie zögerten nicht, ihn mit gleicher Herzlichkeit zu begrüßen.

Äama Wäana Uptsch zeigte sich überwältigt vom temperamentvollen Willkommen, das uns die fünf Fräser bereiteten, ja, er blickte mich angesichts der vorbehaltlosen Freude, mit der mich die ehemaligen Arbeitskollegen umringten, überrascht, fast neidisch von der Seite an. Timofej stellte seine Maschine ab, Paradare und die anderen taten es ihm gleich, und einer der fünf holte, Gott allein weiß woher, eine Flasche Pflaumenschnaps hervor – Zuika heißt er in der Landessprache –, die Pulle mit dem benebelnden Duft wanderte von Mund zu Mund, „Noroc şi sănătate!", „Glück und Gesundheit!", riefen wir uns zu, und der Gast riss stöhnend die Augen auf, nachdem er sich einen Schluck in den Hals gegossen hatte. Herzhaft, ohne Zimperlichkeit klopften die Männer ihm und mir auf die Schulter und ließen unseren Fünfjahresplan Fünfjahresplan sein – alle die anderen Maschinen liefen ja und erfüllten ihn. Kurz, wir genossen die Augenblicke des Beisammenseins, ehe mir die Männer nach vielen „Wie geht es dir?", „Was macht deine Familie?" und „Wo arbeitest du?" die Hand gaben, die Maschinen wieder anließen, mir ein letztes Mal zuwinkten und die Arbeit aufnahmen. Womit unsere Fünf-Minuten-Begegnung beendet war.

Erst jetzt bemerkte ich die Veränderung, die mit dem Sendboten aus dem DDR-deutschen Sozialistenbruderland vor sich gegangen war – erst als er meine Einladung zur weiteren Werkbesichtigung schroff ablehnte und wünschte, die Halle zu verlassen und ins Hotel gebracht zu werden. „Ik habe jenug jesehen, Jenosse", zischte er mich unfreundlich an.

Was, in drei Teufels Namen, dachte ich, was hat er jetzt schon wieder? Herzlicher kann ein Fremder gar nicht aufgenommen werden, als es ihm soeben widerfahren ist. Die flackerige Angriffslust in seinen stahlblauen Augen hatte sich in finstere Feindseligkeit verwandelt. Wie der mich ansieht!, dachte ich, als wir im Werkhof stehenblieben, weil ich noch einmal gefragt hatte, ob er nicht Lust hätte zur Fortsetzung unseres Gangs durch die übrigen Hallen – zu den Drehern, den Gießern, den Monteuren? „Ich habe", sagte ich ihm, „unter all den Männern Freunde." „Wie, Jenosse?", fauchte er mich an, „ik soll mir da noch tiefer reinziehen lassen? … Aro!", bellte er, „Aro!“, ließ mich stehen und stapfte mit kurzen und heftigen Schritten, deren jeder einzelne Zeugnis ablegte vom konstruktiven Furor des Menschen aus dem ersten Arbeiter-und-Bauern-Staat auf deutschem Boden, dem Tor und der Pforte zu. Ich blickte der wunderlichen Erscheinung eine Zeitlang nach, dann ging ich ihr hinterher. Ob die dort alle so unerträglich revolutionsgeladen durch ihren Staat stampfen?, dachte ich beunruhigt. Vor dem Tor sagte er kurzangebunden zum Fahrer: „Aro!“, und ließ sich mit Anzeichen höchsten inneren Aufruhrs gegen die Lehne des Wagenfonds fallen. Während der Fahrt zum Hotel Aro hörte ich ihn hinter mir ununterbrochen halblaut schimpfen und brummen. „Verrat am Kampf der Arbeiterklasse“, war alles, was ich aufschnappte. Doch ich hatte mir vorgenommen, kein Wort mehr zu vergeuden.

Wir ließen ihn vor dem Hotel aussteigen, ohne dass sich einer von uns mit einem Grußwort oder einer Geste von ihm verabschiedete.

Als ich am nächsten Morgen mein Redaktionszimmer betrat, sah ich schon von der Tür den Zettel auf meinem Tisch – der Chefredakteur forderte mich knapp auf, „sofort nach Eintreffen“ in seinem Zimmer zu erscheinen. Was mir einfalle, blies er mich an, der Genosse Arbeiterschriftsteller habe sich telefonisch beschwert, ich hätte ihn der peinlichsten und schmerzhaftesten Situation vor seinem Gewissen ausgesetzt … Er kam nicht weiter, denn das Telefon läutete, und schon die ersten Worte, die er hörte, verwandelten seine zornige Rattenbabyfresse in die süßlichste Visage der Unterwürfigkeit. „Jawohl, Genosse Regionssekretär“, sagte er im sanftesten Flötenton, „jawohl, jawohl … Selbstverständlich wird er sofort kommen.“ Von mir war die Rede, der oberste Parteiboss persönlich hatte mich umgehend in die Residenz des Regionskomitees bestellt, der DDR-Gast wolle sich verabschieden, man bedürfe des Dolmetschers.

Als ich im Büro des Gefürchteten eintraf, fand ich außer Uptsch eine Gruppe mühsam beherrschter Parteimächtiger vor, die ich großenteils nur dem Namen und den gelegentlich in Zeitungen veröffentlichten Porträtfotos nach kannte. Offenbar verstand keiner der anwesenden Genossen, was der kleingeratene, bellende Mensch aus dem Bruderland von ihnen wollte. Er gestikulierte und stieß aufgeregte „vulgärpreußische" Laute aus. Kurzwüchsiger als alle anderen, wirkte er mit den herumfuchtelnden Armen wie ein wildgewordenes Insekt.

Als er mich erblickte, stürzte er auf mich zu und schrie mich an: „Übersetzen Se den Jenossen sofort meene Botschaft! Sofort!" Ich grüßte und versuchte, ihn zu beruhigen. Doch ich war an den Falschen geraten. „Übersetzen Sie Wort für Wort", bellte er. „Wie Sie wünschen", sagte ich. „Teilen Se den Jenossen mit, dat ich jestern in der Halle 3 des Traktorenwerks Zeuge eenes am Sozialismus begangenen Verrates wurde – fast ließ ich mich in den Pfuhl hineinziehen. Eines Aktes der Sabotage am Produktionsprozess! Maschinen wurden angehalten! Es kam zu einer bourgeoisen Saufszene während der Arbeitszeit! Die Planerfüllung wurde sabotös unterlaufen! ... Ich werde den Skandal meiner Regierung in Ost-Berlin melden und sie auffordern, sich mit den Genossen in Moskau in Verbindung zu setzen. Was hier in diesem Land geschieht, ist Unterwühlung der proletarischen Weltrevolution. Dem Sieg des Kommunismus wird mit konterrevolutionären Allüren entgegengearbeitet!" Ich unterbrach den Narren aus dem Vaterland der ideologischen Aufgeregtheiten und gab ihm ruhig zu bedenken, dass er Gast dieses Landes und daher eine entsprechende Mäßigung seiner Ungehaltenheit angezeigt sei, da er die Anwesenden, die Gewicht auf Form legten, beleidige. Doch ich war, wie gesagt, an den Falschen geraten. Er gebärdete sich so, dass ich vor Scham darüber, die Muttersprache mit ihm zu teilen, am liebsten davongelaufen wäre.

Die Gesichter der Parteimächtigen vor mir blieben unbewegt, auch als mich der Boss – ein Mann namens Maxim Berghianu, der ehemals Max Bergmann geheißen hatte, Jude und unter Freunden für seine Bonhomie bekannt war – aufforderte, über die drei letzten Tage zu berichten. Ich tat es, ohne etwas auszulassen noch zu beschönigen oder auch nur im geringsten zu entstellen. Berghianu nickte danach und sagte: „Und jetzt übersetzen Sie, was unseren Gast dabei so aufbrachte." Ich tat wie geheißen, auch diesmal ohne etwas auszulassen oder zu entstellen. Die Gesichter vor mir wurden blass. Dann schwieg ich. Es war so still, dass durch das geöffnete Fenster jeder Ton des Verkehrslärms auf der Straße unten zu hören war. Mit undurchsichtiger Miene dankte Maxim Berghianu dem Gast für die Ehre des Besuchs, überreichte ihm ein vorbereitetes Erinnerungsgeschenk mit breiter roter Schleife über dem Schmuckpapier, begleitete uns bis zur Tür und sagte zu mir: „Wenn Sie ihn weggeschafft haben, kommen Sie wieder herauf."

Ich verabschiedete Äama Wäana Uptsch ohne Handschlag und betrat zwei Minuten später Maxim Berghianus weiträumiges Büro. Berghianu saß am Schreibtisch, die anderen standen neben und hinter ihm. Ich sah mit einem Blick, dass sie ihrem Zorn freien Lauf gelassen hatten, nachdem der Gast gegangen war. Vor allem Berghianu schien auf mein Eintreffen gewartet zu haben; ich habe niemals erfahren, warum er mich zurückrief. Kaum war die Tür hinter mir ins Schloss gefallen, als er losbrach. Mit gepresster Stimme, der anzuhören war, dass er am liebsten geschrieen hätte, sagte er: „Diese inquisitorischen deutschen Idioten! Mit ihrer Misere des Ordnungsbegriffs richten sie die Welt zugrunde. Sie sind unfähig, den Unterschied zwischen Ordnung und Menschlichkeit zu begreifen. Wissen sie denn, dass sie in unseren sozialistischen Bruderstaaten die Verhasstesten sind? … Alle werden wir gut daran tun, uns vor ihnen in Acht zu nehmen, alle!" Berghianus Zorn füllte den Raum mit elektrischer Spannung. Der Mann war hochrot im Gesicht. Es war totenstill.

Plötzlich ruhig, erhob er sich vom Stuhl, kam auf mich zu und sagte in flüssigem Deutsch: „Wenn Sie Ihre Kumpel in den Traktorenwerken wieder besuchen, trinken Sie einen Schluck auf meine Gesundheit. Oder auch zwei." Er lachte laut und hämisch auf, schüttelte den Kopf und reichte mir die Hand.

Ich habe keine Einzelheit meiner Begegnung mit Hermann Werner Hupsch vergessen. Es ist eine deutsche Geschichte. Mittlerweile stimmt sie mich noch nachdenklicher als vor einem halben Jahrhundert.

Die übergeordneten Gesichtspunkte des Earls

In einem der ersten Nachkriegsjahre begegnete mir auf ungewöhnliche Weise ein noch nicht dreißigjähriger Mann, über dessen Herkunft, Beschäftigung und Lebensverhältnisse ich mir zunächst kein Bild machen konnte, die mich jedoch, als ich sie erfuhr, in Angst und Schrecken versetzten.

Wir standen uns eines Januartags unerwartet in einer mittlerweile abgerissenen kleinen Steinhütte am Ufer eines Hochgebirgssees in den Südkarpaten gegenüber, einem einsamen Bergsteigerrefugium, wo ich mich seit zwei Tagen aufhielt. Er hatte den beschwerlichen Fünf-Stunden-Anstieg durch die Schneemassen der unteren Talstufe in Begleitung eines Führers und einiger Träger hinter sich, als ich mich gerade zu einer der umliegenden Höhen aufmachen wollte, um Ausschau nach G. zu halten, dessen Fernbleiben mich zu beunruhigen begann. Führer und Träger des Ankömmlings, Bauernburschen aus einem der Dörfer am Fuß der Berge, waren sofort wieder talwärts aufgebrochen. Die Tatsache, dass der Mann sie für diesen Dienst verpflichtet hatte, zwang mich, auf das Ungewöhnliche seiner Verhältnisse zu schließen – zu jener Zeit ein Umstand, der mich aufs Höchste beunruhigen musste.

Der Mann war sportlich schlank, von knochiger Gestalt, schwarzhaarig und dank häufiger Aufenthalte im Freien braungebrannt. Eine gewisse Note von Arroganz fiel mir in den ersten Minuten auf. Er hatte meinen freundlichen Gruß mit einem halb über die Schulter gemurmelten unverständlichen Wort erwidert und mich nur flüchtig angesehen. Auch während er sich in einer Ecke des Raumes, des einzigen in der Hütte, mit den abgestellten Rucksäcken beschäftigte, würdigte er mich keines Blickes. Verstohlen betrachtete ich die zwei Paar neuen Skier, die an der Wand neben dem Tisch lehnten, und atmete den Duft der angebrochenen Suchard-Schokolade und des Orangensaftes ein, den er aus einer kleinen Flasche trank – beides fast vergessene Vorkriegserinnerungen. Der Anblick der Trüffelpasteten-Konserve und Earl-Grey-Teebeutel, die er aus einem der Rucksäcke hervorholte und auf dem Regal an der Wand hinter dem Ofen abstellte, ließ mich an die Kartoffeln, die Tüte Maismehl und das Stück Räucherspeck in meinem Proviantbeutel denken.

Da der Mann auch in der Folge keine Anstalten einer Annäherung traf, wie sie unter Menschen in den Bergen üblich ist, und auch meine angedeuteten Avancen unbeachtet ließ, entschloss ich mich zu entsprechendem Verhalten. Was du kannst, das kann ich auch, dachte ich, daran soll's nicht liegen. So erscheint es verständlich, dass wir am späten Abend, nachdem jeder in seiner Ecke mit einem Buch in der Hand bei Kerzenlicht gesessen hatte, ohne ein Wort zu sagen und ohne uns eine gute Nacht zu wünschen, an den entgegengesetzten Enden der Holzpritsche unter die Decken krochen. Vor dem Einschlafen beschäftigte mich natürlich die Überlegung, wer der Mensch sein könnte, der sich mit einer in jenen Elendsjahren auffallenden Ausstattung in die Berge aufmachte. Dass er einem wie auch immer herausgehobenen Personenkreis angehörte, stand außer Zweifel. Das ist nicht nur beunruhigend, überlegte ich, es mahnt zu erhöhter Vorsicht. Wo nur bleibt G.?, dachte ich, mit ihm in Gegenwart des Fremden zusammenzutreffen, muss ich um jeden Preis vermeiden.

Tags darauf – der Mann schlief noch ruhig atmend unter drei Decken – verließ ich die Hütte schon vor dem ersten Morgenlicht. Ich hatte vor, in einen der Hänge hinauf zu steigen, um G. entgegen zu gehen, der, wie mir gesagt worden war, die Berge von der Südseite her überqueren würde, um sich mit seinen Leuten in den Wäldern dieser Seite zu treffen. In der Mitte des Hanges blieb ich im Sichtschutz der Felswände stehen und suchte die Gegend mit dem Feldstecher ab. Durch die Linsen des kleinen Gerätes sah ich tief unter mir meinen Hüttengenossen auf die Terrasse vor dem unscheinbaren Steinbau treten, die Skier anschnallen und auf eine der Erhebungen im Seekessel zugleiten. Schon bald erkannte ich, dass er bei aller Sportlichkeit ein mäßiger Skiläufer war.

Ich verbrachte den Tag mit dem Durchqueren einiger der weitgestreckten Südhänge, von denen aus sich mir die ins Sonnenlicht emporgehobene weiße Gebirgslandschaft in herrlichen Bildern zeigte. Doch G., der sich in der letzten Zeit in den Wäldern der Südausläufer aufgehalten hatte, erblickte ich nicht; er hätte längst auftauchen müssen. Knapp vor Einbruch der Dunkelheit traf ich wieder in der Seehütte ein.

Der Mann saß neben einer auf dem Fensterbrett stehenden Kerze in seiner Pritschenecke, ein Buch auf den Knien. Bei dem Lichteinfall fiel mir der Zug von Härte in seinem Gesicht auf. Wie zum Gruß hob ich kaum merklich die Hand. Er deutete ein Kopfnicken an und las weiter. Er musste vor kurzem das Abendessen beendet haben; Geruch von Kakao und Kognak umfing mich. Ich kochte mir auf dem winzigen Eisenofen meinen Maisbrei. Danach las ich, bis mich der Schlaf übermannte. Ohne auch diesmal mit dem wunderlichen Nachbarn ein Wort gewechselt zu haben, kroch ich auf dem harten Lager unter die Decken. Ich empfand einen Anflug von Achtung vor der Konsequenz, mit der er scheinbar zwanglos an mir vorbeiblickte. Unter üblichen Umständen hätte ich längst eine eindeutige Bemerkung fallen lassen über sein oder unser beider Verhalten. Es waren jedoch, ich sagte es, keine gewöhnlichen Umstände. Außerdem sprach alles dafür, dass er sich im Vorteil befand. Stellt er mir eine Falle?, dachte ich, ist er hierher entsandt, um mich und G. ins Netz zu locken? Nun, ich werde es zu verhindern wissen.

Als ich am nächsten Morgen aufwachte, war er bereits fort. Ein Paar Skier fehlte. Auch die beiden Fotoapparate und die kleine Filmkamera hatte er mitgenommen. Während ich mir zwei Kartoffeln briet, fiel mein Blick auf das Buch, das er geöffnet am Fußende seiner Schlafstelle hatte liegen lassen. Ich widerstand der Regung, nach ihm zu greifen, doch beugte ich mich vor. Zu meinem Erstaunen gesellte sich schlagartig der Schrecken: Das Buch war in englischer Sprache geschrieben – in der Sprache, wie es damals in jenen Ländern hieß, in der „Sprache des imperialistischen Feindes".

Wer, um alles in der Welt, ist der Kerl, dachte ich, der sich mir in die Abgeschiedenheit des Treffpunktes mit G. drängt? So sehr es mich reizte, ich unterließ es, in den Rucksäcken nach Anhaltspunkten zu suchen, die mir Aufschluss hätten geben können. Doch plötzlich konnte ich mich des Gefühls nicht erwehren, dass in unmittelbarer Umgebung Gefahr im Anzug war. Die paar Sachen zu packen und den Ort möglichst schnell zu verlassen, wozu es mich drängte, verbot mir nicht nur mein Auftrag, sondern auch eine Aufwallung von Trotz. Es bedurfte einiger Minuten, um mir sicher zu sein, dass ich mit der Lage würde umgehen können.

Die Zeit drängte, ich musste G. finden. Obwohl die Seehütte als Treffpunkt vereinbart war, entschloss ich mich zu einem längeren Anstieg in die Richtung, aus der ich G. erwartete.

Es war genau zwölf Uhr, als ich – Rücken, Brust und Kniekehlen nass vom Schweiß – über die letzte der verharschten Wechten auf eine Höhe hinaustrat, von der aus ich im gleichmäßigen Wind des Mittags die Umgebung beobachtete. Ohne Ergebnis. Ich entdeckte auch keins der verabredeten Zeichen. Nach einem Imbiss an windgeschützter Stelle machte ich mich daran, über den linker Hand hinaufführenden schmalen Hang einen flachen Felsenkopf zu erreichen. Von ihm aus ist das Blickfeld größer, dachte ich. Und jetzt erst, vier Stunden nach dem Verlassen der Seehütte, fiel mir mein Wohngenosse wieder ein. Ach ja, dachte ich, heute Früh ist mir beim Überqueren des zugefrorenen Sees seine Spur aufgefallen. Sie hatte aus dem weiten Kesselgrund westwärts in die Hänge unter der Paltinaspitze geführt und sich unter den ersten Felsen verloren.

Als ich fünf Schritte unter dem Felsenkopf eine letzte Kehre machte, stand G. wie aus dem Boden gewachsen vor mir – klein, jenen Zug um den Mund, der mir immer schon die Verwegenheit, Gerissenheit und Unbeirrbarkeit anzuzeigen schien, die seinen Ruf weithin begründeten und mir auch dieses Mal als Erstes an ihm auffielen. Den kühlen Blick der hellblauen Augen wortlos auf mich gerichtet, gab er mir mit einer Kopfbewegung zu verstehen, dass ich ihm folgen solle. Er hatte linsenförmige Schneeschuhe an den Füßen, auf denen er sich überraschend wendig und leicht bewegte; er war barhäuptig, eine Pelzkapuze ragte ihm halb über den Nacken. Unser Gespräch im Windschatten des Felsens dauerte nicht länger als fünf Minuten. Die Nachricht, die ich überbrachte – mit der Anweisung, sie ausschließlich ihm mitzuteilen –, hatte mit der Stationierung eines größeren sowjetischen Polizei-Sonderkommandos zu tun, das die Kräfte des einheimischen Sicherheitsdienstes bei der Jagd auf die antikommunistischen Widerständler unterweisen und vorübergehend unterstützen sollte.

Ich nannte G. die Mannschaftsstärke und die Art der Bewaffnung, Garnison und Namen der Kommandeure. Er murmelte zwischendurch etwas, nickte einige Male – und war so plötzlich wieder verschwunden, wie er aufgetaucht war. Sein Satz „In einem Monat am Surul" klang mir noch in den Ohren, als ich ihn schon eine Weile aus den Augen verloren hatte.

Die Seehütte war leer, als ich sie kurz vor Einbruch der Dunkelheit erreichte. Auch nach einer Stunde, in der ich meinen Maisbrei zubereitet und mit einem Stück Speck verzehrt hatte, befand ich mich allein in ihr. Abermals eine Stunde später trat ich ins Freie. Der Widerschein des Mondlichts erhellte auf geisterhafte Art die Gebirgslandschaft ringsum. Noch lag der Mond hinter den Kämmen und Spitzen, er würde ungefähr in einer Stunde zu sehen sein, schätzte ich.

Jetzt durfte ich nicht mehr warten – meinem Hüttengenossen war etwas zugestoßen. Um zu wissen, wen zu suchen ich mich aufmachte, zog ich ohne Zögern den nur nachlässig in eine der Außentaschen des nächststehenden Rucksacks geschobenen Lederbeutel hervor. Mit der einen Hand nach dem winters wie sommers an einem Holzhaken neben der Tür baumelnden Kletterseil greifend, faltete ich mit der andern das zuoberst liegende Papier auf. Der fettgedruckte

Briefkopf gab die folgende lakonische Auskunft: William R. Jackson. Major-General. United Kingdom of Great Britain and Northern Ireland.

Während ich Minuten später auf Skiern den Seekessel durchquerte, überstürzten sich meine Fragen und Überlegungen. Ein britischer Generalmajor im Kommunistenland auf Hochgebirgsurlaub? Im scharf überwachten Staat allein in den Bergen? … Hätte ich mich in den Rucksäcken nicht gründlicher umschauen sollen? Aber der Aufwand mit den Trägern spricht ihn frei vom Verdacht heimlichen Tuns, dachte ich. Dennoch – ausgerechnet ich in seiner Gesellschaft hier oben … Hatte mich vielleicht einer der Spitzel unter den Trägern gesehen, gar erkannt? Das hat mir noch gefehlt! Ich fühlte, wie mir heiß und kalt wurde. Wer, um alles in der Welt, ist dieser William S. Jackson? … Lass ihn, wo immer er ist, sagte ich mir, und mach dich auf und davon. Aber zuerst muss ich ihn finden, dachte ich im selben Atemzug, ich muss wissen, wer er ist.

Wenige Minuten bevor ich auf den Paltinasattel hinaustrat, wanderte der fast volle Mond über die Grate empor und tauchte das Gewirr aus Felswänden, Schneehängen und Abstürzen in ein grelles gelbliches Licht. Nur mein Atem und die Geräusche meiner Tritte durch den schütteren Schnee waren zu hören.

Die Spur, der ich folgte, führte aus der Sattelhöhe nach rechts auf den Kamm zu, der sich von hier über die Hochtäler zu beiden Seiten nordwärts erstreckt. Dann stand ich mit einem Mal vor den in den Schnee gerammten Skiern und Stöcken. Dreimal verdammter Idiot!, durchfuhr es mich, der ist doch tatsächlich von hier auf den vereisten Hochgrat hinaufgestiegen … Von der Filmerei, die mir schon am ersten Tag aufgefallen war, und der Ahnungslosigkeit im Umgang mit winterlichen Verhältnissen im Hochgebirge hatte er sich zu einem Abenteuer anstacheln lassen, dessen Gefahren er nicht einschätzen konnte. Aus Wut über die Lage, in die ich geraten war, hätte ich am liebsten kehrtgemacht. Doch der Zorn, der mich beherrschte, trieb mich gleichzeitig voran. Ein Generalmajor ist das?, dachte ich. Wer um alles in der Welt ist schon in seinem Alter Generalmajor? Ich war entschlossen, dem Narren in die Nacht auf dem Hochgrat zu folgen. Meine Neugierde war stärker als jede andere Regung.

Hier oben, hoch über den Schattenflächen der vom schräg einfallenden Mondlicht nicht erreichten Täler, waren die Felsen mit jenen spiegelglatten Windkristallen überzogen, die keinerlei Halt bieten. Der leichte Wind trieb mir in bitterkalten Wellen ins Gesicht. Ununterbrochen seinen Namen schreiend, kroch und schob ich mich wie bei einem unsicheren Hochseilakt vorwärts, jede falsche Bewegung konnte den Absturz nach der einen oder anderen Seite einleiten.

Ich schrie, was die Lungen hergaben: „Jackson!" Endlich hörte ich seine Antwort und erkannte sofort, dass er sich heiser geschrien hatte, dass er sich seit langem hilflos in misslicher Lage befand. Nach einer Viertelstunde drangen die röchelnden Laute aus einem rechts unter mir in die Tiefe weisenden Felsspalt. In dem Gebräu aus Schwärze und Mondlicht erkannte ich die Gestalt: Sie hing an den Riemen der Fotoapparate und der Filmkamera, die sich beim Sturz in Stein- und Felszacken verfangen und dem Mann auf diese Art das Leben gerettet hatten. Er war klug genug, keine Bewegung zu machen, andernfalls wäre er vier-, fünfhundert Meter durch die Felsspalten geschleudert worden. Er habe, sagte er mir nachher, geschrien. In einem fort geschrien, zur Seehütte hinab, die er gesehen habe. Ja, einige Stunden lang geschrien. Und sich nicht bewegt. Immerfort geschrien …

Es dauerte ungefähr dreißig Minuten, bis ich einen sicheren Halt im glatten Gestein gefunden, mir das eine Ende des Seils um Brust und Bauch geknotet, ihm das andere zugeworfen und ihn aus dem schwarzen Spalt senkrecht unter mir auf den Gratkamm gezogen hatte. Erschöpft, keuchend saßen wir danach im eisigen Wind, ehe wir uns zum Paltinasattel zurückarbeiteten – bis zu unseren nebeneinander im Tiefschnee steckenden Skiern. „Sorry", stieß er einige Male fast stimmlos hervor, „sorry …" „Du gottverfluchter Scheißer von einem Generalmajor“, knurrte ich, woraufhin er sich übergangslos des Deutschen bediente: „Tut mir leid.“ Ich gebe zu, von der stoischen Selbstbeherrschung und den guten Nerven des Generalmajors Jackson beeindruckt gewesen zu sein.

Doch mein Zorn entzündete sich von neuem, als er mir nach dem Eintreffen in der Hütte auf mein Drängen seine Personalien eröffnete. Er sei Chef der Militärmission des Vereinigten Königreichs von Großbritannien und Nordirland in Bukarest, bekam ich zu hören, unabhängig von Jahreszeit und Wetter verbringe er, soweit er sich erinnere, jeden freien Tag in den Bergen, das Filmen sei dabei seine Leidenschaft – ach ja, mit dem Bonus des Kolonialdienstes habe er sich in Indien vorzeitig zum Rang eines Generalmajors hinaufgedient. Dass es für mich höchste Gefahr bedeute, in seiner Gesellschaft gesehen zu werden, begriff er nicht, so sehr ich mich bemühte, ihm die Gründe dafür verständlich zu machen – wie er ebenso wenig begriff, dass die britische Militärmission in der Hauptstadt ein Potemkinsches Dorf sei, „nicht mehr als eine Attrappe, ein Marionettentheater“, sagte ich. No, no! hielt er mir entgegen, er befinde sich doch in einem Land der traditionellen Zuneigung zu Großbritannien, wie ja auch der ganze Westen Europas dem Osten unter der Führung des großartigen Stalin – „the splendid Stalin“, sagte er – für immer verbunden bleibe! Oh, no, treuere, ehrlichere Waffengefährten könne sich keiner wünschen … Was, überlegte ich, was, wenn G. und seine Männer jetzt hier stünden?

Es hatte mit meinem Zustand der Angst vor diesem Mann zu tun, dass ich mich am nächsten Tag in größter Eile aus der Hütte stahl und während der ganzen langen Abfahrt keinen Halt machte. Es war mittlerweile weniger die Angst davor, in Gesellschaft des britischen Generalmajors gesehen und somit der Verbindung zu einem Vertreter der „imperialistischen Todfeinde“ verdächtigt zu werden. Nein, meine Angst reichte weiter, viel weiter: Es war die Angst vor der Ahnungslosigkeit, die mir in diesem Vertreter des United Kingdom begegnet war. Was würde ich G. beim nächsten Treffen antworten, sollte er mich nach meinem Hüttengenossen fragen, von dessen Politikern er und seine Männer versprochene Hilfe erwarteten? Was würde er zu dem doppelten Spiel sagen, das die Westmächte mit uns trieben?

*

Als ich rund zwanzig Jahre später, zwei Monate nach der Ausreise aus dem Kommunistenstaat und der Niederlassung in München, eines Vormittags meine Wohnung in einem der östlichen Vorortviertel der Stadt betreten wollte, stand unerwartet ein Mann neben mir, der höflich grüßte und mich um ein Gespräch bat. Tom Ranger – so hatte er sich vorgestellt – war ein Abgesandter jenes Britenoffiziers, den ich einst aus der schwarzen Felsspalte unter dem südkarpatischen Hochgrat gezogen hatte. Ich erfuhr, dass der Generalmajor William R. Jackson nach Auflösung der Militärmission in Bukarest als Vertreter der britischen Krone zum Gouverneur des Dominion of Canada ernannt worden war, seit einigen Jahren jedoch wieder in seiner Heimatstadt London lebte. Ich sei herzlich eingeladen, sagte Ranger, ihn dort zu besuchen und sein Gast zu bleiben, so lange es mir beliebe. Die Frage nach der Information des Generalmajors – excuse me: des Gouverneurs, verbesserte ich mich – über meine Anschrift beantwortete mir Ranger mit feinem Lächeln und der Auskunft, das werde mir Earl William persönlich sagen.

Noch im Herbst desselben Jahres verbrachte ich zwei Wochen im landsitzartigen Haus des Grafen William R. Jackson nahe dem Regent's Park. Schon am dritten Abend wurde mir durch eine kurze Bemerkung meines Gastgebers dessen hohe Stellung im Secret Service bewusst und damit auch die Frage nach der Kenntnis meines Aufenthaltes beantwortet. Wir erfreuten uns an Fotos und 8-mm-Schmalfilmen, die er aus den Südkarpaten mitgebracht hatte. Überrascht erblickte ich dabei auf einigen der im Seekessel gemachten Winterbilder Jackson in Gesellschaft einer jungen Frau, die ich kannte – meiner ehemaligen Sportfreundin Edith Treybal. „O yes", sagte der Graf, sie sei wenige Tage nach meiner Abfahrt in Gesellschaft zweier Freundinnen in der Seehütte aufgetaucht, „a respectable sportswoman", und ich erinnerte mich plötzlich, dass mir die hellblonde Ditz, wie wir sie nannten, von ihrer Bekanntschaft mit Jackson erzählt hatte: Dieser habe sich in sie verliebt und ihr einen Heiratsantrag mit dem Angebot gemacht, sie nach England mitzunehmen. Trotz der Aussicht jedoch, den verhassten Staat auf diese Weise verlassen zu können, habe sie Jackson geantwortet, dass sie ihn nicht liebe und es daher für unfair halte, das Angebot anzunehmen. „A respectable sportswoman", sagte der Graf noch einmal.

*

Gibt es Orte mit magischer Ausstrahlung, schicksalbestimmend für Menschen?

Über den Paltinasattel, auf den ich in jener Nacht den halberfrorenen Generalmajor vom Grat geholt hatte, rissen fünf Jahre nach unserer Begegnung abgehende Pulverschneemassen meinen Bruder und meinen Schwager in den Tod. Und auf jenem Hang nahe der Seehütte, von dem aus William R. Jackson die schönsten Aufnahmen mit der hellblonden Mädchengestalt vor der Gebirgslandschaft geglückt waren, wurde – abermals wenige Jahre später – Ditz Treybal mit anderen unter einer Lawine begraben.

„I am very sorry", hatte der Earl schon am Abend nach meinem Eintreffen in seinem Hause gesagt, er sei damals in der kleinen Steinhütte am Gebirgssee nur mit Mühe seiner Dienstanweisung nachgekommen, Kontakte und Gespräche mit Personen außerhalb des Dienstbereichs zu meiden. Es sei ihm mir gegenüber besonders schwergefallen. „I am very sorry", hatte er langsam wiederholt.

Im Übrigen war Earl William R. Jackson, wie mir während ausgedehnter Abendunterhaltungen bald klar wurde, seinen politischen Vorstellungen, die er mir einst in den Südkarpaten knapp dargelegt hatte, trotz meiner Hinweise auf das erbarmungslose Schicksal der Männer um G., die alle verraten und hingerichtet worden waren, unverändert treu geblieben. „Mich bestimmten übergeordnete Gesichtspunkte", hatte er mit jenem unbewegten Gesicht gesagt, das mich an die Härte seiner Züge im Kerzenlicht der mittlerweile abgerissenen fernen Seehütte erinnerte.

Der Schwarze Fürst

Er war einer der bemerkenswertesten Männer, denen ich je begegnet bin. Wir hatten uns etwa anderthalb Jahrzehnte lang nicht gesehen, ungefähr ebenso lange war mir keine Nachricht über seinen Verbleib zu Ohren gekommen. Genauso wenig wie seiner Familie und seinen Freunden. Nach ihm zu fragen – sei es auch hinter vorgehaltener Hand und unter Vertrauten –, hatte niemand gewagt. Um Warnung und Abschreckung bis in den letzten Landeswinkel zu tragen, war das öffentlich aufgeblähte Verfahren mit ausgeklügelter Regie zum Spektakel für alle gemacht worden. „Der Militärrichter, ein Oberst", hatte mir einer der wenigen zugelassenen Journalisten, ein Freund aus Kindheitstagen, flüsternd berichtet, „trug seine ordengeschmückte Brust wie eine römische Imperatorenbüste zur Schau und betrat den Verhandlungssaal des Bukarester Tribunals mit dem Schritt eines spanischen Tänzers."

Schon während der Monate vor dem Prozess mit den dreiundachtzig des Hochverrats Angeklagten hatte ich kaum eine Nacht schlafen können. Ich war abgemagert und in einem Maße nervös geworden, dass mich alle, mit denen ich zu tun hatte, nach meinem Gesundheitszustand fragten. Meine Verfassung hatte sich zudem durch den Umstand verschlimmert, dass ich mich niemandem mitteilen, bei niemandem meine Angst abladen und mir bei keinem Zweiten Rat holen konnte. Niemals war mir der Gedanke an die Flucht aus dem Land so oft durch den Kopf gegangen wie zur Zeit jenes Prozesses im dritten Nachkriegsjahr. Gleichzeitig war ich mir dessen bewusst gewesen, dass im Falle eines Fehlschlags alles noch schlimmer werden würde.

Wie begründet meine Befürchtungen waren, zeigte dann die Urteilsverkündung; auf Anweisung von oben beschäftigten ihre Einzelheiten die Presse tagelang. Von den dreiundachtzig Männern und

Frauen, die das kommunistische Gericht der Spionage für die alliierten Westmächte Frankreich und Großbritannien schuldig befand, wurden vierzehn zum Tode verurteilt und schon wenig später in einem der Kasemattenschächte des unterirdischen Forts Nummer 13 Jilava nahe der Hauptstadt erschossen, einundzwanzig erhielten lebenslange schwere Kerkerhaft, die Übrigen Strafen zwischen vierzehn und fünfundzwanzig Jahren schweren Kerkers.

Welches Urteil mir zugedacht worden wäre, hätte Alexander – im Freundeskreis kurz Raxe genannt – meinen Namen preisgegeben, kann ich mir nur in Alpträumen ausmalen. Hoffentlich kommt er auf den Gedanken, hatte ich mir während jener Monate einige Male gesagt, dass er durch das Verschweigen meiner Beteiligung sich selber vor einem höheren Strafmaß bewahrt. Dafür aber war es unerlässlich, dass sie die Pläne nicht bei ihm fanden. Das Urteil war dann in seinem Fall auf vierzehn Jahre bemessen worden. Er sollte sie bis zur letzten Stunde absitzen. Sie hatten ihn im sechsten Semester seines Studiums der Medizin, angestrebter Fachbereich Orthopädie, verhaftet. Als ich Jahre später nach einem Geheimprozess ebenfalls hinter Schloss und Riegel kam, lagen andere Gründe vor.

Auf alle Fälle empfand ich unser Wiedersehen unmittelbar nach abgebüßter Strafe vom ersten Augenblick an als glückliche Fügung – wir waren beide auf unbefristete Zeit in einen Winkel der östlichen Donausteppe verbannt worden. Wiewohl durch die vielen und unnachsichtigen Kerkerjahre verändert und überdies in unserer Erinnerung aneinander auf die eine Nacht beschränkt, in der wir uns im halbdunklen Zimmer eines Hauses im Zentrum Bukarests flüsternd gegenübergestanden hatten, erkannten wir uns in der ersten Sekunde wieder. Im Augenblick darauf lagen wir uns in den Armen. Hätte uns einer beobachtet, er wäre vielleicht auf den Gedanken gekommen, das Denkmal eines Liebespaares zu sehen.

Fürst Alexander Dirkas entstammte einer im Land ehemals berühmten Familie. Seine Vorfahren hatten im 17. Jahrhundert angefangen, von sich reden zu machen und im altrumänischen Fürstentum Moldau segensreich und in vielerlei Hinsicht öffentlich beispielhaft gewirkt. In dem vom mächtigen und aggressiven Reich der Osmanen bedrängten kleinen Land durch Unerschütterlichkeit in bedrohlichen Situationen bewährt, genossen sie bei den Bauern, der städtischen Bürgerschicht und dem wohlhabenden intriganten Landkleinadel über Generationen hinweg wachsendes, von niemandem angezweifeltes Ansehen. Wie für die meisten Familien ihres Standes war auch für sie das Bewusstsein der Zugehörigkeit zum Kreis der romanischen Nationen eine unumstößliche Selbstverständlichkeit ihres Lebens, ja die Grundlage des Lebensstils. Insbesondere stand das Bekenntnis zu Frankreich als Ehrenkodex des Auftretens im Land wie außerhalb der Landesgrenzen auch als geistige Selbstdefinition außer Frage – so wie es ein vom Glanz Napoleons III. inspirierter Dichter der Moldau um die Mitte des 19. Jahrhunderts in einem überschwänglichem Poem ausgedrückt hatte.

Eben diese Tradition der Anlehnung an die Nation der Franzosen hatte den jüngsten und, wie sich herausstellen sollte, auch letzten Abkömmling der fürstlichen Familie mehr als alles andere bewogen, der Aufforderung einer Gruppe von Bukarester Konspiratoren zur aktiven Résistance gegen die roten Herrscher ohne Zögern zu folgen. Diese kamen weitgehend aus denselben Kreisen, die noch wenige Jahre vorher beim Widerstand gegen Bukarests Bündnis mit Hitlers Berlin Kopf und Kragen gewagt hatten – Exponenten der leidvoll klassischen Lage des Landes: zwischen den Mächtigen bald aus dem Westen, bald aus dem Osten aufgerieben und in dramatische innere Erregungen versetzt zu werden. Eher also aus der Familientradition heraus als aus konspirativem Drang handelnd, hatte sich der Medizinstudent über Nacht in einem Netz undurchsichtiger wie beängstigender Verstrickungen befunden, ohne je genau zu erfahren, zu welchem Zweck er bald dies, bald jenes zu tun beauftragt wurde. Einer einzigen gefahrvollen Verbindung war er sich dabei eindeutig bewusst – der Verbindung mit mir.

Zu dem später berühmt gewordenen Bukarester Verschwörerkreis hatte ich, damals knapp über zwanzig, zwar keine Beziehung. Doch ich war dank mehr oder weniger ausgefallener Umstände, auf alle Fälle meinem Instinkt der Auflehnung gegen unangemessenen Machtanspruch folgend, bald nach der Besetzung des Landes durch die Rote Armee während der letzten Kriegsmonate zum Kuriergänger in den Südkarpaten untergetauchter Widerstandsgruppen geworden. Meine Kenntnis der Gebirgslandschaften war den Männern ebenso als Empfehlung erschienen wie der Umstand, dass ich Risiken nicht scheute. Auf diese Weise hatte ich mir durch die Beziehung zu bekannten, von den Sicherheitsdiensten mit Aufwand gejagten Partisanenführern einen heiklen – bei Licht betrachtet: einen lebensgefährlichen – Status zugelegt.

Diese zugleich verwegenen wie vorsichtigen Männer suchten genau so wie die Bukarester Frondeure Kontakte zu westlichen Geheimdiensten, im Unterschied zu diesen jedoch nicht zu Franzosen und Briten, sondern zu den US-Amerikanern. Trotz grundsätzlichen Argwohns allem und jedem gegenüber durften sie aber die Verbindung zur hauptstädtischen Résistance, der sie misstrauten, wegen besonderer Fälle nicht abreißen lassen. Ein solcher Fall war im Sommer 1946 eingetreten, was zu meiner Entsendung „in einer für die bewaffneten Gruppen in den Südkarpaten wichtigen Frage" in die Hauptstadt geführt hatte.

Als Anlaufadresse hatte mir ein „im Bojarenstil errichtetes zweistöckiges Wohnhaus mit Garten" in der Calea Victoriei, einer der Hauptstraßen Bukarests, genannt werden können, es ausfindig zu machen, war mir überlassen worden. Zwei Tage später stand ich kurz nach Mitternacht in einem mit alten, schönen Möbeln und dunkler Plüschgarnitur eingerichteten, spärlich beleuchteten Raum des zweiten Stockwerks einem Mann gegenüber, der mir auf die Nennung des Codes hin die Tür geöffnet hatte. Ich flüsterte meinen Decknamen Sârbul – der Serbe –, er stellte sich als Negru Vodă vor, der Schwarze Fürst. Negru Vodă war nur unerheblich älter als ich, von kräftiger

Gestalt, braunhaarig. Mir fiel der abwägende Blick der dunklen Augen auf. Ich legte ihm ohne Umstände die Pläne für den erbetenen Fallschirmabwurf von Funkgerät, Waffen, Medikamenten vor. Hochgebirgsplateaus, flache Gipfelregionen, Gebirgskessel und geschützte Bergsättel waren darauf eingezeichnet. Sie sollten nach Vorstellung der Widerständler von den bei Nacht aus dem Westen einfliegenden US-amerikanischen Piloten anvisiert werden.

Die schnelle, sichere Art, mit der Negru Vodă, der Schwarze Fürst, meine Erläuterungen selbst bis in die geringfügigste Einzelheit begriff, gefiel mir umso mehr, als seine knappen Einwürfe und Fragen einen Schuss überlegener Ironie enthielten – wie ich mich überhaupt vom ersten Augenblick an zu dem Mann hingezogen fühlte. Es muss ihm mit mir ähnlich ergangen sein. Nach wenigen Minuten sprachen wir deutsch miteinander. Einer spontanen Gefühlsaufwallung folgend, nannte er mir unvermittelt seinen wahren Namen: Alexander Dirkas. Dass er es tat, war bei der gegebenen Lage nicht klug. Doch merke ich hier an: Ich habe das Vertrauen, das er mir damit bewies, niemals enttäuscht. Ich überlegte nur eine Sekunde, ehe ich ihm meinen Namen ebenso nannte. Auch das war nicht klug.

Noch viel weniger enttäuschte allerdings er mein Vertrauen. Denn als der Staatssicherheitsdienst wenig später alle Mitglieder des Bukarester Verschwörerkreises in derselben Nacht und zu derselben Stunde verhaftete – natürlich war einer jener erbärmlichen Verräter am Werk gewesen, die nachher das „Ethos des Verrats“ für ihr Versagen reklamieren und verständnisvolle Interpreten als Verteidiger finden –, sahen sich die Offiziere bei den Verhören nach den Hausdurchsuchungen zu ihrer Freude im Besitz ausgiebigen Beweismaterials. Darunter auch der Papiere und Pläne, die ich Raxe im Auftrag zweier Partisanenführer, eines ehemaligen Agronomie-Ingenieurs und eines Ex-Obersten der Königlichen Armee, zur Weiterleitung übergeben hatte. Dass der Sicherheitsdienst von der Existenz solcher Pläne wusste und mit allen Mitteln danach trachtete, in ihren Besitz zu kommen, war mir bei der Aushändigung als Hinweis auf den Weg mitgegeben worden.

Die quälende Ungewissheit darüber, ob Raxe während der Verhöre bei der Frage „Woher hast du die Pläne? Wer gab sie dir?“ stark genug sein würde, meinen Namen zu verschweigen, hatte mich vom Tag seiner Verhaftung an umgetrieben, mir Schlaf und Ruhe geraubt. Denn mir war klar, dass es nicht nur um mich ging. Die nachweisbare Verbindung zu den bewaffneten, immer wieder in Gefechte mit den Truppen des Sicherheitsdienstes verwickelten Widerständler würde nicht nur zahlreiche weitere Verhaftungen nach sich ziehen, sie würde dem ganzen Verfahren eine Dimension verleihen, die sowohl den Vernehmungsoffizieren als auch den Richtern die Möglichkeit unbegrenzter Erbarmungslosigkeit in die Hand spielte. Erst als ich die Nachricht vom abgeschlossenen Prozess und von den Urteilssprüchen erhalten hatte, trat – so absurd es klingt – die Entspannung ein: Raxe, der Schwarze Fürst, hatte meinen Namen nicht genannt. Ich war vorläufig in Sicherheit und mit mir eine Reihe wichtiger Verbindungsleute. Als ich meiner Mutter auf ihr Drängen hin die Lage gestand, in der ich mich seit der Festnahme der Bukarester befunden hatte, sagte sie: „Ein wahrer Fürst – nicht nur dem Namen nach! Gott schütze ihn. Ob ich ihn kennen lernen werde?“

Nun standen wir uns also nach vierzehn Jahren wieder gegenüber. Diesmal nicht im Halbdunkel einer getarnten Bukarester Wohnung, die weiß Gott wem gehörte, sondern im Herbstlicht der weiten Steppe, deren Farben die bunten Schatten verloren und sich in fahles Graugrün zurückgezogen hatten. Nicht mehr als junge, vor dem Gesetz unbescholtene Männer, die sich im Land frei und unbehelligt würden bewegen können, wie es ihnen Lust und Laune eingaben, sondern als Gezeichnete, denen auf Schritt und Tritt die Arguswachsamkeit eines vor Misstrauen kranken und grausamen Ungeheuers namens Staat gelten würde. Auch nicht mehr als waghalsige Verschwörer im Namen der Freiheit, sondern als Männer, die nackt im Vorhof der Hölle gestanden und ihre Illusionen gegen eine nüchterne

Härte in der Betrachtung der Welt eingetauscht hatten, vor der die Mächtigen und ihre Lakaien, die Schwätzer und Schwärmer erst recht nicht sicher waren. Und zu dem Gepäck, mit dem wir die Isolierkammern, die unterirdischen Verliese und die Todeslager verlassen hatten, gehörte eine Fähigkeit zum Lachen, die so keiner von uns vorher hatte.

Natürlich stellte sich mir schon in der ersten Minute unseres Beisammenseins die Frage eines Dankeswortes an Raxe: „Haben sie dir bös zugesetzt bei den Verhören vor vierzehn Jahren, als die Rede auf die Pläne mit den Abwurfplätzen kam? Haben sie die Pläne damals gefunden? Bei dir? Bei anderen? Wie hast du dich herausgewunden? ..." Oder ähnlich. Doch gerade, als ich davon anfangen wollte – wir saßen in der Nachmittagssonne unter dem galgenähnlichen alten Akazienbaum mit den drei gespreizten Ästen neben der Eingangstür zu seiner Hütte –, blickte er mir in die Augen und sagte nachdenklich: „Merkwürdig. Ich habe das Gefühl, dich seit drei Leben zu kennen. Ich hatte es schon bei unserem ersten Treffen ... Wir sind uns nur ein Mal vor Jahren in einer dunkeln Wohnung und soeben erst zum zweiten Mal begegnet. Merkwürdig." Ich nickte und sagte nur: „Ja. So ist es."

Dann unterhielten wir uns über Fragen der Literatur, des Theaters, der Musik, als kämen wir soeben von einer Dichterlesung, einer Freilichtaufführung oder aus einem Konzertsaal. Erinnerungen an Werke der Kunst, die in die Zeit vor unserer Festnahme zurückreichten, und das Gespräch über sie während der Haftjahre hatten uns beide, wie wir feststellten, zu Einsichten kommen lassen, die uns vorher fremd waren. Damit will ich nicht sagen, dass Kunst- oder Literaturerlebnisse unter jenen Umständen – in unterirdischen Kasematten, mit Ketten an den Füßen, in Aushungerungszellen – vertieft worden wären. Nein, sie hatten einen neuen Sinn als Teil unseres Verständnisses vom Leben erhalten, sie gehörten nicht mehr gesondert dem Bereich „Kunst" an, wir hatten begreifen gelernt, dass sie zu unserer Existenz gehörten wie das Atmen, das Essen, das Lieben –

oder als unnütz abgetan werden können. Vor allem dies: Die hinter uns liegenden Jahre hatten nichts davon zugeschüttet …

Als ich nach drei Tagen der Aufnahme in Raxes strohgedeckter Behausung eine leere Hütte als Unterkunft fand und mich meinen Angelegenheiten zuwendete, hatte ich meinen Vorsatz, ihn auf die ehemaligen Verhöre anzusprechen, immer noch nicht verwirklicht. Mit dringenden Fragen meines Alltags beschäftigt, vergaß ich es nun erst recht.

Wir wohnten keine zwei Minuten Wegs auf einem Pfad über einen verwahrlosten Acker voneinander entfernt. Bald ging ich, einen Hammer, ein paar Nägel von ihm zu holen – er war drei Wochen vor mir unter Eskorte in das Verbannungsnest gebracht und von einem Freund mit dem Nötigsten versorgt worden –, bald tauchte er bei mir mit der Frage auf, ob ich seiner Hilfe bedürfe. So auch am dritten Tag, als ich damit beschäftigt war, mir einen Tisch aus Brettern zu zimmern, die mir ein ehemaliger, nach Gefängnisjahren ebenfalls in die Verbannung verschickter älterer Diplomat überlassen hatte. Raxe stand unerwartet vor mir, murmelte etwas, half mir mit ein paar Handgriffen, die Arbeit zu beenden, und ging dann wieder, ohne ein Wort gesagt zu haben, mit einem Kopfnicken. Ich blickte ihm nach, wie er im sinkenden Abend zwischen den verdorrten Sonnenblumenstängeln und dem jungen Maulbeerbaum am Ackerrand verschwand. Nun, dachte ich, alle haben wir uns in den zurückliegenden Jahren unsere Eigenheiten zugelegt … Plötzlich kam mir der Mann, als er im Dämmer verschwunden war, sehr einsam vor.

In diesem Augenblick stand für mich fest, dass ich mich nächstentags bei ihm einfinden und die Frage nach dem Verlauf der Ereignisse vor anderthalb Jahrzehnten stellen würde. Mich beherrschte das Gefühl, jedes weitere Aufschieben könnte uns beiden Verletzungen zufügen oder es könnte schon morgen Abend zu spät sein. Ich dachte: Es darf nichts liegen bleiben. Ich erschrak beim Selbstvorwurf, bisher geschwiegen zu haben. Doch in der Sekunde darauf sagte ich mir auch: Vielleicht war da überhaupt nichts, fiel kein Wort über die

Pläne, waren die längst vernichtet worden und den Vernehmungsoffizieren nie zu Gesicht gekommen, vielleicht hat er das alles längst vergessen, tut es als Lappalie ab und lacht mich aus, wenn ich davon anfange.

Ich schlief in der Nacht unruhig, ohne zu wissen warum, kroch aus dem Bett und trat zwei Stunden nach Mitternacht ins Freie hinaus. Der herbstliche Sternenhimmel prangte in einer Klarheit über der Steppe, die mich besänftigte, weil sie mir die Verhältnismäßigkeiten bewusst machte, in die wir hineingestellt sind. Zwar hatte ich mir während der Haftjahre eine Distanz zu mir selber anerzogen, in deren Verständnis mir das Unerhebliche unserer selbstveranschlagten Wichtigkeiten endgültig eingeprägt worden war. Aber die Gelassenheit, zu der wir in dieser Frage von den Weisen aufgerufen sind – so wollte es mir unter dem nächtlichen Himmel erscheinen –, erwächst uns immer allein aus der unmittelbaren Begegnung mit der Schöpfung. Doch, nein, gebot ich mir zugleich: Nichts, gar nichts, auch nicht die Erkenntnis unserer Nichtigkeit enthebt uns der Entscheidung darüber, was wir zu tun, was wir zu lassen, was wir zu verantworten haben, ob wir erbärmlich oder tapfer sind. Ich schlief danach ruhig und bis in den Vormittag hinein.

In der Ferne vor mir flirrte das Steppenlicht, als ich über den vernarbten und von allerlei Trockenkräutern überwachsenen Acker ging, an dessen Ende Raxes Hütte stand. Ich hörte ihn schon von weitem singen, ich erkannte die Melodie – eine jener Bukarester Kneipenschnulzen, die von Frauen mit rauchiger Stimme und einem Flair der Hingabe gesungen werden, dessen verwirrender Faszination sich keiner entziehen kann, der auch nur ein Fünkchen Gemüt besitzt: „Aseară ți-am dat inel, și acu te vâd fără el, tralala ...“, „Schenkt' ich dir ein Ringelein, trägst's nicht mehr am Fingerlein, tralala ...“ Dann erblickte ich Raxe.

Er stand bis zu den Knien im Wasser eines Bottichs, seifte sich Brust, Arme und Kopf ein und schmetterte das Tralala mit der Rückhaltlosigkeit eines Belcantotenors in den Tag. Der von Schaumspritzern bedeckte nackte Körper schimmerte wie ein Fischleib; die Akazie neigte ihre drei Äste über ihn, als wollte sie sich das Bild nicht entgehen lassen, das der badende, singende Mensch bot. Er sah mich und rief: „Komm, wasch mir den Rücken!" Er sang ohne Unterbrechung, während ich ihm den Rücken einseifte und ausgiebig mit einem Lappen schrubbte: „Aseară ţi-am dat basma, şi acu te vâd fâră ea, tralala." „Schenkt' ich dir ein Tüchlein fein, wo nur mag's geblieben sein. Platz da!", rief er und goss sich, als ich zur Seite getreten war, aus einem löcherigen, rostigen Blechtopf Wasser über Kopf und Schultern, so verschwenderisch, dass sich rings um den runden Bottich Lachen bildeten. Da erst streckte er mir die nasse Hand entgegen, sah mich vergnügt an und fragte: „Ob vom schönen alten Bukarest mit den Liedern in den Sommernächten für uns etwas übrig blieb? … Reich mir das Handtuch vom Fensterbrett." Das Handtuch in beiden Händen, trat er aus dem Bottich auf die Holzstufe vor der Tür und begann, sich trocken zu reiben. Er tat es ohne Hast, fast genießerisch bedacht und gründlich. Die Sonne stand jetzt im Zenit – in ihrem Licht war jeder Muskel, jede Gelenkfalte, jede Ader zu erkennen.

Ich habe den Blick, den Raxe mir in der Sekunde darauf zuwarf, bis heute nicht vergessen. Über das angewinkelte rechte Knie gebeugt, um sich den Unterschenkel abzutrocknen, stockte er in der Bewegung und richtete sich mit einem Ruck auf, ohne den Blick von mir zu wenden. Vielleicht standen wir eine Minute lang Auge in Auge. Vielleicht lag in dieser Minute die Summe der vielen zurückliegenden Jahre. Mein Blick glitt über den nackten Männerkörper, und jetzt erst fiel mir die mehrfache Verkrüppelung des rechten Schienbeins auf – der Knochen musste einige Male unglücklich gebrochen und ebenso unglücklich geheilt sein. Die höckerigen Vernarbungen über den ehemaligen Bruchstellen und die Verkrümmungen des Knochens bis unter das Kniegelenk, vor allem die schwarzen Flecken und Streifen zwischen Knie und Fußknöchel, die mich beim Anblick des Unterschenkels mehr als alles andere erschauern ließen … Das kann doch unmöglich die Hand eines Arztes gewesen sein, dachte ich, die das zertrümmerte Schienbein in diese formlose Stellung gebracht und die schwarzen Vernarbungen untätig zugelassen hat! Oder es waren Unmenschen am Werk gewesen, die mit dem Bein und dem Mann, dem es gehörte, ihren Spott getrieben hatten.

Sollte mich einmal, ein einziges Mal in meinem Leben das Gefühl beherrscht haben, mir sei das Blut in den Adern zu Eis gefroren, dann während jener Augenblicke des Herbsttages in der Donausteppe, als ich den Gedanken nicht zu Ende zu denken wagte, der mich beim Anblick des missgestalteten schwarzen Beins durchfuhr.

Ich erinnere mich nicht mehr, ob Raxe zum Ankleiden in die Hütte ging oder ob er die Kleider von einem Strauchast im kümmerlichen Gärtchen nahm. Ich kam erst wieder zu mir, als er mich auf die kleine Bank unter der Galgenakazie drängte.

„Was haben sie mit dir gemacht?", fragte ich nach einiger Zeit. „Gebunden", antwortete er trocken, „den Unterschenkel zwischen die Platten der beiden Tische im Vernehmungsraum geschoben. Die Tische von beiden Seiten gegeneinander gestoßen." „Weil du nicht sagen wolltest, wer dir die Pläne mit den Abwurfplätzen gab?" Er sagte: „Sie haben das vier- oder fünfmal wiederholt. Mit aller Kraft. Von der einen Seite ein Leutnant, von der anderen ein Oberleutnant. Der Sergeant und ein Mann in Zivil hielten mich fest. Ich habe nur beim ersten Mal geschrien. Dann habe ich nichts mehr gefühlt. Auch nicht, als sie mich mit Wasser aus der Ohnmacht zurückholten und von vorne anfingen. Ich habe bloß noch zugesehen und beobachtet, wie der Unterschenkel seine Form verlor, anschwoll, blutete und auszusehen begann wie ein verwachsener schwarzer Gnom, der mich aus Sabberaugen angrinste. Der Sergeant trug einen sorgfältig geschnittenen Schnurrbart und roch nach billigem Rasierwasser. Der Mann in Zivil stank unerträglich nach Schweiß. Die beiden lachten die ganze Zeit … Dann warfen sie mich in die Zelle zurück. Ich hatte Glück. Die Knochen heilten ohne Entzündung. Mit Hilfe der Zellenkollegen gab ich ihnen eine halbwegs normale Form – ich hab's schließlich mit der Orthopädie. Nur die Schwärze habe ich nicht weggekriegt. Das lässt mich darauf schließen, dass der Unterschenkel eines Tages amputiert werden muss."

Ob das Flirren in der Ferne von der erwärmten Luft über der Steppenerde rührt oder sich in meinen Augen verselbständigt hat?, dachte ich zwischendurch.

„Wie lange hat das gedauert?", fragte ich. „Nach etwa zehn Wochen konnte ich einigermaßen humpeln." Er atmete tief ein und aus und ergänzte in einem Ton, aus dem ich schloss, dass er mehr darüber nicht sagen wollte: „Die Pläne fanden sie bei einem anderen. Der nannte meinen Namen. Doch ich blieb dabei, dass der sich geirrt haben müsse, ich wüsste von keinen Plänen. Es wurden damals wegen geringerer Vergehen Todesurteile gefällt und vollstreckt … Ich hatte auch da Glück." Dann schwieg er.

*

Ich verbrachte zwei Jahre gemeinsam mit dem Schwarzen Fürsten in der Verbannung. Ich erlebte es, wie er sich vom jahrhundertealten Heiligtum der politischen Familientradition abkehrte. In einem aufwühlenden Gespräch mit den Eltern, dessen Zeuge zu sein er mich dringend bat, nein, zwang, sagte er zu diesen: „Als ich mich zu den geheimdienstlichen Tätigkeiten entschloss, versprachen das Deuxiéme Bureau und die Sûreté Nationale, uns herauszupauken, sollten wir in die Scheiße geraten. Wir hatten nicht darum gebeten. Aber als unsere besten Leute erschossen, halb totgeprügelt und verstümmelt wurden, rührten sie keinen Finger – weil es damals für ihre Interessen nicht mehr opportun war. Es ist dein Sohn, Mutter, dem die wortbrüchigen Pariser Kanaillen fünfzehn Lebensjahre und den Glauben ans verlässliche Wort stahlen. Und ihr verlangt von mir fortgesetzte Treue zur Überlieferung?"

Empört über die „vulgäre Sprache der Abtrünnigkeit", rief die Gattin des Generals im Ruhestand Dan Dirkas etwas vom „Opfer, zu dem unsere Familien berufen sind". Ohne Lebewohl gesagt, ohne den Sohn an die Brust gedrückt zu haben, reiste das düpierte Ehepaar ab.

Mit starrem Gesicht stand der Schwarze Fürst vor mir. „Ich wusste es", sagte er, „ich habe es vierzehn Jahre lang befürchtet. Unsere Familien sind zu alt, um zu lernen."

Während der zwei folgenden Jahre besuchte mich meine Mutter. Die Courtoisie, mit der Raxe ihr begegnete, ihre Fragen beantwortete, sich endlos mit ihr über Gott und die Welt austauschte und herzhaft lachte, von ihr kochen lernte, blieb mir unvergessen. Sie redete ihn ausschließlich mit „Fürst" an. Er wurde mir zum besten Freund, den ich je hatte. Als das Innenministerium den Verbannungsort nach zwei Jahren auflöste, waren wir beiden die Letzten, die ihn auf Anweisung der Sicherheitsbehörde verlassen durften.

In den fünf Jahren bis zur Emigration aus dem Land meiner Geburt waren wir viel zusammen. Immer wieder und immer häufiger gemeinsam mit seiner Freundin Francesca, die er eines Tages heiratete; ich war Trauzeuge. Er nahm das Studium wieder auf, schloss es ab und promovierte. Nein, die Bukarester Kneipen mit den aufgerauten Frauenstimmen und der weisen Melancholie ihrer Lieder suchten wir nicht auf. Es hatte sich zu viel verändert. Nichts mehr war so wie vorher.

Dafür wurden die langen Abende und halben Nächte, sei es zu zweit, sei es zu dritt, in Francescas Bukarester, in meiner Kronstädter Wohnung zu Stunden einer Ausgewogenheit, die uns unerreichbar machte – bei leisen Gesprächen und jenseitiger Musik, wie die großen Meister sie komponierten, und gelegentlich bei einem abgründigen Gedicht, in dem wir uns wiederfanden. Erlag einer von uns beiden der Versuchung, im Rückblick kalt und abweisend zu werden, genügte ein halber Satz oder ein Lächeln der brünetten Dreißigjährigen mit der schönen Ruhe im Blick, die vielfachen Verletzungen nicht Herr werden zu lassen über uns.

Als es mir in München – zehn Jahre nach der Haftentlassung – glückte, Dr. Alexander Dirkas durch eine verdienstvolle Gesellschaft zu einem Orthopäden-Kongress nach Heidelberg einladen zu lassen, erreichte mich nach quälend langem Warten ein Brief Francescas, in dem diese mir mitteilte, dass sie ihren Mann nach tagelanger Suche erhängt auf dem Dachboden ihrer Wohnung gefunden habe, „das Flugticket für die Reise zum Heidelberger Kongress in der Sakkotasche". Eine Erklärung der näheren Umstände fehlte; die Zensur hätte den Brief mit einer solchen nicht durchgelassen. Auf Umwegen erfuhr ich, dass der Staatssicherheitsdienst an Dr. Dirkas das Ansinnen gestellt hatte, mit Informationen über führende Personen der Bukarester Emigrantengemeinde im Westen aus Heidelberg zurückzukehren. „Mit Ihrem Namen", soll einer der Offiziere gesagt haben, „öffnen sich Ihnen alle Türen ..."

Dieser letzten und äußersten Verhöhnung und Entwürdigung war selbst er nicht mehr gewachsen.

*

Genau dreißig Jahre später – der Spuk der kommunistischen Verbrecherregime war aus Europa verschwunden – stieß ich in meinem zur Einsicht freigegebenen Dossier des ehemaligen Sicherheitsdienstes auf ein Papier, aus dessen Inhalt hervorgeht, dass mich der Schwarze Fürst in jenem kurzen Gespräch unter der Galgenakazie am Rand der Donausteppe getäuscht hatte: Die Partisanenpläne mit der Bezeichnung der Abwurfstellen in den Südkarpaten waren in der Tat bei ihm gefunden worden – aber die Beantwortung der Frage nach deren Überbringer hatte er trotz der geschilderten Umstände bis zuletzt verweigert. Der Schwarze Fürst hatte mich mit der Wahrheit verschonen wollen.

Es ist ihm nicht gelungen.

Und so wird jeder den Maßstab gutheißen müssen, den ich daraus abzuleiten gezwungen bin.

Frauen an meinem Weg

Der Mann mit der Maschinenpistole ging zehn Schritte hinter mir. Er hatte grobe, schwammige Gesichtszüge, blatternarbige Wangen und einen düsteren Blick. Er trug die dunkelblaue Uniform eines Unteroffiziers der Securitate, wie der Staatssicherheitsdienst hieß. „Vorwärts, marsch!", hatte er mich vor fünf Minuten angebrüllt. Ich hatte begonnen, in die Steppe hineinzugehen, die jetzt unter der Mittagsglut des Augusttages wie eine unübersteigbare Mauer vor mir flimmerte.

Als das Lagertor ungefähr hundert Meter hinter uns lag, brüllte er: „Halt! Kehrt!" Ich tat wie befohlen und erkannte zuerst die aufgereckten Gerippe der Wachtürme in der Ferne. Wie gespenstisch angeordnete Knochenskelette ragten sie ins Flimmern empor. Dann erst sah ich den vor mir stehenden Mann. Der Schweiß rann ihm über die Schläfen. Er bewegte die Lippen, während er sich mit einem großen roten Taschentuch das Wasser aus dem Gesicht wischte. Er hatte die drei oberen Jackenknöpfe geöffnet, sich die Schirmmütze aus der Stirn geschoben und den breiten Ledergürtel mit der Diensttasche abgeschnallt, der ihm über der Schulter hing. Ich wusste, dass er fluchte.

Er ließ das Taschentuch sinken und brüllte: „Du wirst beim Gehen den Kopf gesenkt halten. Du wirst kein Wort reden. Beim ersten Ausbruchsversuch wirst du ohne Vorwarnung erschossen … Hast du verstanden?" „Ja", sagte ich. Er brüllte: „Ich habe gesagt, du sollst kein Wort reden! … Kehrt, vorwärts, marsch!" Ich machte kehrt und ging weiter ins Flimmern der Augustluft hinein, das sich immer höher vor mir auftürmte und jetzt aussah wie Tafelberge aus flüssigem, zitterndem Glas.

Die Erde war ausgetrocknet. Bei jedem Schritt staubte es zwischen den verdorrten und vergilbten Grasbüscheln und -narben. Dann wieder war der Steppenboden hart wie eine Tenne. Da wir gestern in der Baracke 112 kahlgeschoren worden waren, hatte ich nach weiteren hundert Schritten das Gefühl, jemand bohre mir einen glühenden Lötkolben ins Gehirn. Ich holte im Gehen das Taschentuch hervor, besser gesagt ein zerfetztes Tüchlein, das mir als Taschentuch diente, knotete die Ecken zusammen und zog es mir über den Kopf. „Halt!“, brüllte der Unteroffizier, „kehrt!“ Ich tat wieder wie befohlen. Die Wachtürme, von denen aus die Posten Tag und Nacht die achttausend politischen Häftlinge beobachteten, waren jetzt nur noch Punkte, die im wabernden Glast an vibrierende Quecksilberkügelchen erinnerten. In der Stille hörte ich das stete Kochen der Luft als ein feines Summen. „Was hast du da?“, brüllte der Unteroffizier. „Ein Taschentuch“, sagte ich. „Schweig! Du sollst nicht reden, habe ich gesagt!“, brüllte er.

Wir gingen weiter. Nach einer Viertelstunde dachte ich: Jetzt sind die vibrierenden Turmspitzen nicht mehr zu sehen. Jetzt gibt es nur noch die vor mir aufbrandenden Flimmerberge, in die wir hineinsteigen und die nicht aufhören, mir vor den Augen zu tanzen … Wie lautet der Befehl des hinter mir gehenden Mannes? Was, zum Teufel, haben die mit mir vor? Der Offizier vom Dienst hatte plötzlich in der Barackentür gestanden, meinen Namen gerufen und geraunzt: „Nimm deine Sachen! Melde dich bei der Torwache!“ Sachen? Die gab's nicht. Ich hatte mich beim Lagertor gemeldet und dort drei Stunden lang die ein- und ausgehenden Uniformierten beobachtet, ehe der Unteroffizier im Türrahmen von einem Hauptmann einige Papiere entgegengenommen, sie in die Diensttasche geschoben und sich mir zugewendet hatte. „Vorwärts, marsch!“

Dieser Gang ins Blendlicht hinein mit einem Bewaffneten im Rücken, dessen ungehobelte und finstere Visage wenig Gutes verhieß … War da nicht vor einiger Zeit in den Baracken die Rede von Erschießungen draußen in der Steppe gewesen? Hatte nicht einer gesagt, sie hätten einen Jungen aus der Baracke 82 und zwei ältere Männer aus der Baracke 12 ebenso auf Nimmerwiedersehen aus dem Lager geholt wie mich jetzt? … Der Mann, der das berichtet hatte, gehörte zum Putzdienst in den Räumen der Torwache, er bekam dort Dinge mit, von denen wir im Lager nichts erfuhren.

Nach einer Stunde Marsch packte mich die nackte Angst.

Wenn ich mich jetzt auf ihn werfe, dachte ich angespannt, hat er keine Zeit, die Waffe in Schussposition zu bringen. Ich muss nur schnell genug sein. Ein paar Schritte langsamer gehen, um ihn näherkommen zu lassen. Ihn dann ohne zu zögern anspringen … Er muss in dieser Landschaft geboren und aufgewachsen sein, ohne jeglichen Anhaltspunkt im Gelände dirigiert er mich mit Sicherheit durch die baum- und strauchlose Gegend … Soll ich warten, bis er mich wie einen Hasen abknallt? Mir wie einem Schaf die Gurgel durchschneidet?

Rechts von uns, überlegte ich, keinen halben Kilometer entfernt, von hier aus nicht erahnbar, fließt die Donau. In diesen Breiten ist sie ein machtvoller, kaum überschaubarer Strom, ihr Ostufer ist nicht zu sehen, schon wegen der vielen bewachsenen Inseln und Inselchen nicht. Tagsüber fahren außer den rumänischen und ungarischen, den bulgarischen und serbischen auch österreichische Schleppkähne auf ihr. Immer vollbeladen. Stromauf schwer kämpfend. Mit einem Tiefgang, der es leicht machen dürfte, sich an Bord zu ziehen. Ich hatte die großen, schwarzen Kähne von den Steinbrüchen bei Hârşova aus beobachten können, wohin unsere Brigade – „brigada de intelectuali 12“ – für die Dauer dreier Wochen zur Arbeit kommandiert worden war. Von den österreichischen Kähnen war manchmal Musik bis zu uns herübergeklungen. Rock'n'roll-Klänge, Strauß-Walzer und Polkas. Ob die eine Ahnung haben, in was für einer Welt sie leben?, hatten wir uns zugeraunt.

Den Kerl hinter mir schaffe ich im ersten Anlauf, dachte ich jetzt ruhiger und entschlossener. Aber nicht er ist das Problem, sondern die Frage: Was geschieht danach? Wenn ich ihn zu Boden geschlagen und gebunden habe – die Füße mit dem Ledergürtel, die Hände mit dem Gurt der Maschinenpistole –, mache ich mich zum Strom auf. Ich warte im Schilf, bis der erste Österreicher vorbeikommt, den nach rechts blickenden, etwas strubbeligen Adler mit dem rotweißroten Wappen auf den Wimpeln vorn und hinten. Ich muss bloß zum richtigen Zeitpunkt vom Ufer losschwimmen, um ihn zu erreichen. Mein Zeitvorsprung würde zwei, drei Stunden ausmachen, ehe die Suchtrupps mit Hunden und Hubschraubern die Jagd eröffnen. Ob mich die Besatzung aufnimmt und versteckt oder ausliefert – daran durfte ich gar nicht erst denken.

Trotz des Taschentuchs auf dem Kopf hatte ich das Empfinden, meine Schädeldecke sei eine heiße Herdplatte. Je länger wir gingen, umso weniger verfolgte ich den widersinnigen Fluchtplan. Wir waren seit drei Stunden unterwegs. Ich las es am Stand der Sonne ab. Das war eine der Fähigkeiten, die ich mir in zurückliegenden Jahren angeeignet hatte. Das Flimmern der Luft- und Glastberge vor mir hatte nicht nachgelassen. Längst rann mir der Schweiß über Brust, Rücken und Gesäß. Er floss mir von der Stirn in die Augen und brannte. Manchmal bildete ich mir ein, zehn, zwanzig Sonnen zu sehen … Hatte ich richtig gehört? Rief der hinter mir nicht zum zweiten Mal: „Hej!“ Es hatte fast kläglich geklungen. Aha, dachte ich, das ist die Falle, in die ich gelockt werden soll: Mich umwenden und in die aufblitzenden Mündungsfeuer blicken … „So bleib doch stehen“, hörte ich die Stimme hinter mir. Ich blieb stehen. Ich wendete mich ohne Aufforderung mit einem Ruck um.

Der Unteroffizier sah erbärmlich aus: Die Jacke aufgeknöpft, die Waffe auf dem Rücken, die Mütze in der Hand. Alles an ihm, das Hemd, sogar die Hosenbeine über den Schenkeln waren durchnässt. „Setz dich hin“, sagte er. Noch ehe ich saß, hatte er sich fallen lassen. Mit der Mütze fächelte er sich Kühlung zu. Die Waffe hatte er sich ans Knie gelehnt. Er kaute an einem Wurstbrot. Danach schnäuzte er sich mit Hilfe des Daumens gekonnt auf die Erde. „Du bist zäher als ein Maulesel“, sagte er mit einem bösen Blick, „was?“ „Ja“, sagte ich, „wenn einer jahrelang Tag für Tag zwölf Stunden durch Schwerstarbeiten gehetzt wird und ihr ihn nicht totschlagt oder er vorher krepiert, wird er zäh. Ich kann noch ein halbes Jahr so durch die Steppe laufen. Es macht mir nichts aus. Gar nichts …“ Er sah mich an und murmelte: „Ich habe keinen totgeschlagen.“ „Nein“, entgegnete ich, „aber du gehörst zu denen, die es tun.“ „Los,“ rief er, „los, auf! Wir müssen weiter.“ „Nein“, sagte ich plötzlich entschlossen und ohne mich zu bewegen, „ich stehe erst auf, wenn du sagst, was du mit mir vorhast.“ „Auf!“, brüllte er, ganz der Alte, griff nach der Waffe und erhob sich. „Auf!“

„Schieß“, sagte ich und bediente mich der Sprache, von der ich wusste, dass er sie verstand: „Mă doare în pulă, es juckt mich am Schwanz. Ich gehe keinen Schritt, bis du nicht antwortest, tovarăşe sergentmajor.“ „Auf! Los!“, brüllte er außer sich. Er warf Ledergürtel, Mütze und Jacke auf die Erde, richtete die Waffe auf meinen Kopf und trat einen Schritt näher, „du wirst jetzt weitergehen!“ „Du hast gehört, wo mich dein Geschrei juckt“, erwiderte ich. Er schrie: „Ich darf nicht sagen, wohin ich dich bringe!“

Aha, dachte ich, er bringt mich irgendwohin! Irgendwohin … Der salzige Schweiß rann mir wieder in die Augen. Ich wischte ihn mit dem Handrücken weg. Unschlüssig, fast hilflos stand er vor mir. Aufgelöst. Buchstäblich in Schweiß gebadet. Zitternd, ausgepumpt. Er trug schwere lederne Schaftstiefel. Bei jedem Schritt durch die Glut waren die ihm sicher genauso wie Mütze, Gürtel, Waffe und Diensttasche schwerer geworden. „Ich habe drei kleine Kinder“, sagte er, „willst du Unglück über sie bringen? … Ich darf es dir nicht sagen.“ „Nanu, drei kleine Kinder?“, erwiderte ich, „genau so wie ich. Du siehst deine spätestens morgen. Ich sah meine seit Jahren nicht und weiß nicht, wann und ob ich sie wiedersehe. Verstehst du?“ Er starrte mich blöd an. „Komm“, bat er, „lass uns gehen. Es ist nicht zu deinem Schaden.“ Ich schüttelte den Kopf und blieb dabei. „Hör zu“, sagte ich, „als deine Leute mich verhafteten, schwor ich mir: Keinen Blick zurück, damit ich nicht knieweich werde! Das gilt bis heute … Schieß, und ich werde dich anlachen.“ Er senkte die Waffe. Er hatte begriffen, dass es mir ernst war. Zögernd setzte er sich auf eine der Grasnarben neben mich.

Hier, nahe der Erde, war die Hitze noch unerträglicher. Das gab ihm den Rest. Er schob sich die Waffe bald aufs linke, bald aufs rechte Knie, je nachdem, wo er sich gerade den Schweiß abwischte. Das war unbequem. „Gib her“, sagte ich, „ich halte sie, ich bin leichter gekleidet als du – außerdem muss ich nichts tragen.“ Er war zu erschlafft, um Widerstand zu leisten. Unbeholfen rückte er an mich heran, reichte mir die Waffe und sagte: „Hej, ich hab das beschissene Gefühl, dass sich die Sonne durch meinen Schädel dreht.“ Dann begann er zu fluchen. Er verfluchte in endlos langen Sätzen Gott, die Schöpfung, seine Mutter, nein, alle Mütter der Erde und des Weltalls, auch die der Erzengel, seinen Dienst, seine Vorgesetzten, die Steppenglut und die Eingeweide der Apostel, die Regierung, die Partei, den Staatschef und den Marxismus, den After der Heiligen Maria und – der Himmel weiß warum – auch die Donau und das Schwarze Meer. Währenddessen zog ich ihm die Stiefel aus. Er wimmerte und stöhnte. Seine Socken waren nass und blutig. So gut es ging, kümmerte ich mich um ihn und hörte ihn dabei ohne Unterbrechung leise fluchen. Es klang, als psalmodierte der am Jüngsten Tag vergessene letzte Mensch eine der Litaneien, die einst von der Erde bis zum Thron Gottes reichten. Und immer wieder war darin von den Geschlechtsteilen irgendwelcher Vorfahren und von den Ärschen mir unbekannter Heiliger die Rede.

„Komm“, sagte ich, nachdem ich ihm mit Stücken seines zerrissenen Taschentuchs die wunden Fersen verbunden hatte, „komm schon, ich stütze dich … Du musst nur sagen, wo es langgeht.“ Ich hängte mir die Maschinenpistole um den Nacken, nahm seinen Gürtel mit der Diensttasche, setzte ihm die Mütze auf, und so stolperten wir, seltsame Zwillingsbrüder, ostwärts durch die Steppe. Mich „din post în post“ zu bringen, laute der Befehl, gab er dabei preis, „von Polizeiposten zu Polizeiposten bis Brăila.“ „Na also“, sagte ich, „keine hundertdreißig Kilometer.“ „Nein, nein“, wehrte er kaum hörbar ab, „ich muss dich bis Fântânar bringen und dem Polizeikommandanten übergeben, verstehst du? Von dort weiter muss der dich bringen … Und so weiter.“ „Şi aşa mai departe“, sagte er wimmernd, er war nur noch ein Häufchen uniformierten Elends und in der Steppenglut zerstobenen Waffenstolzes. „Und warum din post în post?“, fragte ich. „Sparmaßnahmen“, sagte er, „es kostet nichts … Woher weißt du“, fragte er, „dass es hundertdreißig Kilometer sind?“ „Ich kenne die Karte des Landes.“ „O ja“, murmelte er, „die haben Recht, ihr Intellektuellen seid gefährlich.“

Wir erreichten das in einer leichten Senke liegende Dorf Fântânar gegen Abend. Die Flimmerberge vor unseren Augen waren verschwunden. Dafür spie die Erde alle Glut aus, die sie tagsüber aufgesaugt hatte. Als die Akazienkronen und Dächer vor uns auftauchten, ließ ich ihn, der mir wie ein schwerer Sack an der Schulter gehangen hatte, ins staubige Gras fallen und sagte: „Du musst dir jetzt wieder das Aussehen eines Menschen im Dienst geben.“ Er nickte. Während er sich den Gürtel umschnallte, die Mütze auf den Kopf setzte und die Maschinenpistole umhängte, betrachtete ich ihn und dachte: Armes Schwein … Die Häuser waren so klein, als duckten sie sich. Die winzigen Höfe und Gärten hatten keine Umzäunung. Akazienbäume standen am Rand der Straße und vor Hauseingängen. Oft überragten ihre Kronen die Dachfirste. Gehsteige gab es nicht. Das Dorf sah aus wie ein einziger, bewohnter Akaziengarten. Zehn Minuten später traten wir vor den Chef der Ortspolizei, der Miliz, wie sie sich nannte.

Ich weiß nicht, warum mir bei seinem Anblick mein Begleiter wie der sanfte Bruder Johannes im Neuen Testament erschien, den Jesus wegen seiner unschuldigen Ausstrahlung über alle Maßen geliebt haben soll. Ein baumlanger Kerl mit X-Beinen in weißen Unterhosen stand vor uns, das Gesicht bis auf Nase und Augen von schwarzem Haar bedeckt – der ganze Kopf bis zum Adamsapfel hinab war ein schwarzes Haarknäuel. Ungefüge Fäuste baumelten ihm fast bis zu den Knien. An den nackten Füßen trug er Holzpantinen. Er stand vor der Tür eines schilfgedeckten Häuschens und machte keine

Bewegung, während wir uns ihm näherten. Neben ihm, vor dem Fenster, reckte sich eine Akazie in den rötlichen Abendhimmel.

Knochenskelett und Vogelscheuche mit Bart, sein Schädel ragt über den Rand des Schilfdaches hinaus, war mein erster, spöttischer Gedanke, ehe mich sein Blick traf – ein kaltes Glühen schwarzer Kugeln. Er maß nicht nur mich, sondern mehr noch meinen Eskorteur mit dem Ausdruck zerstörerischer Verachtung, was mich für einige Augenblicke verunsicherte. Die Schulterstücke auf der Uniformjacke wiesen ihn als Hauptwachtmeister aus.

Mein Begleiter knallte drei Schritte vor ihm die Hacken zusammen, riss die Hand an das Mützenschild, sagte etwas und holte die Papiere aus der Diensttasche. Alldem schenkte der Hauptwachtmeister keinerlei Beachtung, aus seiner Höhe blickte er auf den vor ihm Erstarrten hinab wie auf ein Häufchen stinkenden Unrats, das ihm jemand vor die Nase gesetzt hatte. Fünf Schritte hinter dem Unteroffizier stehend, hielt ich den Atem an, als er mir unbewegt in die Augen schaute. Dann erst griff er nach den Papieren, nickte und murmelte etwas. Der Mensch, den ich durch die Steppe geschleppt hatte, war entlassen. Mit verstohlenem Blick schlich er an mir vorbei – und war aus meinem Leben verschwunden. Als hätte es ihn niemals gegeben.

Die Schilderung des weiteren Verlaufs bedarf einiger Einzelheiten. Der Hauptwachtmeister, dessen seltsam verstörende Wirkung nicht so sehr vom Funkeln in den schwarzen Augen ausging als vielmehr von der fehlenden Verhältnismäßigkeit der Gliedmaßen, ließ mich stehen und bewegte sich träge an der Akazie vorbei zu einem Schuppen, wo ich ihn endlos mit Eisen- und Holzgeräten hantieren hörte. Als er wieder ins Freie trat, hielt er in beiden Händen eine Kette, die er sorgfältig von allen Seiten betrachtete. Er nickte und kam mit den grotesk schlenkernden X-Beinen langsam auf mich zu, winkte mich mit einer Kopfbewegung unter die Akazie und band mir, nachdem er die ungefähr fünf Meter lange Kette um den Stamm des Baumes gelegt hatte, die letzten Glieder mit einem Vorhängeschloss um das linke Fußgelenk. Im dämmerigen Abendlicht maß er mich wie ein widerliches Insekt und ging mit einem kalten Glimmen in den Augen ins Haus. Ich war an den Baum gekettet.

Keine fünf Minuten später fuhr eine alte Einspännerkutsche mit einem Zigeunerjungen auf dem Bock vor. In diesem Augenblick öffnete sich die Tür unter dem Schilfdach, der Hauptwachtmeister trat aus dem Haus und ging, ohne mich eines Blickes zu würdigen, zur Kutsche. Er trug frisch glänzende Schaftstiefel, Breecheshosen mit makellosen Bügelfalten und roch so stark nach Männerparfüm, dass mich der Duft davon umschwebte, als er längst die Kutsche bestiegen hatte und diese mit ihm im Abend verschwunden war. Ich wurde das Gefühl nicht los, dass der Blick des Gliederschlenkerers mit den kolossalen X-Beinen, dem zu langen, behaarten Hals und den baumelnden Faustklötzen immer noch auf mir ruhte. Sieh an, dachte ich, das Monster legt Gewicht darauf, in der Kutsche zu fahren.

Weit und breit war kein Mensch zu sehen. Ich stand an den Baum gekettet, hatte zu jenem Zeitpunkt schon zu viel erlebt, als dass ich der Abwegigkeit meiner Lage große Bedeutung beigemessen hätte, und machte mich im Blick auf die bevorstehende Nacht mit meinem Standort vertraut. Die Erde war von weichem Staub und welken Akazienblättern bedeckt und warm. Na ja, dachte ich, unter dem schönen Baum werde ich auf der Steppenerde gut schlafen. Allein der Hunger machte mir zu schaffen. Während des ganzen Tages hatte ich nichts gegessen und dem Unteroffizier beim Verzehren einiger Wurst- und Käsebrote und beim Trinken aus der Feldflasche zugesehen.

Ich rollte mich unter dem Baum zusammen und fühlte sogleich, wie die Wärme der Erde in mich einströmte und mit ihr der gute Schlaf kam. Hundegebell, bald in der Nähe, bald in der Ferne, störte mich nicht. Es hatte eher Anheimelndes und erinnerte mich an die Kindheit auf dem Dorf. Manchmal knisterte und wisperte es in den Ästen über mir. Zwischen den Zweigen erkannte ich einige Sterne, ohne sie ihren Bildern zuordnen zu können. Bei der geringsten Bewegung klirrte die Kette leise. Ich schlief sofort ein.

Der Schlaf kann nicht lange gedauert haben – ein weicher Druck auf der Schulter weckte mich, als habe mich eine Hand vorsichtig berührt. Ich fand mich nicht gleich zurecht. Der Mond hing als Halbkugel im Ästegewirr über mir. Sein Anblick hatte etwas Tröstliches, auch wenn ich den Grund dafür nicht hätte nennen können. Neben mir, den Kopf über mich geneigt, stand ein junger Hund. Er war tollpatschig und verspielt und wollte sich wohl mit mir balgen. Immer wieder legte er mir die Schnauze auf die Schulter, sprang ein Stück zurück und näherte sich mir mit Zeichen der Freude von neuem. Wie gut, dachte ich, dass es auch an den entlegensten Orten der Welt freundliche Wesen gibt – dies herrenlose Tier gehört dazu. Doch als ich mich aufsetzte, um seinem Drang entgegenzukommen, rasselte die Kette, und der Hund jagte davon, als sei er dem Leibhaftigen begegnet. Na ja, dachte ich bedauernd, bei einem freundlichen Wesen löst ein Angeketteter unschöne Gefühle aus. Ich schlief wieder ein.

Aber ich sollte nicht lange allein bleiben. In der unergründlichen Nachtstille weckte mich das Geräusch eines Riegels, der langsam geöffnet oder vorgeschoben wurde. Ich öffnete die Augen und sah, dass die Haustür vor mir einen Spalt weit aufgestoßen worden war. Aha, war mein erster Gedanke, der heimgekehrte missgestaltete Beinschlenkerer will sich meiner angeketteten Gegenwart vergewissern. Da ich Verständnis dafür hatte, hob ich den Fuß mit der Kette, um ihm vorzuführen, dass seine Welt in Ordnung war.

Ich hatte mich getäuscht. Nicht der Uniformierte, sondern eine barfüßige junge Frau trat in der Sekunde darauf aus der Tür und blickte sich lange nach allen Seiten um. Der Mond war mir gut gesinnt: Er überschüttete die Frau für die Dauer einiger Augenblicke mit einem geheimnisvollen Licht. Ich sah, dass sie schön war. Die erste Frau, der ich nach den Jahren hinter Gitterstäben und Stacheldrahtverhauen begegnete. Kein Schritt durch die Steppenglut war vergebens, dachte ich, und keine Kette wird dem zur Last, den am Ende des Wegs im goldenen Leuchten des Gestirns die Madonna erwartet.

Sie trat einen Schritt näher, blickte sich dabei wieder um und fragte leise: „Ist er weg?" „Schon lange", antwortete ich. „Bist du hungrig?", fragte sie. „O ja", sagte ich, „ich habe seit langem nichts gegessen." „Woher haben sie dich gebracht?" „Aus dem Lager Răchitoasa." Sie bekreuzigte sich dreimal. „Und wohin soll er dich bringen?" „Zum nächsten Polizeiposten." Wieder bekreuzigte sie sich. „Er ist zu seiner Hure nach Dura gefahren. Vor morgen Früh kommt er nicht zurück, das Schwein. Die Schlüssel für die Kette hat er bei sich ..." Lautlos, wie sie gekommen war, verschwand sie im Haus. Eine Erscheinung des Mondlichts, dachte ich, meinem von der Sonne malträtierten Hirn entsprungen, mehr nicht. Auch dafür will ich dankbar sein, beschloss ich und traf Anstalten, im Klirren der Kettenglieder die richtige Schlafstellung zu finden.

Aber da stand sie wieder vor mir. In den Händen einen Topf, Besteck und zwei weiße Mundtücher. „Halt mal", sagte sie, „ich hole das Bänkchen." Sie kehrte mit einem jener niedrigen Holzbänkchen zurück, die gelegentlich in alten Bauernküchen zu sehen sind. Sie hockte sich mir gegenüber auf die Erde, ich stellte den Topf auf das Bänkchen zwischen uns.

Im brandigen Geruch der Trockengräser, wie er während der Sommermonate nächtens über der Steppe schwebt, aßen wir bei Mondschein das Hammelgulasch, das sie mit dem hier in jedem Garten fruchtig gedeihenden Gewürzpaprika, mit Knoblauch und Majoran angebraten und gedünstet hatte. Ab und zu bellte ein Hund. In der Nähe zirpte laut und vernehmlich eine Grille. Durch die Zweige in unzählbare kleine Flächen geschnitten, fiel das Licht bald auf das Gesicht der Frau, bald auf ihre Hände, brachte mir ihre Gestalt nahe und entrückte sie wieder, ließ sie mir in statuenhafter Leiblichkeit erscheinen und danach als umschattetes, abgründiges

Bildnis von rätselhafter Herkunft und Zugehörigkeit. Ich schätzte ihr Alter auf zwanzig Jahre.

Wir aßen gemeinsam aus dem Topf. Wir redeten nicht viel. Ich genoss die Gegenwart der Frau. Trotz ihres Zorns und Kummers strömte sie eine erdhafte Ruhe aus, die sich auf mich übertrug. Ich ertappte mich beim Wunsch, die Zeit anhalten zu können. Nur das Klirren der Kette rief uns die Lage in Erinnerung, in der wir uns befanden. Als wir uns nach Mitternacht trennten, flüsterte sie: „Ich heiße Palamela. Eines Tages werde ich ihn töten." Ich wusste, dass sie es tun würde. Im Gesang der Grille betrat sie das Haus. Ich sah sie niemals wieder. Ihr Versprechen, meine Frau von unserer Begegnung zu verständigen, erfüllte sie mit zwei krakelig geschriebenen Sätzen, deren Sinn die Empfängerin nicht begriff.

Für den 130-Kilometer-Gang durch die Donausteppe – durch wechselnde Gluten, Hungeranfälle, Staubstürme und durch die unterschiedlichsten Arrestlöcher, in die ich auf den dörflichen Polizeidienststellen gesteckt wurde, ehe mich einer der viehischen Rohlinge, Hitzköpfe oder Großmäuler dem nächsten seiner uniformierten Kollegen weiterreichte –, für den ganzen langen Weg blieben die Stunden im Mondlicht unter der Akazie bestimmend. Denn gleichviel, ob mich einer der Kerle während der folgenden vier Wochen unterwegs zu dem Donauhafen Brăila über Nacht zu seinen Mastschweinen in den von außen verriegelten Stall steckte, weil auch er keine Haftzelle zur Verfügung hatte, mich ein Anderer für drei Tage und Nächte in die Gerätekammer seines Nachbarn sperrte, mich ein Dritter, um meiner sicher zu sein, zum Saufgelage mit seinen Kumpanen mitnahm oder mich ein Vierter in seinen Keller zu Ratten, Mäusen und Asseln einschloss – die Erinnerung an die halbe Nacht im Grillengesang und Kettenklirren begleitete mich. Sie machte mir Mut, sooft mich ein Anflug von Erschöpfung oder die Gefahr der Selbstpreisgabe heimsuchte. Und ich gestand mir schließlich ein, dass der Gedanke, mich wie ein Tier an einen Baum zu ketten, der Einfall durch und durch verrohter Machtsicherheit gewesen sein mochte, dass er mir aber, vom Ende her betrachtet, das Podest der Unerreichbarkeit durch Torturen und Qualen bescherte: Palamela war und blieb allgegenwärtig – gleichviel, wie viele Kilometer ich am Tag kreuz und quer zu gehen hatte. Ich spürte den Mut ihres wurzelhaften Selbstvertrauens, die wunderbare Heimlichkeit ihres leisen Lachens und die Wärme ihres Leibes wie eine schützende Hand über mir.

Zu meinem Weg gehörten immer neue Grotesken. In Gropeni schloss mich der kugelrunde, gemütvolle und ständig um sich spuckende und singende Securitate-Wachtmeister mit dem Schritt einer stampfenden Lokomotive in den großen Sitzungsraum der Ortsparteibehörde ein. Während der Abendstunde war ein Gewitter niedergegangen und hatte mich bis auf die Haut durchnässt. Bei den jäh absinkenden Temperaturen hatte ich zu frieren und zu zittern begonnen. Ich hörte, wie der Wachtmeister den Schlüssel zweimal umdrehte und sich stampfend, spuckend und singend auf dem Korridor entfernte.

Der Raum war lang und schmal. An allen vier Wänden hingen mit dem Hammer-und-Sichel-Emblem geschmückte Fahnen und Tücher. Sämtliche Wände quollen geradezu über von rotem Tuch in allen Nuancen. Darunter ein großes, quadratisches, mit dem Kommunismussymbol versehenes Gewebe, das die Genossen von einem Besuch in der UdSSR zum Zeichen ewig währender Freundschaft der sozialistischen Bruderländer mitgebracht hatten. Außerdem erkannte ich eine zu Girlanden geformte Landesfahne und in der Ecke daneben einen riesigen, blutroten Samtwimpel mit der Aufschrift „Es lebe Dolores Ibárruri Goméz! Es lebe das rote Spanien!“ In der Mitte des Raumes stand ein langer, rechteckiger Sitzungstisch.

Natürlich war eine solche Fülle von Textilien für einen Mann in meiner Lage nicht nur aufreizend, sondern ebenso verlockend, ja sie war ein Geschenk des Himmels. In einem Anfall von Wollust schob ich alle, aber auch alle Bedenken hinsichtlich möglicher Folgen beiseite, holte all das mit Ornamenten und Sprüchen geschmückte heilige Stoffzeug von den Wänden und bereitete mir daraus auf dem Tisch eine Lagerstatt. Als Matratze dienten mir die vor kurzem von der Traktorenbrigade der LPG „1. Mai" dem örtlichen Parteikomitee verehrten Schmucktücher, die über und über mit dem Porträt des Staatschefs Gheorghiu-Dej und den Losungen „Der Sozialismus wird siegen!", „Vorwärts zur Erfüllung des Fünfjahresplans!" bedeckt waren. Meine schlotternden Glieder wickelte ich in die pompöse Moskauer Erinnerungsflagge mit dem in Gold aufgedruckten Kahlschädel des Genossen Nikita Chruschtschow. Darüber schlug ich die kommunistisch garnierte blaugelbrote Landestrikolore, den Kopf legte ich auf die geballt emporgereckte Arbeiterfaust im Samt der Komminternstandarte. Über Brust und Arme breitete ich schließlich den der unvergessenen Anti-Franco-Kämpferin Ibárruri gewidmeten großen Wimpel. Kurz, ich scherte mich den Teufel um die höhere Bedeutung der Kultgewebe, um der dringend erforderlichen Erwärmung meines Leibes willen war ich zu ihrer rückhaltlosen Profanierung entschlossen, auch wenn es Staatsbeleidigung war, was ich da trieb.

Nach all den zurückliegenden Nächten auf der nackten Erde und auf kalten Steinböden, in Schweinetrögen und in Pferdekrippen versprach die bevorstehende Nacht auf diese Art Wonnegefühle der Erholung. Hatte ich überhaupt jemals so üppig gebettet und weltanschaulich wohlfundiert gelegen? Und in der Tat: Ich schlief wie eine ganze Herde sommermüder Murmeltiere. Eingehüllt in die Mengen bedeutungsschwangerer Weihetextilien, ruhte ich im Schutz kampfentschlossen über und unter mir blitzender Hämmer und Sicheln ohne Unterbrechung bis zum Morgengrauen. Ich erwachte nicht nur mit getrockneten Kleidern, sondern auch, angenehm durchwärmt, heiteren Gemüts zu neuen Prüfungen bereit und hatte bis zum Eintreffen des stampfenden, singenden und spuckenden Securitate-Wachtmeisters genügend Muße, all den roten Tücherwust wieder an die vier Wände zu hängen. Niemals wieder in meinem Leben hat mich, der ich seit früher Jugend leidenschaftlich mit dem sozialen

Gedanken sympathisiere, der Sozialismus so erwärmt wie in jener Nacht …

Die Wunderwelt der Steppenwanderung in jenem Jahr der beginnenden Kubakrise – von der ich erst später erfuhr – dauerte genau dreißig Tage; an ihrem Ende war ich um Erfahrungen, um Ein- und Ausblicke reicher, zu denen es während eines ganzen beschaulichen Lebens in der Regel nicht kommt.

Mein letzter Begleiter war ein frischgebackener sergent de securitate, wenig über zwanzig, schlank wie eine Gerte, flott in Wort und Tat. Mit meinen zerzausten Haaren, dem Dreißigtagebart, den verdreckten Kleidern und den Lederfetzen, die einst meine Schuhe gewesen waren, hielt er mich bestimmt für eines jener Wesen, das der siegreiche Sozialismus zu Recht ins Gefängnis steckte – dermaßen übelriechende, hohläugige Ausgeburten waren der fortschrittlichen Öffentlichkeit nicht zuzumuten. Als ich ihm übergeben wurde, wich er bei meinem Anblick unwillkürlich einen Schritt zurück und verzog angeekelt das milchbärtige Gesicht. Um sich Klarheit über mich zu verschaffen, fragte er nach dem ersten Schreck: „Sag mal, zu wie vielen Jahren verurteilt man einen wie dich?“ „Zu fünfzehn“, antwortete ich. Er riss die Augen auf. Ich sah ihm an, dass er aufs Äußerste angespannt über die nächste Frage nachdachte – vielleicht, was nahe gelegen hätte, nach dem Grund für die Verurteilung zu fünfzehn Jahren. Genau das tat er. Jedoch auf andere Weise, als ich vermutet hatte. Anstatt nämlich zu fragen: „Was hast du verbrochen?“, fragte er lauernd: „Sag mal, was hat einer wie du gelernt? Ich meine, was bist du von Beruf?“ Als ich antwortete: „Ich habe Kunstgeschichte und Philosophie studiert, ich bin Schriftsteller“, riss er die Augen noch weiter auf, jedem Muskel seines Gesichtes sah ich an, dass er sich den richtigen Reim auf diese Auskunft zu machen versuchte. Und dann hatte er's, der Triumph der Erleuchtung strahlte ihm aus den Augen. „Ahaaa!“, rief er gedehnt, „deshalb also! … Schriftsteller … Philosophie und so … Deshalb die fünfzehn Jahre! …“ Zuerst überrascht, ja überrumpelt von seinem Kausalitätsverständnis, stimmte ich ihm dann erfreut zu und rief: „O ja, deshalb!“ Großartig, dachte ich, da habe ich nun einen jener Jungen vor mir, bei denen die Automatik des von jedem Verstandesrest revolutionär gereinigten Hirns zuverlässig funktioniert. Großartig!

Von dieser Sekunde an wurde mir die letzte Etappe der Wanderung zum Vergnügen. Denn mein Begleiter leistete sich keine Entgleisung. Unterhaltungsfreudig, wie er war, wartete er kein einziges Mal mit einer anderen als der von mir vorgesehenen und vorausgesehenen Pointe auf. So kam es, dass mir der sympathische Junge schließlich als die reine Verkörperung des Ergebnisses beliebiger und totaler Manipulation erschien, wie die Geschichte sie zu allen Zeiten kennt. Er machte auch kein Geheimnis daraus, dass er mich nach Brăila brachte – in den 250000 Einwohner zählenden Donauhafen mit Schiffswerften, Maschinen- und Waggonfabriken, der vor einem halben Jahrtausend zu den am stärksten befestigten Brückenköpfen der Osmenen im Vordringen nach Mitteleuropa gehört hatte. Auf diese Weise, dachte ich, lerne ich zumindest die Eingeweide der bedeutenden Stadt kennen.

Gegen zehn Uhr abends trennten sich unsere Wege. „Schade“, sagte der uniformierte Junge zum Abschied, „Sie sind ein so belesener Mensch, schade …“ Dann stand ich allein in dem von hohen Mauern umgebenen Asphalthof der Securitate-Residenz in Brăila. Ich hatte das sichere Gefühl, hier am Ende meiner Wanderung angekommen zu sein. Der Hof war von zwei Scheinwerfern überhell beleuchtet. Ich musste eine Stunde lang stehend warten.

Nach soviel Hunger, Dreck und Mangel an Schlaf ließen Anspannung und Wille zum Durchhalten plötzlich nach. Nicht der Weg, nein, die Begleitumstände hatten mir zugesetzt. Ich war ausgelaugt, ich hatte nur den Wunsch zu schlafen – hier, auf dem Asphalt. Ich hielt mich gerade noch auf den Beinen. Was sie künftig mit mir vorhatten, beschäftigte mich nicht. Bei der überfallartig eingetretenen Ermüdung, die mich bis ins Knochenmark schmerzte, spürte ich eine jähe starke Sehnsucht nach dem Grillengesang in der Nacht unter der

Akazie und nach der Nähe der Zwanzigjährigen mit dem Namen, der wie ein Frauenname in einer italienischen Oper klang: Palamela ... „Ich werde ihn töten", hatte sie geflüstert und sich an mich gepresst.

Ein Leutnant trat aus einer der Türen rechter Hand, durch eine Kopfbewegung gebot er mir mitzukommen und überquerte den gespenstisch grauen Asphalt. Jetzt erst erkannte ich an der Rückseite des Hofs Metalltüren. Das sind Zellen, dachte ich, diese Türen gleichen einander in allen Gefängnissen. Das Quietschen des Schlüssels, die feuchte, dumpfe Luft, die mir aus dem Raum hinter der geöffneten Tür entgegenschlug – auch das kannte ich. Ich torkelte in die Schwärze der Zelle hinein, hörte, wie sich die Tür quietschend schloss und sich der Schlüssel drehte. An der Wand, die ich mit einer Hand hinter mir ertastete, ließ ich mich langsam auf den rauen Steinboden sinken. Es geschah zum ersten Mal, seit mich der Unteroffizier in der flimmernden Steppe vor dem Lagertor „Vorwärts, marsch!" angebrüllt hatte – mein Gott, wie unendlich lange lag das zurück! –, dass ich am Aufgeben war. Obwohl an die Wand gelehnt, fühlte ich Arme und Schenkel zittern. Vor zwei Tagen hatte ich zum letzten Mal gegessen; der Hunger durchwühlte mir in Krämpfen die Eingeweide. Morgen Früh, versuchte ich mich zu beruhigen, du kennst das ja, ab morgen früh bist du im Verpflegungsprogramm der Administration. Leg dich hin, befahl ich mir, leg dich hin und versuche, auch diese Nacht und diesen Hunger zu überschlafen. Auch das kennst du. Morgen früh ...

Doch das Schicksal war mir gnädig. Und wie immer wieder in meinem Leben anders, als ich es mir in Augenblicken der Bedrängnis herbeisehnte. Jedesmal anders. Jedesmal unerwartet. Es bringt nichts, darüber nachzugrübeln und nach einem Sinn zu suchen. Das Absurde tritt ein, wir halten den Atem an, ehe wir erkennen, dass es das Absurde nicht gibt ... Ich spürte plötzlich, dass ich nicht allein in der Zelle war. Noch hatten sich meine Augen nicht so weit an die Finsternis gewöhnt, dass ihnen der schmale Lichtstreifen zwischen Tür und Türrahmen geholfen hätte, etwas von meiner Umgebung zu erkennen. Ich weiß nicht, wieso ich nicht fragte: „Ist hier jemand?" Vielleicht war ich zu erschöpft. Da ich nichts hörte, durchschoss mich der Gedanke: Das sind Ratten, ich hatte sie schon mehrfach erlebt. Ratten … Na also, kein Grund zur Besorgnis, überlegte ich. Doch die Überlegung war falsch. Denn im Augenblick darauf fühlte ich eine warme Hand auf meinem Kopf, eine Stimme sagte leise: „O, mânca-ţi-aş nasul, pupa-ţi-aş curişorul si puţa, frumosule. Bine ai venit, inimioara mamei, bine ai venit", „Oh, dass ich deine Nase fresse, dass ich dein Ärschchen und Schwänzchen küsse, du Schöner. Willkommen, Mamaherzchen, willkommen!"

Ich war hellwach. Kein Zweifel: Im Dunkel vor mir stand eine Frau. Eine ältere, mütterliche Frau. Aus den Liebkosungsformeln, die ihresgleichen auf der Welt nicht wieder haben, schloss ich, dass es eine Zigeunerfrau war.

Ich hatte mich aufgerichtet. Meine Augen begannen, die Umgebung zu erfassen. Oh, Ärschchen!, dachte ich zugleich erschrocken und fassungslos, vor mir steht nicht nur eine Zigeunerfrau, in der geräumigen Zelle vor mir steht eine Schar von Zigeunerfrauen! Sie überschütteten mich mit Liebkosungen: „O, mânca-ţi-aş burtica şi ochişorii, scumpule. Bunul Dumnezeu ni te-a trimis, că nu suntem decât muieri!" „Oh, dass ich doch dein Bäuchlein und deine Äuglein fresse, Teurer. Der liebe Gott hat dich uns geschickt, wir sind hier nichts als Weiber!" Oh, Ärschchen, dachte ich überwältigt …

Nun, das Versehen des Leutnants, der mich in die falsche Zelle gesteckt hatte, bescherte mir zwei Haremstage. Die wegen Hühnerdiebstahls auf einer nahegelegenen Staatsfarm für eine Woche eingelochten Zigeunerfrauen – darunter Sechzehn- und Siebzigjährige – waren nicht ermattet und halb ausgehungert wie ich. Sie strotzten vor Lebendigkeit und Daseinsfreude, Mitteilsamkeit und Hilfsbereitschaft und rissen sich darum, mir wieder auf die Beine zu helfen. Sie beschimpften sprachschöpferisch „pe pula aia sifilitică de Stalin", „den syphilitischen Penis von einem Stalin", der so wunderschöne Männer wie mich ins Gefängnis sperren lasse, „pe purligarii şi golanii ăia de securişti", „die Halunken und Tagediebe von Securisten", die einen Vater wie mich von seiner Frau und den Kinderchen rissen. Sie holten aus ihren Miedern, aus Falten und Taschen ihrer Röcke, Über- und Unterröcke ganze Stangen von Hartwurst, die schönsten Äpfel, Würfelzucker, Brot, Käse und Zigaretten. Sie fütterten mich. Eine kämmte mir sorgfältig die verfilzten Haare. Eine Zweite massierte mir die Füße. Die Dritte bot sich an, mich, sooft ich ruhen wolle, in ihren Gewändern aufzunehmen, „vei visa dulce ca un bebeluş la mine", „du wirst süß wie ein Säugling bei mir träumen", sagte sie zärtlich und verführerisch und zündete eine Zigarette an, die sie mir in den Mund steckte …

Als mich der Leutnant in der zweiten Nacht fluchend aus der Zelle holte, in die er mich versehentlich gesteckt hatte, sah er sich einem Mann gegenüber, dem neuer Lebens- und Überlebensmut zugewachsen war. Bei dem Verhör bis ins Morgengrauen quälten sich drei Securitate-Offiziere vergeblich damit ab, mir eine verfängliche Äußerung über einen Freund zu entlocken, einen weithin bekannten Maler, den sie eines doppeldeutigen Gemäldes wegen ebenfalls am liebsten hinter Schloss und Riegel gesehen hätten. Die Frauen, denen ich auf dem Leidensweg durch die Steppe begegnet war, hatten mich stark genug gemacht, den Anwandlungen von Nachgiebigkeit zu widerstehen.

Ich bin ihnen bis heute dankbar dafür, keine von ihnen habe ich vergessen und hege die schönsten Erinnerungen an sie.

Die „Erdwarze“ in der Donausteppe

Zu den Nachrichten, die ich meiner Frau Anfang des Jahres 1959 aus der Zelle Nummer 17 der Kronstädter Niederlassung des kommunistischen Staatssicherheitsdienstes Securitate geschickt hatte, gehörte der dringende Rat, sich umgehend von mir scheiden zu lassen. Ein Mithäftling – der Jurist Jakob Braun, noch bis vor einem Jahr Vizepräsident der Rechtsanwaltskammer von Stalinstadt, wie Kronstadt in Siebenbürgen damals hieß – versprach mir, die Botschaft sofort nach seiner bevorstehenden Entlassung zu überbringen und der Empfängerin, würde sie zögern, die Dringlichkeit meiner Gründe zu erläutern: Unsere drei minderjährigen Kinder sollten durch das Tragen meines Namens in der Schulausbildung keinerlei Nachteile erleiden und meine Frau aus demselben Grund ebenso wenig Einbußen hinnehmen müssen.

Braun war ein Jude mittleren Alters, der mir das Zellendasein mit Witzen der gehobenen Klasse aus einem unerschöpflichen Vorrat erträglich gemacht hatte; er verließ zwei Wochen nach dem besagten Gespräch die Zelle. Wir sind uns bis heute nicht wieder begegnet. Dass er die Botschaft ausgerichtet hatte, erfuhr ich erst Jahre später, als ich meine mittlerweile von mir geschiedene Frau wiedersah – nicht daheim und nicht in Freiheit, sondern in der Donausteppe, wohin ich nach mehreren Jahren Haft, zuletzt in einem mörderischen Arbeitslager auf einer Insel der Donau-Sümpfe, unter Eskorte in den Zwangsaufenthalt verbracht worden war, „der Entlassung in die Gesellschaft noch unwürdig“, wie es im entsprechenden Amtspapier mit dem Stempel des Bukarester Innenministeriums hieß.

Ich traf an einem warmen Oktobertag in der Lehmhüttensiedlung ein, die von ungefähr dreihundert Männern und Frauen in vergleichbarer Lage bewohnt war: Nutznießer eines allgemeinen Begnadigungsaktes – ehemalige politische Häftlinge mit durchwegs hohen Strafverurteilungen, Universitätsprofessoren, Korpsgeneräle, Schriftsteller, Ärzte, Großunternehmer, Wissenschaftler, geistliche Würdenträger, Diplomaten und andere „den sozialistischen Aufbau des Landes behindernde Elemente". Es war eine illustre Gesellschaft der Bildung und des Geistes, in die ich solcherart hineingeriet, welt- und lebenserfahrene Männer, einige Frauen. Ich fühlte mich vom ersten Tag an in kurzweiliger Gesellschaft, umso mehr, als ich einen mir nahe stehenden Menschen aus früheren Tagen wiedersah.

Zu den wenigen Rechten, die den Bewohnern der aus stroh- und schilfgedeckten Häuschen bestehenden Siedlung zustanden, gehörte das Privileg, den Angehörigen auf dem Postweg schreiben und von ihnen besucht werden zu dürfen. Ein im diplomatischen Dienst Bukarests ergrauter, während des ersten Nachkriegsjahres wegen Treue zur vormaligen Regierung zu zwölf Jahren schweren Kerkers verurteilter Mann namens Constantin Steriade, den ich schon in der Stunde nach meiner Ankunft als liebenswerten Menschen kennen gelernt hatte, schenkte mir eine Postkarte, gab mir einen Bleistift und belehrte mich über den vorgeschriebenen Inhalt der Mitteilung, die ich meiner Frau zukommen lassen konnte. Es war nicht viel mehr als die Angabe meiner neuen Bleibe und der Vermerk, dass sie mich dank der unendlichen Güte von Staat und Partei besuchen dürfe.

Zehn Tage später traf meine Frau, die nicht meine Frau war, nach abenteuerlichem Weg im verlassenen Steppendorf ein, im Gepäck eine Fülle nützlicher Ausrüstungsstücke für meine als „nelimitat", als „unbefristet" anberaumte Verbannung. Schon während der ersten Erörterungen der gewandelten Lebensumstände kam die Rede auf unser durch Gerichtsbeschluss aufgelöstes Eheverhältnis. Wir waren uns einig in der Absicht, die Ehe wieder einzugehen, die nach unserem Verständnis niemals aufgehört hatte zu bestehen; es galt lediglich, den günstigsten Zeitpunkt dafür abzuwarten. Gleichzeitig stand für uns ebenso fest, dass sowohl wir beide als auch die Kinder im Kommunistenstaat ohne Zukunft waren und wir alle Kraft aufzubieten hatten, um das Land so bald wie möglich für immer zu verlassen. „Sie haben das Gefühl der Heimatverbundenheit in uns zerstört, indem sie uns die Freiheit nahmen", sagte ich zu meiner Frau, „wir und unsere Kinder haben hier nichts mehr zu erhoffen." Wir trennten uns mit dem festen Vorsatz, in diesem Sinne alles Erforderliche zu unternehmen.

Dazu gehörte in erster Linie die Wiederherstellung der Ehe, sollte die Familie nicht endgültig auseinander gerissen werden. Würde aber, fragte ich mich, die dem Staatssicherheitsdienst untergeordnete Passbehörde der wiedervereinigten Familie die Ausreise genehmigen? Wäre es nicht vielmehr ratsam, zuerst Frau und Kinder ohne mich ziehen zu lassen und ihnen zu einem späteren Zeitpunkt nachzureisen? Sollten wir nämlich die Ehe wieder schließen, könnte ich der Familie als Gebrandmarkter den Weg verbauen. Blieben wir andererseits aber geschiedene Eheleute, zerschlüge sich für mich der Anspruch, mit meiner Familie vereinigt zu werden, die ja im Sinne des Paragraphen nicht mehr meine Familie war. Die Erwägungen bereiteten mir drei schlaflose Nächte. Dann war ich entschlossen, ein Wagnis einzugehen, das mir als die einzig mögliche Lösung erschien. Mein Plan bestand, kurz gesagt, in der Absicht, den allmächtigen und gefürchteten Staatssicherheitsdienst Securitate auszutricksen. Über die Folgen eines etwaigen Misslingens machte ich mir nichts vor.

Von Dr. Constantin Steriade war ich darüber unterrichtet, dass unserer Siedlung ein „auswärtiger Bürgermeister" als Amtsverweser vorstehe, der jede zweite Woche für die Dauer eines Tages erscheine, um sich Bitten, Beschwerden und andere Anliegen der Verbannten vortragen zu lassen. „Armes Land", klagte der Doktor, „wohin sind wir gekommen! … Der Kerl ist eine räudige Erdwarze, einer der primitiven Emporkömmlinge des Regimes, ein amtstrunkener Analphabet. Machen Sie tunlichst einen Bogen um ihn", riet er mir.

Nun, eben dies erlaubte mein Plan nicht. Wollte ich meinem Entschluss treu bleiben, führte kein Weg an dem Mann vorbei. Mehr noch, die Verwirklichung meines Vorhabens machte die Mithilfe der

„Erdwarze" unverzichtbar. Ihr bürgerlicher Name, ließ ich mir von Dr. Steriade sagen, lautete Gugu Dodrin.

Schon am folgenden „Audienztag" des Bürgermeisters fand ich mich vor der niedrigen Bretterbude am Rand der Siedlung ein, in deren Inneren der wenig geliebte Ortsvorsteher die Bittsteller empfing. Vor der Bude weitete sich ein Platz, in dessen Mitte ein schöner, großer Kastanienbaum mit so viel Würde stand, dass einer hätte meinen können, der Baum sei das wahre Ortsoberhaupt. Nicht nur den Bewohnern der Siedlung spendete er in der baumlosen Steppe gelegentlich Schatten, er diente auch einer Schar freilaufender Hühner als Rückzugsgebiet während der Mittagshitze und in den Nächten. Es war Anfang November und einer jener milden Herbsttage, an denen die Donausteppe unter dem wolkenlosen Himmel nach allen erdenklichen Wildkräutern und Büschen duftet; das leichte Luftstreichen ließ mich die Gerüche wie eine tröstende Geste der Natur vor Einbruch des nächsten, erbarmungslosen Winters empfinden. Zu meiner Überraschung war ich der einzige Ortsbewohner, der an diesem Tag beim Amtsträger vorstellig zu werden beabsichtigte.

Ein ungefähr vierzigjähriger Mensch, offensichtlich ein Bediensteter, machte sich an den neben dem Eingang gestapelten Reihen Brennholz zu schaffen, die in einige Unordnung geraten waren. Der Mann mit beachtlichem Bauch, der ihm unter dem auf der Brust vom Schweiß nassen Hemd in stattlicher Wölbung über den Gürtel hing, war braunhäutig, schwarzhaarig und kräftig. Er würdigte mich keines Blicks, auch nicht als ich ihn grüßte. Ich setzte mich auf den Balken, der vor der Bretterbude lag, und sah ihm bei der Arbeit zu, während im Geäst des herbstlich bunten, großen Baumes vor mir einige Hühner gackerten. Als ihm zwei der Holzscheite entglitten und zu Boden fielen, ging ich zu ihm hin und half ihm, den Stapel zu ordnen. Ach, dachte ich, als ich ihm dabei aus der Nähe ins stoppelbärtige Gesicht blickte, ein Zigeuner, wohl des Bürgermeisters Faktotum, er bereitet den Amtssitz für den Auftritt seines Herrn vor, ein Bürgermeister wie die „Erdwarze" kann sich derlei leisten.

Wir setzten uns auf den Balken und ließen uns die Sonne auf den Kopf scheinen. „Schöner Herbst", sagte ich, während er sich schnaufend eine Zigarette zu drehen begann, „ist der Herr Bürgermeister schon hier?" Er blickte mich an, hob kurz die Schultern und fragte: „Soll ich dir auch eine drehen?"

„Ja", sagte ich, „ja, ich habe seit langem keine mehr geraucht." „Kann ich mir denken", schnaufte er und schob sich die Zigarette zwischen die dicken Lippen, „du bist neu hier, he?" „Ja." Er nickte, schüttete die feinen Tabakschnipsel ins Papier und verteilte sie mit geübtem Finger, dann drehte er sie pressend zu einem festen Stängel, ehe er diesen mit breitem Daumenballen zu einer Zigarette formte, die er so lange ableckte, bis die Papierränder aneinander klebten. „Iao, bre", sagte er dann, „că-i bun tutunul! Nimm sie, he du, der Tabak ist gut!" Ich nahm sie und fühlte seine Spucke vom durchnässten Papier auf den Lippen. An der Flamme seines faustgroßen Feuerzeugs steckten wir die Stängel an. Der erste Zug erregte in mir ein angenehmes Schwindelgefühl, das mich zugleich bis ins Hirn schmerzte. „Ja", sagte ich und blies den Rauch ins Sonnenlicht, „ja, ich bin erst seit wenigen Tagen hier. Wird der Bürgermeister heute kommen?" Wieder blickte er mich an. Er hatte schwere, zerknitterte Tränensäcke und faltige Augenlider, sein wässeriger Blick erschien mir unergründlich. „Bre", sagte er, „păi eu-s primarul. Da' ce ai crezut? He du, ich bin der Bürgermeister. Was hast du denn geglaubt?"

Die Eröffnung traf mich nicht überraschend, ich hatte während der letzten Sekunden geahnt, neben wem ich saß. Ich erhob mich, verbeugte mich und sagte: „Guten Tag, Herr Bürgermeister. Es ist mir eine Ehre." „Stai jos, bre", erwiderte er. „setz dich hin, he du, und sag, was du von mir willst." Wunderbar, dachte ich, der Mann macht keine Umstände.

Bis wir im betäubenden Duft der Steppengewächse, des qualmenden Tabaks, den mir der Bürgermeister als gut empfohlen hatte, und in der wohligen Wärme des Nachmittagssonnenlichts die Zigaretten geraucht hatten, war der schwergewichtige Gugu Dodrin im Bilde über mein Ansuchen. „Na klar kann ich euch trauen", sagte der selbstsichere Mann, „klar kann ich das! Wer will mich schon davon abhalten? Hol die Papiere und deine Exfrau, şi unu, doi, und eins, zwei seid ihr wieder ein Paar. Du hast mein Wort." „Was wird das kosten?", fragte ich. Umständlich und gründlich zertrat er den Zigarettenrest mit dem Schuhabsatz, blickte abwesend ins verschwimmende Farbengewoge der Steppe hinaus und sagte dann versonnen: „Bre, ich sehe, ich habe es mit einem vernünftigen Menschen zu tun. Alles andere findet sich." Er reichte mir die Hand und entließ mich mit gönnerhaft freundlichem Kopfnicken – jeder Zoll bürgermeisterliche Würde, die mir in diesem Augenblick der des großen Kastanienbaums ebenbürtig erschien.

Doch ich hatte keine zehn Schritte gemacht, als ich ihn rufen hörte: „Bre, ia vino-ncoa! He du, komm her!" Er machte mir ein Zeichen, zu ihm zurückzugehen. Ich gehorchte. „Du bist ein feiner Herr", sagte er und schnaufte, als ich ihm gegenüber stand, „aber vor dem Frühjahr wird nichts draus, nein. Jetzt kommen die Herbstregen. Danach die Schneefälle. Da läuft kein anständiger Christ durch die verdammte Steppe … Da gehen die Geister um, und der Teufel klaut seiner Großmutter die Unterhosen. Eure Liebe hält doch vor bis zum Frühjahr? Oder? Und die Kinderchen warten halt so lange, bis sie ihren Vater wieder haben." Ich nickte. Was hätte ich sonst schon machen können? „Na ja", sagte ich. Lässig winkte er mir, mich zu entfernen; die Gebärde war von unwiderstehlicher Souveränität. Niemals wieder lernte ich einen Bürgermeister kennen, der mich mehr beeindruckte als dieser schnaufende, braunhäutige Bauchmensch in der Donausteppe – Gugu Dodrin, „die Erdwarze".

Schon wenig später weichten endlose, starke Regengüsse Wege und Stege zu knietiefen Morastbahnen auf. Und dann ließen die Eisstürme und Schneemassen aus dem Osten erst recht jede Verbindung zur Siedlung abreißen. Die während der Herbstwochen gehorteten geringfügigen Holzvorräte und Nahrungsmittel machten ein zwar überaus karges, aber erträgliches Leben möglich. Einzig der Gedanke, dass wir unseren Familien und Verwandten mit Lebensmittelsendungen zur Last fielen, beunruhigte uns. Da wir den Ort nicht verlassen durften und es hier keinen Laden oder Stand gab, in dem wir etwas hätten kaufen können, blieb uns aber nichts anderes übrig. Dennoch kann ich nicht sagen, dass ich der Zukunft ungeduldig entgegenblickte. Die Abende und Nächte in den dickwandigen, oft bis über die Fenster zugeschneiten Hütten hatten etwas vom Geheimnis des Ungewöhnlichen. Denn ob im Gespräch mit Leidensgefährten oder allein mit einem Buch bei Kerzenlicht – eindringlich fühlten wir die Ausgesetztheit unseres Daseins, das uns, ohne nach unseren Begehrlichkeiten zu fragen, in die Rhythmen der Steppenweiten zwang. Manchmal arbeitete ich mich durch den tiefen Schnee über einen Acker bis zu meinem Freund Dirkas; ein Bukarester Freund sorgte dafür, dass er immer einige Flaschen Wein hatte. Mit schweren Köpfen bohrten wir uns philosophierend durchs Dunkel der Mitternachtsstunden.

Doch dann brach plötzlich der Frühling über die Steppe herein – mit der gleichen ungezähmten Ausschließlichkeit, mit der vorher die gewalttätigen, aus der Südukraine und vom Schwarzen Meer bis hierher tobenden Winterstürme über uns hinweggerast waren.

Nach einer kurzen, von heftigen Hitzewellen begleiteten Trockenzeit Mitte März saß ich eines Abends gemeinsam mit Dirkas, der mich abgeholt hatte, Tee trinkend bei Dr. Steriade im Gespräch über den Gottesbegriff der modernen Physik seit Max Planck, den uns der wissenschaftsbegeisterte ehemalige Diplomat langatmig auseinandersetzte, als er sich unvermittelt unterbrach und sagte: „Sie wissen doch, meine Herren, dass die widerliche Erdwarze ab Letzten dieses Monats wieder Audienzen gewährt?“ Bissig fügte der über alle Vorgänge im Ort genau unterrichtete Siebzigjährige hinzu: „Vielleicht hat ja einer von Ihnen Ihrer Majestät Gugu dem Ersten untertänigst und mit Kniefall eine Petition zu überreichen …“

Und ob ich das habe!, durchfuhr es mich. Wie ich von Dr. Steriade weiter hörte, hatte ich obendrein Glück, da für den nächsten Tag der Postwagen angesagt war, der einmal in der Woche die Korrespondenz der Zwangsaufenthältler in den Donauhafen Brăila mitnahm. In ein paar Zeilen ließ ich meine Frau wissen, dass ich sie am Monatsende erwarte; eine abgesprochene Wortkombination gab ihr die Dringlichkeit der Mitteilung zu verstehen und enthielt zudem den Hinweis auf die für unsere Eheschließung erforderlichen Papiere.

Meine Frau traf fristgerecht ein.

Der Bürgermeister Gugu Dodrin war keineswegs überrascht, uns zu sehen. Im Gegenteil: Er hatte die für den Trauungsakt erforderlichen Amtsvorkehrungen getroffen. So kam er uns, als wir am Spätvormittag über den Platz unter der Kastanie auf seine Residenz zugingen, erwartungsvoll entgegen, schnaufend bemüht, sich die breite Schärpe mit der Landestrikolore umzubinden, wie es die Vorschrift bei der Zeremonie verlangte. „Bre", rief er von weitem, „ich wusste, dass du heute kommst! Und ich habe nachgedacht: Wer, verdammt noch einmal, hat das Recht, den Kinderchen den Vater zu nehmen? Bre, wir werden das jetzt in Ordnung bringen!" Im Schatten des Kastanienbaums trafen wir uns. Da ihn bisher das Sonnenlicht geblendet hatte, sah er uns erst jetzt aus der Nähe. Er blieb ruckartig stehen und starrte die hellblonde Frau an meiner Seite wie eine Geistererscheinung an. Im Gackern und Greinen der Hühner dicht über uns auf den Ästen des Kastanienbaums sagte er mit ersterbender Stimme: „Bre …" Er schnaufte, bis ihm die Schweißperlen auf Stirn und Schläfen standen, und starrte ununterbrochen die Frau neben mir an. Ein Zittern überlief seine Hamsterbacken, als diese ihm, da er sich beim Umlegen der Schärpe verheddert hatte, behilflich war, die Sache mit wenigen Griffen zum guten Ende brachte und obendrein den blaugelbroten Cloth auf seinem Bauchgewölbe auch noch behutsam glättete.

Die beiden Körbe, die wir mitgebracht hatten, standen neben dem dicken Baumstamm; meine Frau hatte die Tücher von ihnen entfernt. Die Hälse der Weinflaschen blinzelten ebenso verlockend aus ihnen hervor wie die Rolle braunen Kammgarnstoffs, die bunten Schokoladenpackungen, die Wurststangen und alle anderen Mitbringsel, an die wir in Kenntnis landesüblicher Gepflogenheiten gedacht hatten.

Nein, ich hatte mich in Gugu Dodrins Klugheit nicht getäuscht. Mit einem schnellen Blick hatte er erfasst, dass es bei dem Tischleindeckdich um viel mehr ging als nur den Trauungsakt. „Bringen wir die Körbe ins Empfangszimmer", schnaufte er, „die Wärme hier tut ihnen gar nicht gut ... Aber die Trauung nehmen wir unter der Kastanie vor – die hinter den Fenstern schielenden Intellektuellenpinkel sollen bezeugen können, dass alles mit rechten Dingen zugeht." Er stieß mich an, schielte kurz nach den Körben und flüsterte: „Darüber reden wir nachher in Ruhe miteinander."

In diesem Augenblick wusste ich, dass mein Plan bereits zur Hälfte aufgegangen war. Wie abgemacht, trafen die zwei Trauzeugen erst jetzt ein – der Exdiplomat Dr. Steriade mit säuerlicher Miene, mein Freund Dirkas beim Anblick des Schärpenträgers aufs höchste vergnügt.

Gugu Dodrin, der amtsverwesende Bürgermeister des Steppendorfes Valea Călmățui in der großen Dürresenke zwischen der Unteren Donau und den Karpaten, nahm also die Ziviltrauung unter der Krone des die ganze Umgebung beherrschenden Kastanienbaums vor. Wiewohl irritiert durch die Nähe der blonden Frau, sprach er seinen Text fehlerlos und mit dem glatten Pathos des routinierten Amtsinhabers, während die Hühner in den Ästen über uns im Traum vor sich hin gackerten und gelegentlich ihren Kringelkot fallen ließen, einmal so dicht an der Trikoloreschärpe vorbei, dass Gugu Dodrin sich unterbrach und mit einem zornigen Blick nach oben zwischen den Zähnen fluchte: „Băga-v-ar dracu ciocurile în cur! Steck euch doch der Teufel eure Schnäbel in den Arsch!", danach aber den Satz vom „sozialistischen Glück in der Ehe" fließend zu Ende führte. Wir standen im leisen Summen des Mittags unter dem mächtigen Baum, umgeben von den feinen Geräuschen und Gerüchen der Steppe ringsum, wie diese sie zu jeder Jahreszeit auf andere Weise hervorbringt, und freuten uns am Treiben der selbstzufriedenen Hühner. Es konnte kein Zweifel daran bestehen, dass unsere erste Trauung auch nicht annähernd unter so bemerkenswerten Umständen stattgefunden hatte wie diese zweite, und wenn ich an sie zurückdenke, fällt mir natürlich zuerst der schnaufende Bürgermeister ein, aber sogleich auch das Hühnervolk über uns – es bildete gleichsam die himmlische Schar der Trauzeugen, deren taktvolles Gegackele und sonstiges Getue der Zeremonie die Würze verlieh.

Das heißt nun aber keineswegs, dass ich Gugu Dodrins Rolle im Fortgang dieser Geschichte unterschätze. Nein! Anderthalb Jahre nach dem Ereignis unter dem Kastanienbaum in der Donausteppe – man hatte uns alle aus der Verbannung entlassen – wurde sie mir eindeutig vor Augen geführt. Als nämlich der Chef der Passbehörde in Kronstadt – ein Major namens Pricop, ein nervöser, an Magengeschwüren leidender Beamter des Staatssicherheitsdienstes – genau zehn Tage nach der endgültigen Ausreise meiner Frau und Kinder bei meinem Anblick einen Tobsuchtsanfall erlitt. Besser gesagt, bei der Entgegennahme meines Bittgesuchs, mir die Zusammenführung mit meiner nun in München lebenden Familie zu genehmigen. Es dauerte freilich eine Weile, ehe Pricop seine Lage begriff. Denn zunächst blickte er mich hämisch an und sagte mit schmalen Lippen: „Ach nein, zu Ihrer Familie also wollen Sie, Verehrtester? Höre ich recht? Mă stric de râs. Ich lache mich kaputt ... Ihre Frau tat vor Jahren das einzig Richtige, als sie sich von einem politischen Kriminellen Ihres Formates scheiden ließ – nicht zuletzt, um die Kinder von einem solchen Vater zu befreien. Nein, mein Teurer, Sie haben keine Familie mehr. Also bleiben Sie im Land."

Aber dann hielt er beim Studium der Papiere, die vor ihm lagen, plötzlich inne, nahm eins der Aktenstücke, las es zwei, drei Mal und bohrte mir einen wilden Blick ins Gesicht – er hielt die Trauungsurkunde mit der Unterschrift des Bürgermeisters Gugu Dodrin in den

Händen, die zwar erst mit der gestrigen Dienstpost eingetroffen, aber mit dem Datum versehen war, unter dem sie die „Erdwarze“ vor anderthalb Jahren ausgestellt hatte. Entgegen seiner Behauptung hatte ich also laut Akte doch eine Familie. Dabei hatte der Major meiner Frau nebst Kindern den Vermerk „Ausreise genehmigt“ in dem Bewusstsein erteilt, uns im Sinne des Gesetzes auch geographisch für immer voneinander zu trennen.

Der von Magengeschwüren geplagte Major Pricop schrie mit überschnappender Stimme: „Wie, Sie wagen es, dem Staat eine Falle zu stellen? Sie müssen wahnsinnig sein! Ich werde Sie vernichten! Ihre bourgeoisen Knochen werden in diesem Land vermodern und Schimmel ansetzen …“ – und dergleichen mehr aus dem Wortschatz eines Vertreters der Diktatur, der es nicht gewohnt war, sich an seinem Schalter im Nachteil zu sehen. Ich tat das einzig Empfehlenswerte in dieser Lage: Ich zog den Kopf ein. Ich senkte den Blick. Und während der arme Mann seinen Veitstanz der Wut aufführte, gebot ich mir: Schweig jetzt! Schweig um Himmelswillen und denk an den braven Gugu Dodrin, der auf die Gefahr einer Strafversetzung hin entgegen der Dienstvorschrift die Urkunde so lange zurückbehielt, bis ihn das verabredete Zeichen von mir erreichte. Denk an die Standhaftigkeit des braunhäutigen Schmerbauchmenschen in der Donausteppe und an sein verwegenes Augenzwinkern, als ich ihm meinen Wunsch erläuterte, das Papier dem Amtsweg vorzuenthalten, bis meine Frau und die Kinder in Sicherheit waren. Denk an die hinreißende Begründung, die Gugu Dodrin über die Geschenkkörbe hinweg im Dämmer seines Empfangsraums sich selber lieferte, um mir guten Gewissens beistehen zu können: „Der Vater gehört zu den Kindern“, hatte er gesagt, „daran besteht kein Zweifel. Aber ich muss dir etwas gestehen.“ Er hatte sich nahe zu mir geneigt und geflüstert: „He, für eine solche Frau wagt ein Mann alles, oder er ist kein Mann! Das mit den Kinderchen ist eine Frage der Menschlichkeit. Aber dies – dies ist eine Frage der Ehre.“

Sollte ich das dem rasenden Securitate-Major sagen? Würde einer wie er den edlen Sinn einer solchen Haltung begreifen? Ich schwieg – so wie ich ahnungsvoll geschwiegen hatte, als mir der ehemalige königliche Diplomat Dr. Steriade den Steppenbürgermeister als eine verabscheuungswürdige „Erdwarze" beschrieben hatte … Jeder Mensch, dachte ich im bedrohlichen Fluchgewitter des an Ulcus ventriculi erkrankten Securitate-Majors, jeder Mensch bewegt sich durch Licht und Schatten. Meine Begegnung mit Gugu Dodrin hatte dank seiner im Zeichen des Lichts gestanden. Daran gibt es nichts zu deuteln.

Zwar ließ sich der Mann mit dem vergifteten Magen noch eine Zeit lang allerlei Hinterhältigkeit im Zusammenhang mit meinen bourgeoisen Knochen einfallen, um sie in seinem Land vermodern zu lassen. Doch gegen die Abmachung der Regierungen, getrennte Familien einander zuzuführen, war er letzten Endes machtlos. Wenn auch erst nach mehreren vergeblichen Versuchen, durfte ich eines Tages zu meiner Frau und unseren Kindern reisen. Ich bin mir dessen bewusst, dass dafür einer Reihe von Menschen Dank gebührt. An ihrer Spitze steht die „Erdwarze" in der Donausteppe – der schnaufende Gugu Dodrin, der dickleibige mutige Mensch mit der Begründung, die noch niemand in der Geschichte entkräften konnte, weil sie den Menschen über das Gesetz stellt.

Nofretete und die Geschichte der Fliegerei

Die telefonische Einladung, ich möchte mich bitte zum „frühest möglichen Zeitpunkt“ in Hamburg einfinden, gehört zu den Besonderheiten meines Einstands in der westdeutschen Wirtschaftswunderrepublik, in die ich vor nicht allzu langer Zeit aus einem Land des Südostens Europas eingewandert war. Die weiche, warme Frauenstimme – sie hatte sich als „Aerobild, Borchers“ vorgestellt – nannte mir Straße und Hausnummer.

Es lag an der Stimme, dass ich mir die Entgegnung „Falsch gewählt“ ebenso verbot wie das Auflegen des Hörers. „Nein“, beharrte sie leicht singend, dunkel timbriert und sehr klar, „es ist bestimmt keine Verwechslung.“ Und im Übrigen sei Hamburg eine Reise wert. Auf meine Frage, worum es denn gehe, gab sie zur Antwort, es handle sich um einen literarischen Auftrag. „Und stellen Sie sich auf eine längere Frist ein.“

Ich lebte seit kurzem in München. Etliche missglückte berufliche Startversuche hinter mir, besaß ich zur Zeit des Anrufs ein Barvermögen von fünf Deutschen Mark, hatte noch keinen Anlass gesehen, ein Giro-Konto einzurichten oder mich sonst einer der im befremdlich schönen Land üblichen Gepflogenheiten anzunähern. Ich bin nun mal keiner, der sich dem Neuen, trete es noch so bestechend auf, an den Hals wirft. Dessen ungeachtet war mir die Entschlossenheit nicht abhanden gekommen, im Leben meiner Familie mit drei minderjährigen Kindern die Rolle zu spielen, die ich von mir erwartete; keines von ihnen sollte vergebens in summa neun Jahre lang auf den wundersamen Vater gewartet haben. Ich hatte – will ich damit sagen – auch nicht den Hauch einer Möglichkeit, selbst den abenteuerlichsten „Auftrag“ abzulehnen.

Ich solle zum Flughafen fahren und die erste Maschine nach Hamburg nehmen, umwarb mich die Frauenstimme, das Weitere werde sich für mich „zufriedenstellend entwickeln". Hier lachte ich und gab meinen Vermögensstand preis: „Damit komme ich gerade noch nach Riem und von dort zu Fuß wieder nach Hause, keineswegs aber nach Hamburg." „Sehr gut!", rief die Stimme, „das reicht! Gehen Sie zum Lufthansa-Schalter, ich veranlasse umgehend das Erforderliche." Ein in dunkelblaue Livree gekleideter Fahrer werde mich in Fuhlsbüttel mit einem Pontiac-Zweisitzer erwarten und zu ihr, beziehungsweise zu ihrem Chef bringen.

Sechs Stunden später begrüßte mich in Fuhlsbüttel der angekündigte Mensch, ein höflicher Vierschrot mit undurchdringlicher Miene in livrierter Dienstkleidung, am Ausgang der Ankunftshalle – Verbeugung, fragende Nennung meines Namens. An Einzelheiten der Fahrt aus Hamburgs Norden bis in die Stadtmitte erinnere ich mich nicht, weiß aber noch, dass ich die Beendigung der Fahrt bedauerte: Das fast schwebende Dahingleiten in dem mit allem Aufwand bequemlichkeitserfinderischer Technik gebauten Gefährt hätte ich für mein Leben gerne noch eine Weile genossen – doch der Wagen hatte in einer Straße mit zurückhaltend vornehmen Hausfassaden und schönen Baumgruppen gehalten. An der Wand neben der Eingangstür, zu der ich von dem breitschultrigen und aus lauter Kanten bestehenden Mann gewiesen worden war, las ich auf einer Messingplatte „Aerobild, Kommanditgesellschaft". Der rechte Flügel der braungelben, mit eigenwilligen Vertikalornamenten im Jugendstil versehenen Holztür öffnete sich, noch ehe ich den Griff berührt hatte. Treppenaufgang und Tür gehörten, wie ich später erfuhr, zu einem der wenigen hanseatischen Herrschaftshäuser, die nach den vom Bomber-Kommando der Royal Air Force Ende Juli 1943 veranstalteten „Gomorrha"-Nächten des Untergangs Hamburgs übrig geblieben waren.

Eine Minute später stand ich im schmucklosen, parkettierten Korridor der Frauenstimme gegenüber.

Sie war etwa fünfunddreißig Jahre alt, schlank, hatte dunkelblondes Haar und ein Nofretetegesicht auf nordisch. Die vollen

Lippen und die schmalrückige Nase bildeten mit den leicht mandelförmigen Augen im ausdrucksvollen Gesicht einen durch nichts gestörten Einklang. Sie trug zur hellgrauen Hose einen weinroten Rollkragenpulli. Als ich ihrem offenen Blick begegnete, während sie mir die Hand entgegenstreckte, hatte sie mein Vertrauen gewonnen, noch ehe sie „Willkommen in Hamburg!" gesagt und hinzugefügt hatte: „Ich heiße Kerstin Borchers." In der Helligkeit des Empfangszimmers, in das sie mich führte, traten Ebenmaß und Ruhe des ungeschminkten Frauengesichtes noch deutlicher in Erscheinung; ich meinte, eine Note gelassener Heiterkeit in den Zügen zu erkennen. Durch das große Fenster des Raumes sah ich über Busch- und Baumkronen hinweg im späten Sonnenlicht die Wasserfläche der Außenalster leuchten. Nein, nichts in mir zögerte, Kerstin Borchers das Vertrauen zu schenken – Erscheinung und Verhalten bestätigten, was die Stimme versprochen hatte. Ein vom Menschlichen bestimmtes unabhängiges Wesen, das mit Sicherheit in Augenblicken allgemeiner Wirrnis zum beruhigenden Orientierungspol wird, dachte ich.

Innerhalb von fünf Minuten umriss sie in groben Zügen den Zweck meiner „hanseatischen Berufung", wie sie lächelnd sagte, dann drängte sie, noch ehe ich viel fragen konnte, zum Chef. Dieser befände sich auf dem Sprung zu einer längeren Reise und habe wenig Zeit. Näheres werde ich dennoch von ihm erfahren. Sie erhob sich ohne Umstände, begleitete mich bis zur Tür am Korridorende, die sie einen Spalt öffnete, nannte meinen Namen und bat mich einzutreten.

Die ganze rechte Wand des großen Raumes war von einer Weltkarte bedeckt, die unsere flach ausgebreitete Erde zeigte – von Alaskas Ostküste vor der Beringstraße auf der linken Seite bis zur Westküste der sibirischen Tschutschken-Halbinsel vor der Beringstraße auf der rechten Seite. Über die braunen, grünen und blauen Erdteile, Gebirgszüge, Ozeane, Länder und Inseln spannten sich kreuz und quer weiße Fäden, die alle von Hamburg ausgingen oder in Hamburg endeten. Ein bizarres Spinnennetz. Die Reisen des Chefs, hörte ich später.

Dieser hatte sich vom schwarzen Schreibtisch linker Hand erhoben und kam mir ohne Eile entgegen. Mittelgroß, in den Schultern kräftig, ungefähr meines Alters – ich sah ihm den Sportsmann an. Er reichte mir die Hand und sagte: „Uwe Günter Speelmann." Er sagte: S-peelmann. Sicher und berechenbar wie seine Bewegungen waren seine Ausführungen, nachdem wir uns gesetzt hatten. Der abtastend spröde Blick fiel mir auf, während er redete, er löste in mir ein Gefühl der Warnung vor zu großer Nähe aus. Ohne zu zögern erläuterte er, dass er „sowohl aus gesellschaftlichen wie aus geschäftlichen Erwägungen wieder einmal eine repräsentative Buchveröffentlichung" benötige; ihm selber lasse das „Aerobild"-Unternehmen keine Zeit, auch tue er sich mit dem Schreiben schwer. Frau Borchers, die Sekretärin, habe mich nach der Lektüre zweier in überregionalen Zeitungen erschienener Aufsätze mit der Bemerkung empfohlen: „Das ist Ihr Mann. Er schreibt luzid und ohne Umschweife." Sein Angebot: Er erwerbe gegen Zahlung das Recht, das von mir verfasste Skript unter seinem Namen zu veröffentlichen; die Verbindlichkeit gelte für die Dauer seines Lebens. Er warf einen schnellen Blick auf die Uhr am Tischrand, einen faustgroßen, kupfernen Erdball mit eingravierten Kontinenten und weißem Porzellanzifferblatt anstelle des Pazifischen Ozeans. Dann blickte er mich fragend an. Es ist nichts Halbes, nichts Ungefähres an ihm, dachte ich, er geht geradewegs auf die Dinge zu.

Ob ich Genaues erfahren könnte, fragte ich, Frau Borchers habe das ihm überlassen. Er nickte: „Gut. Ganz kurz." Indem er nach Trenchcoat und Ledertasche auf dem kleinen Nebentisch griff und sich erhob, sagte er trocken: „Es geht um eine Geschichte der Fliegerei. Verstehen Sie was davon?" Ich nickte. Er habe es seit der Kindheit mit dem Fliegen. Heute beruflich. Etwa zehn Kapitel, stelle er sich vor. Von Daidalos bis zum Weltraumflug. Wegen des reichen Bildmaterials Großformat. Wie wäre es mit zweihundert Buchseiten? Informationsliteratur habe er ins Gästezimmer hinaufbringen lassen.

Wir standen voreinander. Er reichte mir die Hand, nickte und sagte: „Sie erhalten dafür …" Die Summe, die er nannte, erregte für eine Sekunde Schwindelgefühle in mir. Im Hinausgehen rief er: „Ich brauche das Skript in – sagen wir in zwei Monaten.“ Frau Borchers wisse Bescheid. „Alles klar?“, hörte ich ihn auf dem Korridor rufen. „Natürlich“, antwortete ich. Durchs Fenster sah ich ihn in den Pontiac steigen. Der Livrierte mit den gezackten Bewegungen nahm auf dem Beifahrersitz Platz; es war zu erkennen, dass sich die beiden gut verstanden. Na ja, dachte ich, er geht geradewegs auf die Dinge zu. Etwas ruppig. Besiegelung durch Handschlag – nicht schlecht. Eigentlich gefällt er mir.

Kerstin Borchers war nicht nur S-peelmanns Sekretärin, sie war die Seele des Unternehmens. Ich stellte es beim gemeinsamen Gang durch die Räume der „Aerobild KG“ an der Art fest, wie die meist jungen Damen und Herren sie grüßten. Sie werde noch heute für einen Vorschuss sorgen, sagte sie, als wir die Treppe hinaufstiegen.

Im zweiten Stockwerk hatte sie das Gästezimmer als Wohn-, Aufenthalts- und Arbeitsraum für mich hergerichtet. Der Anblick der abenddunklen Fläche der Außenalster mit den Samtreflexen der ersten Lichter vom gegenüberliegenden Ufer her ließ mich in seiner eindrücklichen Stimmung vorübergehend das Tollkühne des Unterfangens vergessen, auf das ich mich soeben eingelassen hatte.

Du bist nicht nur behämmert, dachte ich, während ich mir Liegestatt, Dusch- und Küchenkabine zeigen ließ, du bist obendrein ein Glücksritter. Zweihundert Großformat-Buchseiten in sechzig Tagen! Das bedeutet täglich rund sechs Skriptseiten mit genauen Angaben zu konstruktions- und flugtechnischen, historischen, biographischen und sonstigen Sachdetails in fast jedem Satz – und das heißt endloses Nachschlagen. Es bedeutet zusätzlich die Klauberei der Bilderlese aus den dreitausend vorbereiteten Fotos und Zeichnungen, von denen Frau Borchers sprach, als sie mir auf dem Wandbord zwei Schreibmaschinen nebst zwanzig deutschen, französischen und englischen Fachwerken über das Flugwesen und die fünf Schuhkartons mit den Bildern zeigte. Es bedeutet außerdem die Erarbeitung des Personen-

und Sachregisters mit mindestens tausend Stichwörtern und die Abfassung der anspruchsvollen Bildunterschriften …

Dies alles ging mir durch den Kopf, und mir war klar: Das ist wieder einmal der durch und durch bedenkenlose Spieler in dir, der leichtsinnig unverantwortliche Abenteurer! Doch als ich neben mir sagen hörte: „Sie werden sich um nichts anderes kümmern müssen, dafür bin von jetzt an ich da", empfand ich die Stimme mit dem Klang alles bereinigender Verlässlichkeit als zutiefst ermutigend, erst recht, als die Frau mit den makellosen Gesichtszügen der ägyptischen Königin, wie wir sie von der Berliner Büste kennen, schon gegangen war und ich auf der Karte, die sie mir zugeschoben hatte, den handschriftlichen Vermerk las: „Jederzeit erreichbar." Ich sah die fast bis zu den Schläfen ausschwingenden Augenbrauen noch vor mir, als ich zum Telefon griff, um meine Familie über die Umstände meines Verbleibs zu unterrichten.

Ich erklärte sie meinem dreizehnjährigen Sohn, einer Bücherratte von umwerfender Belesenheit. Er hörte ruhig zu. Dann fragte er: „Vater, bist du jetzt ein Nigger? So nennt man jemanden wie dich, der für einen anderen um Geld ein Buch schreibt." „Ja, das bin ich." „Macht es dir nichts aus?" „Nein, es hat mir nie etwas ausgemacht zu arbeiten." „Man bezeichnet solche Leute auch vornehm als ‚Ghostwriter'." „Ich ziehe ‚Nigger' vor. Es erscheint mir aus einem bestimmten Grund ehrlicher." „Wirst du dafür viel Geld kriegen?" „So viel, dass ich dir ein Fahrrad und ein Paar Skier, deiner Schwester schöne Stiefel und einen Wintermantel und deinem Bruder zwei Paar Hosen kaufen kann. Dann bleibt noch eine Menge übrig, und wir werden gemeinsam überlegen, was wir damit beginnen." „Kommst du mit dem Boss klar?" „Ich werde fertig mit ihm." „Du bist ein toller Nigger, Vater", sagte er. „Ich hoffe es", erwiderte ich.

Bevor ich zu Bett ging, traf ich während zweier Stunden die Auswahl unter den zwanzig Fachbüchern. Ich entschied mich für einen englischen, einen französischen und einen deutschen Autor. Im Bett liegend und ins Dunkel starrend, entwarf ich den Arbeitsplan, gliederte den Stoff in neun Kapitel, verteilte diese auf die Zeit, die mir zur Verfügung stand, und überlegte: Ich werde mir an jedem Abend die Daten und Fachpassagen sämtlicher Darstellungsaspekte für das nächstentags zu bewältigende Pensum aus den Werken der drei Autoren herausschreiben und überdies die entsprechenden Bilder mit skizzierten Unterschriften bereitlegen. Dabei wurde mir immer klarer, dass ich mich jeden Tag unnachgiebig bis zur letzten Zeile an die Vorgabe würde halten müssen, wollte ich nicht irreparabel aus dem Tritt geraten. Die Sonntage zählte ich zur Arbeitszeit. Na ja, dachte ich, mach dir nichts vor, dem Ganzen haftet der Geruch verzweifelter Entschlossenheit an.

Während der folgenden zwei Monate verließ ich das geräumige Mansardenzimmer mit dem Blick auf die zu jeder Tages- und Nachtzeit in anderen Tönungen ausgebreitete Außenalster kein einziges Mal, ich überschritt nicht einmal die Türschwelle. Ich arbeitete siebzehn bis zwanzig Stunden täglich, kam niemals vor Mitternacht ins Bett und saß Schlag fünf Uhr morgens vor der leichten Triumph, Contessa de luxe, Baujahr 1965. Manchmal, wenn die Gefahr drohte, hinter die Planung zurückzufallen, schlief ich nur vier oder drei Stunden. Jeden Morgen machte ich mich mit Kniebeugen, Liegestützen und Atemübungen, mit kalter Dusche und dreifachem, brühheißem Mokka wach, sprühte mir so lange Rasierwasser ins Gesicht, bis mich das Hautbrennen vollends weckte, und begann mit der Korrekturdurchsicht der am Vortag verfassten Seiten. Ich gab keinem Ächzen der schlafgierigen, gequälten Gliedmaßen nach.

Lautlos brachte mir die nordische Nofretete mit den schönen Augenbrauen die Mahlzeiten, setzte mir, ohne dass ich es merkte, den Kaffee auf, von dem ich während der Arbeitsstunden zwei Liter trank, und legte mir die Gauloise-Zigarettenpackungen in Reichweite auf das Wandbord, deren ich am Tag drei anriss – ich gehörte damals zu den Rauchern.

Und ich schrieb, schrieb, schrieb. Über den kühnen griechischen Heros Daidalos und dessen ehrgeizigen Sohn Ikaros. Über des Persers Kai Kawu fliegenden Teppich, die fliegenden Drachen der Chinesen und Leonardos Gedanken zum Vogel- und Menschenflug. Ich glitt mit dem Heißluftballon der Montgolfiers 1773 in die Höhe, schwebte Ende des 19. Jahrhunderts in Otto Lilienthals Hängegleiter durch die 110 Meter hohen Rhinower Berge in Brandenburg und saß kurz danach im Doppeldecker der Brüder Wright, als er bei Kitty Hawk in North Carolina ungefähr zweihundert Meter weit flog. Ich war Zeuge, als im Jahr 1900 das erste Luftschiff des Grafen Zeppelin aufstieg, überquerte im Jahr 1909 mit Blériots Eindecker den Ärmelkanal und vier Jahre später in dem des Roland Garros das Mittelmeer zwischen der Französischen Riviera und Tunesien. Ich verfolgte während des Ersten Weltkriegs die Luftkämpfe des deutschen Freiherrn Manfred von Richthofen im roten Dreidecker, wurde nachdenklich beim Beobachten der vom Krieg zu schier unfassbarem Tempo angetriebenen Entwicklung neuer Fluggeräte – was mich, da sie in Friedenszeiten das Vielfache gedauert hätte, an des Vorsokratikers Heraklit Anmerkung zu denken zwang: „Der Krieg ist der Vater aller Dinge“ – und hatte meine Freude an Charles Lindberghs 33-Stunden-Flug 1927 von New York nach Paris. Die Pol-Anflüge, Amundsens tragisches Ende bei der Suche nach dem Italiener Nobile. Die verwegene Segelfliegerei über der Wasserkuppe. Die spektakulären Langflugwagnisse, die Dramatik des Fehlschlags des von den US-Amerikanern unternommenen Gegenwindflugs 1925 aus der Oakland-Bucht nach Hawaii. Des Berliners Wolfgang von Gronau Langstreckenunternehmungen, darunter sein Weltflug von 1932. Die Kriegsfliegerei der Jahre 1939 bis 1945; dabei fiel mir wieder Heraklit ein, als mich die Umstände festzustellen zwangen, dass auf die deutsche Waffe V 2 von Peenemünde der Beginn des Weltraumflugs zu datieren ist: die Verwandlung des klassischen Flugkörpers in die – schon während des Spätmittelalters entworfene – Rakete, die Mondflugvisionen und präzisen Berechnungen meines Landsmannes, des Vaters der Raumfahrt Hermann Oberth, dazu das Aufkommen der Strahltriebwerke.

Die Beschäftigung mit all diesem und noch viel mehr beschwor mir die Erinnerung an Jugendjahre mit Segel- und Motorflug in der Nähe Kronstadts, mit ihrer Theorie und Historie. Ohne die Abenteuer, Erfahrungen und Eindrücke von ehemals, die mein Interesse für das Flugwesen dauerhaft geweckt hatten, hätte ich während der sechzig Eremitentage in jener Hamburger Mansarde über den Wassern der Alster die Geschichte der Fliegerei niemals in der geforderten Rekordzeit schreiben können.

Gelegentlich eines ihrer manchmal zu Kurzgesprächen führenden Besuche fragte ich Kerstin Borchers, wer sie über meine Kenntnisse in Sachen Fliegerei unterrichtet habe, da dies doch einer der Gründe meiner „Berufung" nach Hamburg gewesen sei. Erstaunt sah sie mich mit dem zugleich abwägenden wie offenen Blick an und erwiderte ruhig, nein, sie sei hierüber nicht unterrichtet worden, sie erführe es soeben von mir. Wir sprachen nicht weiter davon. Doch in den Nachtstunden danach machte ich mir vor dem Einschlafen Gedanken über die Eigentümlichkeit der Umstände, die mich hierher geführt hatten. Dass ich dabei S-peelmanns Gesicht vor mir sah, hing sicher mit der Mitteilung zusammen, der Chef sei längst von der Reise zurückgekehrt; auch die abtastende Sprödigkeit in dessen Blick fiel mir ein. S-peelmann, hatte sie mir gesagt, Sohn eines wohlhabenden Reeders, der sein Vermögen in der Schweiz über die Jahre 1939–1945 hinweggerettet hatte, sei nach Kriegsende dank glücklicher Familienumstände in dem durch die Niederlage im Zweiten Weltkrieg des Rechts zur Erteilung der Fluggenehmigung beraubten Landes als erster Deutscher zu einem Pilotenschein gekommen; er hatte die Chance genutzt, sich durch die waghalsige Umrundung des afrikanischen Kontinents in einer einmotorigen Sportmaschine bekannt gemacht und die „Aerobild KG" mit in- und einer Reihe ausländischer Lizenzen gegründet. Zum unternehmerischen Erfolg hatten sich Erfolge als Fernsehproduzent mit Dokumentarreihen hinzugesellt – daher seine weltweiten Reisen. Bevor sie gegangen war, hatte Kerstin Borchers leise gesagt: „Bringen Sie in

Ihrem Buchtext eine Stelle unter, über deren Inhalt allein Sie im Bilde sind.“ Ich war danach zu müde – es ging auf ein Uhr nach Mitternacht –, um auch noch darüber nachzudenken. Aber als es mir zwei Tage später einfiel, befolgte ich den Hinweis.

Am sechzigsten Tag meines Mansardenaufenthalts ordnete ich das 371-Seiten-Skript und die Bilder, rief Kerstin Borchers in ihrem Büro zwei Stockwerke unter mir an und fragte, ob sie den Chef auf meinen Besuch vorbereiten könne. Keine fünf Minuten später stand ich in dem Raum mit der beeindruckenden Weltkarte an der rechten Wand, dem weißfädigen Spinnennetz über Erdteilen und Ozeanen und dem Mann namens Uwe Günter S-peelmann. Der blickte mich forschend an – wie einen, dessen er sich nur dunkel erinnerte und mit dem er, mochte ihm dämmern, irgendwann ein Gespräch geführt hatte. Ich sah es ihm an und fühlte die Warnung vor allzu großer Nähe fast körperlich. Ich legte ihm den Stoß vollgeschriebener Blätter und die Päckchen mit den Fotos auf den Tisch und sagte: „Hier sind die gewünschten neun Kapitel nebst Register und Bildmaterial.“ S-peelmann sah mich geistesabwesend an. „Ach, von Ihnen hat die Borchers gesprochen“, sagte er, blätterte dann kurz – mit der unverkennbaren Absicht sich zu sammeln, einen Hauch zu hastig – im großen Tischkalender, blickte auf den Papierstoß und sagte unsicher: „Aber – aber das war doch nicht so gemeint …“ Mir schoss das Blut in den Kopf, ich hatte Mühe, ruhig zu bleiben. „Ich gehe jetzt schlafen“, sagte ich nach einer Pause, „ich melde mich morgen wieder.“ Im Hinausgehen hörte ich, wie er durch die Sprechanlage Kerstin Borchers zu sich rief.

Ich war plötzlich so sterbensmüde, dass ich mich nur unter Aufbietung aller Kraft bis ins zweite Stockwerk hinaufschleppte. Zur Schwächung durch den Parforceritt der letzten zwei Monate gesellte sich die Wut, die mich jetzt bis zum Letzten auslaugte. Ich zitterte, als ich die Jalousien vor dem breiten Mansardenfenster herabzog, mich entkleidete und ins Bett fiel. Der Millionärsspross, dachte ich, lässt mich sechzig Tage lang wie einen Galeerensklaven malochen, dann vergisst er mich und sagt obendrein: So war's nicht gemeint. Ich war nahe daran, mich zu erbrechen.

Ich schlief den ganzen Tag, die folgende Nacht und bis zum Mittag des nächsten Tages. Dann duschte ich lange und ohne die bisherige Hast, kleidete mich an und verließ das Gebäude der „Aerobild KG". Bis in die Haarspitzen entspannt, aß ich vortrefflich in einem nahe gelegenen Lokal. Ich las den „Spiegel" und die „Welt" mit Berichten und unterschiedlichen Kommentaren zu den Studentenunruhen und Streiks in Frankreich und zum Amtsantritt Sven Olaf Palmes als Ministerpräsident Schwedens.

Kurz danach stand ich im Raum mit der Weltkarte wieder vor S-peelmann, dem die Peinlichkeit der gestrigen Begegnung nicht bewusst war, wie ich sofort sah. Der lebt im Stande der eiskalten Unschuld, dachte ich. Er bat mich in den Kassenraum, „um die Formalitäten der Honorarvereinbarung ins Reine zu bringen", sagte er. O ja, er habe meinen Text von A bis Z gelesen, o ja … Großzügig erhöhte er den abgemachten Betrag um die Hälfte, erstarrte aber ebenso wie der „Aerobild-KG"-Geschäftsführer, als ich mit der Bemerkung „Sie wollen mir die Summe überweisen? Vergessen Sie es. Ich führe kein Konto. Wozu auch? Ich besitze nichts. Ich bitte um Barzahlung", als ich mit dieser nicht alltäglichen Bemerkung den Reißverschluss meiner Tragtasche auffordernd öffnete und mir die Bündel der Hundert-Mark-Scheine in Zweierreihen vorlegen ließ – ich musste den Geschäftsführer zweimal ermuntern, endlich damit zu beginnen –, ehe ich sie mit beiden Händen in die Tasche schob und stopfte. Allein Kerstin Borchers' zuweilen nach innen blickendes Gesicht zeigte ein Lächeln, als ich mit dem prall gefüllten Behältnis unter dem Arm trocken sagte: „Das war's also", dankte und hinausging.

Doch, nein, das war's noch nicht. Für den Abend nämlich hatte mich S-peelmann in sein reetgedecktes Prachthaus im Garten an der Elbchaussee mit dem unterirdischen Swimming-Pool eingeladen. An dessen einem Ende zeigte ein beleuchtetes Glasposter von der Breite des Schwimmbeckens eine afrikanische Flusslandschaft vor leuchtend wucherndem Dschungelufer. Der Übergang des Schwimmbeckens in die Flusslandschaft war für das Auge so ausgetüftelt angelegt, dass ich beim Schwimmen meinte, geradewegs in die Wasser- und Baumwildnis hineinzutreiben. Einen Irish-Whisky nach dem anderen kippend, beschwor mich S-peelmann an der Eckbar unablässig, „der Aerobild KG als Texter beizutreten". Sein nach und nach starrerer Blick verlor dabei keine Sekunde lang die kühl abtastende Sprödigkeit, die ich – ohne den Grund zu wissen – auch jetzt als Warnung empfand. Wir duzten uns, nachdem wir dasselbe Geburtsjahr festgestellt hatten. „Einen wie dich", sagte er, als wir von den Barhockern aus auf die Wasserfläche des Okawango-Beckens südlich des Caprivi-Zipfels blickten, wo sich Krokodile und Flusspferde in heimtückisch gespielter Teilnahmslosigkeit suhlten, „genau so einen Verrückten wie dich suche ich seit Jahren – schnell von Entschluss, brutal bei der Arbeit. Ich habe deinen Text in einer Nacht gefressen. Mann, du bist wirklich total verrückt!" Plötzlich lachte er, dass es ihn schüttelte und ihm der Whisky aus dem dickwandigen Glas schwappte, lachte und schrie zu den Krokodilen und Flusspferden hinüber: „He! Und dann schaufelt er sich die zigtausend Mark wie einen Blätterhaufen in die Tasche und geht zur Tür hinaus! Wie macht man das in sechzig Tagen, den Brocken von Buch?" Er holte Atem, füllte sich das Glas und schrie mich an: „So einen Irren wie dich brauche ich in meinem Laden! Komm in die Aerobild! Ein solches Angebot kriegst du nicht alle Tage … Nein, nein!", schrie er und goss sich den halben Whisky wieder auf die nackten Schenkel, „und dann schippt er sich die Hunderter mir nichts dir nichts in die Tasche! Weil er kein Konto hat!" Nach Luft schnappend, fiel er fast vom Hocker.

Ich ließ ihn schreien, sprang ins Wasser und schwamm noch einmal quer durch den Okawango, rechts und links die Krokodil- und Flusspferdeköpfe wie hinterhältige Dreckhäufchen. Vor mir leuchtete das Dschungelufer, das ich unbedingt erreichen wollte. „Aber nicht als dein Nigger, S-peelmann", schrie ich aus dem Wasser dem nackten, muskulösen Mann an der Bar zu, „hörst du? Nie wieder als dein oder sonst jemandes Nigger! Auch nicht, wenn du mit Gold zahlst. Nie wieder!"

Ich habe seither oft an die Art gedacht, wie S-peelmann meine Absage quittierte. Er konnte sich kaum noch auf den Beinen halten, doch er sprang ins Wasser, kraulte bis zu mir und reichte mir die Hand. „Okay", sagte er, „okay. Jetzt möchte ich dich erst recht bei mir haben. Aber es ist okay, wenn du gehst." Ich hatte mich nicht getäuscht, ich wusste, warum er mir von Anfang an gefallen hatte.

Noch öfter jedoch dachte ich seit jenen Tagen an Kerstin Borchers, deren dunkelblonde Nofretete-Erscheinung mir den Knochenjob in der Mansarde über der Alster erträglich gestaltet hatte; in der Notiz, die ich auf das Titelblatt meines Exemplars des S-peelman-Buches über die Fliegerei in Vergangenheit und Gegenwart eintrug, erwähne ich sie. Als Uwe Günter S-peelmann um die Mitte der neunziger Jahre starb, erhielt ich einen Tag nach Erscheinen der dpa-Meldung einen Brief von ihr, der mir die ungewöhnliche Frau lebhaft in Erinnerung rief. Der Brief endete mit der Frage, ob ich es bis zum Okawango geschafft habe. „Ja", lautete meine Antwort, „ich habe die fantastische Wasserwildnis südlich des Caprivi-Zipfels überquert. Nicht schwimmend, sondern in einem kleinen Boot mit Außenbordmotor. Zwischen lauernden Krokodilen und Flusspferden mitten hindurch."

Begegnungen mit dem Rätselhaften

Auch an diesem Abend hatte der Hausherr zum späten Essen ans Seeufer gebeten. Der Doktor traf als Letzter ein. Im Licht des Lampions, der vom Ast über mir hing, kam er leicht gebeugt mit kleinem, schnellem Schritt unter den Ebereschen näher. Ein Kobold, der zielsicher seinen Weg zurücklegt, dachte ich, nicht anders bewegte er sich als Siebzehnjähriger. Mein Gott, wir sahen uns vor fünfzig Jahren zum letzten Mal …

Die Behauptung, dass im Leben eines jeden Menschen das Unerklärbare gelegentlich eine Rolle spielt, ist tausendfach belegt. Ich behaupte sogar, dass es öfter und nachhaltiger in unser Tun und Lassen hineinwirkt, als den meisten bewusst ist. Nachdenklich werden wir immer erst, wenn es sich so auffällig bemerkbar macht, dass es sich auch vom Zweifler nicht mehr leugnen lässt. Nicht selten verknüpft sich die Beantwortung der Frage, wann dieser Fall eintritt, mit der Vorstellung des Unheimlichen, mit dem, was so weit außerhalb unserer Wahrnehmungsfähigkeit liegt, dass es uns un-heimlich berührt – das Wort in der alten, vormaligen Bedeutung: unvertraut, nicht mehr zum Heimeligen, zum Heimischen im Sinne des Gewohnten gehörend … Ich musste daran denken, als ich den Doktor unter den riesigen Bäumen näher kommen sah.

Ich saß mit unserem Gastgeber, einem gelassenen, hageren, als Großunternehmer erfolgreichen Mann, am Holztisch im großen Garten, der in den See übergeht. Der Lorbeer auf den heißen Forellenleibern in den drei Tellern duftete, aus dem sanften Gelb der gekochten Kartoffeln stiegen Dampfwölkchen. Während wir aßen und vom Grünen Veltliner tranken, der in drei Flaschen zur Rechten des Hausherrn leuchtete, beobachteten wir wie schon an den Abenden vorher am anderen Ufer das Eintauchen des Drachensteins ins Dunkel, wobei sich auch heute das rötliche Schimmern über ihm zeigte. Der seltsam verharrende Widerschein erhielt sich noch eine geraume Weile nach Sonnenuntergang über dem nach der einen Seite senkrecht abfallenden Felsenberg und gab uns Anlass zu Betrachtungen über seine Herkunft. Der Doktor, der über den Ubangi-Sümpfen in Zaire derlei gesehen zu haben behauptete, hatte uns in einer ausführlichen physikalischen Belehrung die Ursachen der Lichtbildung erklärt.

Es lag noch eine Woche des Beisammenseins vor uns. Tagsüber widmete sich jeder seinen Angelegenheiten, die Stunden nach Sonnenuntergang verbrachten wir gemeinsam. Schon beim ersten Mal waren wir übereingekommen, jeden Abend einem anderen in der Runde zu überlassen. „Bauen wir berichtend Brücken über die Zeit, in der wir uns nicht sahen, damit wir wieder zueinander finden", hatte der Hausherr beim Begrüßungstrunk am ersten Abend feierlich gesagt und sogleich die Anmerkung hinzugefügt: „Um die Fülle der möglichen Ausbreitungen zu begrenzen, stellen wir das Besondere in den Vordergrund. Zwangen die Zeitumstände unserer Generation nicht das Außergewöhnliche auf? Jeder von uns hat damit zu leben, wie er sich ihm stellte." Um vorsichtige Formulierung bemüht, hatte er hinzugefügt: „Vielleicht sind die nach uns Geborenen schmiegsamer, wendiger – auch schicksalloser." Er hatte das Glas erhoben.

Nachdem wir den Tisch abgeräumt und die Gläser gefüllt hatten, sah mich der im Entwicklungsdienst am afrikanischen Äquator alt, krumm und ein bisschen vergesslich gewordene Doktor von der Seite an. „Nun, verehrter scrittore", rief er, „heute bist wieder du an der Reihe." Er nannte mich seit dem Tag des Wiedersehens „scrittore", was mit seinen Studiensemestern in Bologna zusammenhing. „Wo waren wir nur stehen geblieben?" Wir halfen ihm: Er habe vorgestern Abend von den mondbeschwörenden Tänzen in den Wäldern des oberen Kongo berichtet, bei denen sich einige der Tänzer so nachhaltig in Trancezustände steigern, dass sie danach lebenslang an Amnesie leiden; man nenne sie dort, habe er gesagt, „die Männer ohne Rückkehr". Und den Hausherrn, erinnerte ich ihn, hätten wir gestern

Abend mit der Schilderung seines „ahnungslosen Fluchtwegs" im fünften Nachkriegsjahr durch ein sowjetisches Minenfeld bei Aschchabad an der Grenze zum Iran gehört – von einem Pferdetreiber zum nächsten iranischen Militärposten gebracht, hatte dort ein englisch sprechender Leutnant ausgerufen: „He, du bist der Mann der Rückkehr aus dem Totenreich!" „Ach ja", sagte der Doktor und griff sich an die Stirn, „ach ja, so unterschiedlich liegen also die Dinge."

Wir stießen an und tranken. Ich nannte den Gegenstand meiner Ausführung und begann das Folgende zu berichten:

Beim Durchblättern vor vielen Jahren aufgezeichneter Notizen fiel mir kürzlich ein Heft in die Hand, auf dessen Umschlag ich vermerkt hatte: „Begegnung mit dem Rätselhaften". Ich berichte euch von drei Vorfällen, die ich aufgezeichnet habe, und füge dem kein Wort hinzu. Ich stelle höchstens mir selber gelegentlich eine Frage und überlasse es jedem von euch, sich die seine zu stellen … Die Vorfälle haben nur eines gemeinsam: Ich fand bisher keine Erklärung für sie.

Zum ersten kam es während des Nachkriegsjahres 1946. Ich war viel in den Südkarpaten unterwegs, wo sich bewaffnete Widerständler aufhielten. Als Kuriergänger half ich ihnen, sich untereinander zu verständigen – Patrioten und Desperados aller Berufsschichten, auf US-amerikanische Hilfe hoffend, die ihnen für die Résistance in dem von der Roten Armee besetzten und geschändeten Land versprochen, aber niemals geleistet wurde. Zu ihrer Bekanntschaft war ich durch einen befreundeten jungen Rechtsanwalt gekommen. Da ich die Gebirgsgegenden am Alt-Fluss gut kannte, hatte er die Männer auf mich hingewiesen. Ich gestehe, dass mich an den gefährlichen Gängen auch das Abenteuer reizte.

Mit dringenden Nachrichten für eine der Widerstandsgruppen aus dem südsiebenbürgischen Hermannstadt aufgebrochen, ging ich am Nachmittag eines Frühlingstags vom Bahnhof des Dorfes Arpaşul de Jos bergwärts. Auf dem sechs Kilometer langen Weg bis zum Anstieg bemerkte ich einen Hund – ein zottig-schwarzes, mittelgroßes Tier –, der mir folgte, aber nicht zu bewegen war, sich mir zu nähern noch sich von mir zu entfernen. Als ich ihm bei einem im Gehen eingenommenen Imbiss einen Wursthappen zuwarf, verschlang er ihn gierig, wahrte aber trotzdem den Abstand. Der Hund folgte mir an den Brâncoveanu-Klöstern vorbei in die Waldhänge und hinauf bis zur Wasserfallhütte, wo ich meinen Vertrauensmann, den Hüttenwirt, jedoch nicht antraf. „Bin in der Seehütte", las ich auf einem an der Eingangstür befestigten Kartonstückchen. Auch für die im hochgelegenen Seekessel stehende Fluchthütte verantwortlich, war der Mann vermutlich für zwei, drei Tage hinaufgegangen. Mir blieb nichts anderes übrig, als ihm zu folgen. Den Hund sah ich nicht mehr.

Eine Stunde danach überraschte mich im Hochtal bei einbrechender Dunkelheit ein Gewitter, das ich unter einem Felsvorsprung halbwegs trocken überstand. Zwar mit Weg und Steg vertraut, verlief ich mich dennoch in der Finsternis. Durch die Nässe der Luft hindurch roch ich, je höher ich kam, den Schnee, der die Gipfelhänge links und rechts über mir bedeckte. Nach einigen Stunden hilflosen Umherirrens gab ich gegen Mitternacht den Gedanken auf, die Seehütte zu erreichen; Sicherheitsgründe legten es mir dringend nahe. Ich hatte jede Orientierung verloren. Gegen eine Felswand gelehnt, die ich ertasten, nicht aber sehen konnte, beschloss ich, den Morgen abzuwarten. Das Gewitter war weitergezogen, im Dunkel erkannte ich die eigenen Hände nicht, in der Schwärze, die mich umgab, hatte ich keine Vorstellung von der Umgebung. Das Raunen in der Tiefe verbot mir unvorsichtige Bewegungen.

Plötzlich spürte ich die Nähe des Hundes. Im Augenblick darauf stieß seine kalte Schnauze gegen meine Hand. Keine Minute später hatte ich aus seinem Verhalten geschlossen, dass er mich von der Stelle wegzubringen versuchte, auf der ich stand.

Hin- und hergerissen zwischen der Furcht abzustürzen und dem immer drängenderen Gefühl, gut daran zu tun, den Ort zu verlassen, folgte ich ihm, der bald leise winselte, bald kurz und heftig aufbellte. Auf Rücken und Händen hinter ihm abwärts gleitend, quälte und schindete ich mich talwärts, verlor dabei die Wollmütze, die mir meine Schwester wenige Tage vorher gestrickt hatte, und schürfte mir die Haut an den Handflächen und -rücken auf. Nach ungefähr einer halben Stunde stand ich in der Sohle eines Tals oder Kessels, was ich dem Widerhall meiner Rufe entnahm. Um in der kalten Luft nicht zu frieren, tapste ich aufs Geratewohl weiter durchs Dunkel. Im Morgengrauen erreichte ich die Hütte am Ufer des Hochsees. An den Hund dachte ich nicht mehr. Er war verschwunden.

Während mir der Hüttenwirt, der hierher gekommen war, um ein Fenster instand zu setzen, die Kanne mit heißem Tee auf den Tisch stellte und sich zu mir setzte, hörten wir halb hinter, halb über uns einige Male ein dunkles Dröhnen. „Zu dieser Jahreszeit", sagte er, „gehen die Grundschneelawinen ab", Tag und Nacht seien sie zu hören. Ich richtete dem jungen, verwegenen Menschen, der mit den antikommunistischen Widerständlern gemeinsame Sache machte, die Botschaft aus, verabschiedete mich und trat den Rückweg an. „Bis zum nächsten Mal", rief er mir nach und bekreuzigte sich.

Neugierig, wo ich in dem zerklüfteten Gelände die halbe Nacht verbracht hatte, bog ich nach hundert Schritten in die Geröllhalde ab, über die ich zwei Stunden vorher auf die Hütte zugegangen war, und hatte kurz darauf die Sohle des Vaiuga-Kessels vor mir. Beim Anblick, der sich mir bot, hielt ich den Atem an. Über Wände und Steilhänge waren auch hier aus den oberen Lagen Eis- und Schneeflächen abgegangen und in wüstem Gedränge erst in der Kesselsohle als hausgroße Blöcke zum Stehen gekommen. Zwischen ihnen hindurch zwängte ich mich ins Lawinenfeld hinab, vor der blinden Gewalt erschauernd, mit der sich die am Weitergleiten gehinderten Massen ineinander geschoben und zusammengeballt hatten.

Da erblickte ich, eine Spanne vor meinem Gesicht, eingeklemmt zwischen mitgerissenem Gestein und Moosfetzen, in einem der weißen Ungetüme meine Wollmütze. Halb zerfetzt, hing die bunte Troddel, über deren Form und Farbigkeit ich noch vor zwei Tagen mit meiner Schwester gelacht hatte, aus einem der Schnee- und Eisballen. Eine Sekunde lang hatte ich den Eindruck, sie grinse mich an. Die Mütze saß so fest in dem Brocken, dass es mir nicht gelang, sie daraus zu befreien.

Die Lawine war über die Stelle gerast, von der mich der Hund wenige Stunden zuvor weggezerrt und -geschubst hatte …

Kein Zoologe oder Tierpsychologe, kein Hundekenner oder erfahrener Jäger gab mir je eine befriedigende Erklärung für das Verhalten des Tieres. Den Hund, der mir das Leben gerettet hatte, sah ich nie wieder. Die abgeschnittene Wollquaste bewahre ich bis heute auf. –

„Ein Jahrzehnt später", fuhr ich fort, nachdem wir uns zugetrunken hatten, „kam es zur einer zweiten Begegnung mit dem Rätselhaften."

Angeregt von der Schilderung eines Historikers namens Friedrich Teutsch der am Vorabend des Dreißigjährigen Krieges durchgeführten Belagerung der Burg meines Heimatortes Rosenau, verfasste ich ein Bühnenstück, das die Verteidigung und den Fall der Burg durch Verrat zum Gegenstand hatte. Bei Teutsch finden sich darüber auf Seite 385 des vierbändigen Werks, das er zusammen mit seinem Vater schrieb, von rund 2.600 Seiten ganze sechzehn Zeilen. Ich machte ein fünfaktiges Bühnenstück daraus. Unter anderem ließ ich den Ortsrichter der Marktgemeinde, dem in Kriegszeiten das Amt des Festungskommandanten oblag – laut Teutsch ein Mann namens Piter Durmes – in der Bedrängnis einen Brief um Hilfe ans nahe gelegene Kronstadt schreiben; nach langer Belagerungsdauer ging in der Burg die Nahrung aus. Zur Belebung des erfundenen Briefes erfand ich auch ein Postskriptum. Darin ließ ich Durmes die Stärke der belagernden Truppe und die günstige Nachtstunde für den Entlastungsangriff der Kronstädter nennen. Ein Reiter sollte das Schreiben durch den Belagerungsring hindurch nach Kronstadt bringen. Er wurde jedoch abgefangen, der Brief fiel den Belagerern in die Hände. Teutsch berichtet, dass Piter Durmes unter den Verteidigern an der Spitze derer stand, die nicht zur Übergabe der Burg bereit waren. Meuterer öffneten die Tore von innen. Natürlich war Durmes als Erster dem Zorn des belagernden Fürsten Gabriel, dem Letzten aus dem einst berühmten Hause Báthory, ausgeliefert; der Fürst ließ ihn hinrichten.

Unmittelbar nach Abschluss der Arbeit an dem Theaterstück kam es zu zwei Ereignissen, die sich beide auf das Stück bezogen und mich dieses bis heute in Zusammenhängen zu sehen zwingen, die nur vordergründig mit Literatur zu tun haben.

Ich begleitete meinen Vater zum Besuch einer Verwandten in eine mittelsiebenbürgische Kleinstadt. Die geistig lebendige Frau, Mutter zweier Töchter, Französisch- und Lateinlehrerin an einem Gymnasium, literarisch bewandert und wissbegierig, wünschte beim Abendessen einiges über meine schriftstellerische Arbeit zu erfahren. Ich berichtete vom soeben beendeten Drama. Dabei bemerkte ich die wachsende Aufmerksamkeit der Frau, die schließlich mit einem allen Anwesenden auffallenden gespannten Gesichtsausdruck zuhörte. Irritiert, beantwortete ich ihre letzte Frage stockend; ich war drauf und dran, mich zu unterbrechen, als sie sich erhob und das Zimmer verließ. Sie kehrte mit einer großen braunen Ledermappe wieder, legte diese vor mich auf den Tisch und sagte: „Mein Großonkel war um die Mitte des 19. Jahrhunderts erster Kopist am historischen Nationalarchiv in Budapest. Die Archivdirektion hatte dem an allem Geschichtlichen Interessierten auf Wunsch genehmigt, gelegentlich eine der Schriften, die durch seine Hände gingen, abzuschreiben und die Abschrift zu behalten, sofern er sich verpflichte, keinen öffentlichen Gebrauch davon zu machen."

Die Frau schwieg, nahm das oberste Blatt aus der Mappe und reichte es mir. „Dies", sagte sie, „ist eine Kopie des Briefs, den Piter Durmes anno 1612 aus dem belagerten Kastell nach Kronstadt schickte. Ob das Original heute noch in den Nationalarchiven zu finden ist, weiß ich nicht."

Aus den Gesichtern aller um den Tisch Versammelten sprach Bestürzung, als ich den Brief vorlas: Sein Inhalt deckte sich in jedem Punkt mit dem Inhalt des von mir erfundenen Briefs. Mehr noch: Die Kopie des Budapester Originals enthielt, wie mein Brief, ein Postskriptum, in dem die Stärke der Belagerer und die für den Entlastungsangriff vorgeschlagene Uhrzeit vermerkt waren … In Teutschs Geschichtswerk ist aber, wie gesagt, von keinem Brief die Rede.

Nicht genug damit: Kurze Zeit nach diesem Besuch starb mein Großvater mütterlicherseits. Untröstlich, bat mich die Großmutter, die Papierstöße auf dem Schreibtisch des Toten zu sichten, die amtlichen Dokumente ihr zu überlassen und alles andere an mich zu nehmen, sofern mir daran gelegen sei; Großvater habe in den letzten Jahren alte Papiere geordnet und viel geschrieben. Die folgenden Tage verbrachte ich mit der Durchsicht von Gerichtsakten, Besitzurkunden, Rechnungen und privaten Aufzeichnungen. Dabei fiel mir ein brauner Umschlag mit dem Vignettenvermerk „Familienchronik" in die Hände. Wohl hatte ich von Großvaters genealogischen Nachforschungen gewusst, ihn aber nicht nach Einzelheiten gefragt. Erfreut, die Notizen vor mir zu haben, begann ich zu lesen. Geburts-, Tauf-, Erbschaftszeugnisse, Hofüberschreibungen, ärztliche Atteste, Prozesspapiere, Todesurkunden – was von einem Menschenleben übrigbleibt, war für das 19. Jahrhundert in Fülle zusammengetragen. Um einiges dürftiger bot sich das Bild des 18. Jahrhunderts dar. Im 17. Jahrhundert stieß ich lediglich auf Akten mit Geburts- und Sterbedatum, auf eine Rechnung für Holzlieferungen, für eine Ladung Blocksalz und eine Brunnenreparatur. Wie erstarrt jedoch saß ich vor dem Schreibtisch, als ich auf einem der letzten Blätter den Namen „Piter Durmes" und dahinter den Vermerk „1612, enthauptet" las.

Es dauerte Minuten, ehe ich die Lage begriff: Ich hatte mich bei der Lektüre des Teutsch-Werkes in der an dramatischen Vorkommnissen reichen Geschichte meiner Herkunftslandschaft bei 2600 Seiten ausgerechnet für jene sechzehn Zeilen über meinen Vorfahren entschieden, von dessen Existenz ich jetzt erst erfuhr. Ohne Absicht, darf ich in einem abgegriffenen Bild sagen, hatte ich einem meiner Ahnen ein literarisches Denkmal gesetzt. Es hatte nicht lange Bestand: Das Manuskript des Dreiakters um Piter Durmes wurde bei meiner Verhaftung 1959 von dem Studenten der Theaterwissenschaft, dem ich es zur kritischen Durchsicht überlassen hatte, aus Angst vernichtet; ich besaß kein zweites. Die vom Großvater erarbeitete Familienchronik aber besitze ich noch.

Die Frage, ob mich die Intuition des Zufalls zum Modell für mein Drama und damit zu einem meiner Vorfahren geführt, mir zudem einen Brief diktiert hatte, der dem als authentisch verbürgten Schreiben entsprach, kann ich zwar stellen, muss sie aber unbeantwortet lassen. Auch die Frage, in welche Dimensionen ein Schriftsteller kraft der Einfühlungsgabe in seinen Stoff eindringen kann, beschäftigt mich und lässt mir das Schreiben in einem Licht erscheinen, das bei den Gelehrten keine Erwähnung findet. Wir alle wissen, dass es die Vorahnung, die Vorausahnung gibt. Unsere Kulturgeschichte kennt das Phänomen der Prophetie, des Wahrtraums, der großen Intuition. Gibt es aber nicht ebenso wie die Vor- auch die Nachahnung? Die ins Vergangene gerichtete Intuition? Speicherte sich der Tod des Ortsrichters Piter Durmes, der mein Urahn war, so eindrücklich in dessen Nachkommen, die vermutlich der von Fürst Gabriel Báthory befohlenen Exekution beiwohnten, dass sich die Erinnerung daran über fast drei Jahrhunderte und die Generationen hinweg erhielt und in mir wiedererwachte, als ich auf die lakonische Notiz in dem Geschichtswerk über Siebenbürgen stieß?

Ich schwieg, hob mein Glas und nickte den Freunden zu. Wir blickten auf den See hinaus. Über uns raschelte es in den Kronen der Ebereschen; es klang, als äußerten sich die alten Bäume in einer vergessenen Sprache zu meinem Bericht. Die Nacht lag über dem Land. Ich stellte das Glas auf den Tisch und sagte: „Abermals ein Jahrzehnt später hatte ich die dritte Begegnung, die mir bis heute keine Ruhe gibt. Es kam auf die folgende Weise dazu:

Nach mehrjähriger politisch bedingter Gefängnishaft mit dem Verbot in die Freiheit entlassen, den Beruf des Schriftstellers weiter auszuüben, kam ich auf der Suche nach einem Broterwerb als Violoncellist am ersten Pult des Operntheaters in Kronstadt unter. Zum kleinen Freundeskreis, in den ich herzlich aufgenommen wurde, gehörte ein Mann, der gleich mir dank ungewöhnlicher Umstände zum Musiker geworden war, ein Geiger am ersten Pult der zweiten Violine, dessen Name hier nichts zur Sache tut. Der etwas über Fünfzigjährige hatte im

Zweiten Weltkrieg als hochdekorierter Oberst in der Königlichen Rumänischen Armee im Osten bis vor Stalingrad gekämpft, war danach aber bei der Sowjetisierung des Militärwesens in dem von Moskau dirigierten Land als „unwürdig für weitere Dienste" entlassen worden. Des Violinspiels in beachtlichem Maße mächtig, hatte er Unterschlupf im genannten Orchester gefunden. Ausgeglichen, belesen, wurde er binnen kurzem zum angenehmsten Gesprächspartner, den ich mir wünschen konnte. Es beruhte auf Gegenseitigkeit. Denn mir war bald klar geworden, dass mich mit dem Manne nicht allein geistige Verwandtschaft verband, sondern die Parallele der Familienumstände: Fast seine ganze Sippe lebte in Paris und London, wohin ebenfalls auszureisen ihm die Behörde hartnäckig verweigerte. Meine Familie wiederum lebte seit einigen Jahren in München, wohin zu gelangen mir trotz aller Anstrengungen bisher genauso wenig genehmigt worden war.

Von einem in Paris lebenden Vetter regelmäßig mit Buchsendungen bedacht, wusste mein Orchesterkollege über die modischen nouveaux romanciers Robbe-Grillet, Robert Pinget, Nathalie Sarraute und Claude Simon Bescheid, wohingegen ich, aus München mit Büchern versorgt, über Friedrich Dürrenmatt, Heinrich Böll, Siegfried Lenz und Günter Grass im Bilde war. Wir verbrachten unseren Gedankenaustausch ungezählte Stunden hindurch diskutierend bei starkem türkischem Kaffee und herben bulgarischen Zigaretten in Hotelbars und Bistros und rückten die Welt der Literatur von Homer über Villon bis Voltaire, von Petrarca und Cervantes über Goethe bis Thomas Mann für unsere Erfordernisse zurecht. „Der Oberst", wie wir ihn nannten, war nicht nur literaturkundig und klug, er war auch mit der Gabe jenes schnellen und feinen Spottes gesegnet, der bei Angehörigen romanischer Völker anzutreffen ist. Ich verstand mich ausgezeichnet mit dem höflichen, in jeder Lage selbstbeherrschten Mann.

Zu seinen Eigenheiten gehörte das in den Ländern des europäischen Südostens geläufige Wahrsagen aus dem Kaffeesatz. Die sibyllinisch abgründige Kunst mit einer anämischen mittel- oder westeuropäischen Filterkaffeeplörre auszuüben, ist undenkbar. „Der Kaffee muss heiß sein wie die Hölle, schwarz wie der Teufel", hatte einst der Fürst von Benevent, der eiskalte Charles Maurice de Talleyrand, festgestellt, aber vergessen hinzuzufügen, dass ein Kaffee ohne körnig wabernden Satz wie eine Hochzeit ohne Musik oder ein Nudelbrett ohne Nudeln ist. Denn die Kunst der Kaffeeweissagung bedarf jenes knickeschwarzen, breiigen Suds, den allein der Türkische als deutlich sichtbare Spur seiner totschlägerischen Erweckerpotenz auf dem Tassenboden und an der Tassenwand hinterlässt. Solange er feucht glitzernd vor sich hinsabbert, blickt er dem Betrachter aus den Tiefen der Tasse mit hypnotischem Zugriff ins Auge, und zur trockenen Masse erstarrt, geben seine Schnörkel und Schleifen dem Kundigen den Blick in die Zukunft frei. „Wer der wütenden Kraft des im Ibrik, dem orientalischen Gießgefäß mit Tülle, zubereiteten Getränks gewachsen ist, muss den Leibhaftigen nicht fürchten", sagen die Kenner.

Der Oberst nahm im Freundeskreis die jeweils zuletzt geleerte Tasse in die Hand, wendete sie, ohne das Gespräch zu unterbrechen, hin und her und stellte sie, sobald sich der körnige Bodensatz über die Innenwand verbreitet und an dieser festgesetzt hatte, mit bedächtiger Bewegung kopfüber auf die Untertasse zurück. Ehe sich unsere Runde auflöste, betrachtete er dann abwägend prüfenden Blicks der Reihe nach das Innere der Gefäße. Dort hatte der getrocknete Kaffeesatz Hieroglyphen und Mäander, geheimnisvolle Ornamente und Zeichen gebildet. Aus ihnen las der Oberst jedem von uns die nächste und weitere Zukunft ab. Er tat es mit umwerfender Überlegenheit. Seine Phantasie, in den für uns Übrige unentwirrbaren Kaffeesatzgemälden, Zeichen, Punkten und Linien aufschlussreiche Lebenshinweise zu entdecken, faszinierte uns. Besonders die beiden jüngeren Damen des Kreises nahmen die Prophetien von bevorstehendem Glück und Traumreisen hingerissen auf, während der Oberst mit unbewegter Miene und eintönig murmelnder Stimme seiner pythischen Orakelpflicht nachging.

Nach jeder Opern- oder Operettenaufführung fand sich unsere fünfköpfige Clique zusammen. Die Instrumente unter dem Arm, noch erregt von der Tragödie der Aida, erheitert von den Abenteuern der

Czárdásfürstin oder melancholisch gestimmt vom Schicksal der Madame Butterfly, beschlossen wir regelmäßig, vor dem Heimweg gemeinsam einen Türkischen zu trinken – an Schlaf war unmittelbar nach den Aufführungen ohnehin nicht zu denken. In einer zu fortgeschrittener Stunde noch geöffneten Spelunke, in der Bar des nahegelegenen Aro-Hotels oder in einer der entfernteren Bahnhofskneipen steckten wir die Köpfe zusammen, witzelten über den aufgeregten jungen Dirigenten des Abends oder über das fatale Fis anstatt des F der Oboe im Schlussakkord. Und jedesmal endete unsere Kaffeestunde mit dem Auftritt des Obersten. Ernst, wie alle es von ihm erwarteten, vollzog er das Ritual der magischen Sudbefragung. Die Selbstironie seines Tuns war natürlich unübersehbar, unsere Anteilnahme daran ebenso. Aber keiner von uns bedachte je den Akt mit einem ernüchternden oder gar verletzenden Wort, wenngleich wir innerlich darüber lachten. Ich lache auch heute, obwohl das Ereignis, von dem ich erzähle, es mir für alle Zeiten verbieten müsste. Denn eines Tages geschah Folgendes:

Nach einer „Tosca"-Aufführung Ende Februar 1968 saßen wir um Mitternacht zu fünft im geräumigen Badezimmer der Wohnung des Obersten – zu dieser Stunde der einzige Raum in der Stadt, in dem wir uns hatten zusammenfinden können, Cafeterien und Bars waren geschlossen. Mit den Schuhen in der Hand, um die Gattin des Obersten nicht zu wecken, hatten wir uns ins Badezimmer geschlichen, saßen fachsimpelnd in den Düften von Damenparfüms, Rasierwasser, Zahncreme, Seifen, Haarspray und Kaffee und mokierten uns über den schwitzenden dicken Tenor und die noch dickere Sopranistin in der Rolle der Floria Tosca. Die belebende Duftmixtur ließ uns aufgeräumt bis in die Morgenstunde hinein plaudern. Ehe wir uns trennten, schritt der Oberst auch diesmal zur Zeremonie. Er sagte einer der Damen – es war die Harfenistin des Orchesters – eine ganz und gar aufregende Veränderung und einem der Herren – es war der Soloflötist – einen peinlichen finanziellen Engpass voraus und griff schließlich nach meiner Tasse. Niemals werde ich die Art vergessen, wie er mich nach wenigen Sekunden der Versenkung in die schwarzen Chiffren anschau-

te – Erschrecken, ja Entsetzen im Blick. Der Oberst hatte sich vom Wäschekorb, der ihm als Stuhl diente, erhoben, ich mich wie unter einem Zwang vom Badewannenrand. Mit einer heftigen Bewegung trat er auf mich zu. Tränen in den Augen, riss er mich an sich und sagte mit erstickter Stimme: „Mein Freund, Sie werden mich verlassen! Wir werden uns nie wiedersehen." Überrascht, versuchte ich ungezwungen zu lachen, obgleich mir plötzlich nicht danach war, und erwiderte in flapsigem Tonfall: „Hören Sie, Oberst, in den letzten vier Jahren erhielt ich achtzig Absagen von der Passbehörde. Nein, wir beide werden uns noch lange erhalten bleiben." Doch der erschütterte Mann wiederholte: „Sie werden mich verlassen! Wir werden uns niemals wiedersehen …", und war zu keinem weiteren Wort fähig. Verstört, übermüdet ging die Runde auseinander. Ehe ich einschlief, sah ich ununterbrochen den Oberst nervös auf mich zutreten, den ich für einen stoischen Mann gehalten hatte … Er wird doch die Kaffeespinnerei nicht ernst nehmen!, dachte ich.

Aber zehn Tage später wurde ich von drei Offizieren des Staatssicherheitsdienstes in einer nächtlichen Blitzaktion aus meiner Wohnung geholt, auf den Bukarester Flughafen und von dort mit einer Tarom-Maschine außer Landes, das heißt nach Frankfurt am Main gebracht. Freunde im In- und Ausland hatten geholfen. Erst nach Erledigung der wichtigsten Einbürgerungsformalien in Deutschland war ich in der Lage, die Orchesterkollegen in Kronstadt in einem Brief wissen zu lassen, was mit mir geschehen war und wo ich mich befand.

Der Flötist unserer Runde antwortete umgehend im Namen aller. Er schrieb unter anderem, dass der Oberst drei Tage nach meinem seltsamen Verschwinden auf dem nassen Boden seines Badezimmers ausgeglitten, gestürzt und vom Schlag des Kopfes auf den Badewannenrand durch Nackenwirbelbruch ums Leben gekommen war.

Dies ist der Grund dafür, dass ich den vorzüglichen Mann im Sinne seiner Ankündigung in jener Nacht nach der „Tosca"-Aufführung niemals wieder sah. Im Sinne seiner Ankündigung?, frage ich mich seither. Hatte er meinen Abschied oder seinen Tod angekündigt? Was über uns beide hatte er wirklich in meiner Kaffeetasse gelesen? Ich werde es niemals erfahren ...

„Ich gestehe euch", sagte ich abschließend und blickte unseren Gastgeber und den Doktor an, „ich gestehe euch, dass mich diese Begegnungen mit dem Rätselhaften zur Schlussfolgerung führten, unser Leben bewege sich in festgelegten Zusammenhängen, deren Hintergründe uns für immer verborgen bleiben."

Ich schwieg und schaute an meinen Tischgenossen vorbei auf den dunklen See hinaus. Der Doktor räusperte sich, der Hausherr öffnete die dritte Flasche des Grünen Veltliners und schenkte die Gläser voll. In der Krone der Eberesche, unter deren weitausholenden Ästen wir saßen, rauschten die Blätter im Luftzug vom nahen Höllengebirge her kurz auf. Zugleich sah es aus, als huschten mit lautlosem Tanzschritt über das Wasser vor uns geheimnisvolle Schatten.

Besuch bei Mister Pinneker

Der Mann hieß Pinneker, John, war ungefähr fünfzig Jahre alt und kriegte jedes Mal, wenn er etwas sagte, schon nach den ersten Sätzen einen dunkelroten Kopf. Da er von Gestalt wuchtig-untersetzt mit auffallend kräftigem Nacken war und Fäuste von der Größe eines halben Fußballs hatte, vermied ich es, unser Gespräch in eine Richtung treiben zu lassen, bei der ein Gefühlsstau und -ausbruch zu befürchten stand; ich hätte dem nichts entgegenzusetzen gehabt.

Wie es dazu kam, dass ich für die Dauer eines Mittagessens Mister Pinnekers Gast wurde, ist schnell erklärt: Bekannte hatten mich gebeten, mit Rücksicht auf sie die Einladung anzunehmen – ohne den betuchten Engros-Händler John Pinneker seien die Veranstaltungen ihres Vereins „Literature and Arts“ nicht durchführbar, ihm einen Wunsch abzuschlagen, käme dem Ende ihrer Tätigkeit gleich, Saalmieten, Honorare und all die anderen Aufwandskosten würden ausschließlich und großzügig von ihm beglichen.

Ich hatte verstanden. Besorgt um das Schicksal der Dichtung und Künste im US-Bundesstaat Pennsylvania, hatte ich die Einladung angenommen und saß nun vor Mister Pinnekers rotem Rundschädel mit den Bulldoggenlippen, hörte die Spatzen in der Pergola neben uns schwatzen und dachte daran, dass ich nach dieser letzten Station meiner Lesereise durch die Städte Pittsburg, Philadelphia, Harrisburg und Erie an die Golfküste nahe bei Tallahassee in Florida fahren und dort vor der Rückkehr nach Europa einige Tage lang faulenzen und mit der Reinschrift meiner Notizen zubringen würde.

Auf Mister John Pinnekers andeutendes Brauenheben hin eilte eine ältliche, grauhaarige Frau mit geblümter Rüschenschürze herbei – „Philomela“ nannte er sie leise –, brachte Gewünschtes und entfernte nicht mehr Erforderliches. Sie legte die zwanzig Schritte über den Gartenrasen vom Haus bis zu unserem Tisch unter dem Laubendach rasch und geräuschlos zurück und schwieg, als sei sie wie die Tochter des mythischen Königs Pandion von Athen, deren Namen sie trug, der Sprache beraubt worden. Bleibt die Kraft der griechischen Mythe bis an die Industriegestade dieses Kontinents wirksam?, überlegte ich leicht erschauernd.

Mister Pinneker verzehrte achtunggebietende Mengen. Er pustete, schwer atmend, wischte sich den Schweiß von der Stirn – und hob oder senkte die Braue. Es lag ein Anflug von Gewaltsamkeit in diesen Brauenbewegungen, die durch Philomelas sofortiges Erscheinen und ebenso lautloses Verschwinden noch spürbarer wurde. Der Pandionstochter Philomela, berichtet die Sage, war vom Gemahl ihrer Schwester Gewalt angetan und überdies – nach Art solcher Scheusale – unaussprechliche Qual zugefügt worden: Tereus, so hieß der Hellene, hatte ihr nach der Vergewaltigung die Zunge herausgeschnitten, um sie unfähig zu machen, seine Untat mitzuteilen … Ich beobachtete Mister Pinneker, dessen markiger Unterkiefer mir unheimlich erschien.

Als schließlich die Dessertschüsselchen vor uns standen und Mister Pinnekers Messer-, Gabel- und Kaugeräusche das hemmungslose Spatzengeschrei in der Pergola nicht mehr übertönten, entließ er Philomela mit einer kaum wahrnehmbaren Bewegung des rechten Zeigefingers, lehnte sich zurück und sagte, indem er sich die fettigen Bulldoggenmundwinkel wischte: „Wie ich höre, haben Sie Verbindungen zum Osten Europas – Sie kommen doch dorther?“ Na ja, sagte ich, Verbindungen – das sei so ein Wort, ich sei vor drei Jahren dorther ausgewandert und habe gute Freunde zurückgelassen. „All right“, sagte Mister Pinneker, eben das meine er, gute Freunde, o yes.

Er blickte kurz zu den Spatzen hinüber, die laut kreischend zu protestieren schienen, weil keine Brot- und sonstigen Speisereste mehr von Mister Pinnekers Gedeck rechts und links des Stuhls auf die Erde fielen. „All right“, sagte er noch einmal, rülpste verhalten und wartete, bis sich der Vorgang zwei-, dreimal wiederholt hatte, „Ihre Freunde werden bei dem Deal nicht leer ausgehen.“ Ob ich ihm folgen könne? Auch an mich habe er dabei gedacht, o yes. Er bäte mich, ihnen seinen Vorschlag zu unterbreiten. An dieser Stelle suchte ihn noch einmal ein Rülpser heim. Er ließ ihn genüsslich gewähren. Dann fuhr er fort: „Nun? Wie stehen Sie dazu?" „Ich höre", erwiderte ich und dachte: Warum eigentlich nicht – vielleicht kann ich den Freunden auf ungewöhnliche Art helfen.

Er beabsichtige, sagte Mister John Pinneker langsam, schob sich eine halbe Weintraube in den Mund, durchbiss den Stängel und begann zu kauen, er beabsichtige, nein, er habe beschlossen, „dort in Fernost, woher Sie kommen, eine Farm zu kaufen", er habe sich berichten lassen, da gäbe es gutes, fruchtbares Land und billige Arbeitskraft; er zahle angemessen. Er denke dabei, sagte er kauend und spuckte Beerenkerne und Stängelstücke rechts und links auf die Erde, na, ungefähr an zwanzig-, vielleicht dreißigtausend Hektar.

Du lieber Gott, dachte ich erschrocken, das sind ganze Ländereien! Noch mehr aber erschrak ich zugleich beim Gedanken: Der ist ahnungslos! Der will im kommunistischen Land, wo sich das entfesselte Ungeheuer Staat auch den letzten Quadratmeter privaten Bodenbesitzes unter die Nägel riss und dabei vor Einkerkerung, Mord und Totschlag nicht zurückschreckte – in dem Staat will der Bulldoggenmensch eine Farm kaufen! Auf welchem Mond leben diese ewigen Pinnekers?

Ich zwang mich zur Ruhe und erklärte die Verhältnisse. Ich tat es höflich, reihte in allgemein verständlicher Weise die Tatsachen aneinander und beobachtete mit Sorge die rötlichen Verdunkelungen der sommersprossigen Nasenpartien vor mir. Nein, dachte ich, der kriegt ja nicht nur beim Sprechen, der kriegt auch beim Zuhören den roten Kopf. Niemals, fuhr ich dennoch fort – indessen Mister Pinneker allerlei Unkaubares ausspuckte und mir dabei unbewegt in die Augen blickte –, niemals werde der kommunistische Staat, der einschließlich der Gedanken seiner Bürger im Privateigentum die gefährlichste Bedrohung sähe, weil er nichts so sehr fürchte wie die

Tatkraft und den Anspruch des Einzelnen, niemals werde der auch nur ein handbreites Stückchen Erde verkaufen.

Mister Pinneker unterbrach mich, während sich die Röte bis zu den Schläfen auszubreiten begann. „Mister“, sagte er ruhig, „Sie haben mich nicht verstanden: Ich zahle! Verstehen Sie? Ich bezahle!“ Seine Stimme, wiewohl nicht laut, hatte einen Ton, der auch die Spatzen zum Schweigen brachte, sie verharrten gewissermaßen sprachlos vor den Beerenkernen und -hüllen und glotzten zu uns herauf.

Ich wartete, bis die Röte aus Mister Pinnekers Gesicht wich, und sagte freundlich: „Doch, doch, ich habe Sie verstanden. Sehen Sie, die dortigen politischen und rechtlichen Verhältnisse sind mit denen hier in den Staaten, deren Stärke auf der Tüchtigkeit des Einzelnen gründet, nicht zu vergleichen. Der kommunistische Staat verkauft eher Menschen als Grund und Boden, gar an einen Bürger der Vereinigten Staaten“, sagte ich, „der dort eine Farm von diesen Ausmaßen zu eigenem Nutzen betreiben will.“ Ich schüttelte den Kopf.

Mister John Pinneker lehnte sich mit einem solchen Ruck über den Tisch, dass die Spatzen nach allen Seiten auseinander schwirrten. „No, no“, stieß er mit sabbernden Lippen hervor, „Sie haben immer noch nicht verstanden. Hören Sie mir genau zu: Ich zahle! Wenn die wollen, zahle ich cash! In Dollar, in US-Dollar. Und cash! ... Haben Sie jetzt verstanden? Ich lege Geld auf den Tisch ... Money!“ Er sagte es sehr eindringlich und strich sich über soviel Unverstand seines Gastes einige Male übers Gesicht.

Dieser Mister John Pinneker ist ein gottverdammter Esel, dachte ich wütend, einer dieser vor Arroganz dämlichen Zeitgenossen, die in ihrem Bulldoggenhirn meinen, für Dollars alles haben zu können, wonach ihnen der Sinn steht, die ganze Welt, und stoßen sie dabei auf Gegenwehr, verlieren sie ihr bisschen Verstand und die Contenance obendrein. Ich überlegte kurz, Mister John Pinneker den Vorschlag zu machen: Okay, sobald ich wieder in Europa bin, werde ich mich um die Sache kümmern und Ihnen Bescheid geben. Doch ich verwarf den Gedanken sogleich, weil er mir unehrlich und feige erschien, gleichzeitig aber auch, weil es mich reizte, die Grenzen der Begriffsstutzigkeit des Engros-Spekulanten zu erkunden, der einen Literatur- und Kunstverein finanzierte. Was muss geschehen, dachte ich, damit die John Pinnekers unserer Welt mehr begreifen als Money? … Und wieder erschrak ich, als mir plötzlich Philomela, die Lautlose, einfiel – was nur bindet die stumme Frau an die Bulldogge? …

Ich wollte zur beiderseitigen Entspannung etwas sagen, als sich Mister Pinneker ebenso ruckartig gegen die Stuhllehne fallen ließ, wie er sich mir soeben noch entgegengewuchtet hatte. Da die Spatzen fort waren, herrschte im großen Garten mit Obst- und Zierbäumen, mit sauber gepflegten Pfaden zwischen den Reihen der Johannisbeerbüsche und dem schmucken Sommerhäuschen aus Zedernholz hinten neben den drei Japanischen Quittensträuchern die friedlichste Stille. Und die Sanftheit des Augenblicks schien sich auf John Pinneker zu übertragen. Denn plötzlich machte er eine ebenso wegwerfende wie müde und ernüchterte Handbewegung. Dieser Trottel, mochte er denken, dieser Spinner aus dem alten Erdteil hat überhaupt nichts begriffen, und so einer schreibt Bücher, fährt durch die Welt und hält gescheite Reden. Hat so einer vom wirklichen Leben auch nur die geringste Ahnung? Alles auf dieser Welt ist käuflich, alles! Ich las Mister Pinneker diese und ähnliche Gedanken von dem sich nach und nach entrötenden Gesicht ab. Er hatte es aufgegeben, wollte mir scheinen, seine Zeit in Gegenwart eines mit Gedanken statt mit Geld herumreisenden Bücherschreibers zu vergeuden. Was wird er jetzt tun?, dachte ich.

Wie richtig die Überlegungen waren, bestätigte er mir schon in der Sekunde darauf. Er warf die Serviette auf den Tisch, eindeutiges Zeichen der Beendigung unseres Beisammenseins, erhob sich vom Korbstuhl und fragte gelangweilt: „Sie schreiben also Bücher, wie ich höre?“ „Ja“, antwortete ich, schon im Stehen. „All right“, er nickte und begleitete mich am einstöckigen Haus vorbei zur Straße, „wie viele Bücher haben Sie geschrieben?“ Ich dachte kurz nach und sagte:

„Sieben, o ja, es sind sieben." „Respectable, respectable", sagte er nach einer Pause, „sieben Bücher … Was, in drei Teufels Namen, fängt man mit sieben Büchern an? Können Sie mir das sagen?" Er lachte auf: „Ha, ich habe die Holy Bible und das Kochbuch im Haus. Das genügt. Alles andere ist Zeitverschwendung." Wir waren am Ende der Rasenfläche angekommen, die kein Zaun vom Asphalt des Gehsteigs trennte. „Und wie viele Häuser haben Sie sich von den sieben Büchern gekauft?", fragte er, blieb stehen und reckte sich auf. Ich trat vom Rasen auf den Gehsteig hinab. Herr im Himmel, dachte ich gequält, bitte verschone mich mit weiteren Bulldoggenmaximen. „Keins", sagte ich, „keins, Mister Pinneker. Ich konnte mir kein Haus dafür kaufen. Ich habe auch noch nicht daran gedacht."

Innerhalb einer Sekunde wurde Mister Pinnekers Gesicht rot wie eine glühende Herdplatte. Seine von dicken Wülsten halb überdeckten Schweinsäuglein starrten mich an. Ich sagte rasch: „Have a good time", ließ ihn stehen und strebte eilig von dem Mann weg. Es bedurfte der Zeit von zehn Schritten, ehe er die Sprache wiedergefunden hatte. Wie eine krampfartige Entladung, halb verächtliches Auflachen, halb wilder Aufschrei, erklang die Stimme hinter mir: „Was, verdammt, sagen Sie da?", brüllte er, „und einer wie Sie setzt sich zu mir an den Tisch? Der hat sieben Bücher und kein Haus! He, ich handle mit Eisenschrott und habe mir davon acht Häuser gekauft! Acht! Haben Sie verstanden?", schrie er, „Sie mit Ihren Büchern!" Er lachte und schrie unverständliches Zeug. Ehe ich die Straßenecke erreicht hatte, wendete ich mich um und sah an Mister Pinnekers glutrotem Schädel vorbei hinter der Scheibe eines der Fenster im Erdgeschoss Philomelas blasses Gesicht. Hatte die Frau die Hand gehoben? Hatte sie mir gewinkt? Ich werde es niemals erfahren. Beim Anblick John Pinnekers aber hatte ich den sicheren Eindruck, er würde mich, stünde er jetzt neben mir, mit einem Fausthieb zu Boden schmettern. Ich hatte sein Weltbild nicht nur von Grund auf missverstanden, sondern obendrein auch noch im Kern beleidigt.

Ich bog um die Ecke und dachte: Im Grunde sind die Dinge auf unserer Erde, auch wenn wir es nicht wahrhaben wollen, gelegentlich gerecht eingerichtet: Mister Pinneker besitzt in weiteren zehn Jahren vielleicht zwanzig Häuser, und ich werde dann mit Gottes Hilfe vielleicht ebenso viele Bücher geschrieben und weitere Reisen mit meinen Gedanken durch die Welt unternommen haben.

Der Aufenthalt an der Küste Floridas gestaltete sich angenehm. Die Nachricht, dass sich John Pinneker auch künftig als Mäzen betätigen werde, aber nie wieder einen Bücherschreiber zu Gast in seinem Hause haben wolle, beruhigte mich. Einzig der Gedanke an Philomela, die Stumme, von der schon die antike Sage berichtet, lässt mich manchmal aufschrecken.

Der Schlüssel

In einer norddeutschen Stadt besuchte ich vor einigen Jahren während eines zweitägigen Aufenthalts eine Gemäldeausstellung, auf die ich durch ein Plakat aufmerksam geworden war. Genauer: durch die Reproduktion eines der ausgestellten Bilder auf dem Plakat. Trotz der Mängel, die solchen Wiedergaben anhaften, hatten mich Kühnheit und Unmittelbarkeit der Linie und des farblichen Ausdrucks sofort gefesselt.

Da ich die Angelegenheit, deretwegen ich hierher gereist war, wider Erwarten rasch hatte erledigen können und mich keine weiteren Verpflichtungen zum Verlassen des Ortes zwangen, betrat ich die drei schönen Oberlichträume der „Kunstforum" genannten städtischen Kulturniederlassung, in denen die Bilder ausgestellt waren, mit dem Vorsatz, mir keinerlei zeitliche Begrenzung aufzuerlegen. Der Künstler – Vainqueur, zweifellos ein Pseudonym – war mir unbekannt. Auch im schmalen Katalog fand ich nicht viel mehr als den Namen, das Geburtsjahr und als bevorzugtes Arbeitsgebiet die Angabe „Öl".

Die besondere Wirkung der freien, gegenständlich kaum gebundenen Kompositionen – alle in mittelgroßen Formaten – bestand, wie mir bald klar wurde, in der zwar von Bild zu Bild variierenden, jedesmal aber von ungebrochenem, ja explosivem Mitteilungshunger bestimmten Darstellung. Ob sich die Farben zu bewegten Mosaikflächen ordneten, sich wie Vogelschaubilder exotischer Wälder ausbreiteten oder der Widerschein imaginärer Sonnenuntergänge den Bildraum füllte – alle ausgestellten Stücke zeugten von einer unbändigen, kaum zu zügelnden Freude und wirkten wie die Nachricht des Malers, einen großen, befreienden Fund gemacht zu haben. Ich kann mir keinen schöneren Anlass für das Entstehen eines Kunstwerks vorstellen.

Der Eindruck, den die Ausstellung in mir hinterlassen hatte, gab mir während eines längeren Spaziergangs in den Abendstunden und noch vor dem Einschlafen im übermäßig weichen Hotelbett viel zu denken. Es war mir, der ich mich ein Leben lang mit Fragen der Kunst beschäftigt hatte, zur zweiten Natur geworden, durch das Werk hindurch nach dem Künstler zu fragen – mir aus Handschrift und Präsentation des Gegenstands ein Bild seiner Persönlichkeit zu machen. Diese war mir im Laufe von Jahrzehnten zunehmend wichtig geworden. Nicht aus Neugier auf Privates, sondern weil ich die Erkenntnis gewonnen hatte, dass ein Kunstwerk – handwerkliches Können und musisches Ingenium seines Schöpfers setze ich als selbstverständlich voraus – die entscheidende Überzeugungskraft von der Persönlichkeit des Künstlers erhält. Wo sie fehlt, erscheint mir alle Artistik vergebens, sei sie noch so brillant. Durch die ausgestellten Bilder waren mir Fragen dieser Art wieder nahe gerückt.

Dabei verhehlte ich mir keineswegs, dass sich in diesem Fall ein Geheimnis zu verbergen schien. Vielleicht hing das auch mit der Auskunft zusammen, die mir die junge Ausstellungsbetreuerin auf meine Fragen nach dem Künstler, nach dessen gelegentlicher Präsenz und nach Einzelheiten seines Werdegangs gegeben hatte: Sie sei lediglich aushilfsweise für wenige Tage hier und außerstande zu Angaben über den Katalogtext hinaus. Nun, dachte ich im Einschlafen, in unserer Zeit gibt es für den ernsthaften Künstler einige Gründe, die Öffentlichkeit zu meiden. Bevor mir die Augen zufielen, drängte sich das Wort „aufgewühlt" in meine Überlegungen. Ja, dachte ich noch, aufgewühlt im weiten Sinn des Wortes wirkt die Aussage der Bilder.

In der Absicht, am nächsten Morgen vor dem neuerlichen Besuch der Ausstellung einen seit mehreren Jahren in dieser Stadt lebenden Bekannten anzurufen – was ich auch tat, aber ohne Erfolg -, stieß ich im Gästebuch an der Rezeption auf den Namen einer Frau, deren Schicksal mich ehemals beschäftigt und die ich in dieser Stadt keineswegs vermutet hatte. Überrascht, sie hier in der Nähe zu wissen, zögerte ich nicht. Ich rief sie an, sie zeigte sich erfreut und hieß den Vorschlag einer Begegnung in der italienischen Cafeteria „Il spiraglio“ sofort gut. Bis dahin blieb mir eine Stunde Zeit für den zweiten Ausstellungsbesuch.

Die eine Stunde ausgiebiger Bildbetrachtung enttäuschte mich ebenso wenig wie die am Tag davor. Mehr noch, die Eindrücke bestätigten und vertieften sich. Angeregt machte ich mich danach auf den Weg zur Cafeteria mit dem aufheiternden Namen am Rand des Rathausplatzes, auf dem, wie auf so vielen Plätzen europäischer Städte, Taubenschwärme gurrend um ein Standbild flatterten. Im Sonnenlicht des Mittags gewannen die alten Fassaden ringsum dadurch eine unvermutete Lebendigkeit.

Die ungefähr sechzigjährige Frau, mit der ich mich verabredet hatte, war viele Jahre lang Sprecherin in einem südwestdeutschen Funkhaus gewesen und hatte außerdem einige meiner Hörbild-Texte meisterhaft eingespielt. Unsere wiederholten unausweichlichen beruflichen Begegnungen hatten eine persönliche Note erhalten, als mir eines Tages bekannt geworden war, dass sie „an einem schweren Los trage“, wie ich mir hatte sagen lassen: Sie war Mutter eines behinderten Sohnes, der sich – nicht nur des Sprechens kaum fähig – trotz aller Erziehungsbemühungen außerstande zeigte, selbst in geringfügigem Maße für sich selber zu sorgen. Der Unfalltod des Mannes kurz nach der Entbindung hatte sie in die schwierigste Lage versetzt, die sich denken lässt. Nicht willens, den Sohn in einer passenden Anstalt unterzubringen, vielmehr darauf beharrend, dass – wenn überhaupt – allein die Mutterliebe Linderung bringen könne, hatte sie die mehrfache Bürde mütterlicher, beruflicher und betreuender Pflicht auf sich genommen, vom Glauben beseelt, eines Tages werde sich dem Knaben „ein Weg aus der Umklammerung“ weisen. Einige meinerseits mit Behutsamkeit geführten Gespräche hatten mich Einblick nehmen lassen in die Lebensumstände der gebildeten, in allem stilvollen Frau und mir ihre fast herbe Zurückweisung jeder Bemitleidung bewusst gemacht, ehe sich unsere Wege trennten. Ich hatte niemals wieder von ihr gehört. Geblieben war mir das Bild ihres einst sicherlich schönen, jedoch von der Last kummervoller Jahre geprägten Gesichts.

Meine Überraschung hätte nicht größer sein können, als ich jetzt vor ihr stand. Den Vorsatz, unser Gespräch nach den üblichen Floskeln auf die Ausstellung zu lenken – weil ich damit sicherlich einen Gegenstand berühren würde, der ihre Aufmerksamkeit fand, aber auch weil es mich drängte, meine Gedanken dazu mit jemandem zu teilen –, verwarf ich bei ihrem Anblick sofort. Die Gramfalten, die vormals die Züge des Frauengesichts nicht nur gezeichnet, sondern auch verzeichnet hatten, waren dem Ausdruck einer Ebenmäßigkeit gewichen, wie er mir aus den zurückliegenden Jahren unbekannt war. Mit dem Blick auf den steifen Steinmann inmitten des Platzes, auf dessen Kopf und Schultern sich die Stadttauben mit boshaften Schnabelhieben um ein Beutestück stritten, saßen wir uns gegenüber und begannen das Gespräch, als sich mir an den zwei Eheringen, die ich an ihrer Hand erkannte, die Verwandlung der Frau erklärte – sie hatte einen neuen Ehepartner gefunden. Dass sie mir für den Glückwunsch dazu mit einem aufleuchtenden Blick dankte, verriet mir, dass die Verbindung glücklich war.

Ihr Ehemann sei Kunstmaler, hörte ich, auch er vor vielen Jahren durch einen Unfall verwitwet, er beschäftige sich zur Zeit mit der Vorbereitung einer neuen Ausstellung im „Kunstforum" der Stadt, da gäbe es jedesmal eine Menge zu tun, von der Auswahl der Bilder über deren Rahmung bis zur Erarbeitung der Verzeichnisse . „Ach", unterbrach ich sie ahnungsvoll, „ich komme soeben dorther. Das sind also Arbeiten Ihres Gatten!" Jetzt verstehe ich, dachte ich. „Vainqueur" heißt Sieger, natürlich, es ist eine Anspielung auf den Geist der Bilder, die aufwühlend wirken in ihrer Sieghaftigkeit, natürlich … Da die Frau schwieg und mich ermunternd anlächelte, fuhr ich fort, über die Gemälde zu sprechen, die mir lebhaft vor Augen standen. Ich teilte ihr die Gedanken mit, die mich seit dem ersten Besuch der Ausstellung und nun erst recht beschäftigten. Ich sagte etwas vom „unverbrauchten Elan“ der aus jeder Arbeit auf eine andere Weise sprechenden „Schöpfungsfreude“. Noch voller Eindrücke nach der Bildbetrachtung erging ich mich über die „Unmittelbarkeit der Aussage“ und redete davon, dass mir die „offensive Heiterkeit eines starken Temperaments“ aus den Bildern zu sprechen scheine, ich fügte hinzu, dass sich mir in der Ausstellung aber auch die Frage gestellt und zugleich auf versöhnliche Weise beantwortet habe, welches der Preis dafür sei – denn es gäbe, wenn mich nicht alles täusche, in den Bildern Hinweise „auf das Nachwirken eines großen Schmerzes“.

Hier schwieg ich, irritiert vom abgründigen Lächeln der Frau mir gegenüber und vom Gedanken, dass ich in taktloser Weise bisher mit keinem Wort die Rede auf ihren Sohn gebracht hatte, dessen Unbeherrschtheiten ihr, wie ich wusste, einst zugesetzt hatten. Ohne zu erklären warum, sagte ich nur noch: „Verzeihung“, sah kurz auf den Rathausplatz hinaus, wo unter dem Standbild ein weißhaariger Alter aus einer Ledertasche die Tauben fütterte, blickte ihr dann in die Augen und überließ alles Weitere ihr.

„Nein“, sagte sie nach einer Weile, „nein, die Ausstellung, die Sie gestern und heute besucht haben, zeigt nicht Arbeiten meines Mannes, sie zeigt Arbeiten – meines Sohnes.“ Sie sah mich immer noch mit dem rätselhaften Lächeln an, das mir nach dieser Eröffnung zu allem anderen erst recht die Sprache verschlug. Ihr Mann, sagte sie leise, sei sich in jedem Belang der Schwierigkeiten hinsichtlich ihres behinderten Sohnes bewusst gewesen, als er mit ihr die Ehe einging, und zu Beginn des gemeinsamen Haushalts seien die Ausfälligkeiten, denen sie beide sich durch ihren Sohn ausgesetzt gesehen hätten, schier unerträglich geworden – bis zu dem Tag, als ihr Mann sein Atelier fertig eingerichtet und ihr Sohn ihm zum ersten Mal neugierig bei der Arbeit vor der Staffelei zugesehen habe. Zuerst neugierig und scheu. Wie jemand, sagte sie, der in ständiger Angst einen Angriff erwarte und sich bedroht wisse. Doch bald nur noch neugierig. Tagelang habe er im Atelier neben ihrem arbeitenden Mann zugebracht. Bis aus der Neugier die Begierde wurde, es diesem gleich zu tun. Ihr Mann habe nicht gezögert, ihn mit Farben, Pinsel und Palette vor eine zweite Staffelei zu stellen und dem zunächst Zaudernden vorsichtig die Hand zu führen. Alles andere, sagte sie und blickte zu dem Tauben fütternden Alten hinaus, alles andere sei „das Wunder, an das ich immer glaubte". Ihr Sohn habe schon nach wenigen Hinweisen des Stiefvaters selbständig gemalt. Mehr noch, sein ganzes inneres Wesen sei zur Ruhe gekommen, als er sich in den Rhythmus des täglichen Arbeitens im Atelier gefunden habe. Sein Stottern und Schreien habe schon nach einigen Wochen aufgehört, ein Gespräch, wenn auch nur in Bruchstücken und halben Sätzen, sei möglich, eine Liebkosung werde nicht mehr mit wilder Heftigkeit zurückgewiesen ... Die Frau lächelte mit feuchten Augen und sagte: „Ich weiß heute nach den Jahren bitterer Hoffnung, dass es den Schlüssel zu einem Menschen zu finden gilt, soll in seinem Inneren jene Ordnung hergestellt werden, die ihn ohne Furcht vor sich selber und ohne Zorn auf die anderen leben lässt ... Der Schlüssel", fügte sie nach einer Pause hinzu, „muss mit Geduld gesucht werden." Und nur die Liebe kann ihn finden, dachte ich.

Noch benommen vom Gespräch in der Cafeteria „Il spiraglio" – was auch mit „Der Lichtstrahl" übersetzt werden kann – suchte ich die Vainqueur-Ausstellung vor der Abreise noch einmal auf. Die Ausstellungsbetreuerin erkannte mich und beeilte sich, mir einen Herrn vorzustellen, der mit Notizblock und Bleistift vor einem der Bilder stand. „Herr Doktor Schreier", sagte sie mir, „ist Kunsthistoriker und Kunstsammler, er weiß bestimmt mehr über den Maler als ich." Ich dankte, nannte Dr. Schreier meinen Namen und erklärte ihm mein Interesse an der Ausstellung.

Der stämmige, gemütvoll dreinblickende Mann war Pfeifenraucher. Er nahm die aus hellgelbem Bruyèreholz gefertigte, erloschene Kurzpfeife während der folgenden halben Stunde unseres Beisammenseins nicht aus dem Mund. Er war ein in Berlin geborener Jude, der sich nach zwölfjähriger Emigration – „ein Dutzend New Yorker

Jahre reichte mir" – zum Zeitpunkt der Gründung der Bundesrepublik Deutschland wieder in Berlin niedergelassen hatte.

Nein, der Mann wusste nicht viel mehr als die unkundige Ausstellungsbetreuerin. Ich wusste mittlerweile erheblich mehr. Der Maler, sagte Dr. Schreier, sei „eine ganz erstaunliche Erscheinung" und erhalte, wiewohl erst seit kurzem „im Fachgespräch", ungewöhnlich hohe Geldsummen für seine Bilder, er meide aber „konsequent die Öffentlichkeit". Dass der Doktor, der „auch in den USA im Kunstgeschäft gelebt" hatte, wie er sagte, nicht nur ein intelligenter, sondern auch ein umsichtiger und zudem welterfahrener Mensch war, entnahm ich seiner letzten Anmerkung unserer ausführlichen Unterhaltung, als er sagte: „Hoffentlich gelingt es den Haien des Kunstmarktes nicht, ihn in ihre Gewässer zu ziehen. Seine Betreuer, wer immer sie sind, machten es bisher gut."

Noch am selben Abend verließ ich die Stadt. Das Geheimnis der Bilder, die ich dort sah, behielt und behalte ich für mich, warum ich denn auch in diesem Bericht den Ort in eine andere Gegend und Himmelsrichtung verlegt habe. Denn immer noch überläuft mich ein Schauer, denke ich an jene Anmerkung des Doktors. Träte ein, was er als möglich angedeutet hatte, wäre der Schlüssel für immer verloren und alles, was Liebe erreicht hat, zunichte gemacht.

Auf der Schaukel

Im Vortragssaal der Siemens-Stiftung am südlichen Schlossrondell in München stand im Frühsommer 1969 der neunundvierzigjährige Kunsthistoriker und Schriftsteller Walter Myss aus Innsbruck vor mir, dessen ich mich erst nach und nach aus der Zeit früher Jugend entsann. Mein Vortrag, sagte er, habe Gedanken, Erinnerungen und Gefühle in ihm geweckt, die er im Augenblick nur andeuten könne, da auch andere mit mir zu sprechen wünschten, doch wir müssten auf einiges zurückkommen.

Der in geoökonomischen Systemen auch politisch über den Tag hinaus denkende, an der Maximilians-Universität Wirtschaftswissenschaft lehrende Professor Hermann Gross hatte mit einem brillanten Vorspann über wirtschaftsstrategische Aspekte Gesamteuropas in meinen Vortrag eingeführt und uns miteinander bekannt gemacht. Die angeregte, ja erregte Diskussion nach dem Vortrag, zu dem der Präsident der Stiftung, der ehemalige Ernst-Jünger-Sekretär Armin Mohler, eingeladen hatte, die Fragen aus dem Auditorium und die Cocktail-Gespräche danach blieben mir in Erinnerung wie die folgende Nacht in meiner Wohnung in München-Johanniskirchen mit dem Gast aus Innsbruck – dem Doktor der Kunst- und Kulturwissenschaften, der wie ich Kronstadt in Siebenbürgen zur Heimatstadt gehabt hatte. Wir dehnten die Gespräche bis in die Morgenstunden aus.

Es unterschied sich wie Himmel und Erde voneinander, was wir zu fragen und zu berichten hatten. Ich musste ihm in seiner Wissbegier nach dem von der Diktatur umdüsterten Land Rede und Antwort stehen, in dem ich, wie in einem großen Gefängnis, ein Vierteljahrhundert zugebracht hatte – er mir in meinem Informationshunger nach den Ländern und Kulturen des Mittelmeers, in denen er ebenso lange als Cicerone, Kunsthistoriker und Reiseveranstalter gelebt hatte und immer noch lebte. Er wollte wissen, wie das mehrstöckige, unterirdische Fort Jilava, die unheimlichen Kerker und Hinrichtungsstätten darin aussehen und wie einer dort überlebt, ohne um den Verstand zu kommen – mich drängte es, von ihm etwas über die minoischen Fresken auf Kreta, über den Petersplatz in Rom und die Via Appia zu hören. Er fragte mich nach dem Zustand der mittelalterlichen siebenbürgischen Wehrkirchen, Burgen und Bergkastelle – ich ihn nach dem Zeustempel in Olympia, nach dem Dom von Bitonto, dem Alcázar von Toledo und dem David in der Galleria dell'Accademia in Florenz.

Überall hier, dachte ich, während ich ihm zuhörte, bewegt er sich wie zu Hause – auf dem Berg Athos, in Apulien, in Kastilien, in der Gascogne. Er hat über den Heiligen Berg nicht nur wie ich gelesen: Er hat mit den Mönchen von Moni Lawra gesprochen. Er weiß nicht nur wie ich aus der Literatur Bescheid über den Heiligen Hain: Er hat unter dem Kronoshügel auf den umgestürzten Säulentrommeln des dorischen Tempels gesessen. Er kennt den Wind auf den kastilischen Hochebenen, dazu die El Greco, Velásquez, Murillo und Goya nicht nur wie ich aus Beschreibungen und Reproduktionen: Nein, er nahm dies alles auch mit den Sinnen, mit dem Gefühl der lebendigen Nähe in sich auf. Er studierte nicht nur wie ich in Lehrbüchern die Grund- und Aufrisse frühromanischer Sakralarchitektur in Südfrankreich: Er berührte die Mauern der herrlichen Bauten, er roch ihren Stein, hatte um sie herumgehen und ihre niemals wieder erreichte Gottgewissheit, die Unerschütterlichkeit ihres Glaubensernstes auf sich einwirken lassen können.

Mitten im Gespräch fragte er mich plötzlich: „Kommen Sie mit mir auf die Insel Ischia im Golf von Neapel? Ich besitze dort ein Haus. Wir fahren gemeinsam durch halb Italien. Wir machen Abstecher, wo's uns beliebt."

So verdanke ich ihm die erste Begegnung mit Straßen und Plätzen, Domen und Schlössern in der Lombardei, in der Romagna, der Toskana, der Campagna. Sicher, auch ohne ihn wäre ich eines Tages in diese Landschaften gereist. Doch es wäre anders gewesen als mit ihm. Denn nichts, worüber er sich während der rund eintausend Kilometer langen Autofahrt auf den strade statale, den Bundesstraßen, nicht kenntnisreich ausgelassen hätte. Als wir die Lombardei durchfuhren, hörte ich über die sechzehn antiken Säulen des Portikus von San Lorenzo in Mailand ebenso Unbekanntes von ihm wie weiter südlich über die „universitas scholiarum" der Bologneser Universität im 12. Jahrhundert. Als wir in Assisis Doppelkirche San Francesco vor Giottos Fresken standen, murmelte er, dass nur noch Martin Schongauers alterstransparentes Blau im Breisacher Stephansmünster ihn „innerlich so angerührt" habe wie des Italieners „schwebender Farbenauftrag", der sich auch von den Wandgemälden der Arenakapelle in Padua ablesen lasse. Als wir Rom vor uns erblickten, rief er lebhaft aus, dass ihn nicht das Colosseum, nicht die Kollonaden des Bernini, nicht die Thermen des Caracalla am stärksten an diese Stadt fesselten, sondern der Moses des Michelangelo: „Wenn du die Kirche San Pietro in Vincoli betrittst, blickt er dir über ein halbes Jahrtausend hinweg mit einer Kraft in die Augen, die dich zum Stehenbleiben zwingt. Es geht mir mit ihm ähnlich wie mit Wien und dem Stephansdom: Alle Ausdrucksschönheit und -lebendigkeit des Mittelalters versammelt sich für mich in des Meisters Anton Pilgram steinernem Selbstbildnis unter dem Orgelfuß." Und als wir uns am dritten Tag Neapel näherten, begann er von Giovanni Battista Vico zu sprechen – mit einer Eindringlichkeit, die mich ahnen ließ, dass ihn die vom neapolitanischen Geschichtsphilosophen aus dem 17. und 18. Jahrhundert als Erstem vorgetragene Zyklen-Theorie, nach der sich alles Leben als dreiteilige Abfolge des Werdens, Reifens, Verfalls entwickelt, in der Ausweitung auf das Leben von Kulturkreisen angelegentlicher beschäftigte als alles, was er mir bis dahin gesagt hatte. Noch im alten Pozzuoli, dem ehemals wichtigsten Hafen Roms, sprach er, während wir im Trubel und Lärm der Fischverkäufer am Kai auf das Übersetzen mit der Fähre warteten, mit ansteckender Verve über Vicos „Principi d'una scienza nuova d'interno alle commune natura delle nazioni", die „Prinzipien einer neuen Wissenschaft über die gemeinschaftliche Natur der Völker", verfocht Vicos Sichtweise der Welt gegen die des Descartes und schlug den Gedankenbogen bis Spengler und Toynbee … Als ich rund anderthalb Jahrzehnte später seine vierbändige europäische Geistesgeschichte und Kulturmorphologie „Von Daidalos bis Picasso" (1981–1985) las – mit einer Hingabe, zu der mich allein das außerordentliche Buch veranlasst –, fiel mir immer wieder unser Pozzuoli-Gespräch über Vico ein, das sich bis Porto d'Ischia erstreckte. Es blieb meiner Erinnerung in Einzelheiten erhalten, weil wir alle diese Gespräche vor unvergesslichem Hintergrund führten, als ich nämlich – auf dem Fahrersitz neben ihm – zum ersten Mal in meinem Leben die klassischen Landschaften des Mittelmeers durchfuhr. Ich war aus den Finsternissen subterraner Kasematten jenes Forts und der Bleiminen im siebenbürgischen Westgebirge unmittelbar in Helligkeiten hineingeworfen worden, die nicht nur meine Augen blendeten. Es war wie eine Verzauberung …

Die Synthese aus theoretischem Wissen und sinnenhafter Kenntnis des Gegenstandes, die mir in diesem Mann damals begegnete, wurde mir zum Leitgedanken der Programme meiner späteren Reisen, Fahrten und Streunereien. Ich lernte von ihm, dass die persönliche Begegnung mit der Welt, von der wir Kenntnis aus Büchern haben, die Anschauung krönt, die einer von der Welt haben kann. Niemals auch hatte ich mit allen Fasern so wie beim Staunen vor den Tempeln von Paestum und vor dem Wunder der Domfassade in Orvieto empfunden, was er mir ein Dutzend Jahre später ins Vorwort zu einem Essayband schrieb: die „Hoffnung, dass sich Unendliches in der Schönheit des Endlichen festhalten" lasse.

Ich habe alles gelesen, was Walter Myss in Buchform veröffentlicht hat – Lyrik, Erzählprosa, Essayistik, vor allem das Kunst- und Kulturgeschichtliche. Es waren immer Begegnungen mit ihm. Die eindringlichste Lyrik fand ich in dem Band, den er nach jenem „Sankt Paulus auf der Schaukel" benannte, der tatsächlich, wie ich mich auf einer Wanderung überzeugte, im Dämmer des südtirolischen Bergkirchleins durch eine der Fresken schwebt. Heiter und verwundert zugleich, unnahbar und hingegeben wie ein Weiser, der die Schaukel als den einzig wahren Grund unserer Existenz erkannte und akzeptierte – die Bewegung im Unerforschlichen oder, in Goethes Fassung, die Preisgabe dessen, was wir Existenz nennen, „um zu existieren". Als ich Myss' „Kunst und Kultur Europas von Daidalos bis Picasso" gelesen hatte – ich besprach das vierbändige Europa-Deutungswagnis ausführlich mehrere Male –, wollte mir der Streifzug durch die europäische Kunst zwischen Völkerwanderung und Renaissance „Kaiser, Künstler, Kathedralen" (1972) nur noch als Vorstufe dieser weit ausholenden, auf über 1200 Buchseiten vorgetragenen Erkenntnis vom Leben der abendländischen Kulturorganismen erscheinen.

Er sei, heißt es an einer Stelle des vierten Bandes, „auf der Suche nach Ordnungsprinzipien, die den Gang der europäischen Kunstgeschichte lenkten und lenken", er fahnde in seinem Werk nach „Bewusstseinsstrukturen der verschiedenen Epochen unserer westlichen Hochkultur" und unternehme es, diese systematisch „aus ihren Bildern herauszulesen", immer auf den „Spuren der verschiedenen Erdenzeiten", von denen Burckhardt sprach. Was ihn dabei fasziniere, seien „die großen Regelmäßigkeiten", die sich während der Phasen aller Geschichtszeitalter wiederholten – und als Leitgedanke bei der mühevollen Arbeit darüber gelte ihm das sokratische: „Ich weiß, dass ich nichts weiß." Viele aber wissen nicht einmal das. Erschrak ich vor der unausweichlichen Schlussfolgerung, zu der ihn die Anwendung der Zyklen-Theorie zwang? Das Ende des abendländisch bestimmten Europa. Die Geschichtsblinden sehen es nicht. Bleiben werden von Europa weltweit – so Myss – in Europa erdachte, von Europa entwickelte und geformte Muster. Als ich ihn später auf die These vom „Kampf der Kulturen" des US-Amerikaners Samuel Phillips Huntington ansprach, sagte er nachdenklich, dass selbst diese Auseinandersetzungen, käme es zu ihnen, weitgehend mit den in Europa geborenen Formeln, Mitteln und Mechanismen geführt würden.

Und wie hätten wir nicht auch über das historische Finis saxoniae, über das geschichtliche Ende unser beider Herkunftsgemeinschaft im südöstlichen Hochland philosophieren sollen als eines der Menetekel an den Wänden unserer Epoche? Es war ja weiß Gott neben unserer Weltzugewandtheit und -verhaftetheit der sorgenvolle Gedanke an deren Befindlichkeit im Irrsinn des Jahrhunderts, der uns während all der Jahre miteinander verband, – an „die Idee einer Weiterführung des geistigen Erbes im veränderten Umfeld", wie er es nannte, an „die Wahrung der Würde beim Abgang von der historischen Bühne", wie ich sagte. Dahinter steht für jeden, der klar blickt, immer auch die Frage nach der Zukunft Europas, die keinen von uns beiden mit der billigen Politikereuphorie zu erfüllen vermochte, die Frage nach den Akzentverschiebungen in unserem Kulturbild, nach den Auswirkungen der Ethno-Metamorphose auf die spirituelle Substanz Europas und nach deren Überlebensfähigkeit.

Auch seine Bücher wurden mir zu Begegnungen mit ihm, eingeschlossen die Gespräche im Vorfeld ihrer Entstehung. In ihrem Blickfeld die Erinnerung der Stunden am warmen Frühjahrsabend auf der Straßenterrasse einer Trattoria in Forio d'Ischia, an dem er mir, eine Flasche vino rosso di casa von den Lawahängen des Monte Epomeo auf dem Tisch vor uns, Hibiskus und duftende Tamariske neben uns, die Absicht eröffnete, sich zum fünfzigsten Geburtstag das Geschenk einer Verlagsgründung zu machen, einen Jugendtraum zu verwirklichen. „Je ein Buch von dir und von mir zur Eröffnung", sagte er, „machst du mit?" Beim Blick auf das Dunkel des Thyrrenischen Meeres, auf die Festlandlichter und auf die Lampions der Hafentavernen erwärmten wir uns in Gesprächen an tausend Gedanken, zu denen das Phänomen „Buch" und „geschriebenes Wort" Anlass gibt. Der zweite Schub der Schriftfunde in den Qumran-Felsenhöhlen am Toten Meer war zu jenem Zeitpunkt Gegenstand erhitzter Gelehrtengespräche. Wir kamen vom Kaligraphiemirakel der Leder-, Papyrus- und Kupferrollen, sofern diese in Abbildungen gezeigt worden waren, auf die ersten Presseberichten entnommenen Erwägungen einer Heidelberger Ausstellung der Bibliotheca Palatina und schließlich auf Ernst Robert Curtius' „kolossales Werk" über „Europäische Literatur und lateinisches Mittelalter" zu sprechen, in dem „Virgil die häufigste Erwähnung findet, mehr als Cicero, Horaz, Homer oder Goethe – ein bedenkenswerter Umstand", fügte er grüblerisch hinzu. Der signore cameriere musste uns um Mitternacht auf die menschenleeren Straßen aufmerksam machen, ehe wir begriffen, dass wir die letzten Gäste der von Weinlaub überdeckten cafeteria waren … Der Verlag, den er sich schenkte und zum Erfolg führte, erhielt den Namen, in dem sich die Polyvalenz der Persönlichkeit seines Gründers getreulich spiegelte – „Wort und Welt". Pole einer Synthese, in deren Zeichen ich den nach Studium an der Sorbonne und an der Leopold-Franzens-Universität in Tirol verwurzelten Polyhistor sehe. Die beiden ersten Bücher, die der Verlag veröffentlichte, waren seine kunstwissenschaftliche Analyse „Kaiser, Künstler, Kathedralen" und mein Erzählband „Im Feuerkreis".

Doch in der „Cocinella", seinem von Orangen-, Mimosen- und Ölbäumen dicht umstandenen Haus im alten Fischerdorf Casamiciola, auf der Pergolaterrasse mit Blick am Cap Caruso vorbei hinab über die Bucht San Paolo umkreisten unsere Gespräche an ausgedehnten Abenden immer wieder auch die Musik. In der umfangreichen Plattensammlung des ehemals beachtlichen Geigers und Mitglieds der Innsbrucker Philharmonie nahmen Haydn-Einspielungen den ersten Platz ein. Darunter die Streichquartette aller Schaffensperioden bis hin zum Torso opus 103. Auf das Höchste vergnügt stellten wir fest, dass wir beide einst eine Reihe der Quartette musiziert hatten, und tauschten nun Melodiebruchstücke aus. Wir hörten die sanglichen und zugleich virtuos komponierten Stücke von 1781, während der Mond über den halben Himmel wanderte. Die Synthese von stilistischer Bravour und emotionaler Freiheit, die Haydn im B-Dur-Quartett opus 74 Nummer 4 erreichte, veranlasste ihn zur Frage: „Ist das nicht schon Beethoven – und sogar darüber hinaus?" Er knüpfte die Bemerkung daran, dass sich im genialen

Kleinbauernsohn, dessen Können er in der Nachbarschaft Bachs sah, „der Höhepunkt einer Epoche verkörpert und der Stilwandel zu einer neuen hin vollzog. Das ist einmalig", sagte er. Unvergessen die Mitternachtsmusiken auf der Steinterrasse über der Bucht, auf deren Wasser der Mond breite Lichtbahnen zauberte.

Unvergessen ebenso die Streifzüge, die wir durch die unbegangenen, unbesiedelten Teile der Insel unternahmen. Ohne Weg und Steg bergan über die dornigen Buschhänge hinauf zum 900 Meter hohen Epomeo mit dem unerhörten Blick auf den Vesuv, südostwärts auf Capri. Dazu die Motorbootfahrten in den Hafen von Neapel und die Erkundungsgänge durch die Stadt – nicht nur zum Castel Nuovo und zu den Farnesischen Sammlungen im Museo Archeologico Nazionale mit dem riesenhaften Herakles, auch zu jener Piazza Mercato, auf der Konradin, der letzte Staufer, vermutlich im Auftrag des in der Schlacht bei Tagliacozzo siegreichen Franzosen Karl von Anjou 1268 enthauptet wurde. Auf der Suche nach dem Stein, der angeblich die Stelle der unehrenhaften Hinrichtung des Sechzehnjährigen bezeichnet, beobachtete uns ein Obstverkäufer am Rande des großen Platzes und kam mit wehendem Kittel auf uns zugerannt; er zeigte uns einen dunklen, ins Pflaster eingelassenen Granitquader, machte die Geste des Halsabschneidens und schrie: „Qui hanno mozatto la testa a Corradino!", „Hier haben sie dem Konradin den Kopf abgeschlagen!" Unvergessen schließlich die pizza in dem uralten, niedrigen Gewölbe über dem verknäuelten Gedränge des Hafens von Salerno, in dem ein zehn Meter langer Tisch und zwei ebenso lange Bänke die hungrigen Hafenarbeiter, Seeleute und Kranführer aufnahmen. Eingehüllt in den Rauch des offenen Feuers am Ende der schlauchartigen Höhle, bereiteten zwei junge cuochi, Köche, mit den artistischen Dirigentengebärden eines Karajan die dünnen Hefeteigscheiben vor, wirbelten sie durch die Luft und fingen sie mit der einen Hand auf, während sie mit der anderen schon die nächste in atemberaubend spielerischer Sicherheit in die Qualmschwaden über sich beförderten. Zwischen den schwitzenden Männern in jenem verräucherten Steinschlund aß ich, wie ich heute weiß, die köstlichste pizza di marinari meines Lebens.

Die Absicht des Disputs, wie ihn Walter Myss führte, sucht – so wie auf der Terrasse im ischianischen Forio – nicht die Erstarrung in der Endformel, sie meint die Ideenbewegung. Sie will sich in die Lebendigkeit der Wandlungen aufgenommen wissen, nicht die Erkenntnis als scholastisches Apodiktum einfrieren. Daher die Möglichkeit nicht nur unbegrenzten, sondern auch freien Gedankenaustauschs. Stark und verbindlich empfundene christliche Religiosität in ihrer katholischen, morgenländischen und lutherischen Ausformung, das Geschichtsphilosophische von Herodot und Thukydides über Vico bis Arnold Toynbee, Geistes-, Kultur-, Kunstwissenschaften wie Dilthey, Jacob Burckhardt und Uexküll, Wölfflin und Ingarden sie begriffen, nicht zuletzt Max Webers Kritik an der materialistischen Geschichtsauffassung standen ihm als Grundlage zur Verfügung.

Die Begegnung mit diesem Mann verbürgte die Lebendigkeit des geistigen Pulsschlages. Die Ideenfolge wurde dank immerwährender Ergänzung und Gegenergänzung zur Reflexion der Welt im Sinne des Heraklitschen panta rhei: dass alles Sein Bewegung und Veränderung ist – im Verständnis des Sankt Paulus auf der Schaukel.

Unter dem Kreuz des Südens

Das ehemalige Fort Namutoni ist neben Okuakuejo und Halali eins der drei Camps, in denen der Tierbeobachter im Etoschagebiet übernachten kann. Einst Festung der deutschen Kolonialtruppe in Südwestafrika, empfiehlt sich der einsam am östlichen Rand der Etoscha-Pfanne errichtete Gebäudekomplex mit den hohen weißen Mauern nicht nur als sichere Schutzanlage in den wildreichen, von Löwen, Elefanten, Leoparden, Kudus, Springböcken, Giraffen, Gnus und Zebras bewohnten Busch- und Savannenweiten, im ansehnlichen Turmquader mit Plattform besitzt er auch eine Aussichtswarte, von der sich tagsüber ebenso wie in den hellen Mond- und Sternennächten die Landschaft und das Leben darin überblicken lassen. Rings um den Innenhof sind ehemalige Mannschafts-, Unteroffiziers- und Offiziersräume auf eine Weise zu Übernachtungs- und Wohnzimmern umgestaltet, dass kaum noch ein Gedanke an den kriegerischen Ursprungszweck des Baues aufkommt. Ungefähr auf dem neunzehnten südlichen Breitengrad gelegen, bezeichnen die Frühjahrswochen um den Dezemberbeginn herum die Zeit eines Naturaufbruchs, dessen Magie der einer Vulkanentladung vergleichbar ist – hier nicht als tote, auf Furcht erregende Weise in Bewegung gesetzte Materie, sondern als Eruption kreatürlichen Lebens.

An einem Tag dieser Jahreszeit hatte ich vor etwa drei Jahrzehnten das Glück, einen Mann kennenzulernen, dessen souveräne Auffassungen von Gott und der Welt sich mir deutlicher im Gedächtnis erhielten als die Begegnungen mit wildgewordenen Kaffernbüffeln oder Tüpfelhyänen an den Wasserlöchern des riesigen Wildparks. Müde und mit den Gedanken schon in einem kühlen Zimmer, hatte ich die in der Nachmittagssonne wie Perlmutt glänzenden Festungsmauern zwischen Mopanebüschen und Tambutibäumen schon von weitem gesehen und den Wagen langsam auf den Platz vor der geschlossenen Toreinfahrt gelenkt. Weit und breit kein Mensch, kein Laut – und außer den zitternden Hitzewellen über der gelbgrünen Trockensavanne auch keine Bewegung. Der Widerschein des Kiesbelags auf dem großen Platz blendete mich zusätzlich zum Weiß der Mauern, als ich aus dem Wagen stieg und mich der Anprall der Sonnenglut sofort nach der dunkleren Sonnenbrille und dem breitkrempigen Schlapphut auf dem Beifahrersitz greifen ließ; das Gefühl, innerhalb von Sekunden an Schädel und Augen Schaden zu nehmen, hatte sich mit fast panikartiger Eindringlichkeit eingestellt.

Ich hatte keine fünf Schritte auf das Tor zu gemacht, als ich hinter mir eine dunkle, weiche Stimme „Hallo, Sir!" rufen hörte. Ich wendete mich um und sah im Schatten eines niedrigen Schilfdachs an einer unter drei großen Kameldornbäumen stehenden Mauer, die mir bei der Anfahrt verborgen geblieben war, einen weißgekleideten Menschen stehen. Das ist doch, dachte ich überrascht, das ist ein Kellner in Bedienungsdress! „Schwitzen Sie gut, Sir?", rief der Mann, „schwitzen Sie gut?" Er war schlank und hochgewachsen, lehnte lässig an der Schmalseite eines Tisches und hielt die Arme vor der Brust verschränkt. Wieso sieht der Kerl aus fünfzig Schritt Entfernung, dass ich schwitze?, dachte ich. Erst im Nähergehen unterschied ich das dunkle Gesicht einigermaßen vom Schatten in der überdachten Mauernische. Und was soll außerdem die seltsame Frage?, überlegte ich, ob ich gut schwitze! „Ach nein, im Fort ist niemand", rief er, „die sind alle um Nahrungsmittel nach Tsumeb gefahren und kommen vor übermorgen nicht wieder … Wir sind allein."

Deutlich erkannte ich zunächst das weiße Gebiss des Mannes, der mir freundlich entgegenlachte. „Hallo", sagte ich und erkannte nun auch die drei Regale hinter ihm mit den bunt etikettierten Flaschen, Metalldosen und Gläsern; vor dem Tisch standen vier Stühle. Sieh an, dachte ich abermals überrascht, eine Begrüßungsbar. „Kommen Sie, Sir", sagte der Schwarze, lachte mich an und schob mir einladend einen Stuhl zurecht, „Sie sind müde von der Fahrt. Ein Sodadrink mit Eis tut Ihnen gut. Vielleicht auch ein Espresso …

Nein, nicht dort! Kommen Sie ganz in den Schatten. Mein Gott, ist das heute wieder ein Elefantenwetter! … Sie müssen wissen, Sir“, fuhr er fort, „das ‚Schwitzt du gut?‘ ist bei uns ein Gruß, eine freundliche Erkundigung nach der Gesundheit des anderen. Denn wer gut schwitzt, der braucht keine Medikamente und keinen Arzt, und wer danach gefragt wird, antwortet: ‚Danke, ja! …‘“ „Ach so“, dachte ich, schon wieder überrascht, und sagte: „Danke, ja.“

Der Zwanzigjährige stellte sich als „Kito“ vor. Er war wendig, schnell und hatte im Handumdrehen mit lautlosen Bewegungen Gläser, Flaschen und Tassen auf den Tisch gestellt. Viele Menschen hier, dachte ich nicht zum ersten Mal, haben in der Art, sich zu bewegen, etwas von der Bewegungsschönheit der Tiere ihres Landes. Jetzt konnte ich den jungen Mann auch in den Einzelheiten deutlicher vom Dunkel in der Nische unter dem weit vorragenden Dach unterscheiden. Über makellos sauberer Hose mit Bügelfalten ein weißes Hemd, über der weißen Fliege ein fröhliches, rundes Jungengesicht – kurze Pepperkornhaare, wie sie auch bei den Menschen des Ovambo-Volkes häufig zu sehen sind, dazu schmale, langfingrige Hände, deren helle Innenflächen, während er hantierte, leicht aufzuleuchten schienen. Jede seiner Körperwendungen, jeder seine Handgriffe waren nicht nur schnell, sie waren genau und von einer Geschmeidigkeit des Zugreifens, die zu beobachten mir Freude bereitete.

Es bedurfte keiner Minute, um mich bei Kito wie in Gegenwart eines langjährigen Vertrauten gut aufgehoben zu fühlen. Die Müdigkeit war von mir genommen, Kitos kluges Geplauder und sein dunkles, weiches Lachen hatten mich von ihr erlöst. Wir waren bald über das Augenblickliche hinaus in allerlei tiefsinnige Betrachtungen verstrickt, die Kito mit der gleichen spielerischen Leichtigkeit aus allzu dunklen Gedankengründen zurückholte, mit der er sie im Augenblick darauf wieder dorthin beförderte. „Kennen Sie unser Land, Sir?“, fragte er, während er die geblümte Papierserviette neben meinem Gedeck mit der fast überschlanken Hand sorgfältig glättete.

„Ich bin nicht zum ersten Mal hier", sagte ich, „und hoffe, auch nicht zum letzten Mal." „Okay", rief er und stellte auf mein Ansuchen hin neben mein Gedeck auch eins für sich bereit, „okay, wie Sie wünschen … Sir, ich sehe, Sie sind ein fröhlicher Mann. Das gefällt mir … Wissen Sie, wie es bei den Alten in Otjiwarango und Omaruru heißt? Such dir einen Menschen zum Gefährten, mit dem du immer was zu lachen hast, dann kommst du gut durchs Leben. Okay, Sir?" Ich nickte und sagte: „Okay, Kito", indem ich die Hand um das gefüllte kalte Glas legte.

Die Zeit unter dem Schilfdach, während draußen über den Buschkronen und Trockengrasflächen die Glut waberte, verstrich wie im Flug. Und ich gestehe, dass ich für unser Gespräch am Rande der erbarmungslosen Dürresenke aus Salz und Tonen unweit des Wendekreises des Steinbocks, inmitten der halbariden Buschflächen zwischen Grootfontain im Osten und dem Kaokoveld im Westen – näher einem hinter uns unter Sträuchern ruhenden Löwenrudel als der nächsten Menschenseele –, ich gestehe, dass ich die Gesprächsstunde in der Schattenkuhle unter dem kochenden Savannenlicht mit dem Mann in der penibel sauberen Montur eines Bistrokellners der gehobenen Klasse auf den Champs Élysees, dass ich dies Gespräch für keinen noch so großen Goldhaufen hergäbe. Auf meine Frage, ob er jemanden erwarte, sah mich Kito erstaunt an und sagte: „Sir, sind denn nicht Sie gekommen? Wir müssen immer vorbereitet sein. Jederzeit kann ein Mensch zu uns kommen, Sir." Auf meinen hinterhältigen Einwand „Und wenn keiner kommt?" antwortete er ohne Zaudern: „Dann freue ich mich mit mir allein an diesem Schattenplatz unter dem großen Himmel. Das verstehen Sie doch, Sir? Ich sehe, auch Sie können sich allein an den Geschenken der Welt erfreuen." Und Kito gab mir weitere bedenkenswerte Antworten auf meine Fragen. O ja, seine Willkommensbar mit dem Schilfdach und den drei Regalen blieb mir als ein Philosophengehäuse zweier Männer in Erinnerung, die den Austausch von Gedanken ebenso liebten wie die Einsamkeit. Und beidem gaben wir uns damals unter der afrikanischen Feuersonne hin. Was, dachte ich einmal kurz, was hätte ich mir zum Abschluss des Tages Besseres wünschen können?

Doch die eigentliche Probe seiner überlegenen Sicht der Dinge sollte mir Kito noch liefern. Während ich mit dem Strohhalm zwischen den Eiswürfeln das köstlich kühle Getränk in mich hineinsaugte, dazwischen vom Espresso trank und Kitos Gebiss bewunderte, sooft er über eine meiner Bemerkungen lachte oder mir seine Lebensphilosophie darlegte, fiel mein Blick über den Kiesplatz hinweg auf eine große, in die Festungsmauer eingelassene helle Metalltafel. „Trinken Sie noch einen Espresso", hörte ich Kito gerade sagen, „Sie sehen aus wie ein Mann, der zwei verträgt, und nachher können Sie sich im Fort ausruhen. Später essen wir und setzen uns dann mit einer Flasche Rotwein aus Paarl in der Kapprovinz auf den Turm. Dort hören wir beim Mondschein den Tieren zu. Sir", sagte Kito, „wenn die Nachtdämpfe aus Busch und Erde steigen und der Löwe zwanzig Schritte vor uns brüllt, dann sind wir dem Leben ganz nahe, weil wir den Tod dicht neben uns spüren."

Doch an diesem Punkt nahm das Gespräch eine Wende, denn ich hatte auf die Metalltafel gezeigt und gefragt, was es damit auf sich habe, war im Fauchen des Gerätes, aus dem Kito den zweiten Espresso presste, aufgestanden und zu der Tafel hinübergegangen. In großen, senkrechten Buchstaben der gotischen Druckschrift waren darauf in deutscher Sprache die Worte eingraviert: „Am 28. Januar 1904 überfielen 500 Ovambo die Station Namutoni. Sieben tapfere deutsche Reiter schlugen den Angriff siegreich ab. Ehre ihren Namen."

Kito war neben mich getreten. „Weißt du, was hier steht?", fragte ich. „O ja, Sir", erwiderte er, hob die Hand mit dem Serviertuch und wischte die Tafel noch blanker, als sie ohnehin war. Beim Wort „Ovambo" hielt er ein und entfernte mit behutsamen Bewegungen auch das kleinste Stäubchen. Es war dem Wort anzusehen, dass er es oft tat, denn es hob sich in seiner Helligkeit vom übrigen Text ab. „O ja“, sagte er, „hier ist von meinem Volk die Rede, ‚Ovambo‘, sehen Sie? Das Übrige verstehe ich nicht.“

Wir gingen, weil die Hitze unerträglich wurde, ins Schattenloch zurück. Sieben tapfere Reiter der Kolonialtruppe hatten also mit einem Maschinengewehr und Karabinern fünfhundert mit Lanze, Pfeil und Bogen Bewaffnete in die Flucht geschlagen. Während wir den zweiten Espresso tranken, übersetzte ich Kito, was ich gelesen hatte. In der Stille fügte ich nach einer Pause hinzu: „Ich gehöre dem Volk an wie die Soldaten und Offiziere auf der Tafel, die sich vor achtzig Jahren mit deinen Großvätern bekämpften.“ Es wurde wieder still. Ich meinte, die Glutwellen über der Savanne hinter Kitos rundem Kopf nicht nur zu sehen, sondern auch zu hören. Kito blickte mir unbewegt in die Augen. Ich nahm die Sonnenbrille ab, um ihm nicht das Gefühl zu geben, mich hinter ihr verstecken zu wollen. Indem er mich immer noch regungslos anblickte, sagte er: „Sir, müsste es solche Tafeln nicht in mancherlei Sprachen in Afrika geben? Die Geister, o ja, die Geister“, sagte er, „Sir, was Ihre und meine Großväter angerichtet haben, das sollen sie unter den strengen Augen der großen Geister miteinander besprechen oder fortführen – das müssen wir ihnen überlassen. Wir zwei werden es nicht fortsetzen, nein, wir nicht. Okay, Sir?“ Wir schwiegen, obgleich es mich drängte, einige Bedenken ins Gespräch zu bringen. Doch in dieser Angelegenheit gehörte Kito das letzte Wort. Verglichen mit seiner Sicht der Dinge wäre alles andere haarspalterisch und verletzend gewesen.

Die Sonne sank, als wir ins leere Fort gingen. „Es ist Zeit“, sagte Kito, „bald beginnt der Busch zu leben.“ Ich schlief zwei Stunden lang im angenehm dunklen, kühlen Raum neben der Toreinfahrt, die Kito verschlossen hatte. Danach aßen wir eine Kleinigkeit im Speiseraum. Es war dunkel, als wir mit einer Flasche Kap-Rotwein auf die Plattform des Turms traten, wo einige Korbsessel standen.

Noch vor Ablauf einer Stunde erschütterte unmittelbar unter uns das erste Löwengebrüll die Luft. Es ging mir durch Mark und Bein, und es war, als erbebten die Festungsmauern davon, um die sich auf allen Seiten das Leben der Buschsavanne von einer Minute auf die andere wie eine Flut zu bewegen begonnen hatte. Wir saßen bis Mitternacht unter dem Kreuz des Südens, ohne viel zu reden.

*

Als ich wenige Jahre später in Namutoni nach Kito fragte, hörte ich, dass er mit dem hier ersparten Geld in Windhuk ein Bistro eröffnet und zum besten am Ort gemacht habe. Ich hatte es nicht anders erwartet. Ich nahm mir vor, ihn auf der Rückfahrt zu besuchen.

Die Frage der Identifikation

Schon früh taucht in Berichten von Menschen, die Afrika bereisten, dort forschten, lebten, jagten oder Rinder züchteten, die Anmerkung auf, dass ihre erste Begegnung mit dem afrikanischen Kontinent dem Erlebnis einer spontanen, starken Liebe gleichkam. Als ich die Sahara zum ersten Mal überflog – dank einer Programmänderung der Betreibergesellschaft im Tagestiefflug –, spürte ich fast körperlich den Anhauch eben dieses Verfallenseins: Es war, als griffe das Land, das sich in seiner Mächtigkeit zugleich abweisend wie magisch anziehend unter uns breitete, mit einer Kraft nach mir, der ich nichts entgegenzusetzen hatte. Das Gefühl verstärkte sich, als die Maschine auf dem Flughafen der namibischen Metropole Windhuk landete – einst nach I.J. Strijdom benannt, seit Jahren Hosea-Kutaku-Airport –, erst recht danach auf der Fahrt im offenen Geländewagen an den gelbbraunen, kahlen Höhen der Auasberge mit dem 2484 Meter hohen Moltkeblick-Gipfel vorbei bis in die rund 1600 Meter über dem Meeresspiegel liegende Stadt. Und vollends während der halben Stunde, die ich allein im weiträumigen Hof meines Gastgebers am nördlichen Stadtrand saß und mich nach dem Neunstundenflug der Stille überließ. Der leichte, kaum spürbare Wind, der mit der trockenen Hochlandluft den Geruch heißen Sandes und frischen Mopanegrüns herantrug, ließ das Gefühl großer Weiten und ihrer Ruhe in mir wach werden.

Jene halbe Stunde im Liegestuhl mit dem Blick auf die breitkronige Ringelhülsenakazie zum benachbarten Garten hin und dem heißen Tee aus Rooibos-Kräutern der nahen Kalahari besiegelte meine starke Zuneigung zu Afrika. Als wir am Morgen darauf mit Ausrüstung, Sprit und Proviant für längere Zeit westwärts auf die Namibwüste zufuhren, um parallel zur Skelettküste „auf unbefahrenen Wegen kreuz und quer durchs wilde Land“ nach Norden bis zum

Kunenefluß zu gelangen, hatte ich keine Sekunde lang Fremdheitsgefühle. Es liegt im Wesen alles Großen, gleichviel ob wir ihm in Gestalt der Landschaft, der Kunst oder des Menschen begegnen, ohne Zögern klare Verhältnisse in uns herzustellen – sofern wir dafür ansprechbar sind.

Mein zehn Jahre jüngerer Gastgeber galt damals als einer der besten Kenner des subäquatorialen Afrika. In den Jahren nach dem Krieg „aus Abenteuerlust", wie ich hörte, „von Kempten und München weg in Kapstadt gelandet", als Mathematiker am dortigen Lehrstuhl jahrelang Dekan, ehe er in Windhuk 1985 Mitbegründer und „principal", Rektor, der jungen Universität wurde, eignete sich der fast zwei Meter hoch gewachsene Allgäuer von ethno- und geographischen bis zu geologischen, mineralogischen, zoologischen, botanischen, linguistischen und anderen Bereichen im Theoretischen wie im Praktischen ungewöhnliche Afrikakenntnisse an; er ist Mitglied wissenschaftlicher Akademien und galt unter den schwarzen und weißen Studenten als der beliebteste Lehrer. Über die vielfachen Formen der Gruppenexogamie freibeuterischer Buschmänner in der östlichen Kalaharisteppe kann er ebenso kundig berichten wie über die Techniken der Diamanterschließung in Transvaal. Mit dem kleinen Wildhüter auf dem Waterberg-Plateau, den wir nach Breitmaulnashörnern fragten, unterhielt er sich in einer der Bantusprachen, die er sich im Selbstunterricht beigebracht hatte. Er kann sich weitläufig über die Verkieselungsvorgänge auslassen, die zu den Versteinerungen der mächtigen Baumstämme westlich von Khorixas führten, war, als wir uns kennen lernten, gerade damit beschäftigt, Georg Christoph Lichtenbergs „Aphorismen" ins Englische zu übersetzen und schlug mir schon während der ersten halben Stunde unseres Gesprächs die Besteigung des fast 2600 Meter aus der Namib aufragenden Brandbergs vor, in dessen Granit sich unter den Felsmalereien die in jedem Lexikon vermerkte berühmte White Lady findet.

Dies alles klingt nach ins Exotische überzogener Häufung. Doktor Hartmut Schlagbauer stellt die Aufzählung jedoch in den Schatten, und schon in dieser Kürze erklärt sie meine Behauptung, dass ich einem besseren Führer durch das südliche Afrika als ihm nicht und nirgendwo hätte begegnen können. Dass wir uns nach einem Gastdirigat meines Bruders mit der Kapstädter Philharmonie im Kreis einiger Musikfreunde kennenlernten, war Zufall; das einstündige Gespräch wurde die Grundlage unserer afrikanischen und europäischen Wiederbegegnungen.

Warum ich den Einzelgänger, den in allen Dingen genauen und zuverlässigen Kilimandscharo- und Brandbergbesteiger, den Wüsten- und Savannenbegeher als den Mann mit der bemerkenswertesten Selbstbeherrschung bezeichne, den ich je kannte, veranschaulicht ein Beispiel, das über die Vordergründigkeit des Vorfalls hinaus Aufschlüsse gibt:

Der Brandberg erhebt sich als Granitkoloss hundert Kilometer östlich der Atlantikküste mit der Königsteinspitze auf 2579 Meter. Das Kolossale seiner Erscheinung gründet in deren Einsamkeit. Der über dreißig Kilometer lange, fünfundzwanzig Kilometer breite Gebirgsblock wächst ohne Vorberge und benachbarte Massive als dunkelrötliche Masse wie eine gigantische, vielfach zerklüftete Kathedrale aus dem Sand der Namibwüste – der Farbe wegen nennen ihn die Herrero den „Feuerberg". Erst NASA-Aufnahmen lieferten ein erschöpfendes Bild seiner äußeren Beschaffenheit. Der ovale Granitkern ist spätes Karoo, berichten uns die Kenner: 140–180 Millionen Jahre alt. Während der Sommermonate erhöhen die Glutwellen in der Nähe des südlichen Wendekreises, dem des Steinbocks, um die Mittagszeit den Fels so stark, dass sich die Hand verbrennt, wer beim Aufstieg durch Engschluchten, über die Geröllhalden und -platten einen unbedachten Stützgriff versucht. Dank der Küstennebel vom Atlantik her und der – freilich seltenen – Regen sammelt sich in Felsvertiefungen Wasser, das die sparsame Flora ermöglicht, darunter Weißstamm, Brandbergakazie, die endemische Brandbergaloe. Mit zunehmender Höhe gewinnt der Berg an abschreckender Unwirtlichkeit und Schroffheit. Kaum ein Mensch sucht die Gipfelregion auf, umso weniger als diese den scheuen Leoparden ungestörten Rückzug und den bis anderthalb Meter langen, plumpen und in hohem Grade giftigen Puffottern bevorzugten Aufenthalt bietet; wenig oberhalb der Felsnische mit der jagenden White Lady huschten zwei Klippschliefer dicht vor mir in eine Steinspalte, in den Wänden oben soll es Adlerhorste geben. In meinen Aufzeichnungen vom 9. Juli 1988 notierte ich: „Gegen Mittag standen wir vor den auf den Überhängeblock einer Felseinbuchtung gemalten Menschen- und Tierfiguren. Darunter die White Lady, eine im Laufschritt festgehaltene, vom Bauch abwärts weiße schlanke Gestalt mit Jagdwaffen, zweifellos männlichen Geschlechts. Die Leichtigkeit des Schritts besticht. Ohne organisches Material angemischt, blieben die Malmittel mit dem C-14-Verfahren undatierbar. Aber unter einigen aus der ‚Decke' herausgebrochenen bemalten Steinstücken fand sich eines, das in die genau darüberliegende Lücke passte und Holzkohlepartikel enthielt. Ihre C-14-Datierung ergab ein Alter von 2760 Jahren."

Harald Pager lebte jahrelang auf dem Berg und fasste die Forschungsergebnisse in mehreren Bänden zusammen; 1975 schuf er eine Kopie des gesamten White-Lady-Frieses – ein Panorama von erstaunlicher Lebendigkeit in der Darstellung jagender Männer und gejagten Wildes. „Der Monolith", notierte ich weiter, „den wir nach der nächsten Aufstiegsetappe vor uns hatten, hoch wie ein siebenstöckiger Wohnblock, trägt auf der Längswand Zeichnungen, die mir informell wie ästhetisch ergiebiger erschienen als die unten um die White Lady gruppierten: Jäger, Läufer, eine gebärende Frau, eine Riesenschlange und anderes … Auf den glatten Steinbrocken daneben eingeritzt: ‚Jochmann, 1907'. Ein Offizier der deutsch-südwestafrikanischen Schutztruppe, die es hier seit 1894 gab. 1914 begannen Burfeindt und Carstensen mit Vermessungen. 1917 entdeckte Reinhardt Maack die White Lady …" Es soll hier tausend Felswände mit Malereien und Zeichnungen von rund 45000 Einzeldarstellungen geben. So verkörpern sich im Brandberg nicht nur

Härte und Erbarmungslosigkeit der Landschaften dieses Teils Afrikas, sondern zusätzlich deren geheime Gesichter, die sich auch in seltsam hintergründigen Liedern und Märchen der Damara, Ovambo und Herero ausdrücken.

„Afrikaneugier", sagte Schlagbauer, habe ihn vor Jahren „da hinauf" getrieben, mit einer am Schreibtisch bis zur letzten Kalorie für eine längere Zeitdauer ausgetüftelten Nahrungs- und Wassermenge, außer Kleidung nur Fahrtenmesser und Schlafsack als Ausrüstungsstücke

„Eines Morgens", erzählte er im typischen trockenen Singsang seines Tonfalls, „erwachte ich im Dämmer mit einem merkwürdigen Gefühl, schob die Klappe des Schlafsacks zurück – und sah einem ausgewachsenen Leoparden in die Augen. Er stand drei Schritte vor mir, beobachtete mich aufmerksam und öffnete kurz die Lefzen, als unsere Blicke sich trafen. Ich schaute sofort in eine andere Richtung und lag zwölf Minuten lang regungslos. Die Katze bewegte sich nicht von der Stelle. Ich sah sie nur halb aus den Augenwinkeln. Nach zwölf Minuten wendete sie sich um und verschwand. Ich kann die Zeit angeben, weil ich die Hand mit der Uhr auf der Brust vor mir liegen hatte." Meine unsichere Reaktion auf den Bericht veranlasste ihn zum nüchternen Zusatz: „Alles ist eine Frage des richtigen Verhaltens, eine Frage der Identifikation mit dem Gegenüber."

Auf den Safaris über die endlosen, in rhythmischem Auf und Ab durch den feinen afrikanischen Kontinentalstaub hindurch geradewegs in den Himmel führenden Bergwüstenstraßen zu den Joubert- und Hartmannshöhen in der nördlichen, zu den Naukluft-Mountains in der südlichen Namib, über die roten Dünenfelder des Huib-Hochplateaus oder durch die Wandergebiete der rinderzüchtenden Himba zwischen den Epupa-Wasserfällen und den Giraffenbergen in einem Gebiet von der dreifachen Ausdehnung Deutschlands und der Einwohnerzahl von weniger als einer Million Menschen drängte sich mir der Gedanke auf: Er kennt diese Wildnisweiten mit den erdgeschichtlich uralten Steintrümmern von der Größe archaischer Zyklopenburgen, den geisterhaften Silbergrasflächen und Kurzstrauchsavannen, wie ich meine Vaterstadt kenne – die Schichtenneigungen in den Wänden des sechshundert Kilometer langen, bis zu siebenhundert Meter tiefen Fish-River-Cañons, die Beckengliederung der über anderthalbtausend Kilometer in Nord-Süd-, achthundert Kilometer in West-Ost-Richtung sich erstreckenden Dornstrauchsavanne der Kalahari, die Ebenholzschnittkunst in den einsamen Outjo-Siedlungen auf dem 20. Breitengrad, die Ausbreitungsgründe des HIV-Virus, der Malaria und Tuberkulose, das Elend der mit ihren Kindern alleingelassenen schwarzen Frauen, die Fauna im Etoscha-Gebiet, Vegetation, Astronomie des Südhimmels. Mit einer Bekannten hörte ich ihn über das nominale Klassensystem der Suahelisprache diskutieren … Bei alldem bleibt nichts im Ungefähren.

Dies exakte wie komplexe afrikanologische Wissen, dachte ich, es ist nur möglich bei vorbehaltloser Identifikation mit den Landschaften, in denen er lebt. Ich meine zu allem anderen diese intime Kenntnis des Minerals im „Diamant"-Canõn nahe der Palmwag-Oase im westlichen Ovamboland, zwischen dessen spiegelglatten Wänden wir unter der Mittagssonne wie im Innern eines geschliffenen Riesensarkophags vor den Schakal- und Springbockspuren im Sand des Wasserlochs am Schluchtende standen. Der Jagdrituale der San. Der südafrikanischen Literaturen. Das Selbstverständliche dieses Sich-ins-Einvernehmen-Setzens mit der Raubkatze wie mit dem Stein und dem Studenten, der ihn auf dem Korridor der Universität in meiner Gegenwart ansprach, einem zwanzigjährigen Herero seiner Körpergröße, „der beste Mathematiker an der Uni".

Ich hatte bald bemerkt, dass mich nicht so sehr die übergreifende genaue Gelehrtheit fesselte und erfreute. Jeder kann sich Mengen anlesen. Nein, es ist seine Art, damit umzugehen: Er spricht über die Dinge, als seien sie natürlicher Teil seiner Persönlichkeit. Als sprächen sie durch ihn, ohne ihm etwas zu verbergen. Als sei er Afrika. „Identifikation mit dem Gegenüber", lautete seine Formel.

Einmal, nordöstlich der Etoscha-Pfanne, außerhalb dieses ausgedehnten wildreichsten Schutzgebietes Afrikas, sechzig Kilometer südlich von Ondangwa, stieg ich, allein unterwegs, aus dem Wagen, um eine Löwin zu fotografieren, die in der Morgenstunde träge auf den Wagen zu geschritten war – mit jener aufreizenden Gelassenheit, von der die Bewegungen dieser nach menschlichem Maßstab unvorstellbar kräftigen Tiere bestimmt sind. Ein auffallend schönes Tier, dessen in der Morgensonne leuchtendes bernsteingelbes Fell mich ebenso gefangen nahm wie die Würde seines Schreitens. Die Löwin war satt von der Nachtbeute. Bestrebt, sie im Bild festzuhalten, vergaß ich jede Vorsicht, zusätzlich dazu verlockt, weil es außer einigen Schirmakazien und Lavendelbäumen weit und breit nichts zu sehen gab. Durch den Wagen verdeckt, hatte ich sie auf fünfzehn Schritte Entfernung halb seitlich im Blickfeld der Kamera, sie ließ sich vom mehrfachen Klicken des Auslösers nicht stören, obwohl das Geräusch in der Stille überlaut wirkte. Doch als ich mich umwendete, um weiterzufahren, war ich nur noch durch den geöffneten Wagenschlag von dem wie aus dem Nichts aufgetauchten Löwen getrennt. Noch gelassener als seine Begleiterin, folgte er dieser und kam dabei geradewegs auf mich zugeschritten. Seine dunkelbraune Mähne schien zu brennen. Ich handelte aus Instinkt, als ich mich langsam und im Rhythmus seiner Bewegungen in den Wagen schob und langsam die Tür zuzog. Drei Sekunden später ging er am Wagen und an mir vorbei. Für einige Augenblicke war ich vom Gefühl der Wildheit seiner Nähe betäubt. Er hatte mich keines Blicks gewürdigt. Beim Überdenken meiner leichtsinnigen Eselei wurde mir danach speiübel vor Angst.

Als ich Schlagbauer von dem Vorgang kurzen Bericht gab, kommentierte er lakonisch: „Ja. Es ist jedesmal die Frage des richtigen Verhaltens – die Frage der Identifikation mit dem Gegenüber. Du hast das richtig gemacht. Total bescheuert war nur, dass du aus dem Wagen stiegst. Total bescheuert …“ Wir lachten, er ist ein Mann von Humor. „Geht auf meine Kosten“, sagte ich.

Danach flog ich noch einige Male ins herrliche südliche Afrika. Dann hörten wir eine Zeit lang nichts voneinander. Namibia war 1990 selbständig geworden, er hatte seine Stellung als Rektor der Windhuker Universität abgegeben. In einem Fax ließ er mich unerwartet den bis in die Einzelheiten ausgearbeiteten Plan der nächsten Safari wissen. Bald darauf sagte er seinen Besuch an – ob ich ihn in München-Pasing vom Bahnhof abhole?

Schon aus der Entfernung – als ich ihn, einen Kopf größer als die anderen, aus dem Bahnhofsgebäude treten sah – fiel mir die Veränderung auf: Der schleppende Schritt, die starren Gesichtszüge. Ich erschrak. Die Mediziner sprechen in solchen Fällen vom „Maskengesicht" … Als wir im Wagen saßen, sagte er ohne Umschweife mit jener bedachten wie luziden Distanz, die ich kannte, dass sich die Krankheit schon vor längerer Zeit angekündigt habe, es handle sich um eine der schwereren Varianten. Er sprach streckenweise undeutlich leise, als entzöge sich ihm die Stimme, aber dennoch mit jener zielsicheren, klaren Sachlichkeit, die ihn in jeder Lage auszeichnet. „Den Tremor haben die Ärzte im Griff", sagte er und verbreitete sich knapp über das „vor fast zweihundert Jahren von einem Briten beschriebene" Leiden, dessen Studium er sich nun mit Hilfe der weltweiten Vernetzung seiner modernen Geräte widme. Er ließ sich mit der gleichen Genauigkeit darüber aus, mit der er mir einst die Untergangstragödie kleiner schwarzer Stammesethnien im Entwicklungssog der Globalisierung selbst in Afrikas entlegensten Gegenden erläutert hatte. Er berichtete von Kapstadt, Durban in der Natal-Bay am Indischen Ozean, Swakopmund, richtete Grüße aus von Bekannten und wollte wissen, was ich von seinem Plan der Safari zu den Ruacana-Wasserfällen am unteren Kunene und von dort auf dem siebzehnten Breitengrad ostwärts bis zu den Victoria-Fällen halte. Sofern in den Gegenden nicht wieder die Malaria herrsche. „Die Fahrt geht durch Gebiete mit viel Wild."

Zu Hause hörten wir die CD, die er als Geschenk mitgebracht hatte – Murray Perhaia mit Schuberts f-Moll-Phantasie. „In welche

Abgründe der mit dem Schubert hinabsteigt", sagte er einmal und machte, einst ein vorzüglicher Klavierspieler, kein Hehl aus seiner Bewunderung für den New Yorker Pianisten. Wir verbrachten zu dritt, gemeinsam mit meiner Frau, einige Tage, an denen er Ruhe und Souveränität ausstrahlte und das Gespräch bestimmte – immer wieder mit diesen unkontrollierbaren Verwischungen in der Stimme, rasch ermüdend, von Medikamentenschachteln und -beuteln umgeben, einmal als Folge verspäteter Einnahme dem Zusammenbrechen nahe. Als ich ihn unter vier Augen auf sein inneres Befinden ansprach, antwortete er: „Ich stehe dazu: Alles ist eine Frage des Verhaltens, die Frage der Fähigkeit zur Identifikation mit dem Gegenüber. Mein Gegenüber heißt Parkinson – nach dem Briten James Parkinson."

Ich sehe ihn, wie er, den breitkrempigen, grobleinenen Schlapphut in die Stirn gezogen, in einer Geröllrinne aus dem Zweipalmen-Canõn steigt, durch dessen kochende, unbewegte Luft wir zwischen den Basalt-Wänden der frischen Elefantenlosung gefolgt waren, wie er mit verschwitztem Gesicht auf mich zutritt, im glühend grellen subäquatorialen Sonnenlicht vor mir stehen bleibt und mir die flache Hand mit einem halben Dutzend Steinsplittern entgegenstreckt, die er in der Canõnsohle aufgelesen hatte. „Sieh mal", sagt er mit dem Blick eines reich beschenkten Kindes und erklärt mir Herkunft, Alter und Gemenge eines jeden Steinchens. Ich höre ihn von „Flinteinschlüssen", „Hornblenden" und „Kalknatronspat" sprechen. Mir ist, während ich dem hünenhaften Mann zuhöre, als redeten die Steine durch ihn. Als spräche der Schwarze Kontinent aus dem Freund – dem großen Afrikaner.

Taj Tekuana
oder
Am Vorabend des Taifuns

Er war in Los Angeles als Letzter der wenigen neuen Passagiere zugestiegen. Die Maschine hatte sich hier nach dem Flug von Frankfurt am Main fast zur Hälfte geleert, so bot es sich ihm an, einen Platz nach Belieben zu wählen.

Ich habe oft darüber nachgedacht, was ihn bewog, ausgerechnet vor meiner Sitzreihe 52 stehen zu bleiben. Die Reihe vor mir war ebenso leer wie die hinter mir. Unschlüssig blickte er auf den leeren Fensterplatz mit dem Buchstaben A neben mir. Auch der Platz B war unbesetzt. Ich saß auf Platz C am Gang – bei längeren Flügen ziehe ich die Gangseite vor. Hätte er einen Schritt weniger oder einen mehr gemacht, wäre alles anders gekommen.

Ich klappte das Buch zu, deutete eine einladende Geste an und erhob mich. Er dankte flüchtig, schien immer noch unentschlossen, schob und quetschte dann aber die pralle Handtasche aus gelbem Leder in den Gepäckkasten über den Sitzen und zwängte sich an mir vorbei zum Fensterplatz. Er war nicht nur einen halben Kopf höher gewachsen als ich, sondern auch massig und breit. Er hatte pechschwarzes Haar, sein flaches, dunkelbraunes Gesicht mit den vollen Lippen erschien mir ausdruckslos. Er trug eine rostrote Krawatte auf hellblauem Seidenhemd und einen mausgrauen Anzug aus leichtem Stoff. Ich schätzte sein Alter auf fünfunddreißig Jahre.

Ein Indonesier?, dachte ich, ein Malaie? Auf alle Fälle das männliche Gegenstück zu den Mädchen und jungen Frauen, die Paul Gauguin einst auf einer der vielen Südsee-Inseln so einprägsam malte. Doch wie ich später hören sollte, war er weder das eine noch das andere. Auch die Überlegungen, die ich in der folgenden halben

Stunde anstellte, während wir um Mitternacht über den hundertzwanzigsten Längengrad südostwärts auf den nördlichen Wendekreis zuflogen, stellten sich als unzutreffend heraus.

So sehr ich mich in der Folge bemühte, meine Lektüre wieder aufzunehmen, es gelang mir nicht. Es war etwas an meinem Sitznachbarn, was mich beschäftigte, ohne dass ich mir den Grund hätte nennen können. Ich ertappte mich dabei, ihn verstohlen zu beobachten, ein Verhalten, das ich bei anderen entschieden verurteilt hätte. Er hatte eine schwarze Mappe auf das Klapptischchen vor sich gelegt und im Lichtkegel der winzigen Deckenlampe eine Vielzahl bunt bedruckter Glanzpapiere zu durchblättern begonnen. Die Papiere sahen aus wie Prospekte wirtschaftlicher oder technischer Unternehmen. Aha, dachte ich, einer der vielen ehrgeizigen jungen Geschäftsleute, die immer häufiger den Stillen Ozean zwischen den Inseln der asiatischen Ost- und der nordamerikanischen Westküste überqueren.

Da ich über neun Stunden Flug hinter mir und – nach einer zum Auftanken eingeschobenen einstündigen Unterbrechung in Los Angeles – noch zehn Flugstunden vor mir hatte, erlahmte meine Neugier. Ich wollte mich gerade auf meinem genau umgrenzten Platz so gut es ging zum Schlafen zurechtkrümmen, als der Mann neben mir meine Aufmerksamkeit vollends auf sich zog. Ich sah, wie er zwei der Bilderbuchblätter abwechselnd gegen das Licht hob, sie eindringlich betrachtete und dabei etwas murmelte. Er schüttelte den Kopf, biss sich bald auf die Unter-, bald auf die Oberlippe und verglich angespannt einige der abgebildeten Gegenstände miteinander. Er war in die Beschäftigung so vertieft, dass ihm das Auffällige seines Verhaltens unbewusst blieb, auch als er schließlich mit einem halblaut gesprochenen Satz und einem Seufzer die Papiere auf die Tischplatte zurücklegte und sich mit beiden Händen über das Gesicht fuhr, wie einer, der sich eine oft vergeblich unternommene Anstrengung endgültig als aussichtslos aufzugeben gedrängt sieht.

Wir flogen in 28000 Fuß Höhe mit 998 Kilometer Stundengeschwindigkeit bei einer Außentemperatur von 48 Grad unter Null, wie auf dem Informationsmonitor schräg gegenüber zu lesen war. Die große Maschine schütterte von Zeit zu Zeit heftig, sackte nach unten ab und stieg wieder empor, so dass einige der Fluggäste mit einem erschrockenen „Ah!“ reagierten. Der Kapitän bat uns über die Lautsprecher um Nachsicht. Wir durchflögen, sagte er, ein Wirbelfeld, dessen erheblicher Umfang kein Ausweichen erlaube, weder in eine höhere noch in eine tiefere Lage. Während er redete, erschien auf dem Anzeigentäfelchen über den Sitzreihen die Aufforderung zum Anschnallen. In diesem Augenblick, als ließen ihn die Flugvorgänge kalt, wendete sich mein Nachbar zu mir, hielt die beiden Prospektblätter, die er soeben noch von sich geschoben hatte, ins Licht meiner Lampe und sagte: „Sehen Sie sich die Bilder an. Wunderbare Arbeiten. Was waren das doch für Meister! Wohin sind wir seither gekommen? Machen wir nicht alle den gleichen Fehler? Alle. Wir lassen uns für das Geld von Spekulanten und Touristen die Kunst unserer Väter und Großväter zugrunde richten. Als hätten wir keinen Verstand. Keine Würde. Keine Scham. Dilettanten, Epigonen fertigen Kitsch an und verderben den Geschmack der Leute.“ Aus seinen großen, dunklen Augen sprach zornige Lebhaftigkeit.

„Darf ich?“, fragte ich und nahm die Papiere in die Hand. Das ist gar kein Geschäftsmann, dachte ich. Von der Eindringlichkeit seines Vortrags leicht verwirrt, begann ich die Abbildungen zu betrachten. Das eine der beiden mehrfach gefalteten Farbblätter führte den Namen eines weltberühmten englischen, das andere, umfangreichere den eines nicht minder berühmten römischen Museums. Auf den Umschlagseiten beider war, wie ich beim ersten Blick erkannte, je eine Steinskulptur abgebildet, Statuetten in der Höhe etwa zweier Spannen. In raffiniert ausgeklügelten Lichtverhältnissen aufgenommen, stellten sie zwei Christusgestalten dar, die mich durch makellose Form und den Ausdruck kindhafter Hoheit gleicherweise beeindruckten, wenn mir aus der Sicht des Europäers auch sofort die Note des Fremdländischen an ihnen auffiel. Die Gesichter beider erinnerten mich an meinen Nachbarn.

„Sind sie nicht außerordentlich?“, fragte mich dieser und neigte sich zu mir herüber, „sind sie nicht von vollendeter Schönheit? Beide gut über hundert Jahre alt, beide habe ich in den Händen gehalten. Den einen im Victoria and Albert Museum in London, den anderen im Museo Nazionale d’Arte Orientale in Rom. Beide aus der seltenen Kahurangi-Jade geschliffen. Sehen Sie nur das Licht über der Steinmaserung und die hauchfeinen Aufhellungen darüber. Das gibt nur der Kahurangi her. Er ist der stärkste, der geistvollste Jadestein, den der Südpazifik kennt.“ „Wunderbar, o ja“, sagte ich beeindruckt. Jetzt erst erkannte ich, dass die Skulpturen aus Jade gearbeitet waren, ohne dass mir eine nähere Kenntnis dieses vielgerühmten Steins zu Gebote stand. „Und beide sind in der Sockelplatte mit dem bei Kennern legendären Buchstaben K gezeichnet“, sagte mein Nachbar mit leuchtenden Augen, schüttelte aber schon im Augenblick darauf den Kopf, richtete sich auf und ließ sich, immer noch kopfschüttelnd, gegen die Sitzlehne fallen. „Aber keiner von beiden, mein Herr“, rief er, „keiner ist der, den ich suche, keiner! … Man sagt, es gäbe insgesamt zehn von ihnen“, fügte er ruhiger hinzu, „well, einige habe ich gefunden, von einigen sah ich Abbildungen, andere entdeckte ich in Auktionskatalogen. Aber auf den einen stieß ich nirgends! Ausgerechnet auf ihn nicht!“ Nur um etwas zu sagen, warf ich ein: „Vielleicht begegnen Sie ihm eines Tages an unerwarteter Stelle. Wer weiß.“ Ich ahnte nicht, wie sehr ich damit den weiteren Ereignissen vorgriff, in die ich durch die Zufallsbekanntschaft mit dem wunderlichen Mann hineingestellt werden sollte.

An diesem Punkt hatten wir einen Stand unseres Gesprächs erreicht, der das gegenseitige Bekanntmachen nicht länger aufzuschieben erlaubte. Mein Nachbar schien den gleichen Gedanken zu haben. Im Rütteln der Maschine – wir flogen jetzt mit 1098 Stundenkilometer „ground speed“, wie auf dem Bildschirm zu lesen war, der Sturm musste uns also von hinten gepackt haben – erhob er sich halb vom

Sitz und sagte: „Ich heiße Taj Tekuana. Ich bin Neuseeländer. Rechtsanwalt." Ich stellte mich vor. Als ich sagte, dass ich aus München komme, nannte er sofort die bekanntesten bayerischen Kunst- und Antiquitätensammlungen, bei denen er auf seiner Suche nach der einen Christusskulptur aus Kahurangi-Jade vorgesprochen hatte. Währenddessen dachte ich: „Ein Maori also ist er!", und war froh, vor Beginn der Reise einiges über jene Bewohner der beiden Inseln in der Südsee gelesen zu haben, die zu den frühesten Bearbeitern des „greenstone" geworden waren, wie die Engländer später den Namen der Jade übersetzen sollten, die bei den Maori „Pounamu", „grüner Stein", heißt.

Nun gut, dachte ich, was ich bisher von meinem gewichtigen Sitznachbarn erfuhr, klingt etwas ungeordnet. Ob er ein Kunsthändler ist, der einem kostbaren Stück nachjagt? Bei aller Kunstkennerschaft also doch ein Geschäftsmann, ein Händler. Oder ist er einer der stinkreichen Snobs, die sich nach ausgefallenen Raritäten umsehen und sich mit ihnen umgeben, weil sie gerade im Trend sind?

Nachdem er gehört hatte, dass ich zu einem Freund nach Maraetai an der Küste der Tamaki-Wasserstraße nahe von Auckland unterwegs war, um von dort aus einige Wochen lang durch Neuseeland zu reisen, wich Taj Tekuana aus Höflichkeit, vielleicht auch aus Heimatliebe vom bisherigen Gegenstand unseres Gesprächs ab.

„Well!", rief er und lächelte zum ersten Mal, seit wir uns kannten, was sein Gesicht auf unvermutete Weise weich erscheinen ließ, „Sie werden ein Land mit vielen Gesichtern kennen lernen. Versäumen Sie nicht, zu den Fjorden im Südwesten zu fahren. Einer der schönsten Bergzüge ist nach Ihrem Landsmann Alexander von Humboldt benannt. Es wird Sie als Mitteleuropäer entzücken, unter den Gletschern Palmen und Agaven zu sehen und im ältesten Dschungel der Welt auf die in Europa längst verschwundenen, hier bis zu fünfzehn Meter hohen Baumfarne und die viermal so hohen Riesenfichten zu stoßen. Auf unseren Seen, mein Herr, liegt der Glanz einer Melancholie, wie ihn nur die Urlandschaften kennen, in denen die Spuren der Schritte Gottes heute noch zu sehen sind. Der Tekapu-, der Pukaki-See auf der Süd-, der Taupo-See auf der Nordinsel ... Das sind alte Maoribezeichnungen", fügte er hinzu, „wir Maori sagen: Das Land ist die Mutter des Menschen. Am schönsten", fuhr er lebhaft fort, „am schönsten ist unsere Luft. Ja doch, Sie haben recht verstanden, die Luft. Wer aus amerikanischen und europäischen Städten kommt, erfährt bei uns, was es heißt, Luft zu atmen. Die aus Wald-, Wiesen-, Berg-, See- und Meeraromen gemischte, mit Sinnen und Seele gleichermaßen greifbare Luft. Sie ist der Atem des ersten Schöpfungstags."

Taj Tekuana hielt ein und sah mich an. „Entschuldigen Sie", murmelte er, „ich liebe meine Heimat ... Ach, hatte ich nicht versprochen, Ihnen von meinem Urgroßvater Kiri zu erzählen? Von meinem Urgroßvater und der Christusfigur aus Kahurangi-Jade, die irgendwo draußen in der Welt ist? Irgendwo! Aber ich weiß nicht wo." Er hob die Hände. „Well, aber ich weiß, dass es sie gibt, die Figur aus Kahurangi-Jade, und ich werde sie finden! Wo kommen wir denn hin, wenn wir die Suche nach dem Schönen und Wahren mir nichts dir nichts aufgeben?" Er sagte dies alles unbeirrt, und ich zweifelte keine halbe Sekunde daran, dass er Recht hatte; dabei fiel mir der energische Gesichtszug auf, der die samtene Weichheit schlagartig getilgt hatte.

Natürlich hat er mir bisher kein Wort von seinem Urgroßvater gesagt, dachte ich, er hat vermutlich im Zusammenhang mit der Jadestatuette an ihn gedacht. Und weil diese einen bestimmenden Platz in seinem Leben einnimmt, ist der Urgroßvater, der dabei eine Rolle zu spielen scheint, in den bald laut, bald stumm geführten Monolog einbezogen. Da Taj Tekuana ein ungewöhnlicher Mann war, erwartete ich seinen Bericht mit Aufmerksamkeit.

Unser Flug wollte seit Los Angeles nicht mehr störungsfrei verlaufen. Zwar hatten wir die Sturmzone hinter uns, die Maschine lag wieder ruhig in der Luft; 1003 Stundenkilometer, war auf dem Bildschirm zu lesen, der die Boeing 747 als kleines, goldrotes Kreuz über dem endlosen Blau des Stillen Ozeans zwischen dem 140. und 160. Längengrad genau auf dem nördlichen Wendekreis zeigte; es schien alles in bester Ordnung zu sein. Doch da teilte uns die Stimme des Kapitäns mit, dass wir eventuell Hawaii anfliegen müssten „für eine Zwischenlandung von unbestimmter Dauer". Er sei vor einigen Minuten von einem Streik der Feuerwehr auf dem Flughafen Auckland unterrichtet worden, den zu beenden im Augenblick keinerlei Aussicht bestünde. Der Chef und Sprecher der Flughafenfeuerwehr ließe uns durch ihn, den Kapitän, um Verständnis bitten und mitteilen, es sei den Jungs des Auckland-Airports allein auf diesem Wege möglich, ihren berechtigten Forderungen um kürzere Arbeitszeit Nachdruck zu verleihen.

Als ich mir über die Mitteilung Gedanken zu machen begann, hörte ich Taj Tekuanas klangvolle Stimme neben mir sagen: „Diese Scheißkerle! Die Airport-Feuerwehr von Auckland besteht aus fünfzehn Burschen. Lauter Faulpelzen. Sie verschlafen den halben Tag, weil es nichts zu tun gibt. Verdammt, denkt keiner von ihnen daran, dass in diesem Flugzeug über dreihundert Menschen sitzen, denen die Knochen wehtun und die sich nichts sehnlicher wünschen, als nach Hause zu kommen?" Er machte eine unklare Handbewegung. „Sie sind Schriftsteller. Wie sieht das bei Ihnen mit kürzeren Arbeitszeiten aus? Mit den freien Samstagen und Sonntagen? Die Nächte eingerechnet, in denen Sie am Schreibtisch sitzen und sich nach drei Stunden Schlaf wieder an die Arbeit machen. Gehetzt von der Angst, Sie könnten unserem Herrgott die Zeit mit Nichtstun stehlen. An wen wenden Sie sich da, um Arbeitsverkürzung zu verlangen? … O ja", sagte er höhnisch, „ich bin entschieden dafür: Die fleißigen Feuerwehrburschen in Auckland müssen ihr Recht bekommen! Auch wenn sie uns dafür dreimal um den Pazifik hetzen. Wie stehen Sie dazu?" „Seien Sie nicht ungerecht", sagte ich, „die Feuerwehrburschen suchen keinen Christus wie Sie. Die wollen bloß weniger arbeiten … Aber", sagte ich rasch, um ihn auf unseren

Gegenstand zurückzubringen, „Sie versprachen, von Ihrem Urgroßvater Kiri zu berichten. Ich höre."

Da hielt das Rollwägelchen neben unserer Sitzreihe. Die zwei gertenschlanken, hellblonden Stewardessen der Air New Zealand, die nach Camay-Seife dufteten, uns schon zweimal mit „Tonic-Water" und Fruchtsaft versorgt und dazu mit blendend weißen Zähnen angelächelt hatten, tischten uns ein der Tageszeit nach nicht bestimmbares Essen auf. Ich war zu müde, um Hunger zu haben, und aß nur ein Salatblatt. Taj Tekuana verzehrte dafür nach seiner Mahlzeit auch meine, so dass wir blanke Teller, Schalen und Näpfchen zurückreichten und darangehen konnten, uns den Kaffee zu Gemüte zu führen. In diesen schüttete mein Reisegefährte ohne Ende Zucker, den ihm die kleinere der beiden Stewardessen nachreichte, wobei sie mit ihren glockenblumenblauen Augen erschrocken zusah, wie er achtzehn Zuckertütchen der Reihe nach in den brühheißen Kaffee leerte. „All right, das war's", sagte er dann ruhig und sah sie mit unbewegtem Gesicht an. Ich kann mir nicht vorstellen, dass die Blonde beim Absturz unserer Maschine fassungsloser dreingeschaut hätte als in diesem Augenblick.

„Mein Urgroßvater Kiri", sagte Taj Tekuana und schnallte den Gurt über den gewaltigen Schenkeln auf, „war ein ungewöhnlicher und geheimnisvoller Mann. Das Geheimnisvollste an ihm war sein Tod. Seit Raharuhi Rukopo war er der größte Holzschnitzer und Steinmetz der Maori. Er wurde einundneunzig Jahre alt. Nicht nur für einen Maori ein ungewöhnliches Alter. Er starb, als ich vier Jahre alt war. Mit dem Vornamen hieß er Kiri. Alle nannten ihn so. Ich habe nur zwei Erinnerungen an ihn, aber die so deutlich, als seien sie keine halbe Stunde alt. Eines Tages hatte er mich nach Rotorua mitgenommen, wohin er einem kranken Freund einige seiner Arbeiten bringen wollte. Auch der Freund stand hoch in den Jahren. Die beiden wollten sich ein letztes Lebewohl sagen. Sie werden die Stadt Rotorua kennen lernen. Es ist heiliger Maoriboden. Das Land zeigt weithin jedem seine Kraft: Am Rand der Stadt brechen Geysire aus den Felsen, auch aus dem bewaldeten Talhang über der Stadt drängt dort dies kochende Wasser aus der Tiefe. Die Dämpfe wehen Tag und Nacht. Durchsichtige Gestalten, die kommen und gehen, die von niemandem zu fassen und zu halten sind. Die Nordinsel ist vulkanischer Boden. Alle Städte und Siedlungen liegen auf erloschenen Vulkanhügeln. Wir trafen am Nachmittag ein. Der Himmel war wolkenfrei. Der Pohutukawa stand in voller Blüte. Das ist ein Eisenholzbaum, den wir in Neuseeland auch Christmas-tree nennen, weil er am Jahresende blüht; er blühte an jenem folgenschwersten Tag meiner Kindheit verschwenderisch. Doch da hatte mich der Anblick der aus den Felsen peitschenden Geysire gepackt. Neben mir die schwere Gestalt des Urgroßvaters, sein Gesicht, das wie zerschnittenes Leder war, vor mir der wild in den Himmel stürmende Gischt … Dies ist das eine Bild, dessen ich mich entsinne, wenn ich an meinen Urgroßvater denke."

Taj Tekuana sah mich lange an und nickte. „Wie ein Griff nach der Sonne", fuhr er fort, „so kam mir das emporjagende Wasser vor. Es sah aus, als würfen sich die Fontänen wütend hoch, um den Sonnenball zu packen. Für Sekunden schien es ihnen zu gelingen. Jedesmal versank dann der Platz, von dem aus wir den Vorgang beobachteten, in Düsternis, und für Sekunden gewann alles einen unheimlichen Ernst. Ich erinnere mich, dass mich ein Frösteln überlief, sooft sich die Schatten der Fontänen über uns breiteten. Doch nach zwei oder drei Minuten sanken sie in sich zusammen, als wären sie erschöpft. Und davon wurde es wieder hell. Sie versuchten es immer wieder. Als ich zum Urgroßvater hinaufschaute, sagte er: ‚O ja, die Erde hat eine große Kraft, o ja. Aber das Licht oben ist stärker.' Da wurde ich ruhig und sah dem nächsten Griff des kochenden Wassers nach dem Licht furchtlos entgegen."

Taj Tekuana unterbrach sich. Nach einer Pause murmelte er: „Hören Sie? Es kommt wieder …" Kaum merklich war ein Vibrieren des Flugkörpers zu spüren. Wir flogen jetzt mit 1032 Stundenkilometern in 29900 Fuß Höhe. Leiser fuhr Taj Tekuana fort:

„Als wir an jenem Abend zu Hause angekommen waren, rief mich der Urgroßvater in sein Zimmer. Und dies ist das zweite Bild, das ich von ihm habe: Er holte aus der Zedernholzkommode ein Bündel weicher Tücher hervor, schlug sie zurück und entnahm ihnen eine Statuette, eine Christusfigur aus Kahurangi-Jade. Seine letzte und beste Arbeit, wie ich heute weiß. Auf Bootsfahrten an den Bergküsten der Südinsel entlang hatte er in jungen Jahren den Jade-Stein selber geholt. In einer der Gletscherschluchten unter dem Mitre-Peak hatte er am Vorgebirge des Milford-Sound einige Brocken Kahurangi-Jade gefunden. Kahurangi heißt ‚Paradieskleid'. Ich sagte es Ihnen, der Kahurangi ist der schönste Stein. Well, mein Urgroßvater schenkte mir den Jade-Christus. Er sagte dazu einen Satz, der sich mir einprägte: ‚Dies ist das Licht, Taj, merke es dir, verdunkle es nicht.' Das war am Vorabend des Taifuns. Am Tag darauf hat er uns für immer verlassen. Da wir seine sterblichen Überreste niemals fanden, gab es auch niemals ein Begräbnis."

Taj Tekuana schien einen Anlauf nehmen zu müssen, ehe er sagte: „Es hatte kein Anzeichen gegeben. Oder war es doch eines gewesen, dass er sich zwei Stunden früher als üblich auf den Weg machte? Warum? Warum tat er es? … Wie an jedem Tag wollte er eine Stunde durch den Mammutfichtenwald bis zur Küste und zurück gehen. Als er im dichtesten Waldstück war, muss vom Pazifik her der Taifun gekommen sein. Die tausend Männer, die ihn eine Stunde später suchten, fanden an der Stelle, wo einst der Weg geführt hatte, eine in den Wald gerissene Schneise, aus der nichts als Wurzelstrünke und verstümmelte Baumstämme ragten. Sie sagten, es hätte ausgesehen, als habe jemand die mächtigen Bäume an den Kronen gepackt und die Stämme zerrissen. Die Schneise soll an die zweihundert Meter breit, einen Kilometer lang gewesen sein. Gespenstisch, dass die abgerissenen Riesenbäume nirgendwo zu sehen, auch in weitem Umkreis nicht zu finden waren. Der Taifun hatte sie über den Pazifik geschleudert und erst dort wieder freigegeben. Mit ihnen meinen Urgroßvater."

An dieser Stelle wurde Taj Tekuanas Bericht unterbrochen. Das Flugzeug hatte einen Windschlag erhalten, der krachend am Metallrumpf entlanglief. Es folgten zwei weitere Schläge. Die Stöße davon warfen uns auf den Sitzen nach links und rechts. Hinter uns schrie eine Frau auf. Ich sah, wie Taj Tekuanas braune Hände die Lehne des Vordersitzes packten. Gleichzeitig leuchteten die Lichttäfelchen mit der Aufforderung zum Angurten auf. Die Stimme des unsichtbaren, wie jenseits aller Gewalten thronenden Kapitäns teilte uns mit, dass wir soeben einen Nachzügler des Sturms zu durchfliegen im Begriff seien, er bitte um Verständnis für die Anweisung zum Angurten – im Übrigen gäbe es keinerlei Grund zur Sorge … Etwa neun Kilometer unter uns der Stille Ozean. Bis auf seinen Grund waren es noch einmal so viele.

Mit einem Mal lag die Maschine wieder ruhig, als stünde sie regungslos im Dunkel der Nacht, umspült vom angenehmen Brausen der Strahltriebwerke. Taj Tekuana schob die Sonnenblende vor dem kleinen Fenster hinauf und blickte kurz hinaus. „Seit jenem Tag, als der Taifun vom Pazifik kam, hat meinen Urgroßvater niemand mehr gesehen", beendete er seinen Bericht, „hätte er das Haus zur gewohnten Stunde verlassen, wie all die Jahre davor, wäre er dem Taifun nicht begegnet. Doch es war eben kein Tag wie jeder andere. Ich wurde vor Kummer krank. Als ich nach zwei Monaten genas, war die Christusskulptur aus Kahurangi-Jade, die er mir geschenkt hatte, nicht mehr im Haus. Meine Stiefmutter hatte sie einem reichen Amerikaner verkauft. Um den Arzt zu bezahlen. Seither fehlt jede Spur von der letzten Arbeit meines Urgroßvaters."

Diesmal wurde Taj Tekuana von der Stimme des Kapitäns unterbrochen. Der Mann bedauerte in gemessenem Tonfall, uns noch einmal mitteilen zu müssen, dass die Feuerwehrleute auf dem Flughafen von Auckland nicht müde würden, für ein besseres Leben zu streiken. Die Folge davon sei, dass unser Jumbo-Jet zur Zwischenlandung auf Hawaii gezwungen werde. Ohne bereitgestellte Feuerwehr dürfe das Flugzeug nicht landen. Wir müssten also zum Anflug auf den Flughafen von Honolulu ansetzen. Taj Tekuana hörte regungslos zu. Plötzlich hob er den Kopf, ich hörte ihn sagen: „Die Kerle machen wirklich Ernst? Nein, es ist nicht zu fassen! Excuse me, Sir, ich muss Sie bitten, mich hinauszulassen!"

Ich erhob mich, Taj Tekuana trat an mir vorbei auf den Gang. Zu der hellblonden Stewardess – es war die höher gewachsene der beiden – sagte er: „Melden Sie mich beim Käpt'n an, Missy, ich habe mit ihm über die Feuerwehrburschen in Auckland zu sprechen." Auch diese Stewardess hatte glockenblumenblaue Augen, auch sie blickte wie vorhin ihre Kollegin erschrocken drein. Dann sah ich sie vor dem riesenhaften Maori nach vorne gehen.

Taj Tekuana kehrte erst nach einer Viertelstunde zurück. „Everything all right", „Alles in Ordnung", sagte er und nickte zerstreut. Ich machte ihm Platz, um ihn zum Fenstersitz zu lassen. Als er gerade begann, mir zum Tod seines Urgroßvaters und der Jade-Figur noch etwas zu sagen, erklang abermals die Stimme des Kapitäns. Es habe sich, Ladies and Gentlemen, eine erfreuliche Wendung der Dinge ergeben – nach nochmaliger Aufnahme der Funkverbindung mit dem Flughafen von Auckland und einem einvernehmlichen Disput mit dem Chef der Feuerwehr habe dieser eingelenkt: Die Auckländer Flughafenfeuerwehr habe den Streik abgebrochen, die Landung sei möglich. Wir überflögen bald die Datumsgrenze auf dem 180. Längengrad, könnten an Höhe zulegen und gegen sieben Uhr morgens Ortszeit in Auckland landen. Dorther werde mitgeteilt, dass zur Zeit bei wolkenlosem Himmel Windstille herrsche.

Taj Tekuana hatte die kleine Tischplatte wieder heruntergeklappt und sich in die Buntpapier-Prospekte mit Aufschriften wie British Museum London, Museo Poldi Pezzoli Milano, Museo Pigorini Roma, American Museum of National History New York, Völkerkundemuseum Berlin und Nationalmuseum Kopenhagen vertieft. Jetzt schüttelte er energisch den Kopf, schlug mit der Hand auf die Blätter und sagte ungehalten:

„Was wissen diese Leute schon von unseren maorischen Schnitzereien und Skulpturen? Sie schreiben neunmalkluges Zeug über angeblich ‚unterbewusst gelagertes Erinnerungsmaterial', über ‚atavistische Symbolgehalte' unserer alten Motive, ‚parapsychisch gesteuerte Emotionsstrukturen'. Was für ein entsetzliches Vokabular! Sind das nicht Worthülsen, mit denen sie Dummköpfen des Kaisers neue Kleider verkaufen, nämlich die eigene Hohlheit? Wohin sind wir seit den Tagen des großen Meisters gekommen, der über jedes Blatt, auf das er seine Musik schrieb, den Satz notierte: ‚Soli deo gloria! Gott allein zur Ehre!' und kein Wort mehr? Ist uns die Kunst nur noch geschwätzige Theorien wert?" Er sah mich kurz an und fuhr fort: „O ja, Gefühl wurde durch Nervenkitzel ersetzt, unseren Wunsch zu staunen lassen wir mit der Show abspeisen. Ich werde alles tun, die Christus-Figur zu finden. Wenn wir nicht Acht geben, zerrinnen uns die Maßstäbe zwischen den Fingern."

Er war erregt. Ich sagte: „Sie sprachen vorhin vom Schönen und Wahren. Ich habe dazu eine Anmerkung: Das Wahre lasse ich gelten. Doch das Schöne? Sind wir nach den Erfahrungen des Jahrhunderts nicht misstrauisch geworden? Was ist das Schöne als Begriff des Äußerlichen schon wert?" Er sah mich wieder an. „Nur die Schönheit überzeugt, die von innen kommt, alles andere ist Larve. Dass wir es vergessen, hat mit unserer Verwahrlosung zu tun, nicht mit dem Schönen." Er atmete auf. „Vielleicht ist die Marotte, den Kahurangi-Christus zu suchen, lächerlich. Vielleicht ist es längst zu spät. Vielleicht sind wir alle mit unserer Kunst, mit unserer Kultur gottlos geworden." Er richtete sich auf. „Sie sind müde", sagte er, „Sie umfliegen schließlich bald die halbe Erde auf dem engen Sitz. Ich schlage Ihnen vor, sich auszuruhen."

Mit zwei Griffen löschte er die Lampen über uns. Ich versuchte, halb gekrümmt, im Rauschen der Triebwerke auf dem engen Sitz einzuschlafen. Die meisten Fluggäste schliefen; nur vorne weinte ein Baby, das zum Schweigen zu bringen sich die Mutter, eine Stewardess und eine ältere Frau bemühten; es gelang ihnen vorübergehend.

Mit einem letzten Blick auf den Bildschirm erkannte ich, dass wir als Folge einer bemerkenswerten Geometrie auf dem Globus durch das Überfliegen der Datumsgrenze gedankenschnell um einen kalendarischen Tag älter geworden waren. Wir näherten uns mit 1008 Stundenkilometern bei minus 41 Grad Celsius Außentemperatur in 28700 Fuß Höhe dem Äquator. Da sich die Feuerwehrleute des Auckland-Flughafens auf eine so wundersame Art zum Einlenken veranlasst gesehen hatten, schien nun auch der Himmel entschlossen zu sein, uns gnädig zu behandeln. Was hatte sie zum Nachgeben bewogen?

Natürlich ist mein Nachbar kein Heinrich Schliemann, dachte ich zwischen Schlafen und Wachen. Er sucht kein Troja. Er sucht nur eine kleine Jade-Skulptur. Er sieht die Seele seines Volkes in Gefahr – nur seines Volkes? – und kennt keine kraftvollere Mahnung als den Jade-Christus des Urgroßvaters Kiri. Bei welchem Trödelhändler, ging es mir durch den Kopf, in welchem der abertausend Museumskeller auf der Erde ist die Christus-Statuette mittlerweile für ewig in der Vergessenheit versunken?

Ich erwachte, als mir ein Sonnenstrahl ins Gesicht schien. Taj Tekuana hatte die Blende vom ovalen Fensterloch geschoben. „Sie müssen sich anschnallen", sagte er, „wir beginnen den Landeanflug." Ich wurde hellwach, brachte meine Sitzlehne in die Senkrechte und schnallte mir unter der geduldigen Aufsicht der Stewardess den Gurt um. Das Abreiben mit dem heißen Erfrischungstuch, das sie mir von einem Tablett reichte, bewirkte die von Wonnegefühlen begleitete Durchblutung des Gesichts, des Nackens, der Hände und Handgelenke. „Nein, danke", sagte ich zu der Hellblonden, einen Kaffee oder einen Tee beabsichtigte ich erst auf dem Flughafen zu trinken.

Drei Überraschungen standen mir in Taj Tekuanas Gesellschaft noch bevor.

Die erste, als wir nach der Landung nebeneinander den Laufgang im Terminal durchschritten und ich auf Taj Tekuanas Frage, ob ich abgeholt würde, mit „Nein, ich nehme ein Taxi" geantwortet hatte, worauf er sagte: „Dann fahre ich Sie nach Maraetai. Ich wohne nicht weit von dort. Mein Wagen steht auf dem Flughafengelände." Ich nahm das Angebot an.

Die zweite zehn Minuten später. Als ich nach Passkontrolle und Zollabfertigung einen Kaffee getrunken hatte und ins silbrige Frühjahrsspiegeln des Novembermorgens hinausgetreten war, sagte mein Begleiter: „Ich habe noch etwas zu erledigen." Ich ging ein Stück mit, dann bat er mich zu warten. Ich sah, wie er hinter der braunen Stahltür eines der Flughafengebäude verschwand, über der ich die Aufschrift las: „Fire-brigade", „Feuerwehr." Nach fünf Minuten trat er aus der Tür. Die Koffer auf dem Gepäckwägelchen vor uns herschiebend, gingen wir zum Parkplatz. Es brauchte seine Zeit, ehe der Motor der alten viertürigen Limousine, ein australischer Wagen der Marke Holden, hustend ansprang. Es war Sonntag und kaum Verkehr. Wir fuhren ins Morgenlicht hinein. Als wir die Hauptstraße verlassen hatten und auf einen Landweg einbogen, sagte Taj Tekuana:

„Vor fast zwanzig Jahren habe ich hier bei der Flughafen-Feuerwehr gejobbt. Danach ein Jahr als Bauarbeiter an der neuen Frachthalle. Bis ich das Geld für den Studienbeginn beisammen hatte. Ich kriegte bald ein Auslandstipendium. Jetzt ist einer meiner Neffen Chef der Feuerwehr. Ein Faulpelz und Schläfer. Mit ihm habe ich heute Nacht aus dem Cockpit über Funk gesprochen. Ich habe ihm gesagt: ‚Brich den Streik sofort ab, damit wir landen können, oder du kriegst Schwierigkeiten mit mir!' Sie müssen wissen, Sir, dass bei den Maoris die Jungen auf die Älteren hören und ein unter Familienmitgliedern geäußerter Wunsch nicht abgeschlagen werden darf. Jetzt habe ich ihm die Leviten gelesen und ihm gesagt, er soll sich für den Streik was anderes einfallen lassen als die Tortur Unbeteiligter … Es ist nicht weit bis Maaretai", fügte er hinzu, „wir sind gleich da."

Ich machte mir meine Gedanken über die Einfachheit der Problemlösung, war dann aber mit den neuen, bei der schnellen Fahrt auf mich einstürmenden Empfindungen beschäftigt. Als die Wasserfläche des Tamaki-Isthums in mediterraner Bläue vor uns auftauchte, vergaß ich endgültig, Taj Tekuana nach den näheren Umständen des über die halbe Breite des Stillen Ozeans geführten Funkgesprächs mit dem Feuerwehr-Neffen zu fragen.

Und so stand ich dann, als wir auf das unter drei Königspalmen inmitten gerade erblühter Oleanderbüsche liegende, cremeweiß gestrichene Holzhaus meines Freundes Oliver Kirkness zufuhren, unerwartet schnell vor der letzten Überraschung. Sie begann damit, dass Oliver aus dem Haus trat, als hätte er unsere Ankunft für diesen Augenblick vorausgesehen. Er trug ein hellbraunes Flanellsporthemd und kurze, khakifarbene Hosen. Seine bloßen Füße steckten in Strandsandalen. Der hochgewachsene Mann hob lächelnd die Hand zum Gruß. Er kam über den Rasen auf den Wagen zugeschritten. Seine Haare glänzten wie gelbe Seide. Natürlich konnte keine Rede davon sein, dass Taj Tekuana einfach weiterfuhr, er habe, sagte Oliver, das Frühstück soeben auf dem Gartentisch unten am Ufer vorbereitet, wenn ihn, Taj Tekuana, die Zeit nicht dränge, sei er dazu eingeladen. So saßen wir zehn Minuten später zu dritt auf der Gartenterrasse unter den Palmen. Vom Dunkelblau der Wasserfläche vor uns strich eine Brise, die mich bis in die Finger- und Zehenspitzen prickelnd durchschauerte und mich nach dem langen Flug gleichzeitig zu entspannen und zu beleben begann.

Der Rest ist schnell erzählt.

Während Taj Tekuana bedächtig einen Zuckerwürfel nach dem anderen in der großen Kaffeetasse verschwinden ließ, erhob sich Oliver mit der Bemerkung, er habe ein Geschenk für mich vorbereitet, er sähe keinen Grund, es mir nach dem schönen Frühstücksgespräch nicht in Gegenwart unseres gemeinsamen Bekannten zu überreichen. Wir blickten ihm nach, wie er mit langem, lässigem Schritt über den Rasen zum Haus hinaufging. Ich sagte: „Oliver war ein erfolgreicher Geschäftsmann, er hat sich vor einigen Jahren hierher zurückgezogen. Wie einer, der seine Ernte einfuhr. Es gibt seit Jahren keine Begegnung zwischen uns, bei der er nicht eine Überraschung für mich bereit hält."

Ich hörte Oliver hinter mir aus dem Haus treten; während ich auf das Meer hinausblickte, hörte ich ihn näher kommen und neben mir stehen bleiben. In dieser Sekunde fiel mein Blick auf Taj Tekuana. Das Gesicht des Maori schien erstarrt zu sein. Es sah aus wie aschfarbener Stein. Ich wendete mich zu unserem Gastgeber und vergaß zu atmen. Mit einer seiner ausgeglichenen Bewegungen stellte Oliver die Christus-Statuette aus Kahurangi-Jade vor mich auf das Damasttischtuch. Der einzige Laut ringsum war das kaum vernehmliche Streichen des Windes in den Palmwipfeln über uns. Die Sonne lag voll auf der Statuette am Tischrand. Es sah aus, als begänne der Stein davon zu leben, zu wachsen und uns anzublicken.

Wie aus der Ferne erreichte mich Olivers Stimme: „Ich habe sie vor drei Wochen von einer Tante in England geerbt", sagte er, etwas umständlich die Worte wägend. „In der Beschreibung, die dazu gehört, las ich, dass sie von einem maorischen Meister unbekannten Namens stammt. Er habe seine Arbeiten mit dem Buchstaben K gezeichnet. Er sei, so der Text des Zertifikates, der Erste gewesen, der sich über die alte heidnische Maori-Ornamentik hinausgewagt und Christusfiguren geschaffen habe. Ein Kunsthistoriker, dessen Namen du auf dem Zettel lesen kannst, ein Mann von Ruf in seinem Fach, befand dazu, dass der Maori-Meister mit dem ungewöhnlich wertvollen Stück seinem Volk ‚eine neue spirituelle Dimension' erschlossen habe … Nun", sagte Oliver lebhafter, „weil ich weiß, wie sehr dich Dinge der Kunst erfreuen, fiel mir der Entschluss leicht, dir die Statuette als Willkommensgruß unseres schönen Neuseeland zu schenken. Ich hoffe, du weist sie nicht zurück."

Danach war es wieder so still, wie ich die Morgenfrühe nur an neuseeländischen Ufern erlebte. Wie hatte Taj Tekuana gesagt? Es gäbe hier Landschaften, durch die noch die Spuren der Schritte Gottes führten. Ich hatte mich erhoben. Es war nicht der Anflug eines Zögerns in mir, als ich sagte: „Oliver, deine Großzügigkeit fordert meine heraus. Ich weiß, du wirst sie billigen. Frag jetzt nichts." Ich griff nach der Statuette und wendete mich zu Taj Tekuana, der mit blutleerem Gesicht vor mir saß. „Die Seele deines Volkes", sagte ich, „ist nicht so weit draußen in der Welt, wie du fürchtest, Taj." Ich reichte ihm die Christusgestalt. Als ich flüchtig zu Oliver hinüberblickte, verneigte der sich leicht und lächelte.

Ich habe Taj Tekuana niemals wiedergesehen. Ohne ein Wort zu sagen, ging er an jenem Morgen den Gartenweg hinauf und am Haus vorbei – die Jade-Skulptur, die ihm sein Urgroßvater am Vorabend des Taifuns geschenkt hatte, in beiden Händen. Seine große, dunkle Gestalt wirkte wie ein Stück Erde des Landes, das seine Heimat war. Wir hörten den Motor hustend anspringen und den Wagen wegfahren. Wäre er in der verflossenen Nacht, überlegte ich, in Los Angeles nicht vor meiner, sondern vor einer anderen Sitzreihe stehen geblieben, würde ich die Jade-Skulptur jetzt mein Eigen nennen, ohne zu wissen, was ich in den Händen halte.

„Darf ich dir von dem Tee nachgießen?", fragte Oliver höflich. „O ja", sagte ich geistesabwesend, „er schmeckt sehr gut." „Es ist ein Darjeeling", sagte Oliver, „ein Castleton Muskatel. Zweite Pflückung. Ein ganz ungewöhnlicher Tee. Ich habe gestern Abend zwei Packungen davon geholt." Als sei nichts Ungewöhnliches vorgefallen, lud er mich ein, wieder Platz zu nehmen.

Auf dem Meer vor uns leuchteten Lichtstreifen wie von grünschimmernder Jade.

Der Frieden unserer Gesellschaft

Nach einer Literaturlesung im schönen Bibliotheksraum der Academia Romania di Roma gegen Ende des Jahres 2006 trat ein etwa fünfundsiebzigjähriger Mann von sportlichem Habitus auf mich zu, dessen Gesicht mir während der Lesung aufgefallen war. Knabenhaft schlank, grauhaarig, schmalköpfig, blieb er lächelnd vor mir stehen und sah mich erwartungsvoll an, als wollte er sagen: „Du weißt doch, wer ich bin." In vergleichbaren Lagen erfahren, bat ich ihn, noch ehe er ein Wort gesprochen hatte, um einige Geduld, bis mir die aus den Erinnerungstiefen steigenden Gesichter das seine zeigen würden. Es glückte. Ich nannte seinen Namen – Gunnar Hellquist. Wir umarmten uns, ich hörte, dass er – der in Bukarest geborene Sohn eines schwedischen Ingenieurs und einer italienischen Mutter – vor fünf Jahrzehnten aus dem Land seiner Geburt ausgewandert war, nach dem Studium der Finanzwissenschaft an der Mailänder Handelshochschule abwechselnd in Rom und Bonn gelebt und sich im Auftrag der UNO als Vertreter des römischen Internationalen Landwirtschaftsinstituts mit der Organisation der Beziehungen zwischen den beiden Ländern beschäftigt hatte. Deren Verhältnisse waren ihm, wie ich nach den ersten Sätzen erkannte, gleichermaßen vertraut. Mit einer vor wenigen Jahren verstorbenen Deutschen verheiratet, war er auf ihren Wunsch zusätzlich zum italienischen auch zum deutschen Staatsbürger geworden. Ein Plakat auf der nahen Piazza del Popolo hatte ihn auf meinen Literaturabend aufmerksam gemacht.

Wir verabredeten uns für den nächsten Tag zum Abendessen in der Taverna Vittorio am Ende der Via del Corso. Da die Professoressa Dottore Giulietta Navay zu uns trat, lud Hellquist sie in gewinnend weltmännischer Art mit ein. Die Zusage der geistreichen fünfzigjährigen Germanistin von der Università della Tuscia Viterbo, die den Literaturabend geleitet hatte, freute mich ebenso wie das Wiedersehen mit Hellquist, dessen ich mich von der kurzen Studienzeit in Bukarest her mit Vergnügen entsann; er war eines Tages ohne Vorankündigung aus meinem Gesichtskreis entschwunden – dunkel erinnerte ich mich, dass gerade zu jenem Zeitpunkt ein ungewöhnlicher Vorfall an der Universität von sich reden gemacht und ich Hellquists Verschwinden, ohne zu wissen warum, auf beunruhigende Weise damit in Verbindung gebracht hatte. Ich beschloss, ihn danach zu fragen.

Als wir uns zu dritt an einem Ecktisch in der Taverna mit der niedrigen gelben Balkendecke nach dem Essen bei rotem Montepulciano d'Abruzzo gegenübersaßen, brachte ich während des immer lebhafteren Erinnerungs- und Gedankenaustauschs die Sprache auf jenen Vorfall und bat Hellquist um Aufschluss, ohne zu ahnen, dass ich ihn damit zu einem die Signora noch viel mehr als mich mit Spannung erfüllenden Bericht anregen würde. Hellquist erzählte:

„Während meiner beiden Studiensemester in der ersten Hälfte der 1950er Jahre an der Universität Bukarest begegnete ich einem Lehrer, dessen Vorlesungen über Archäologie viel von sich reden machten und auch Studenten anderer Fächer anzogen. Ich gehörte zu ihnen.

Der Professor und mehrfache Ehrendoktor Marius Agomanides hatte sich mit Grabungen in der schon im dritten vorchristlichen Jahrhundert von den thrakischen Dakern besiedelten Terra Ultrasilvana – seit dem 14. Jahrhundert auf Deutsch Siebenbürgen – einen Namen gemacht. Seine Sicherheit im Erspüren von Fundorten an unerwarteter Stelle galt unter Mitarbeitern und Fachkollegen, so war mir gesagt worden, als ebenso ungewöhnlich wie seine Zuverlässigkeit in den Angaben zu Zeit- und Kulturumständen freigelegter Objekte; darüber hinaus verstand er es, sich in anschaulicher und fesselnder Weise über seine Arbeit auszulassen. Ich gehörte zu den Bewunderern des geistreichen, immer mit halber Stimme gesprochenen Vortrags und der überwältigenden Sachkenntnis des Fünfundfünfzigjährigen, dem das Lehramt zu entziehen die Behörde, wenn auch zähneknirschend, seines internationalen Rufs wegen zurückschreckte: Agomanides entstammte nämlich nicht nur einer alteingesessenen, angesehenen Gelehrtenfamilie, deren Mitglieder aus ihrer Ablehnung des neuen proletpolitischen Regimes kein Hehl machten, er selber hatte sich gelegentlich – ohne Ausfälligkeit, die nicht zu seinem Stil gehörte – im gleichen Sinne geäußert, was brandgefährlich war.

Da ich als Gasthörer bei keiner seiner Vorlesungen fehlte und zudem seinen Ausführungen mit jener Wissbegier folgte, die einem jungen Menschen den Lehrer nicht mehr eigentlich als Lehrer, sondern als Vertrauten erscheinen lässt, andererseits der erfahrene Lehrer sehr bald die Anteilnahme des Schülers erkennt, wunderte es mich kaum, dass er mir eines Tages nach Beendigung der Stunde unauffällig ein Zeichen machte, ihn in seinem Kabinett aufzusuchen – wie die Professorenzimmer hießen; ich nickte kurz. Neugierig, das Ansinnen des berühmten Gelehrten zu erfahren, schlenderte ich eine halbe Stunde lang durch die Korridore des alten Universitätsgebäudes, ehe ich sicher war, das Zimmer von niemandem beobachtet durch die dunkel gebeizte schwere Eichentür betreten zu können.

Der Professor saß am Schreibtisch vor dem rechten der beiden hohen Fenster, den Rücken dem Eingang zugekehrt. Meinen Gruß erwiderte er nicht. Es roch angenehm nach Büchern, die zu tausenden bis zur Decke hinauf in den Regalen an allen Wänden standen; die Stille nach dem Lärm auf den Korridoren ließ das Gefühl in mir wach werden, ich hätte eine Insel jenseits der Welt betreten. Nach vergeblicher Wiederholung meines Grußes näherte ich mich dem zurückgelehnt Sitzenden von der Seite, blieb aber im Augenblick darauf vor Schreck stehen. Die erschlaffte linke Hand – des Professors Linkshändigkeit war bekannt – hielt den geöffneten Füllhalter, dessen Goldfeder inmitten eines großen, weit über den Papierbogen ausgebreiteten Tintenkleckses steckte. Der Mund war leicht geöffnet, die hellblauen Augen starrten ins Leere. Als ich mich mit angehaltenem Atem vorneigte, schienen sie mich mit einer Eindringlichkeit anzublicken, vor der es mir kalt über den Rücken lief.

Der Professor war tot.

Den Gedanken, dem Verwaltungsdienst der Universität Mitteilung zu machen, verwarf ich sofort wieder, als ich links oben, unter dem Briefkopf, die beiden Wörter las, die der Professor geschrieben hatte: ‚Mein lieber H…‘ Plötzlich beherrschte mich die Vorstellung, dass der halben Anrede mein Name hatte folgen sollen. Ich überlegte nur kurz. Dann zog ich das Blatt unter der Hand hervor, die ich am Ärmel leicht angehoben hatte; die Goldfeder senkte sich in den aufs nächste Blatt durchgesickerten Klecks. Ohne mich noch einmal umzublicken, verließ ich rasch das Zimmer. Als ich auf dem leeren Flur um die erste Ecke bog und auf eine Menschengruppe stieß, bemächtigte sich meiner eine so starke Erregung, dass ich für einige Sekunden stehen bleiben musste, vom Gefühl gepeinigt, das in der Innentasche meines Sakkos steckende Blatt sei für jeden sichtbar und mein Name darauf vervollständigt worden.

Über die Umstände des Todes Professor Marius Agomanides’ war tags darauf in den Medien nichts zu lesen oder zu hören. Zwar erschienen allenthalben zum Teil ausführliche Würdigungen des um ‚die Erforschung der frühen heldenhaften Geschichte unseres Volkes‘ verdienten Gelehrten, der ‚durch Grabungsfunde und Textdeutungen Licht in vielerlei offene Fragen gebracht‘ habe. Doch der ungewöhnliche Umstand, dass er nach einer Vorlesung leblos vor dem Arbeitstisch seines Kabinetts gefunden worden war, blieb ohne Erwähnung. Eines eindeutigeren Hinweises darauf, dass es sich um einen Fall von erheblicher politischer Bedeutung handelte, bedurfte es für mich nicht. Das steigerte mein Gefühl, mich in der Nähe bedrohlicher Verhältnisse zu bewegen.

Dennoch fand ich mich vier Tage später beim Begräbnis auf dem dank des Romans eines Mannes namens Tudor Arghezi auch international bekannten Friedhof ‚Buna Vestire‘ ein, vom beunruhigenden Gedanken verfolgt, als Zeuge des seltsamen Ablebens ins Visier vorgeblicher kriminalistischer, mehr aber sicherheitsdienstlicher Untersuchungen zu geraten. Denn wer schon wusste, was dabei unter Umständen herauskommen würde? Ich sah mich in Gesellschaft vertrauter Professoren- und Kommilitonengesichter und hatte auch hier das Gefühl, allgemein als Empfänger der letzten Botschaft des Verstorbenen erkannt zu werden. Meine Lage war zu jenem Zeitpunkt einigermaßen brüchig, weil die Familie um die endgültige Ausreise aus dem Land angesucht und damit das Misstrauen der Sicherheitsbehörden auf sich gelenkt hatte. Da sich aber alle Befürchtungen nach einigen Wochen als gegenstandslos erwiesen, beruhigte ich mich.

Erst viele Jahre später – ich lebte längst in Italien – erfuhr ich, dass der Staatssicherheitsdienst Professor Marius Agomanides auf höchste politische Anweisung mit Hilfe von Polonium umgebracht hatte – die radioaktive Chemikalie war mit dem Mineralwasser in seinen Körper gelangt, von dem zu jeder Zeit einige Flaschen auf seinem Arbeitstisch standen. Noch ehe die Vorgänge öffentlich hätten diskutiert werden können, waren mir diese von einem ehemals intimen Kenner geheimdienstlicher Drahtziehereien bis ins Detail auseinander gesetzt worden. Ich sage ‚hätten diskutiert werden können' und spiele damit auf das heutigentags in bedrückender Weise immer kürzer werdende Gedächtnis der Menschen an. Damals wagte natürlich niemand die offene Diskussion. Und heute? Unsere Gewichtungen ändern sich immer rascher, und sie werden damit immer unverbindlicher. Dass sich solche Leichtfertigkeit rächen wird, steht außer Frage. Und gar schon ein halbes Jahrhundert nach dem Tod im Kabinett beschäftigt kaum jemanden das Schicksal des ermordeten Gelehrten. Ganz im Gegenteil, wie ich Ihnen zeigen werde.

Die Enthüllungen, die mir der angetrunkene ehemalige Oberst des Staatssicherheitsdienstes Wladimir Löprich viele Jahre später beim ersten Besuch in meiner Geburtsstadt Bukarest nach der europäischen Wende machte, ergeben zusammengefasst zunächst das folgende Bild:

Als sich Marius Agomanides im Jahr 1956 bei Arbeiten in der Nähe des im Südwesten Siebenbürgens liegenden Dorfes Gotatea nach der dritten Grabungsschicht weiterzuschaufeln entschloss, handelte er in Kenntnis des Verbotes, es zu tun. Die Anweisung der hauptstädtischen Zentrale, bei Freilegung dakischer Funde jeden weiteren Spatenstich sofort zu unterlassen, hatte ihn weniger geschreckt als die Neugierde des Forschers gereizt. Wohl war ihm der Hintergrund der Verfügung bekannt, derzufolge es keine älteren Spuren menschlichen Lebens in der umstrittenen Provinz geben durfte als die der Daker, weil aus deren Verbindung mit den Römern seit Kaiser Trajans Eroberung, wie die patriotische Lehre lautet, das Volk der Rumänen hervorgegangen sein muss. Doch für den Anspruch der Politik und Ideologie, Forschungsergebnisse zu bestimmen, hatte der Professor nur ein Verziehen der Mundwinkel übrig, auch wenn der dringende Wunsch dahintersteckte, die Abstammungsthese unter dem Motto: „Wir waren hier die Ersten!" als Schutz gegen Territorialansprüche eines Nachbarstaates zu nützen. „Mehr als jede andere hat die historische Forschung unserem Erkenntnisdrang nach Wahrheit zu genügen", hatte er während eines langen Nachtgesprächs in der Zeltunterkunft auf dem Grabungsfeld zu seinem jungen Mitarbeiter Eghidius Şlatan gesagt und dafür dessen lebhafteste Zustimmung geerntet. Şlatan war es denn auch, der ungeduldig drängte, keine Zeit zu verlieren und sofort mit der untersagten Weiterarbeit zu beginnen. Doch eben Şlatan, nicht nur Mitarbeiter, sondern auch Schüler und Vertrauter, ja sogar Bewunderer des Wissenschaftlers wie des Menschen Agomanides – eben Eghidius Şlatan sollte diesem zum Verhängnis, zum Schicksal werden.

Gemäß einem bewährten Archäologengrundsatz, dass sich die umtriebigen Menschen über Geschichts- und Kulturepochen hinweg immer wieder dort niederlassen, wo es andere vor ihnen schon taten, weil auch die den Ort der Bleibe nach dessen Vorzügen wählten, waren die beiden übereingekommen, in gebotener Heimlichkeit unterhalb der freigelegten, bis auf den letzten Grundmauern- und Dielenstein gesäuberten und aufgezeichneten Siedlungsreste weiterzugraben. Der von Ehrgeiz durchglühte, intelligente Eghidius Şlatan hatte denn auch eifrig die Gerätschaften herbeigeholt, als Erster zum Spatenstich in das von Agomanides bestimmte Erdreich angesetzt – und dabei zugleich den Älteren, der ihm Vorbild war, in wachsendem Maße beneidet: Dessen Mut zur gefährlichen Entscheidung, die Unbeirrbarkeit, mit der er zu Werke ging, und die ansteckende Schaffensheiterkeit fehlten ihm, der zu Unsicherheit, Geltungssucht und Düsterkeit neigte – was er wohl wusste und nicht zum ersten Mal als verzehrenden Makel empfand.

Nach drei Tagen Arbeit, für deren Dauer sie die in Gotatea angeworbenen Bauern beurlaubt hatten, wurde ihr Forschungshunger belohnt. Agomanides, der von früh bis spät mit Grabungsspaten und Spitzhacke den Boden durchwühlt und durchstochert hatte, rief Şlatan zu sich und sagte heiser vor Erregung, indem er auf eine Reihe deutlich erkennbarer Pfostenlöcher zeigte: „Sehen Sie! Auch die waren hier … Wisigoten, Westgoten. Sie sind der Wissenschaft seit langem bekannt. Aber hier? Hier fanden wir dieser Art bisher nichts. Die Pfostenlöcher sind typisch für ihre Bauweise." Ohne zu zögern, nahmen die beiden heimlich alle erforderlichen Vermessungen und Ortsbestimmungen vor, fotografierten die Fundstelle – und deckten diese danach wieder mit Erde zu, die sie feststampften.

Vielleicht wäre es für alles Weitere besser gewesen, nicht Agomanides, sondern Şlatan hätte die Entdeckung gemacht. Denn während dieser Tage gemeinsamer Arbeit muss den jungen Doktor Şlatan – wie er später in fast exhibitionistischer Freimütigkeit und eifernder Ausführlichkeit zu Protokoll gab – das bohrende Neidgefühl endgültig übermannt haben: Wieder ist Agomanides der Bessere! Wieder ist er der Erfolgreiche! Wieder bewege ich mich im Schatten des unerträglich seiner selbst sicheren Strahlemanns!

So kam es, dass Eghidius Şlatan in der Nacht nach Beendigung der verbotenen Grabung, während er dem Professor beim Verstauen der Aufzeichnungen, Skizzen und Filme half, den Entschluss fasste, geheime Anzeige zu erstatten gegen den „gesetzeswidrig und schamlos seine Sonderstellung als renommierter Wissenschaftler ausnützenden“ Archäologen. Was er, in die Hauptstadt zurückgekehrt, in einem ausführlichen Schriftsatz nach wenigen Tagen im Beisein zweier Sicherheitsdienst-Offiziere auch tat – „aus Gewissensgründen und Vaterlandsliebe, unsere Wissenschaft darf nicht Konterrevolutionären wie Agomanides überlassen werden“, wie er in gezielt verfänglicher Wortwahl unter billigendem Kopfnicken der beiden vermerkte.

Dabei nun erging sich der junge Şlatan in besonders breiter wie nachdrücklicher Ausführung über eine von Professor Agomanides während der besagten letzten Nacht gemachte Äußerung: Der Professor habe das Grabungsverbot der Regierung mit dem Befehl des Faschistenführers Benito Mussolini aus den dreißiger Jahren verglichen, den Ort der Schlacht von Cannae, wo Hannibal anno 216 v. Chr. die Römer vernichtend geschlagen hatte, entgegen jüngster archäologischer Forschungserkenntnisse keinesfalls mit der Flussebene des Celone unter dem Daunischen Apennin öffentlich angeben zu lassen – weil nämlich hier die Grabungen den Ruf von der römischen Soldatendisziplin im Angesicht des Todes Lügen straften. Die chaotisch und in Panik übereinandergetürmten Skelette der achtzigtausend römischen Gefallenen seien Zeugen kopflosen Verhaltens und Sterbens, die Ideale der faschistischen, sich auf die Römer berufenden Doktrin würden somit Schaden nehmen. Vielmehr sollte ein anderer, der Faschistenideologie angemessener Kampfplatz als Austragungsort der Hannibalschlacht benannt werden.

Von sämtlichen Punkten der Anzeige des Eghidius Şlatan war diese Gleichstellung kommunistischer mit faschistischer Vorgehensweise der schwerwiegendste. Der hinterhältigste. Der niederträchtigste. Was Şlatan kalt überlegend ins Kalkül gezogen hatte. Die Verblüffung der beiden Offiziere über die eloquente Denunziationsgeschwätzigkeit Şlatans war denn auch nicht gering.

Trotzdem glückte es den Beamten des Sicherheitsdienstes nicht, in den Besitz der Grabungsaufzeichnungen und -filme zu kommen. Denn schon am Tag seiner Rückkehr in die Hauptstadt hatte der kluge Professor das gesamte Material im Gepäck eines französischen Diplomaten nach Paris schmuggeln zu lassen. So blieben die Durchsuchungen an seinem Wohnsitz wie auch in der Universität ergebnislos, dienten aber dennoch nicht seiner Entlastung, weil sich auch in Paris ein Judas fand, der die Bukarester Behörde über den Schmuggel unterrichtete und sie den Namen Agomanides' wissen ließ.

Die beiden vormals einander verbundenen Archäologen begegneten sich niemals wieder. Der Sicherheitsdienst handelte rasch und ohne Bedenken. Den Professor wegen landesverräterischer Umtriebe zu belangen, verbot sich aus Sicht der Staatsmacht mit Blick auf den besonderen Hintergrund des Falles von selber. Eingedenk der „potenziellen ideologischen Unzuverlässigkeit" des Gelehrten schlug daher einer der Verantwortlichen – es war der Oberst Löprich – die „unauffällige und endgültige" Lösung vor. Das mörderische, einst von Marie und Pierre Curie entdeckte Polonium in einer der auf dem Arbeitstisch stehenden Flaschen „unterzubringen", war für die Beamten eine Routineübung.

Um der Form zu genügen und um ihn nicht dem Verdacht der Kumpanei mit der Sicherheitsbehörde auszusetzen – weil diese ihn noch brauchte –, wurde Eghidius Şlatan für eine befristete Dauer bei bevorzugter Behandlung in Gewahrsam genommen; damit wurde aufkommendem Gemunkel begegnet. Und schon drei Tage nach seiner Haftentlassung bezog der zum Professor berufene Şlatan das Arbeitszimmer – das Kabinett – Agomanides', des Mannes, mit dessen wissenschaftlicher und menschlicher Überlegenheit er nicht hatte leben können, dessen Lebensarbeit er sich aber nun, frei über den ganzen Nachlass verfügend, zu eigen machte. Und so wurde er noch während der Diktatur als der erste Gelehrte seines Fachs berühmt und wird erst recht seit deren Sturz von Universitäten und Medien in Ländern des Westens als ‚moderner Schliemann Südosteuropas‘, überdies im Blick auf die mehrmonatige Haft groteskerweise auch als Widerständler gegen die Diktatur herumgereicht. Nach Şlatans Opfer Marius Agomanides fragt hier niemand, und die Recherchen und Darstellungen des Feuilletons blieben bisher so oberflächlich und unseriös, dass sie mit den Tatsachen kaum etwas zu tun haben. Diejenigen aber, die dem verlogenen Unfug im Namen der Wahrheit entgegentraten, mussten sich als Friedensstörer beschimpfen lassen. Schließlich schwiegen sie …

In dem langen Gespräch, das ich im dritten Jahr nach der sogenannten politischen Wende mit Wladimir Löprich in einer Kneipe des Bukarester Vorortes Pantelimon führte – wo ich am Tischchen des Angetrunkenen einen Platz gefunden und mich unbeabsichtigt in der Rolle des Beichtvaters gesehen hatte –, sagte mir dieser, er habe seinerzeit die Beweggründe für Doktor Eghidius Şlatans Anzeige durchaus verstanden und gutgeheißen, o ja, den Vergleich jedoch mit dem Benito Mussolini, den hätte der sich sparen können. Danach habe ihn doch keiner gefragt! Nicht einmal er, Löprich. Ob ich den Namen Napoleon schon einmal gehört hätte, lallte der ehemalige Oberst. Nun, von dem stamme das Wort ‚Den Verrat liebe ich, den Verräter verachte ich …‘ Ich bestellte eine Flasche Wein für den Mann, bezahlte und verließ die Kneipe – bald darauf, nach meinem kurzen Besuch, auch die Hauptstadt nördlich der Donau.

Bleibt noch ein Nachtrag: Der abgetakelte Securitate-Oberst Löprich, in zurückliegenden Zeiten zur Gruppe der über Professor Agomanides' Schicksal entscheidenden hochrangigen Offiziere gehörend, lebt seit einigen Jahren als Nutznießer einer satten Altersrente in einer oberrheinischen Stadt nahe bei Mainz. Er heiratete eine ältliche Deutsche, der er als Touristin im Bukarester ‚Museum des Dorfes‘ begegnet war und der er von seinem Leiden in der Diktatur erzählt hatte, einer weit entfernten Verwandten meiner verstorbenen Frau. So wurde er im neuen Verwandten- und Bekanntenkreis als ‚politischer Märtyrer‘ eingeführt, ja, er ist gelegentlich, nicht anders als Professor Dr. Eghidius Şlatan, gern gesehener Gast deutscher

Medien, die beider Martyrium wortreich würdigen … Doch keine Silbe mehr hierüber! Der Frieden unserer Gesellschaft will auch in diesem Punkt nicht von lästigen Wahrheitsnarren gestört werden. Wir leben außerdem in rechtsstaatlichen Verhältnissen, und der Securitateoberst ging mit ordnungsgemäßen Papieren nach Deutschland. Was zählt alles andere schon? Lästig, sich mit ihm zu beschäftigen!

Den Papierbogen mit der – wie ich heute noch meine – mir geltenden Anrede habe ich vor kurzem einem in London lebenden Nachfahren Professors Agomanides' geschenkt, einem Mann gleichen Namens, auf den mich ein Freund aus Jugendjahren aufmerksam gemacht hatte."

Wir verabschiedeten uns eine Stunde vor Mitternacht. Gunnar Hellquist musste den Heimweg in Richtung des Ponte Umberto einschlagen, die Signora Navay bewohnte wie ich ein Gästezimmer in der Academia, die durch den westlichen Teil der Giardini Borghese zu erreichen war. Als wir auf der Pinienhöhe vor der Reihe der Schriftstellerbüsten angekommen waren, blieb sie vor einem der ausdrucksvollen Köpfe stehen und sagte: „Die Geschichte, die Ihr Freund erzählt hat – nun, wir befinden uns hier in einer Stadt, in der sie sich ungezählte Male abspielte." Im Licht der Bogenlampe über uns blickte ich sie fragend an. Ohne zu warten, fuhr sie fort: „Kennen Sie die Umstände des Todes Johannes Scotus Erigenas, des Philosophen und Mönches im neunten Jahrhundert? Seine Schriften über Gott und die Welt erzürnten den Heiligen Stuhl, und dessen treue und fügsame Diener wetteiferten darin, sich Roms Zorn schnellstens und untertänigst zu Eigen zu machen. Als sich der alte Johannes darüber verschreckt ins Kloster Malmesbury zurückzog, erdolchten ihn die eifernden Klosterbrüder mit ihren Schreibfedern." Im Weitergehen sagte die Signora Professoressa nach einer Pause: „Eiferer, Verräter, Mörder – eine abscheuliche, eine bedauernswerte Familie? Ich habe es nie recht entscheiden können." Nach ein paar Schritten fügte sie hinzu: „Wie sehen Sie das?"

Die Wiener Pendeluhr

Zu den unübersehbaren Bestandteilen meiner Kindheit – und den Erinnerungen an sie – gehört eine Stehpendüle aus dem Jahre 1821. Sie hatte ihren Platz auf einer mit der Jahreszahl 1791 versehenen Kommode im Wohnzimmer. Die Pendeluhr und das intarsiengeschmückte Möbelstück mit den drei ausbuchtenden Schubladen erschienen mir in meiner frühen Vorstellung miteinander verwachsen, obwohl die Uhr erst dreißig Jahre nach der Kommode entstanden war, was die Jahreszahl 1821 auf dem aus Kupfer gearbeiteten, mit Schnörkelwerk ausgestatteten Zifferblatt anzeigte.

Die Biedermeieruhr und das Empiremöbel aus der Zeit Goethes waren aber nicht nur nach Alter und Farbe verwandt – einem schönen schimmernden Braun mit Goldhauch, wie nur die alten Dinge es gelegentlich zeigen –, sondern ähnlich der Geige, deren Holz sich im Laufe der Zeit den Schwingungen der mit dem Bogen gestrichenen Saiten anpasst, hatte sich das Holz der Kommode in vielen Jahrzehnten so auf die Schläge der Uhr eingestellt, dass es deren Schwingungen übernahm und sie fortsetzte. Denn bei den viertelstündigen Schlägen erwachte der gemütvoll rundliche Leib der Kommode bei genauem Hinhören deutlich vernehmbar zum Leben, und indem er sich die hellen Glockenlaute aneignete, stattete er sie eine Oktave tiefer in seinen Resonanzräumen mit dunklen Ober- und Untertönen aus. So erhielt unser Zeitverständnis eine doppelte Gewichtigkeit. Abgesehen davon wurde mir das Zusammenwirken von Uhr und Möbel zum ersten ahnungsvollen Begreifen jener ganzheitstiftenden Kraft, deren Mirakel schon die Philosophen der Antike kannten.

Die Uhr war eine Arbeit der Wiener Schule aus der Zeit, als Wien sich zu Beginn des 19. Jahrhunderts mit zwei n schrieb: Wienn. Sie hatte ihre Vorläuferinnen bis zurück ins 16. Jahrhundert. Spätgotische schmiedeeiserne Hausuhren gehörten dazu, französische und süddeutsche Kaminuhren, englische Pendülen und jene kunstvollen Veilleusen, die nach 1700 in der Schweiz geschaffen wurden. Von allen lebte etwas in der Uhr meiner Kindheit und machte sie zusätzlich zu anderen Eigenschaften auch zu einer frühen Lehrmeisterin in europäischer Geschichte, als mir mein Vater eines Tages als Beantwortung der Frage nach der Herkunft des Kunstwerks ein Büchlein mit dem Titel „Alte Pendeluhren" auf den Tisch legte und ich mich in Text und Bilder vertiefte, die weit über das Thema „Uhr" hinaus führten.

Als Heranwachsender verlor ich die Uhr aus den Augen, nicht aber aus dem Gefühl. Sooft ich während bewegter Jugend- und späterer Jahre ins Elternhaus zurückkehrte, begrüßte sie mich mit unverändert freundlichem Kupfergesicht, mit dem schnell hin- und hereilenden, im halbovalen Schlitz zwischen eingravierten Ornamenten aufblinkenden Pendel und mit dem munteren Klang ihrer Viertelstundenschläge. Mich, den Ungeduldigen, mahnte überdies die Stetigkeit ihres Ticktack zu mehr Gleichmut in den Dingen des Lebens. Nur die Kommode fehlte eines Tages bei den Besuchen im Elternhaus, und mit ihr vermisste ich die Inständigkeit des in den tieferen Tonlagen aus dem Kommodenbauch beruhigend nachhallenden Klangereignisses: Die Eltern hatten das Möbelstück, wie manches andere, in den elenden Nachkriegsjahren veräußern müssen, um die hungrigen Mäuler der vielköpfigen Familie zu stopfen. Über den Verlust hatte uns die Mutter mit der gleichermaßen nüchternen wie einleuchtenden Feststellung hinweggetröstet: „Es gibt Schlimmeres."

Die Uhr überlebte als einziges Stück der Kindheit die folgenden Jahrzehnte sozialistischer Enteignungen und allgemeiner Verarmung. Als Erstem der Familie glückte es mir, aus dem unseligen Land westwärts auszureisen. Nach und nach folgten die anderen, bis wir schließlich um das Jahr 1970 herum in München die Wiedervereinigung feiern konnten. Im Familienkreis fehlte allein die Pendeluhr von 1821; sie mitzubringen, hatten die Gesetze verboten, denn sie gehörte, wie meine Schwester belehrt worden war, zum „Kulturerbe des Staates", obgleich ein Ururgroßvater sie höchst privat und ohne staatliches Zutun in Wien erworben und ins damalige Großfürstentum Siebenbürgen seiner Frau als Geschenk mitgebracht hatte. Aber auch diesmal, als die Rede auf sie kam, stellte Mutter, wie immer, das Richtige fest, sie sagte: „Es gibt schmerzvollere Verluste."

Die gab und gibt es mit Sicherheit. Doch trotz dieser Einsicht merkte ich vor meinem fünfzigsten Geburtstag, als mich die Mutter nach einem Wunsch fragte, mit leichter Wehmut und im Scherz an: „Was ich mir wünsche? Was denn schon – die Wiener Pendeluhr." Das war mir ohne viel Nachdenken über die Lippen gekommen – und machte mir sogleich klar, wie sehr ich mir den greifbaren Beleg für meine Herkunft und damit auch für meine Zugehörigkeit wünschte, wie unerlässlich er mir war. Alles, alles war uns in dem von der Diktatur verwüsteten südöstlichen Land abhanden gekommen, und mein Wunsch, wenigstens die Pendeluhr wieder in meiner Nähe zu wissen, kam einem späten Aufbegehren gegen erlittene Demütigungen gleich. Aber so schnell ich die Frage der Mutter beantwortet hatte, so schnell sagte ich auch: „Ach, vergiss es!"

Drei Monate später fuhren wir zu meiner mittlerweile verwitweten einundsiebzigjährigen Mutter in ein oberbayerisches Städtchen nahe der Grenze zu Österreich. Sie hatte darauf bestanden, den Geburtstag ihres Ältesten bei sich zu feiern. Meine Fassungslosigkeit verständlich zu machen, die mich beim Betreten des Wohnraums überkam, ist mir nicht möglich: Inmitten der Geburtstagspäckchen auf dem kleinen Ecktisch stand die Wiener Pendeluhr. Zwar einigermaßen mitgenommen von den Jahren der Trennung, ja beleidigt, wie mir schien, blickte mir das runzelig gewordene kupferne Zifferblatt entgegen, das Pendel bewegte sich nicht, trotzig verharrte es am tiefsten Punkt des Ovalschlitzes, und auch sonst machte die gut über hundertfünfzig Jahre alte Dame einen verwahrlosten, einen heruntergekommenen, einen erbärmlichen Eindruck.

Von meiner Schwester, die als Letzte das Land verlassen hatte, erhielt ich die Erklärung: Sie hatte die Uhr vor ihrer Ausreise einem zuverlässigen Nachbarn mit der Bitte um Aufbewahrung gegeben. Dem war als der sicherste Platz eine Mauerkonsole im feuchten Keller eingefallen. Des unterirdischen Dunkels und der schimmeligen Luft ungewohnt, außerdem zutiefst gekränkt wegen der unwürdigen Behandlung, hatte sich die Uhr aller ehemaligen Reize entledigt und blickte uns nun der Reihe nach hämisch an, als wollte sie sagen: Das hat eure Treulosigkeit aus mir gemacht, und jetzt habt ihr mich als alte, hässliche Vettel wieder!

Ich streichelte sie im Namen aller und sagte: „Ich kenne einen Meister, der dir deine Schönheit und die lebensfrohe Stimme wiedergibt." Nein, meine Wiedersehensfreude war nicht im mindesten getrübt – und sofort galt meine Frage den Umständen des Weges, auf dem sie über die große Entfernung hinweg und durch einige Länder zu uns zurückgefunden hatte. Wie war ihr, zum Kulturerbe des raffgierigen Staates erklärt, das Überschreiten seiner auf jedem Meter eifersüchtig und grausam bewachten Landesgrenze gelungen?

Die unglaubliche Geschichte erfuhren wir beim Begrüßungsumtrunk:

Auf meinen Geburtstagswunsch hin hatte Mutter, wie es ihrem Temperament entsprach, nach einem Tag des Überlegens die erforderlichen Papiere besorgt und sich ohne jemandem ein Wort zu sagen in unser Herkunftsland aufgemacht. Dort hatte ihr der biedere Nachbar nicht nur die Uhr übergeben. Von Mutter in ihren genau überlegten Plan eingeweiht, hatte er ihr auch alte, zerschlissene Frauenkleider, ein nicht mehr ganz neues Kopftuch und einen geflickten Tuchbeutel besorgt, in dem die Uhr bequem untergebracht werden konnte; die eigenen Kleider hatte Mutter der Frau des Treuhänders geschenkt. Dann hatte sie sich als angeblich Schwerhörige und des Sprechens nicht mehr ganz Fähige in den Zug gesetzt, erst recht dadurch bedauernswert, dass sie dank der entfernten Zahnprothese zu allem anderen auch nur noch unverständlich lallte. Solcherart gerüstet, war sie den Zollbeamten und Offizieren des Grenzsicherheitsdienstes entgegengefahren, den unansehnlichen Beutel zwischen den Knien, aus dem sie von Zeit zur Zeit Brotkrumen hervorholte und sich in den Mund schob, kichernd und unbedarfte Blicke um sich werfend, so dass alle Mitreisenden die offensichtlich geistesgestörte Frau bedauerten.

Meine Mutter war eine in jeder Lage besonnene, in Augenblicken der Gefahr kaltblütig entschlossen handelnde Frau, seit jeher in misslichen Lagen der ruhende Pol der Familie. Sie verlor weder jemals die Geistesgegenwart noch die Sicherheit in der Durchführung ihrer Entschlüsse, kurz, wir konnten uns immer auf sie verlassen. So vermochten wir uns beim Anhören ihres trocken vorgebrachten Berichts alle auf das anschaulichste ausmalen, wie glaubwürdig sie als zahnlose, muffelige Alte mit eingefallenen Wangen, Brotreste kauend und blöde lächelnd in der Eisenbahn saß, als die Gruppe stranggesichtiger Offiziere an der Grenze das Abteil betrat, um die Kontrolle der Papiere und des Gepäcks vorzunehmen. Angewidert – erzählte sie uns – habe ein Leutnant ihren Reisepass mit spitzen Fingern entgegengenommen, einen Blick hineingeworfen, ihn zurückgereicht und dem Kollegen vom Zoll mit gerümpfter Nase zugeraunt: „Las-o dracului pe bătrâna, c-arată a putoare“, „Lass die Alte zum Teufel, die sieht nach Gestank aus“, so dass der Zollbeamte nach kurzem Überlegen und einem einzigen Blick auf den Tuchbeutel zwischen den Knien meiner Mutter von einer Gepäckkontrolle abgesehen hatte. Damit war nicht allein der vor sich hin grinsenden „Alten“, sondern auch ihrer passlosen Begleiterin, der Wiener Pendeluhr, die Weiterreise anstandslos möglich. „Stellt euch den Lümmel vor“, sagte Mutter abschließend mit empörtem Blick in die Runde, „den Rotzlöffel, was der sich erlaubt hat! Fast wäre ich ihm über den Mund gefahren.“ Sie beruhigte sich und sagte dann lachend: „Hab ich die arroganten Kerle nicht schön hereingelegt?“

Es wurde ein fröhlicher Geburtstag; wir hatten die Uhr in die Mitte des Tisches gestellt, um den herum wir saßen. Wir lachten und erzählten viel – auch von der Lächerlichkeit, der sich die vermeintlich Mächtigen immer dann ausgesetzt sehen, wenn sie auf einen treffen, der den Mut und die Weisheit besitzt, ihnen als Narr entgegenzutreten.

Seit ihrem Wiederbelebungs- und Schönheitsbad bei jenem Meister steht die im einundsiebzigsten Lebensjahr Johann Wolfgang von Goethes geschaffene Wiener Pendeluhr – der Dichter hatte gerade den Roman „Wilhelm Meisters Wanderjahre" veröffentlicht – heute noch bei mir im Wohnzimmer. Sie überdauerte fast zweihundert Jahre Kriege, Revolutionen, Reichsuntergänge, massenmörderische Diktaturen mit Bestien in Menschengestalt an der Spitze und auch sonst alle Erbärmlichkeiten, zu denen sich der Mensch, Gott sei's geklagt, immer wieder hergibt. Sooft ich vor ihr stehe und ihr ins Gesicht blicke, macht sie mir bewusst, dass die Zeit unser aller letzter Richter ist. Und ihr unbeirrbares Gleichmaß gibt mir auch etwas von der Sicherheit wieder, die der Mensch nur in der Kindheit hat.

Der Oberst, der Franco totschlagen wollte

Ein Wort, eine Handbewegung, ein Blick können Botschaften enthalten, die uns mehr mitteilen als das Ergebnis langen Forschens. Auch wenn sich uns eine Erkenntnis als Summe vorausgegangener Suche mitteilt, ist es der Augenblick, der sie uns erschließt. Eines solchen erinnere ich mich mit besonderer Deutlichkeit.

Frühherbst in Spanien, zweite Hälfte der Jahre 1970 – Segovia am südlichen Rand Altkastiliens. Die Sonne brannte auf den Dächern, in den Straßen und auf den Plätzen der eintausend Meter über dem Meeresspiegel errichteten alten Stadt. Von Südwesten her, über die Sierra de Gredos, waren mir bei der Anfahrt die als Luftzug kaum spürbaren, jedoch beißenden Glutwellen entgegengestrichen. Die Fahrt durchs Hochland, über das ich mich im glasklaren Mesetalicht dem auf einem Felssporn emporragenden Ort genähert hatte, war zur Veranschaulichung eines Wortes des großen Miguel de Unamuno geworden: „Kastilien ist ein versteinertes Meer voller Himmel." Er hätte auch befinden können: „Voller brennender Himmel." Die Silhouette der Stadt, in der ich gegen Mittag eintraf, war mir vor dem hellen Blau des Gebirgszugs der Sierra de Guadarrama aus der Ferne wie eine Fata Morgana erschienen – mit dem über hundert Meter hohen Turm ihrer Kathedrale, der „Dama de las Catedrales", wie die Spanier diesen letzten gotischen Kirchenbau ihres Landes mit dem Turm von einzigartiger Schönheit nennen, der „Dame unter den Kathedralen".

Nur vierzig Kilometer südlich von Segovia liegt der Escorial. Ich würde ihn morgen wiedersehen. Er ist das größte Renaissancebauwerk der Erde. Viele Spanier nennen ihn das achte Weltwunder.

Hier das über zweitausendjährige Segovia. Dort der fünfhundert Jahre alte Escorial. Zwei Welten. Zwei Pole.

Dort, im Escorial, die in der Nacktheit des herrscherlichen Willens bedrohlich wirkende Masse der Granitquader – hier, in Segovia, die zwanglos von Busch- und Strauchwerk überzogenen alten Befestigungsmauern und -gräben der kleinen Stadt. Dort die lupenreine Geometrie des 270-mal-126-Meter-Grundrisses – hier die lebendige Unregelmäßigkeit des während zweier Jahrtausende wie ein Wald gewachsenen Ortsbildes. Dort die Strenge absolutistischer Unnahbarkeit von „erschreckender Kälte und unmenschlicher Härte", wie ein Reisender schrieb – hier die unbekümmert zugespitzten Kegeldächer und luftigen Türmchen des Stadtschlosses, des Alcázar. Dort die bis ins Letzte kalkulierte Perfektion eines Bauplans der kompromisslosen Einheitlichkeit im Geist des spanischen 16. Jahrhunderts – hier die temperamentvolle Begegnung römischer Antike mit den arabischen Formphantasien des Mudéjarstils, mit Romanik und Spätgotik …

Die überbordende, bewegliche Sinnlichkeit Segovias – und der in Totenstille aufragende, von unerbittlichem Regentengeist errichtete einsame Escorial: Kann es sein, dass Spanien der Gegensatz zweier Gesichter ist und nicht deren kontrapunktische Einheit? Und dies auf Schritt und Tritt: Die Großartigkeit der Almodovar-del-Rio-Festung in Cordoba – und die knabenhaft scheue Intimität der Cristo-de-la-Luz-Kapelle in Toledo. Die atemberaubende Enormität der über Pinien- und Kiefernwäldern aufsteigenden Burg Coco der Herren von Fonseca – und die gemütvolle Architektur Garovillas in der südlichen Estremadura. Das Bildnis der im majestätischen Gewand bis in die Wimpern hinein höfisch disziplinierten Königin Anna von Spanien, wie Alonso Sanchéz Coello sie malte – und das Bild ungezwungen gelöster Lebenshingabe des Paares unter dem Sonnenschirm, wie Francisco de Goya es schuf.

Nirgendwo auf unserem Erdteil gehen die heißesten Tage mit dieser Jähheit in klirrend kalte Nächte über wie in Spanien. Die „kälteste Vernunft und die glühendste Leidenschaft", schrieb der Kunsthistoriker Luis Felipe Vivanco, „leben in meinen Landsleuten unvermischt nebeneinander"; der US-Amerikaner Ernest Hemingway wusste vom „Charakter iberischer Gegensatzschroffheit". Im gleichen Zusammenhang notierte der in Madrid geborene Kulturhistoriker José Ortega y Gasset: „In Spanien hört der Stein nicht auf, Stein zu sein, doch er ist immer mit geistiger Spannung geladen." Vom aufbegehrenden Stolz als einer unverzichtbaren Eigenschaft des Spaniers lässt uns Schiller in „Don Carlos" wissen. Doch das spanische Gesicht der Maria in El Grecos Gemälde „Die Heilige Familie" spricht von erschütternd demütiger Warmherzigkeit.

Vielleicht aber glückte dennoch im Escorial – der nach dem Willen seines Erbauers Philipps II. Kloster und Palast, Akademie und Festung, Grabstätte und Machtzentrale, „Burg der Eucharistie" und „Thron der absoluten Monarchie", Danksagung also *und* Drohung zugleich sein sollte –, glückte dennoch in diesem imperatorischen Baukomplex an den Südhängen der Sierra de Guadarrama mit den zuchthausähnlichen Außenmauern, den Turmklötzen, den 1860 Räumen, darunter 300 Mönchszellen, den 1940 Türen und siebzehn Kilometern Korridor die Zusammenfügung der beiden Gesichter: jene „großartige Synthese spanischen Wesens", wie Vivanco vermutet. Denn hatte nicht im 18. Jahrhundert der Hieronymit Antonio Soler in einer der unwirtlichen Mönchszellen eben dieser abweisenden Architektur die in ihrer Feingliedrigkeit liebenswertesten Cembalosonaten der Musikgeschichte komponiert? Größere Gegensätze sind nicht denkbar, es gibt keinen zweiten Ort in Europa, wo sie so wie hier ohne jegliche Berührung nebeneinander stehen – die lähmende Gewaltigkeit des in den Jahren 1536 bis 1584 erbauten Klosterpalastes und die zwischen 1772 und 1783 hinter seinen Mauern entstandenen zerbrechlichen musikalischen Kostbarkeiten.

Ist dies Land die Unvereinbarkeit seiner beiden Gesichter? Wenn einer es also wissen will: Wo findet er Spaniens Gesicht? –

Ich wollte das Land endlich kennen lernen, aus dem in mütterlicher Linie eine meiner Vorfahrinnen stammt. Seit mir aus Großvaters Hinterlassenschaft ein Papier in die Hände gefallen war, auf dem der

Urgroßvater deren Namen, Geburts- und Todesdatum vermerkt hatte, trieb mich die Frage nach der kastilischen Wurzel um: Nach Elvira Ana Maria aus Kastilien, dem Land der Castillos, der Burgen, das sie zu Beginn des 19. Jahrhunderts unter ungewöhnlichen Umständen blutjung hatte verlassen müssen. Ebenso ungewöhnliche Umstände hatten mir lange, allzulange hindernd im Weg gestanden, nach und durch Spanien zu reisen, um auf der Spur der toledanischen Vorfahrin zu erkunden, wer sie war. Wie die Landschaft und das Land sind, aus denen sie kam. Wie ich die Menschen vorfinde, aus deren Art ich auf ihre, aber auch auf meine Art würde schließen können.

Es gehört zu den Seltsamkeiten meines Lebens, dass ich seit der Kindheit neben Mengen anderer Literatur mit Vorliebe spanische las – lange bevor der schriftliche Nachlass des Vaters meiner Mutter an mich kam und meine Spanien-Neugier endgültig weckte. Das stimmt mich bis heute nachdenklich. Zum Epos über El Cid, den Kompeador, zu Cervantes' Roman über Don Quichote und Reihen weiterer Dichtungen des Goldenen Zeitalters im 16. und 17. Jahrhundert – einschließlich der Bühnendramen der Lope de Vega, Calderon, Tirso de Molina – sowie den Romanen etwa Fenán Caballeros, Peredas im 19. Jahrhundert bis hin zur Lyrik des García Lorca und anderer gesellte sich später die Faszination durch die bildenden Künste. Ich kenne keine Malerei, deren geistiger Haltung und Gebärde ich mich innerlich näher weiß als die der Spanier. Allen voran Goya und Velásquez.

Dies alles machte es, dass mich bei der ersten Reise durch das Land ein Gefühl wie Heimkehr beherrschte. In ein Land, aus dem ich lange abwesend war …

Als ich an jenem Frühherbsttag Segovia erreichte, war ich seit über drei Wochen von Asturien bis Andalusien, danach kreuz und quer noch einmal durch Alt- und Neukastilien unterwegs. Ich hatte auf Madrids und Sevillas Straßen und Plätzen Frauen gesehen, deren Gesicht das Gesicht meiner Mutter, meiner Schwester, meiner Tochter hätte sein können: Ich habe die Spur der Elvira Ana Maria gefunden, dachte ich immer wieder. Die Betrachtung der „Sagrada Familia del Pajarito" von Bartolomé Esteban Murillo im Prado hatte mich die Zeit vergessen und die Atmosphäre der Zutraulichkeit, ja der Zärtlichkeit im Verhältnis der drei Gestalten zueinander – Marias, Josefs und des Christuskindes – mit einer zu Herzen gehenden Eindringlichkeit spüren lassen, die auch mir zum Grund langen Versenkens und Verweilens vor dem populärsten Bild der spanischen Malerei geworden war. Doch schon zwei Tage später war ich auf einem der vorderen Plätze der ältesten Stierkampfarena Spaniens in Ronda am Nordfuß der Serrania de Ronda wenn auch auf andere Weise, aber um nichts weniger von der Corrida de toros gefesselt worden, bei deren Austragung ein junger Torero durch kaltblütige Wendigkeit geglänzt hatte; das sekundenlange starke Gefühl, selber mit Stoßdegen und Muleta in der Arena zu stehen … In Madrid hatte mich die Intimität des Murillo-Gemäldes, in Ronda die Unerbittlichkeit der Corrida im Innersten beschäftigt. Löst Murillos blondes Christuskind, das dem vor ihm sitzenden Hund mit anrührender Geste die Preisgabe des hilflosen Vögelchens, des Pajarito, verweigert, im Mittel-, im Nordeuropäer die gleiche Sentimentalität aus wie im Spanier? Ich weiß es nicht. Aber ich weiß, dass der von edler Gefühlsaufwallung bestimmten Verständniskapazität des Mittel- und Nordeuropäers im Blick auf den blutigen Vorgang im Sand der Arena entschieden ein Riegel vorgeschoben ist. Erscheint Spanien den übrigen Europäern unverständlich, da es aus den zwei Polen seines Wesens kein Hehl macht? Aus deren Unvereinbarkeit?

Als verblüffend, als bestürzend empfand ich, indem ich mich innerlich dem Land und den Menschen näherte, die Bestätigungen meiner Art, zu sein. Ich erfuhr Erklärungen meines Verhaltens, das mich bis dahin beunruhigt hatte, weil ich seinen Ursprung nicht hatte zuordnen können. Auf den Spuren der Elvira Ana Maria bin ich in einer der beiden Kulturen angekommen, zu denen ich gehöre, dachte ich. Die Erregung, in die mich diese Erfahrung versetzte, hielt lange an. Vierzig Jahre später schrieb ich im Roman „Die Wiederkehr der Wölfe" ein umfangreiches, mit Leidenschaft erfühltes Kapitel hierüber.

*

Im Schatten des römischen Aquädukts, der auf seinem siebzehn Kilometer langen Weg hier in Segovia auf der Plaza Azoguejo mit fast neunundzwanzig Metern die größte Höhe erreicht, ging ich an jenem Frühherbsttag auf die vielen, bis weit in den Platz hinein aufgestellten Rundtischchen zu, die alle besetzt waren. Die Kellner der großen cafetería liefen zwischen den unter bunten Sonnenschirmen dösenden, schwatzenden oder zeitunglesenden Menschen hin und her. Mein Bedürfnis, möglichst bald einen café solo und ein Glas kaltes Wasser zu trinken, war so stark, dass mich die Aussichtslosigkeit, einen freien Stuhl zu finden, nicht abschreckte. An einem der jeweils mit drei Stühlen bestückten Tische entdeckte ich einen freien Platz. Dass sich die beiden Männer am Tisch fremd waren, erkannte ich sofort.

Der eine saß etwas steif vor einer Flasche Selterswasser und einem leeren Glas, auf dessen Rand eine Fliege spazierte, fächerte sich mit einem weißen Basthut Luft zu und sah nicht aus wie ein Spanier. Er war hellhäutig, dürr, sein Eierkopf zeigte eine Stirnglatze. Der andere lag lang ausgestreckt auf Stuhllehne und -kante, die abgeschabte Stoffmütze über dem Gesicht, die kräftigen, braungebrannten Arme vor der Brust verschränkt, er schien zu schlafen; das stoppelbärtige breite Kinn, die an den Knien ausgebeulte graue Hose und die zerlatschten schwarzen Slipper – das alles passte zusammen und ließ mir den Mann, aus welchen Gründen auch immer, sympathisch erscheinen, obwohl ich sein Gesicht nicht sah. Den Kaffee neben sich musste er längst ausgetrunken haben, die Reste davon klebten trocken in der Tasse. „Excusa", sagte ich zu dem Sitzenden und zeigte auf den leeren Stuhl. „O yes", sagte er rasch, „please yourself!" Während die Fliege vom Glas wegflog, über das Tischchen schwebte und sich im Innern der leeren Kaffeetasse des Schlafenden niederließ, bestellte ich das Gewünschte und setzte mich.

Von dem etwas laut gesprochenen „Please yourself" geweckt, schob sich der Mann auf der anderen Seite des Tischchens die Mütze aus dem Gesicht, richtete sich langsam auf und betrachtete uns, seine Tischgenossen; er starrte vor allem den Mann neben mir an, der sofort aufhörte, mit dem weißen Basthut zu wedeln. Die Fliege mit den glitzernden Flügeln setzte sich wieder auf sein Glas. Ich sagte: „Buenos dias." Auch diesmal etwas zu laut, sagte mein Nachbar: „Hallo!" Der Spanier nickte, zog die Mütze vom Kopf und rieb sich lange den Nacken, ehe er sich die Mütze auf die grauen Bürstenhaare stülpte. Er war ungefähr sechzig Jahre alt, hatte kaltblickende graue Augen, buschige schwarzgraue Brauen und ein eckiges Gesicht. Die fingerlange Narbe, die vom unteren Lid seines linken Auges schräg über die Nase bis nahe an den rechten Mundwinkel führte, schien das Gesicht in zwei Hälften zu teilen, verlieh ihm aber gleichzeitig eine nachdrückliche Geschlossenheit. Mit einer blitzschnellen Bewegung, die ich ihm nicht zugetraut hätte, da er den Eindruck eines bedächtigen Mannes machte, schlug er die Fliege tot, die sich auf seinem muskulösen rechten Unterarm niedergelassen und damit zu weit vorgewagt hatte. In seinem Gesicht hatte sich kein Muskel bewegt. Er saß so, dass ich seinen Kopf vor dem mächtigen Aquädukt sah; der Mensch mit dem Selterswasser hatte seinen Missmut erregt, das zeigte er ohne Scheu. Der kurze Dialog, zu dem es während der nächsten Minuten zwischen den beiden kam, beantwortete mir sowohl die Frage nach der Spannweite der Gegensätzlichkeiten in diesem Land als auch die nach ihrer Vereinbarkeit. Der Spanier verfuhr dabei, wie ich zeigen werde, unumwunden.

„Con su permiso", sagte er zum Eierkopf, woher, aus welchem Land käme er? Aus Texas, aus Houston, da sei er Professor, antwortete der Mann mit dem Basthut, den er sich aufs Knie gelegt hatte. Da keiner der beiden des anderen Sprache flüssig beherrschte, unterhielten sie sich bald auf Spanisch, bald auf Englisch, bald auf Deutsch. Was denn führte ihn aus dem schönen Texas nach Segovia, begehrte der Spanier zu wissen; er hatte sich die Stoffmütze so weit in die Augen gezogen, dass ihn, weil er der Sonne zugekehrt saß, das Licht nicht blendete. Seine dunkelgrauen Augen waren mehr zu ahnen als zu sehen. O yes, erwiderte der Amerikaner, er reise für sein Leben gern, da habe er halt den Weg auch hierher gefunden. Ah, sagte der Spanier, bueno, bueno, und ließ ihn nicht aus den Augen, und wie finde er Land und Menschen?

Sie unterbrachen sich, da mir der Kellner den café solo und das Wasser brachte, ich um die Rechnung bat und zahlte. Irgendetwas ist an dem Sechzigjährigen, dachte ich dabei, was der ein wenig zu laute und zu sorglose Ami nicht bemerkt, nein, er bemerkt auch nicht, dass er des Spaniers leicht gereizte Aufmerksamkeit eben aus diesem Grund erregt hat. Ich schüttete die sacarina, den Süßstoff, in den Kaffee, rührte um und wartete gespannt auf den weiteren Verlauf des Gesprächs.

„Wonderful!", rief der Amerikaner, „o yes, wonderful." „Und was heißt das?", fragte der Spanier auf Deutsch. „Well", sagte der Amerikaner, „die Freiheit – the liberty, the democracy … Nach den grauenhaften Jahren, horrible, mit dem Scheusal Franco, dem Henker Francisco Franco Bahamonde, der Bestie."

Ich trank von meinem café solo und dachte mir: He, der Eierkopf merkt aber auch gar nichts. Sieht er das gefährliche Augenfunkeln unter dem zerknautschten Mützenschild nicht? „Freiheit", rief er, „Demokratie" … Wie glücklich müssten die Spanier sein, den Tyrannen Franco endlich im Jenseits zu wissen, on the other world, sagte er, „o yes, auf der anderen Welt, den Hund…" Ganz und gar unbekümmert schwätzte der texanische Professor das über den Tisch zum Spanier hinüber.

Das ist zu viel, dachte ich gerade, als der Spanier mit einem plötzlichen Griff beider Fäuste den Tischrand packte und so heftig umklammerte, dass die Handrücken davon weiß wurden. Mit versteinertem Gesicht zischte er: „Hör mir zu, du texanischer Eselsarsch", etwas von „burro" und „culo" verstand ich, „hör zu und dann verschwinde: Ich war Oberst der Zweiten Republik und habe vom ersten bis zum letzten Tag gegen Franco gekämpft. Ich hatte von General José Miaja Menant den Auftrag, Franco zu fangen. Ich war jahrelang hinter ihm her. Für mein Leben gern hätte ich ihn gefasst und eigenhändig totgeschlagen. Um ein Haar wär's mir geglückt. Aber du vergisst, dass ich Spanier bin wie Franco! Noch ein einziges Wort über ihn, und ich stauche dich samt Hut und Hoden in die Pflastersteine unter dir. Hau ab! Deine Rechnung übernehme ich."

Als wir nur noch zu zweit am Tisch saßen, maß mich der Oberst mit dem Basiliskenblick der dunkelgrauen Augen, nickte, indem er dem Kellner zurief: „Noch einen Kaffee", und zog sich die Stoffmütze übers Gesicht, während er sich auf Stuhllehne und -kante in ganzer Länge ausstreckte und die Arme vor der Brust verschränkte. Hinter ihm erhob sich das zweitausend Jahre alte Bauwerk, das den Wetter- und sonstigen Unbilden der Zeiten getrotzt hatte. Ich trank den letzten Schluck café solo. „Que te vaja bien, Obras", „Mach's gut, Oberst", sagte ich und trat ins Licht des großen Platzes hinaus, dessen Bild vom dunklen Aquädukt beherrscht wurde. „Es war mir ein Vergnügen", knurrte der Oberst, ohne sich zu bewegen. Bis zu meinem Wagen hatte ich drei Minuten zu gehen.

Die Gegensätze begegnen mir in diesem Land auf Schritt und Tritt, dachte ich. Aber der Oberst, der Franco für sein Leben gern totgeschlagen hätte, machte mir in wenigen Sekunden ihre Vereinbarkeit klar. Tags darauf stand ich im Prado vor den Velasqués, Goya und Murillo und hatte das Gefühl, sie erst jetzt ganz zu begreifen.

Willi und die Bestien

Bei einem Gartenfest kanadischer Freunde auf einer Farm in der Nähe des Ortes Bancroft lernte ich um die Mitte der 1970er-Jahre einen Mann mittleren Alters kennen, den ich nach dem Ereignis, von dem ich berichten werde, niemals wiedersah, der mir aber durch einen ungewöhnlichen, über die Person hinaus aufschlussreichen Tick lebhaft in Erinnerung blieb. Panikartig von der Schrulle beherrscht, schien er in solchen Augenblicken keines klaren Gedankens fähig zu sein.

Der ungefähr fünfunddreißigjährige auf eine sympathische Weise temperamentvolle Willi – den Nachnamen habe ich vergessen – hatte schon zu Beginn des Festes meine Aufmerksamkeit erregt. Von allen Anwesenden, ob Frau oder Mann, war er beim verspäteten Eintreffen mit auffallend spontaner Herzlichkeit begrüßt worden. Dass der Grund dafür in seiner unbefangen heiteren Art lag, war mir erst nach und nach klar geworden. Zu jenem Zeitpunkt ließ mich noch nichts auf die tiefsitzende seelische Verletzung schließen, die der blonde, kräftig gebaute Mensch in sich trug und die der Grund dafür war, dass er gelegentlich alles ringsum vergaß.

Als sich die Gesellschaft gegen Mitternacht aufzulösen begann, hatte ich mich gerade eine Viertelstunde lang mit Willi unterhalten und erfahren, dass er seit einigen Jahren etwa siebzig Meilen entfernt eine Hühnerzüchterei betrieb, unverheiratet war und an den seltenen arbeitsfreien Tagen für sein Leben gern jagte. Ob ich ihn besuchen wolle, hatte er gefragt, es sei die Zeit der Lachszüge, der Laichwanderungen, der Oberlauf des Yellow River quelle in diesen Herbsttagen über von den Fischen, wir könnten gemeinsam für die Dauer eines Tages zum Lachsfang ausziehen und die Beute in seinem Blockhaus von „the limping Jack", vom „hinkenden Jack", zubereiten lassen; keiner kenne bessere Rezepte als der Alte. Er jage, war er eifrig fortgefahren, er jage mit dem Spieß, ausschließlich mit dem Lachsspieß, das sei zwar anstrengend, aber fair. Wir trennten uns mit der Abmachung, in drei Tagen zum Lachsfang aufzubrechen; ich würde rechtzeitig am Abend vorher bei ihm eintreffen, versprach ich.

Willi war, wie ich mir hatte sagen lassen, vor sieben Jahren aus Europa, aus Deutschland, nach Kanada ausgewandert, hatte zuerst als Tagelöhner rund um die Uhr geschuftet und gerackert, jahrelang hartnäckig gespart und so viel beiseite gelegt, dass er eine verwahrloste Hühnerzüchterei billig erstanden und binnen erstaunlich kurzer Zeit „auf Vordermann" gebracht hatte.

Die Fahrt zwei Tage danach durch die Weiten des welligen, bald von Wiesenflächen, bald von Wald mit hohem Baumbestand überzogenen Landes mit der Ruhe seiner langatmigen Rhythmen erhöhte sowohl mein Vergnügen an der für mehrere Wochen geplanten Reise kreuz und quer durch das riesige Land als auch die Freude auf das Wiedersehen mit meinem neuen Bekannten. Die Seen, an denen mich die Straße vorbeiführte, lagen wie von Silberdurchschüssen belebte blaue Spiegel vor den herbstbunten Wäldern.

Ich traf wie abgemacht gegen Abend auf dem Landsitz ein – so darf ich das Doppelblockhaus in Form eines großen L auf dem flachen Hang vor dem Waldrand nennen, den hier riesenhafte, breitkronige Ahorne bildeten; rechter Hand erkannte ich im Dämmerlicht Wirtschaftsgebäude nicht bestimmbarer Art. Während ich in großer Schleife zum Haus hinauffuhr, sah ich Willi aus der Tür treten. Er stand breitbeinig über der Holztreppe, winkte grüßend mit erhobenen Armen und rief, als ich aus dem Wagen gestiegen war: „Komm – the limping Jack hat schon aufgetischt, Rösthuhn mit Reis …" Der hinkende Jack, klein, dürr, mit flinkem Blick, war ein verwitterter Achtzigjähriger, dem Willi die Farm mit der vertraglichen Verpflichtung abgekauft hatte, ihm lebenslang Bleibe und Mitarbeit zu gewähren; dass er trank, erkannte ich auf den ersten Blick. Die beiden schienen ein Herz und eine Seele zu sein. Wir verbrachten den Abend zu dritt, ehe the limping Jack, nachdem er

Willi und mich auf den Kopf geküsst hatte, mit kleinen Schritten seines enorm o-bein-förmigen linken und des stocksteifen, kerzengeraden rechten Beins etwas wacklig die große Wohnküche verließ.

Zu diesem Zeitpunkt waren wir schon beschwipst. In der folgenden Stunde wurden wir es noch mehr. Wir setzten uns „zum Auslüften" auf die Eingangstreppe. Aus unerfindlichen Gründen sangen wir „O Tannenbaum, wie grün sind deine Blätter" und „Auf der Heide blüht ein kleines Blümelein", wobei Willi den Gesang kurz unterbrach, zum Wald hinter dem Blockhaus zeigte und die Wiederholung des „Tannenbaum"-Liedes auf den Text „O Ahornbaum, o Ahornbaum" forderte. „Du hast einen so schönen Bariton", sagte er und legte mir den Arm um die Schultern, „sing die zweite Stimme. So wie früher mein Vater … Mein lieber Vater …"

Es hätte also alles in allem eine friedliche kanadische Nacht werden können, wäre ich nicht auf den ganz und gar überflüssigen Gedanken gekommen, Willi zu fragen, woher und warum er ausgerechnet in diese Urwaldecke ausgewandert sei. „He!", schrie er plötzlich und fuchtelte dermaßen wild mit den Armen, dass er um ein Haar von der Treppe gefallen wäre, „he! Das wirst du mich nie wieder fragen! … Aus – aus Frankfurt an der Oder", brüllte er dann aber, „aus dem rotzroten kommunistischen Osten! Verstehst du? Durch den Stacheldraht gerobbt. Rechts und links die verdammten Einschläge der Schüsse. Ich hab' mir vor Angst in die Hosen gebrunzt. Nie mehr Osten, Mann! Nie mehr Osten! So weit weg wie möglich nach Westen! Da singt einer wie der Biermann: ‚So oder so, die Erde wird rot, so soll es sein, so wird es sein …' Soll doch den scheißroten Osten besingen, wer will! Aber ohne mich!"

Ich bemühte mich, Willis Wut auf den „rotzroten Kommunismus" und den berühmten politsingenden Barden zu besänftigen, trug den fröhlichen Blonden mit der Tenorstimme, während er „O Ahornbaum, o Ahornbaum" sang, in sein Zimmer, zog ihm die Schuhe aus, öffnete ihm den Hosenriemen und legte die Decke über ihn, als er schon schnarchte. „Nie mehr Osten so oder so, die Erde wird rot", hörte ich seine Stimme, ehe ich auf der Ledercoach in der Wohnküche einschlief, „so oder so, nie mehr Osten, so weit wie möglich nach Westen."

Als wir am Morgen aufwachten, hatte the limping Jack vom Spiegeleier-und-Speck-Frühstück bis zum Verstauen der hüfthohen Gummistiefel, der kurzen Lachsspieße und des Tagesproviants in Willis Geländewagen an alles gedacht. Heimlich beobachtete ich Willi während des Essens – o ja, er war wieder der Alte. Er strahlte Lebens- und Abenteuerfreude aus und drängte zum Aufbruch. The limping Jack winkte uns. Durch das Halbkreisloch zwischen seinen Beinen hindurch erkannte ich die Astknoten in der Tür hinter ihm, als Willi den Motor startete und ich kurz zurückblickte.

Nach zwei Stunden Autofahrt auf unebenen Teer- und Schotterstraßen durch den scheinbar endlosen Wald, an Seen mit Biberburgen und einem alten Elchhirsch mit riesigen Geweihschaufeln am Rand eines Moors vorbei erreichten wir den Oberlauf des Yellow River. Eine jener unberührten Landschaften breitete sich unerwartet vor uns aus, die in Europa kaum noch zu finden sind. Unter einem von Felsbrocken durchsetzten flachen Wiesenhang hielt Willi den Wagen an – links vor uns der Fluss, den wir in der Stille plötzlich rauschen hörten, rechts oben Mischwald, der sich dort bis zum Steinufer erstreckte. Die ziehenden weißen Haufenwolken ließen das Sonnenlicht in einer überschäumenden Fülle bald auf uns niederfallen, bald in großen Lichtflächen über die Wälder unter uns wandern. Wir legten die Jagdkleidung an und teilten die Stoßspieße auf.

Ungefähr hundert Meter oberhalb des Wagens stiegen wir an den letzten Felsbrocken vorbei ins Wasser, das hier in Stromschnellen rasch talwärts floss. Noch bevor wir die Strömung an den Beinen reißen spürten, sahen wir die rötlichen Lachsleiber in geschmeidigen, schnellen Bewegungen flussaufwärts drängen. Sekunden später fühlte ich die kraftvollen Stöße der Fische an den Unter- und Oberschenkeln. Ich war so überrascht von Nähe und Anblick der rings um uns neben- und übereinander gegen die Strömung schießenden Schimmerleiber, dass ich den Zweck unserer Ausfahrt vergaß. Die Berührung mit ihnen, die sich in einem fast unheimlich anmutenden wilden Drang zwischen und an meinen Beinen vorbei flussaufwärts kämpften, empfand ich als erregende elektrische Stromstöße. Erst als ich Willi schrittweit neben mir mit je einem der Spieße in den Händen nach beiden Seiten zustoßen sah, erinnerte ich mich unserer Absicht. Dann hatte auch mich das Jagdfieber gepackt.

Ich holte links und rechts aus und zielte mit den Metallspitzen auf die durch den Wassergischt an mir vorbei bergwärts stürmenden Lachse. Dass der scharfe Stahl an den Leibern wie an straff gespannten Muskeln abglitt, hatte ich nicht erwartet. Das reizte mich, es steigerte mein Jagdfieber zum Jagdrausch. Ich wuchtete die Spieße mit aller Kraft in die Fischleiber. Nach einer guten halben Stunde war ich mitten im tosenden, kalten Wasser nass von Schweiß, meine Handflächen brannten, meine Schultermuskeln schmerzten. Willi hatte drei, ich zwei Lachse erlegt, wir hatten sie ans Ufer geworfen und uns, der Jagd nun ganz verfallen, noch weiter hinauf und in die Flussmitte gewagt. Ich stand fast bis zum Bauch im Wasser, als ich mir die erste Verschnaufpause gönnte. Ich hob die Arme, um zu entspannen und kurz Luft zu holen – und erstarrte mitten in der Bewegung: Keine fünfzehn Schritte über uns, dunkel gegen den Himmel gezeichnet, war eine Gruppe von fünf Grizzlybären aus dem Wald ans Ufer und ins Wasser getreten. Eins der Tiere, noch in den Ufersteinen, hatte sich auf die Hinterhand erhoben und sich uns mit warnender Körpergebärde zugewendet. Die anderen standen im Wasser über uns und griffen mit schnellen Bewegungen nach den springenden Fischen. Die Bären wirkten wie Schattenungetüme. Ihre Lautlosigkeit ließ sie erst recht bedrohlich erscheinen.

Unfähig, einen Laut hervorzubringen und mich von der Stelle zu bewegen, stieß ich Willi mit dem Spieß an. Mit gerötetem, zornigem Gesicht blickte er auf – und war drei Sekunden später am Ufer. Beide Spieße wegwerfend, rannte er in weiten Sprüngen zwischen den Felsbrocken die Wiese hinab. Ich hinterher. In dem schwerfälligen

Gummizeug hatte ich das Gefühl, auf der Stelle zu treten. Das Herz hämmerte mir in den Schläfen, als ich den Lauf verlangsamte und kurz den Kopf wendete.

Die fünf Bären standen immer noch dort, wo ich sie zuerst erblickt hatte, alle hingebungsvoll damit beschäftigt, sich die Lachse im schäumenden Wasser zu greifen. Nein, die denken nicht im Traum daran, sich um uns zu kümmern, wurde mir schlagartig klar, nicht im Traum – du lieber Gott, wer sind wir denn schon! Im Gegenteil, das Hinterteil uns zugekehrt, hatten sie nichts anderes im Sinn als den Fang der wendigen Lachse. Welche Anmaßung von uns, schoss es mir durch den Kopf, anzunehmen, dass auch nur eins der großen Tiere sich um uns Hasenfüße kümmert! … Ich war so überrascht von der Erkenntnis, dass ich stehen blieb, mich an einen der Felsen lehnte und schallend zu lachen begann. Nein, dachte ich immer wieder und blickte zu den Grizzlys hinauf, was nur hatten wir zwei Jägerlein uns eingebildet! Unser labberiges Menschenfleisch könnte den herrlichen Tieren verlockender erscheinen als die edlen schlanken und knackigen Lachsleiber?

Aber Willi rannte immer noch wie um sein Leben. „Willi", schrie ich aus Leibeskräften, „Willi, so bleib schon stehen! He, die Bären kümmern sich nicht um uns!" Aber Willi rannte, fiel hin und rannte weiter. „Willi!", brüllte ich und dachte: Der rennt in seiner Angst sogar am Wagen vorbei ins Tal hinunter.

Erst in diesem Augenblick hatte ich eine Eingebung. Ich legte die Hände zum Trichter an den Mund und schrie: „He, Willi, du läufst nach Osten! Willi, nie wieder Osten!" Es war das Zauberwort: Willi blieb mit einem Ruck stehen, glitt noch ein Stück über die Wiese und bewegte sich nicht mehr. Bis ich bei ihm war, hatte ich mich orientiert – wir waren tatsächlich in östlicher Richtung gerannt …

Wir holten die erbeuteten Lachse. Keiner der mächtigen Grizzlys kümmerte sich um uns. Wir fuhren heimwärts und lachten während der Fahrt über uns, über die Welt, über unsere voreilige Angst vor den urigen Braunbären und unsere Selbstüberschätzung.

The limping Jack brachte ein saftig gedünstetes, mit einigen unbekannten Urwaldkräutern gewürztes Lachszauberwerk zustande. Wir tranken und schlugen uns nach dem aufregenden Tag die Bäuche voll. Gegen Mitternacht küsste the limping Jack jeden von uns auf den Kopf und wackelte bald o-, bald gradbeinig aus der Küche. „Komm auf die Terrasse hinaus", sagte Willi, „ich brauche Luft." Als wir im kühlen Nachtwind standen, fragte er plötzlich ernst: „Sag mal, wen hältst du für die größeren Bestien – die Grizzlys oder die …?" Er schwieg. Im Licht, das durch die Fenster auf uns fiel, sah ich das klare Blau seiner Augen glasig werden. Ich begriff sofort, was er meinte. „Ausgerechnet du fragst das?", erwiderte ich nach einer Weile, „ausgerechnet du?" „Sie schossen", sagte er, „als wir durch den Stacheldraht robbten. Ununterbrochen schossen die Schweine. Mein Vater war hinter mir. Sie schossen und fluchten. Als ich drüben ankam, war ich allein. Mein Vater lag durchlöchert im Verhau … Durchlöchert … Mein guter Vater …"

Ich verabschiedete mich am nächsten Morgen vor Sonnenaufgang von Willi. Ich wollte an diesem Tag bis Chelmsford nördlich der Georgian Bay fahren, wo mich Freunde erwarteten. Der Tag war diesig, stellenweise verhangen. Ich fuhr an den Bildern der abwechslungsreichen Landschaft vorbei, ohne recht Anteil zu nehmen. Erst als ich mich der großen Gewässerplatte mit dem Huron-, Michigan- und dem Oberen See näherte, hellte sich mit dem Himmel auch meine Stimmung auf. Es war später Nachmittag. Da erst fielen mir auch die Wurstbrote ein, die mir the limping Jack schön verpackt mit auf den Weg gegeben hatte.

„Grüß dich, Deutschland, aus Herzensgrund …“

Ich gestehe, an jenem 3. Oktober einige Male feuchte Augen bekommen zu haben. Die ins blaue Herbstlicht getauchte, purpurfarbene Wald- und Hügellandschaft, der glanzblaue Himmel darüber waren im Frieden ihrer Schönheit so überwältigend, dass ich mich vom Hauch des Schöpfers gestreift und von seiner Nähe bis ins Innerste berührt fühlte.

Von der Aussichtswarte des „Hirschsprungs“ hoch und steil über dem Tal war mein Blick fortgetragen worden nach Nordwesten über die Höhen des Thüringer Waldes, nach Nordosten übers Vogtland bis Plauen hin, nach Süden über die dunklen Tannen des Frankenwaldes. Ich hatte inmitten der Herrlichkeit gestanden, in ihre Farben und in die Bewegung der freundlichen Oktoberluft getaucht, eingesponnen ins sanfte Geschehen ringsum. Die Ergriffenheit hatte mich erfüllt, die uns im Herbst bisweilen überkommt, wenn wir im Park ein erstes Blatt fallen sehen oder beim Blick über Wiesen und Felder die Verfärbung als einen Vorgang begreifen, der uns betrifft.

Nein, als ich an jenem 3. Oktober entlang der Selbitz aus dem Franken- in den Thüringer Wald durch das Höllental von Deutschland nach Deutschland wanderte, über die deutsch-deutsche Grenze vierer Jahrzehnte, fiel das Verwirrende, das ich mitgebracht hatte, bei jedem Schritt spürbarer von mir und versank gleichsam im Halbdunkel des Schattengestrüpps der nassen, moderigen Taltiefe. Die Roteichen, Fichten, Ebereschen, Ahorne und Buchen, vom flüssigen Gold des Lichts durchwirkt, nahmen mich mit der Unmittelbarkeit einer starken Gegenwart unwiderstehlich in ihre Brüderschaft auf. Mich überkam ein tiefes Glücksgefühl. Warum soll ich es verschweigen? Ich bin der Natur von jeher verbunden, das war immer so in meinem Leben.

Und wieso denn auch, dachte ich und trat über den moos- und flechtendurchwachsenen Grund der Talbiegung, wieso denn sollte ausgerechnet ich abgebrühter sein als die hartgesottenen Reporter, denen es nach eigenem Bekunden schon am 9. November des vorangegangenen Jahres vor der Berliner Mauer „wie ein Knödel im Hals" gesessen hatte und denen elf Monate später – wie sie abermals freimütig ins Mikrophon sagten – in der Nacht zu jenem 3. Oktober „die Sprache erstickte"? Ich hatte in meinem Leben das Glück, mich nicht so weit in die Knie zwingen lassen zu müssen, dass mir nur noch Kaltschnäuzigkeit als Antwort übrigblieb, und ich hatte seit dem Jahr 1949 keine Stunde weder den westlichen noch den östlichen Staat der Deutschen anders denn als Teile eines Ganzen begriffen. Auch da war ich zum Abgebrühten und Hartgesottenen, zum deutschen Zynismus untauglich.

So kommt es, dass ich mit dem Aufschrei des jungen, in der französischen Hauptstadt lebenden deutschen Schriftstellers nicht das Geringste beginnen konnte: Paris, Florenz, ja, das empfinde er als unerlässlich – aber was um alles in der Welt könnte ihn zwischen Ostsee und Thüringen, der Oder und Neiße und dem Harz, was im Osten könne ihn dazu veranlassen? … Was der nicht begreift, dachte ich und ging durchs trocken duftende Laub des hochgelegenen Windbruchs auf der östlichen Talseite, ist der Umstand, dass sich die Frage so ja gar nicht stellt. Denn Europa kann ohne Dresden, Weimar, Naumburg und Potsdam eben so wenig Europa sein wie ohne die Île de France, Kastilien oder die Toskana, ohne Kiews Sophienkathedrale, Warschaus Schlossplatz, Königsbergs Uhrmacherhaus, die Moldauklöster oder Prags Sankt-Veits-Dom. Es geht nicht um die nationale Provinz: Es geht um Blick und Gespür für den Organismus kontinentalen Kulturzusammenhangs. Und kommt bei solch selbstgefälliger Distanzierung vom östlichen Europa nicht vor allem wieder jener verhängnisvolle spießige Dünkel des Westeuropäers zum Vorschein, der einst bei Gobineaus Rassenlehre begonnen und bei Günthers mörderischem NS-Gefasel vom „östlichen Untermenschen" geendet hatte? Schon gar nichts beginnen konnte ich mit der ahistorischen Trauer all der anderen deutschen Dichter in West und Ost über das wiedervereinte Land. Allein der Kärntner Peter Handke sprach von der Erlösungsfreude „der geknechteten und getrennten Völker des Kontinents". Es ist nicht meine Trauer.

Oh, Deutschland, deine leidenden Dichter-Asse des ausgehenden Jahrtausends!, dachte ich auf der Wanderung durchs Höllental unterwegs vom Dorf Hölle im Fränkischen ins Dorf Blankenstein im Thüringischen. Über die Grenze hinweg, die mehr war als eine Grenze.

Denn ist der graue, doppelmannshohe Blechgitterzaun am Todesstreifen mit Türmen und hinterhältigen Schussanlagen nicht der Lindwurm aus der Sage?, dachte ich. Der ekle, viele hundert Kilometer lang gewundene Gift- und Hornleib, der sich aus der Lübecker Bucht durch das Norddeutsche Tiefland, bergauf, bergab durch den Harz und den Thüringer Wald bis in die Ausläufer des Erzgebirges erstreckt? Unheimlich wie eh und je sein Schuppenrücken bei Regen oder Sonnenschein, furchteinflößend im Sommer, im Winter, bei Tag und bei Nacht. Schlangenhafte Ausgeburt, die sich durch die Albträume des Kontinents windet, seine Ängste wach hält, seine Gedanken entstellt, ihn auslaugt und um das innere Gleichgewicht bringt. Die Sage ist keine Sage, dachte ich und stieg in den Lichtspielen unter den Birkenkronen die steile Tallehne hinauf. Der Lindwurm ist immer da. Seine Scheußlichkeit ist unentwegte Gegenwart. Die Sage – das sind wir. Der Lindwurm geht mitten durch uns hindurch. Die Mythe ist uralt.

Wir saßen im Garten des Holzfällers in Blankenstein. „Da waren Sie all die Jahre gut bewacht", sagte ich und zeigte auf das Turmgespenst, das von der schrittnahen Grenze in den Garten am Hang blickte. „Hm", sagte der Mann mit den mächtigen Fäusten und nickte langsam vor sich hin, „kein übler Platz hier …" Er blickte zum Blankenberg hinüber, unter dem sich der lodernde Herbst beim Austritt der Selbitz aus dem Höllental im Waldkessel zu einem Fest der

Farben ausgebreitet hatte. Mit dem Kinn zeigte er am schwarzen Wachturm vorbei auf das herrliche Bild und sagte: „Aber das – das bleibt." Er schaute nach rechts, nach links; so weit das Auge reichte, lagen Hügel, Berge, Täler und Wälder in den Herbstfarben. Dann sagte er: „Gold ist die Farbe der Ewigkeit, hab ich in einem Buch gelesen …" Woran er dabei dachte, blieb sein Geheimnis.

Ich weiß nicht mehr, wieso ich wenige Minuten danach unter dem aus der Nähe vollends fratzenhaft wirkenden Späh- und Schießturm der Grenzanlage den beiden Paaren mit den Kindern, die sich auf ihren Jacken im Gras zur Rast niedergelassen hatten, so nahe kam, dass ich jedes ihrer Wörter verstand. Sie redeten halblaut miteinander. Ich wollte, obschon fasziniert vom Betonmonster, dem erboste Menschen die Draht-, Armaturen- und Kabeleingeweide herausgerissen hatten, wieder gehen, weil ich mir wie ein Lauscher vorkam. Aber dann, ohne hingehört zu haben, hatte ich's aufgeschnappt.

Die vier saßen auf der sonnigen Hanglehne, die Kinder sprangen um sie herum. Ich hatte das knappe Knallen gehört, mit dem der Korken aus dem Flaschenhals gesprungen war; mit halbem Auge sah ich kurz, wie sie die Becher füllten. Und ich wäre an diesem Tag, dessen traumhafte Herbstmilde mich wie ein Sog an sich gebunden hatte, zutiefst verletzt gewesen, hätte mich auch nur die Andeutung eines falschen Tons erreicht. Nein, im Gegenteil, sie senkten die Stimmen. Der Umtrunk galt ihrer Freude. Es war eine Feier unter Freunden. Keinem stand der Sinn nach fetzig grellem Fanfarenton. Ich sah, wie sie sich einander zuneigten und anstießen. Fast leise hörte ich sie zueinander sagen: „Auf Deutschland!"

Ich bestieg das Innere des Turms. Nun erst recht wollte ich seiner Ungeheuerlichkeit nicht ausweichen.

Als ich eine Stunde später auf dem Lavastein einer der westlichen Anhöhen hoch über dem Höllental stand, wieder ins Licht gehoben, wieder den bunten Wald unter, neben, über mir, übermannte mich von neuem die Nähe des gesegneten Tages. Dies sei, hatte ich in einem klugen und kenntnisreichen Buch über die Landstriche gelesen, in denen sich Franken und Thüringen treffen, dies sei eine Landschaft der großen deutschen Romantik gewesen, von ihren Dichtern entdeckt, durchwandert, geliebt und besungen. Vielleicht so, wie der oberschlesische Freiherr Joseph von Eichendorff es in seinem Gedicht „Heimweh" einst tat – so ganz und gar aus der dankbaren Erfülltheit seines frommen Herzens heraus bei der Begegnung mit Gottes schöner Schöpfung: „Da steig' ich in stiller Stund auf den höchsten Berg in die Weite, grüß dich, Deutschland, aus Herzensgrund!"

So, genau so war mir an jenem 3. Oktober zumute gewesen bei der Wanderung aus dem Frankenwald in den Thüringer Wald, als ich durchs Höllental von Deutschland nach Deutschland, von Europa nach Europa ging. Und um keinen Ton anders wünschte ich mir den Gruß an seine Menschen in aller Zukunft. So leise und behutsam, wie die beiden Paare es beim Zutrunk einander gesagt hatten, so weitab jeden Trommelwirbels und Fanfarengeschmetters – so zivil und privat, wie es Joseph von Eichendorff einst in die Feder geflossen war.

Fahrt durch die Nacht

Überfallartig hatte mich der Gedanke beherrscht: Du musst dabei sein! Wenn jetzt eine jener Kreaturen deinen Weg kreuzt, die dich angespuckt, gebunden, dir Ketten angelegt und dich im buchstäblichen Wortsinn mit Füßen getreten, dir die Würde genommen und neben dir den Freund erschlagen haben, dann bist du in dieser Stunde vor Gott und den Menschen befugt, ihr auf offener Straße an die Gurgel zu fahren und mit dem erstbesten Pflasterstein die Schädeldecke zu zertrümmern …

Verlauf und Ausgang des Unternehmens, auf das einzulassen ich mich von einem Augenblick auf den anderen entschloss, waren ungewiss, ich wusste es. Aber das Gefühl, das *musst* und das *wirst* du jetzt tun, überwog die Bedenken – was sich jetzt dort abspielt, ist Teil auch deines Lebens, nicht dabei gewesen zu sein, wirst du dir nie verzeihen; wenn irgendwo auf der Welt, dann ist dein Platz jetzt dort. Ich handelte nicht in einem Erregungszustand. Mich beherrschte allein der Zwang, keine Minute verlieren zu dürfen.

Ich habe auch im späten Rückblick – zwanzig Jahre nach den Ereignissen – keine bündige Erklärung für dies unerwartet in mir aufbrechende „Du-*musst*-dabei-sein!“, das mich mitriss, dies „Es-ist-die-Stunde-auch-*deines*-Lebens!“, das mich vor sich her spülte. Mich übermannte. Oder mich jagte. Ich hatte ihm nichts entgegenzusetzen. Noch niemals war ich mir einer Entscheidung so sicher gewesen, noch niemals so wie jetzt von der Vorstellung durchdrungen: Du stehst im Drehpunkt deiner Existenz, es wird künftig für dich nur noch das Davor und das Danach geben.

Dass sich ebenso unvermittelt Gefühle des Hasses und der Wunsch nach Rache dazumischten, versetzte mich in einen Zustand des Rauschs. Sie zu unterdrücken, fiel mir nicht ein. Nur ein flüchtig überraschtes Verwundern war da, als ich sie mir eingestand. In keiner

Lage hatte ich je Hass und das Bedürfnis verspürt, mich für etwas zu rächen, das „Auge um Auge" ist mir fremd. Ich gestehe, darin gelegentlich einen Mangel an Persönlichkeit, eine Schwäche des Charakters gesehen zu haben – jedesmal wenn Menschen meiner Umgebung von Hass und Rachsucht stark im Ertragen, ja unbezwingbar geworden waren. Meine Unfähigkeit dazu hatte mich irritiert.

Und jetzt erst, da mir dies Verlangen bewusst wurde, gab ich mir auch Rechenschaft über das Ausmaß der inneren Verletzungen, die mir während all der Jahrzehnte zugefügt worden waren. Sie zuzugeben, hatte ich bisher verdrängt. Nun brachen sie wie alte, nicht verheilte Wunden auf. Die Erinnerung an sie begann jede andere Überlegung hinwegzuschwemmen. Es war, als schreie mich jemand aus dem tiefsten Innern an: Der Zahltag ist gekommen!

Plötzlich packte mich die Angst, ersticken zu müssen, sollte mir der Wunsch unerfüllt bleiben, zum Mörder zu werden. Dies irae, dies illa! Denn dieser Tag ist ein Tag des Zorns!

*

Seit einer halben Stunde fuhr ich allein über die Autobahn. Seit einer halben Stunde war mir kein Wagen entgegengekommen. Keiner hatte mich überholt. Die Leuchtzeiger hinter der Scheibe im Armaturenbrett nahm ich nur halb wahr, als ich – kaum bewusst – die Anzeige „Sankt Florian" las. O ja, Anton Bruckner, die Neunte, d-Moll, die kosmische Geste des ersten Satzes, die unfassbare Verklärung im Adagio des dritten Satzes; mit der Ungeheuerlichkeit, zu der allein der Naive fähig ist, widmete er das Werk „dem lieben Gott". Irgendwann – gegen 22 Uhr 30? – links die Lichter des Stiftes Melk. Grablege der Babenberger, dachte ich, unwillig darüber, dass es mir einfiel, zehntes Jahrhundert. Bald danach leuchteten die Buchstaben des Wegweisers „Wien Süd" im Scheinwerferlicht auf. Dann Abbiegung rechts, leicht bergan. In ausholenden Straßenschleifen ins Wiener Becken hinab. Ich ahnte die Schwarzkiefern des Wienerwaldes ebenso wie die zum Greifen nahe Wolkendecke über mir. Die eisige Dezembernacht ein riesiger Baldachin aus übereinander gelegten Finsternissen. Die Undurchdringlichkeiten ringsum hatten etwas von großartiger Drohgebärde. Die Autobahn auch hier leer. Um die Geschwindigkeitsangaben kümmerte ich mich nicht. Dann blieb links das Geflimmer Wiens, danach das Glühauge auf dem Kontrollturm des Schwechater Flughafens zurück. Irgendwann kam mir ein Laster mit Oberleuchten entgegen. In letzter Sekunde wahrgenommen die Hinweistafel: Links Pressburg–Bratislava, rechts Budapest. Aha, der Grenzübergang bei Nickelsdorf ist nicht mehr weit … Nein, nichts hält mich jetzt auf, dachte ich. Niemand! Ich fuhr nach rechts. Geradewegs in die südöstliche Schwärze hinein.

*

Dicht gedrängt die tanzenden, lachenden, singenden Menschen auf der Berliner Mauer … Immer mehr. Von den oben Stehenden an Händen und Armen hinaufgezogen. Sie hatten kaum noch Platz. Die deutsch-deutsche Mauer. Nicht so alt, nicht so lang, nicht so hoch: der Welt aber nicht weniger bekannt als die chinesische. Die aufgewühlten Gesichter, die aufgerissenen Augen der viertausend auf dem Hof der Prager deutschen Botschaft – blutjunge Eltern mit Säuglingen auf dem Arm, herumhüpfende Kinder, fassungslose Großmütter. Die fünfzigtausend in Ungarn … Und in Berlin oder Dresden die unbelehrbar sozialismusbegeisterten FDJ-Zöglinge und ihre drauflosknüppelnden uniformierten Gesinnungskumpane mit den gefährlich leeren, nichtssagenden Stasifressen. Aus welcher Manipulationsmasse nur rekrutiert sich derlei? Doch das in regelmäßigen Abständen dagegen anrollende Grollen der hunderttausend in Leipzig: *Wir* sind das Volk! Wir sind *ein* Volk! Der mit hochroter Stirn und labberigem Unterkiefer stotternde SED-Politbüro-Genosse Schabowski. Das Feuerwerk im Nachthimmel über dem Brandenburger Tor. Gleich einem lahmenden Arm der emporschwenkende

Schlagbaum am Grenzübergang Bornholmer Straße Richtung Wedding. Massen aus Alt und Jung, aus Blond und Braun und Grau wälzen sich westwärts. Eingezwängt zwischen den Drängenden die Trabbis. Wie zu groß geratene Streichholzschachteln. Das Geschrei deckt ihr Tuckern zu. Um Mitternacht der Anruf meines Bruders aus Berlin. Die heisere Stimme: „Ich habe auf der Mauer gestanden! Bruderherz, ich habe ihr auch in deinem Namen einen Tritt versetzt und die Menschen umarmt!“ Sein Aufschrei – ein Schrei, wie ich ihn kein zweites Mal im Leben hörte: „Bruder, sie sind erledigt! Endgültig erledigt! … Verstehst du, hörst du mich? Erledigt! …“ O ja, er wusste, wovon er sprach. Im Unterbewusstsein Namen wie Gorbatschow, Schewardnadse, Walesa, Wojtyla, Reagan, Kohl … Gott segne euch! … Der deutsche Außenminister Genscher, Hans-Dietrich, auf dem Balkon des Botschaftsgebäudes im hunderttürmigen Prag … Sinnlos baumeln vor den grünen Uniformblusen der ungarischen Grenzer die Maschinenpistolen, während ihre Drahtscheren an jenem 19. August 1989 unverdrossen mit den Spitzen nach Westen in den Stachelverhau hineinbeißen; der Ungar Horn und der Österreicher Moick hatten es ihnen vorgemacht. An ihnen vorbei die stolpernden, taumelnden, ungläubig durch die Zaunbreschen torkelnden, bis gestern vom alleinseligmachenden Kommunismus beglückten Menschen – ihre Körpersprache verrät die Angst, die ihnen die Jahrzehnte seiner Monstrosität einbläuten. Nun aber reißt die Atemlosigkeit des Finales sie mit, die Hoffnung auf den erlösenden Dur-Akkord hetzt sie voran. Sie laufen immer schneller. Viele mit den Gesten von Irren. Mit vors Gesicht gepressten Händen. Mit rudernden Armen, Vögeln gleich, die endlich ihre Flügel gebrauchen dürfen … Gott segne euch! Ach ja doch, auch die Zitterfistelstimme des heillos im Gestrüpp des Sozialismus hängen gebliebenen Genossen Ersten Sekretärs Honecker, Erich … Und all dies im Feuerbereich von zehntausend zwischen der Mecklenburger Bucht und dem Thüringer- und Böhmerwald einsatzbereit stationierter Panzer der Roten Armee! Im

Befehlsbereich bald vor Wut bebender, bald in Ohnmacht erstarrter sowjetischer Kommandeure, die Moskau ohne Schießorder stehen ließ, wo sie gerade standen. Stärker aber als alles andere in diesen Augenblicken des Wahnsinns die Gewissheit: Es ist unumkehrbar! Die Deutschen wenden Europas Schicksal! Anders als sie es fünfzig Jahre vorher taten, anders als zweihundert Jahre vor ihnen die Erstürmer der Bastille: ohne einen Tropfen Blut.

*

Anstandslos passierte ich die Grenze nach Ungarn. Wie aus dem Boden gewachsen der junge, rotblonde, schlanke ungarische Leutnant im grellen Neonlicht der überdachten Einfahrt vor der Schranke. Als ich ihm mein Fahrtziel nannte, maß er mich mit langem, fragendem Blick. Ein knappes Kopfnicken. Die Geste, mit der er mir den Pass zurückreichte, die Hand andeutend zum Mützenschild hob und mich mit kaum wahrnehmbarer Fingerbewegung weiterwinkte, beschäftigte mich noch eine Zeit lang, während ich um Mitternacht durch das Ungarische Tiefland auf Budapest zu fuhr.

Natürlich hatten die Bilder auch mir Tränen in die Augen gepresst und natürlich auch mich in einer Mischung aus Ergriffenheit und Erwartung die Hände zu Fäusten ballen, sie öffnen, wieder ballen und sich zur Beterhand schließen lassen. Doch überwogen hatte während der ganzen Zeit das Bewusstsein des Geschichtlichen der Vorgänge. Es hatte der Überwältigung und inneren Bewegtheit zumindest die Waage gehalten: Das Glücksempfinden jener Novemberstunden und -tage war ununterbrochen durchtränkt gewesen vom Wissen um das Überpersönliche des Ereignisses, um dessen historische Weite – vom Hochgefühl einer Zeugenschaft, die zu erleben nicht jeder Generation zuteil wird.

Das Ziel jedoch, das mich jetzt mit einer unbezwingbaren Kraft ansaugte, war frei davon – frei von jederlei Geschichtsüberlegung und -überlagerung. Es war ausschließlich persönlicher Natur: Ich will jetzt an dem Ort sein, an dem sie *mir* den Stolz brechen und *mich* mir selber nehmen wollten, an dem sie mir das Gefühl der Verbundenheit mit den Landschaften der Kindheit, das Gefühl der Verwurzelung, der frühen Träume und Verzauberungen, der ersten Erfüllungen und Erhellungen zuerst raubten und dann zerstörten. An dem sie mich wie jeden meinesgleichen aus allem verscheuchten, was uns ausmachte – ohne uns gehen zu lassen. An dem sie sich wie Vampire in uns verbissen und uns mit anzusehen gezwungen hatten, mit wie viel Lust an der Schmähung sie uns Atemzug für Atemzug die Liebe abwürgten zu allem, was wir von der Kraft unseres Lebens je einpflanzten in den Boden unserer Herkunft und was wir je waren … Und ich will ihnen an dem Ort, an dem sie mich jahrelang in unterirdischen Steinverliesen und Sumpflagern um Seele und Verstand bringen wollten, ins Gesicht sehen …

Noch wenige Stunden vorher hatte ich in München vor der Feldherrnhalle gestanden und vom Rednerpult Sätze in die Menge gerufen wie diese: „Die Würfel sind gefallen! Endlich erhob sich auch das am meisten gequälte Land unseres Erdteils. Es ist die Stunde Europas. Der Schlusspunkt des kontinentalen Aufstands von Reval im Norden bis Sofia im Süden. Es ist nicht zuletzt die Stunde der Toten – der auf Straßen und Plätzen des Landes von Maschinengewehr- und Karabinerkugeln Niedergeworfenen. Wehe den Spätergeborenen, sollten sie vergessen, dass jene für die Freiheit starben … Und die Frage ist unumgänglich: Was haben uns heute diejenigen mitzuteilen, die den übermächtigen Scheusalen jahrzehntelang mit Ergebenheitsbekundungen, servilen Huldigungen und Elogen Vorschub leisteten? Hätten die Bluthunde der Geschichte dieses Jahrhunderts nicht das Heer der ewigen Mitläufer und Lakaien, der Verschweiger und Wegducker gehabt, es stünde besser um uns alle. ‚Da du verschwiegst', steht im Alten Testament geschrieben, ‚verdorren deine Gebeine.'"

Hier, an dieser Stelle meiner Rede, als ich die Gesichter der tausenden jungen Menschen vor mir sah im Schein der Feuer, die einige von ihnen ich weiß nicht womit am eiskalten Dezemberabend auf dem Odeonsplatz angezündet hatten, war plötzlich der Entschluss dagewesen: Du wirst dabei sein, wenn auf Bukarests Straßen und Plätzen die Menschen gegen ihre Peiniger von einst anrennen! Wo denn sonst kannst du sein?

Mein Gott, es sind zwanzig Jahre seither …

Um achtzehn Uhr, keine Viertelstunde nach der Rede auf der von Studenten vorbereiteten Kundgebung „Solidarität mit der Volkserhebung in Rumänien" am 20. Dezember 1989 hatte ich den Wagen über Ramersdorf auf die Autobahn München-Salzburg gelenkt.

Hatte meine Stimmung etwas von der Faszination der Aussicht auf eine Liebesnacht? Von der erregenden Verheißung eines Aktes einmaliger Befriedigung? Ich erinnere mich, dass ich aufschreckte bei der Frage: Gibt es so etwas wie ein Urgefühl des Sinnlichen, aus dem Hass und Liebe in geschwisterlicher Nachbarschaft wachsen?

*

Ich erreichte den Grenzübergang nach Rumänien nahe Großwardein gegen fünf Uhr morgens. Trotz der pausenlosen Jagd über Autobahnen und Straßen verspürte ich nicht den Hauch von Müdigkeit. Die Strecke war mir bekannt. Anders als dem Übergang vom österreichischen Nickelsdorf nach Ungarn sah ich diesem mit einer Mischung aus Anspannung und gereizter, ja aggressiver Kälte entgegen: mit der Bereitschaft zur Ausfälligkeit, sollte einer der Grenzoffiziere auch nur die Andeutung der in Zeiten der Kommunistenherrlichkeit gepflegten Arroganz erkennen lassen.

Das Gegenteil trat ein. Denn in Temeswar wurde ja noch geschossen, in der Hauptstadt würde es jeden Augenblick losbrechen. Und noch stand der Ausgang nicht fest. Seit drei Tagen galt im Land der Ausnahmezustand. Die Unsicherheit der Uniformierten, die ich vor mir sah, paarte sich mit Anzeichen hündischer Bereitschaft zur Untertänigkeit: Welche Wende des Halses empfiehlt die Wetterfahne?

Das Zögern des Hauptmanns bei der vergeblichen Suche nach dem Sichtvermerk im Reisepass hatte eindeutig mit der Überlegung zu tun: Wer ist der Fremde, der in dieser unheimlichen Nacht aus dem Dunkel taucht, mich ungeduldig zu sich winkt und mir mit einem Blick entgegensieht, der nicht zu deuten ist – er wirkt unfreundlich, was will er? Ich wischte sein Zaudern mit der kurzen Bemerkung weg, dringende Angelegenheiten guter Freunde erwarteten mich in Bukarest, er möge sich beeilen … Die haben die Hosen voll, schoss es mir durch den Kopf. Der Aufforderung „Schießprügel weg, hinlegen!" würden sie sofort folgen und sich bäuchlings zu Boden werfen.

Sekunden später händigte mir der massige Hauptmann den Pass mit dem Visumstempel aus und bot mir devot einen Kaffee an. „Wenn", sagte ich, „dann einen Türkischen. Heiß. Ohne Zucker. Und möglichst schnell." Während ich in der Kälte stehend die feuerheiße Brühe mit dem Empfinden trank, sie durchströme und schüttele mir die Glieder, äugten durch die Glasscheiben der Dienstäume drei Offiziersaugenpaare. Noch vor wenigen Tagen, dachte ich, noch vor wenigen Tagen hätten die mich mit dem reptilhaft verspiegelten, unberechenbaren Ausdruck in den Augen auf die Möglichkeit hin gemustert, welcher Art Zynismus sich am ehesten anböte, mich zu Fall zu bringen. Die Arroganz der Machtsicherheit in diesen Augen war ehemals das Unerträgliche gewesen. Noch unerträglicher erschien mir nun der Ausdruck der Unterwürfigkeit.

Dies der Grund, warum mich beim Weiterfahren der Gedanke fast lähmte: dass es auf der Welt bis in alle Ewigkeit hinein diese umstellungsfixen Kreaturen geben wird, die bald in Uniform, bald in Zivil heute zur Bestialität, morgen ebenso bedenkenlos zur Speichelleckerei willig sind, dass überall auf der Welt sie es sind, die den Despoten das Überdauern in der Herrschaft sichern. Und dass unser aller Fluch in ihrer Not und Verderben bringenden Bereitschaft dazu gründet.

*

O ja, der Unteroffizier – als wir am linken Donauufer den Deich bauten. Gegenüber den Brăila-Sümpfen. Januar, Februar 1962. Der Unteroffizier vom Staatssicherheitsdienst „Securitate" … Zwanzig und etliche Minusgrade. Vom Schwarzen Meer herüber donauaufwärts bis hierher der berühmt-berüchtigte Eiswind aus der südukrainischen Steppe. Er schnitt wie scharfgeschliffene heiße Messer in Gesicht, Brust und Rücken.

Vierzig Brigaden zu je sechzig politischen Häftlingen seit anderthalb Monaten im Arbeitseinsatz. Darunter die Brigade 12, zu der ich gehörte. Der Boden einen Meter tief gefroren. Sie zwangen uns, mit nichts weiter als Spitzhacke und Brecheisen die glasharte Frostkruste zu durchschlagen und die weicheren Erdschichten darunter auszuhöhlen. Zwei, drei von uns schaufelten aus dem mannstiefen Loch die klebrige, schwere Erde in die bereitgestellten Schubkarren herauf.

So weit der Blick stromabwärts ging, zog sich der dreißig Meter breite, bis zur Höhe von zwölf Metern zu errichtende Deich am großen Wasser entlang. Ein ungeheuerlich aufgedunsener, schwarzer Wurm. Ein gieriger Moloch, der täglich ohne Ansehen des Alters und Lebenswillens einige der Männer an seinen Flanken verschlang, die dazu verdammt waren, ihn mit Schaufel, Spaten und Karre zu bearbeiten und zu mästen. Bis sein feister Leib dem Hochwasser des gewaltigen Stroms zu widerstehen stark genug sein würde, das regelmäßig Ackerland und Dörfer unter sich begrub und ersäufte. Fünf Schubkarren an jedem Arbeitsabschnitt. Voll hinauf, leer hinunter. Voll hinauf, leer hinunter. Ein pausenlos kreisendes Karussell. Voll hinauf, leer hinunter. Von morgens bis abends … So weit der Blick stromabwärts ging: ungezählte Karusselle. Wehe, wenn eines ins Stocken geriet – es war eine Phase der „harten" Befehle „von oben": Keiner der für die Normerfüllung verantwortlichen Unteroffiziere würde zögern.

Der Mann an den Griffen der Schubkarre hatte zu warten, bis sein Gefährt aufgehäuft voll war. Dann begann der „Todeslauf". So nannten wir es. Die Last über die fünfzehn Meter lange schmale Bohle hinauf bis zur Höhe des halberrichteten Deiches schieben. Dort kippen. Auf der daneben liegenden Bohle wieder hinab. Bis zum Loch, aus dem ohne Unterbrechung die Erde flog. Die Bohlen waren vom Schnee und Eis nass. Großenteils überfroren. Glatt. Abschüssig. Mit dem wachsenden Deich wurde der Anstieg steiler. Ihn zu schaffen, glückte nur bei entschieden angesetztem und durchgehaltenem Lauf. Die ganze Muskelkraft, die einer in Armen, Beinen und Rücken hatte, war vonnöten.

Jenseits des Deiches der Strom. Über einen Kilometer breit. Vor Erschöpfung zitternd und keuchend auf dem Deichrücken angekommen, war ich einmal der Versuchung fast erlegen, mich willenlos und entspannt vom Nacken bis zu den Fußgelenken hinab in den ruhigen Atem seiner Fluten fallen und von ihnen treiben zu lassen, wie und wohin sie wollten. Um der Qual ein Ende zu bereiten. Und um die Angst loszuwerden. Vor allem dies.

Denn fünf Meter vom Aushubloch entfernt, aus dem die Erde herauf- und in den Karren flog, stand der Mann in der blauen Uniform. Der Unteroffizier. Den Kragen des Pelzmantels schützend gegen das Kältestreichen hochgeschlagen. Die sorgfältig gekämmten und geölten Koteletten auf den braunen Wangen unter dem Rand der pelzgefütterten Uniformmütze. An jedem Morgen brachte er vor der angetretenen Brigade mit dünner, freundlicher Stimme den Arbeitskodex auf den Punkt, an jedem der zurückliegenden Morgen mit der gleichen Formel: „Heute Früh, meine Herren, zeigte mein Thermometer zweiundzwanzig unter Null. Wie Sie sehen, habe ich zusätzlich den Schal aus Merinowolle umgebunden. Ihr werdet jetzt eure wattierten Häftlingsjacken ablegen, ihr bourgeoisen Banditen und Verbrecher. Damit es euch bei der Arbeit nicht zu warm wird. Im Hemd seid ihr außerdem beweglicher. Und ihr werdet sehr flink sein, ja ja.

Damit ich nicht diesen oder jenen von euch wie eine syphilitische Ratte totschlagen muss. Bis heute Abend wird jeder hundert Schubkarren auf den Deich bringen. Ihr habt mich doch verstanden, meine werten Herren Professoren, Schriftsteller, Pfarrer, Ingenieure, Unternehmer, Künstler, Minister, Ärzte und so weiter? Ihr Kindsmörder und Mutterficker! Auf geht's! Und immer fröhlich, ihr gottverdammten gelehrten Bastarde. Dann arbeitet sich's leichter. Oder soll ich jetzt schon einem von euch zur Anspornung bei lebendigem Leib die Hoden zerquetschen? Zur Ehre unseres Vaterlandes wollen wir auf dem Weg zum Kommunismus den Donaudeich bauen … Und marsch!"

Niemals hob er den Ton, wenn er das sagte – und jedesmal, wenn er es sagte, hatte er den verspiegelten Reptilblick, der mir am Grenzübergang in den Augen des Kaffee servierenden Hauptmanns wiederbegegnet war. Ich spürte, wie sich meine Hände am Lenkrad verkrampften, als mich die Bilder während der Fahrt durch die Nacht eins nach dem andern heimsuchten. Die Kehren zum Bihor-Pass im Siebenbürgischen Westgebirge hinauf. Vor mir die suchenden Fühler der gelben Scheinwerferlichter. Im Dunkel an Klausenburgs spätgotischer Sankt-Michaels-Kathedrale vorbei. Über die Berge nach Süden ins Hochland hinein. Wie auf alten, schadhaften Filmstreifen die Bilder. Fahrt durch die Nacht. In die alten Bilder hinein. In all die verspiegelten Reptilblicke …

Ich war mit der leeren Schubkarre gerade unten angelangt, auf dem seifigen, eisigen Brett ausgleitend und rechtzeitig vor dem Loch zum Stehen gekommen. Remus bückte sich und packte die Griffe der vollen Karre. Er war im Karussell der Mann vor mir. Er richtete sich mit einem Ruck auf. Angespannt bis in die Fingerspitzen. Er blickte abwägend den im dumpfen Grau des Tages bösartig funkelnden Laufsteg hoch. Mit leicht zur Seite geneigtem Kopf verfolgte der Unteroffizier seine Bewegungen. Wie bei jedem von uns. Keine zwanzig Schritte hinter ihm zwei Gefreite aus der Eskortentruppe.

Der eine stampfte auf der Stelle im kniehohen knirschenden Schnee. Durch das Knirschen hindurch hörte ich, wie seine Maschinenpistole dabei gegen das Koppelschloss schlug. Der andere hatte sich die Leine des vor Kälte leise winselnden Polizeihundes ums Handgelenk geschlungen.

Ich wurde unruhig, als ich sah, dass Remus – Dr. Remus Mehedintz, wegen „republikgefährdender Äußerungen" zu zwölf Zwangsarbeitsjahren verurteilter dreißigjähriger Kinderarzt –, dass Remus immer noch stand und zögerte. Er setzte die Karre ab. Holte tief Luft. Packte die Griffe von neuem und stand, wieder ohne sich zu bewegen. Ich war nur einen Schritt von ihm entfernt. Ich bemerkte das Zittern seiner Knie. Gleichzeitig fing ich den Reptilblick des Unteroffiziers mit den schwarz glänzenden Koteletten über dem Merinoschal auf. „Los, Remus", flüsterte ich, „los!" Ich sah die Verzweiflung in Remus' Gesicht. Ich begriff, dass er am Ende seiner Kraft war. Seit sieben Stunden kämpften wir uns gegen die Schubkarrenlast über die nasse und vereiste Bohle hinauf. Mit brennenden Muskeln, Sehnen, Knochen und Eingeweiden. Mit dem Gefühl, beim nächsten Windstoß umzufallen. „Los", flüsterte ich beschwörend und in höchster Angst um den Freund. Es war die Sekunde, auf die das blau uniformierte Reptil lauerte: dass einer von uns Schwäche zeigte. „Los, Remus, um Himmelswillen, los doch!", flüsterte ich wieder und griff nach dem neben mir im Schnee steckenden Spaten, um mit ihm die Karre in den Startschwung hineinzuschieben, für den Remus' Kräfte nicht mehr reichten.

Da glitt Remus aus, trat mit dem linken Fuß neben die Bohle und riss im Fall die Karre mit. „Sieh einer an!", schrie der Unteroffizier, „und auf – marsch marsch!" Remus umklammerte den Karrenrahmen, versuchte sich aufzurichten und fiel wieder hin. Ich tat einen Schritt auf ihn zu. „Du bleibst, wo du bist!", brüllte der Unteroffizier. „Posten!", brüllte er und wendete sich halb um. Der vorne stehende Gefreite richtete die Waffe mit einer kurzen Bewegung auf mich.

Remus versuchte es noch drei Mal. Dann ließ er sich entkräftet zur Seite fallen. Ich sah den Dampf der schnellen Atemstöße in winzigen Wölkchen um sein Gesicht zerfließen. Und sah den flehend auf mich gerichteten Blick.

Was sich in den Sekunden danach ereignete, nahm ich wie eine Folge gespenstischer Traumbilder wahr. Noch ehe ich bei Remus ankam, hatte mir der Unteroffizier den Spaten aus der Hand gerissen und an mir vorbei zum Schlag ausgeholt. „Du stinkender bourgeoiser Saboteur", hörte ich ihn halblaut sagen, „du fauler Kapitalistenhund!" Mit einem trockenen Knall spaltete das Eisen die Stirn des Liegenden und durchschlug den Schädel bis zur Hälfte. Ehe sich das Blut in raschen Wellen über die Augen ergoss, war der Blick des Freundes auf mich gerichtet. Da erst fiel der Kopf zurück. Wie auf ein rotes Kissen gebettet, lag er im Schnee … Ich war vor Entsetzen und Müdigkeit zu keiner Bewegung und Regung fähig. Ich sah den Unteroffizier drei Schritte zurücktreten. Er warf nach kurzem Überlegen den Spaten zur Seite, schüttelte einige Male unaufgeregt den Kopf und fluchte leise vor sich hin. Dann zündete er sich gemächlich eine Zigarette an. Nach dem zweiten Zug spuckte er in weitem Bogen auf den vom versickernden Blut roten Eisbrocken neben dem entstellten Kopf …

Nein, dachte ich und umklammerte das Lenkrad, nein, nichts wird mich aufhalten, dort zu sein, wo jetzt Rechenschaft gefordert wird!

Über den Ostkarpaten, links von mir, hatte vor einer Weile der Tag zu grauen begonnen. Seit ich die weitgeschwungenen Höhen des Feleac hinter mir gelassen hatte, fuhr ich nach Süden. Der dichte Frostnebel verhüllte die Spitzen der von Raureif überzogenen Pappeln rechts und links der Straße. Ich spürte das vertraute Land mehr, als dass ich es sah. Ich fuhr hier – wie im 19. Jahrhundert ein reisender Brite geschrieben hatte – durch „das Herz Siebenbürgens". Mitten hindurch, dachte ich.

*

Im Grunde endet hier mein Bericht. Endet er hier? O ja.

Das Weitere ist nur noch Schlussfolgerung – conclusio, die ich der chronistischen Vollständigkeit schulde. Das war mir auch damals schon klar. Denn all das, was so weit zurücklag, als wäre es erst gestern geschehen, hatte ich vor zwanzig Jahren auf der Fahrt durch jene Nacht immer und immer wieder durchlebt. Die siebenfach erlittenen Erinnerungsfetzen. Den siebenfach vollzogenen Racheakt. Die siebenfache Ermordung der Mörder … Nur bis hierher – bis hierher habe ich Zeugnis abzulegen. Nicht weiter. Andere werden ausführlich und genau darüber schreiben. Ohne dabei gewesen zu sein. Wenn sie sich aus Büchern und Dokumenten darüber unterrichteten. Ohne unsere verwirrende und störende Zeugenschaft wissen sie es besser …

Kurz vor Mittag erreichte ich meine Heimatstadt. Kronstadt. Bisher hatte ich nur an den Grenzen Halt gemacht. Und dreimal zum Tanken. In einer von Gruppen aufgebrachter, meist junger Menschen gefüllten Straße nahe der alten Stadtmitte, nahe dem Hotel Aro, überfiel mich nach den über tausend Kilometern die Erschöpfung – ein Fieberzustand, der mich von innen beutelte. Ich musste am Straßenrand anhalten. Minuten vergingen, ehe sich das Muskelzittern legte. Danach fünf Viertelstunden Schlaf bei Sandu Pleşu. Im alten Haus unter dem Schlossberg.

Wir hatten uns vor einundzwanzig Jahren zum letzten Mal gesehen. Den athletisch gewachsenen Freund, einen Brocken nach Gestalt wie Charakter, hatten die Jahrzehnte beharrlicher und ohnmächtiger Aufmüpfigkeit gegen die Büttel der Diktatur zerrieben: zum Kranken und Krüppel gemacht. Seine Arme schlotterten, als er mich vor der Weiterfahrt mit röchelndem Atem an sich presste. Zähneknirschend, mit bebendem Kinn flüsterte er mir Unverständliches ins Ohr. Ich hörte ihm nur halb zu.

In Gedanken war ich schon auf der Strecke Kronstadt–Bukarest. Erst beim Durchqueren der Südkarpaten auf der zugeschneiten, kaum geräumten Straße über den eintausend Meter hohen Predeal-Pass entschlüsselte sich mir nach und nach das heisere Gestammel.

Die aschgrauen Wolken lagen dick auf den Dächern der Gebirgsortschaften, die ich talwärts hinter mir ließ. Von den mächtigen Felsabstürzen des Butschetsch-Massivs war nichts zu sehen. Bei der schnellen Fahrt glitt mir der Mercedes auf den Eisplatten immer wieder seitlings weg. „Spuck sie an", hatte er undeutlich ausgestoßen, „mehr verdienen sie nicht. Trotz allem … Vergreif dich nicht an ihnen. Die Zeit besorgt das. Sollen wir sie denn alle erschlagen? Es geht nicht um die Spatenmörder. Vergiss nicht: Es geht um die Verräter, die Verpetzer. Um die Judasse, die uns an sie verkauften, ihnen auslieferten. Dich, mich, meinen Vetter … Sie sind die Gefährlichen. Du findest sie nicht auf der Straße. Und wenn? Willst du dich an dem Dreckspack beschmutzen, indem du es anrührst? Spuck sie nur an. Deinen Rotz sind sie gerade noch wert. Das genügt …" Dies alles war mir, wie gesagt, schon vorher klar geworden.

Als ich durch die Tiefebene der Großen Walachei fuhr, hellte es im Süden leicht auf … Im Übrigen: Dr. Remus Mehedintz, der Vater dreier minderjähriger Kinder, war Sandu Pleşus Vetter und unser beider Freund gewesen. Wir waren zusammen aufgewachsen. Wir hatten als unzertrennlich gegolten …

*

Von weitem erkannte ich schwarze Rauchwolken über Bukarest. Die nördlichen Vororte waren leer. Es war der Nachmittag, an dem auch hier die Revolte ausbrach. Auf dem Platz vor der Universität, deren Korridore, Hörsäle und Sekretariate ich bis in den letzten Winkel kannte, schrien zwanzigtausend Studenten das uralte Wort aller Erhebungen: „Freiheit!" Ich weiß nicht mehr, war es am ersten, war es am zweiten Tag, dass wir vom Platz vor der Universität unter den

Schüssen der Karabiner und den kurzen Maschinengewehrsalven, die wie das keuchende Husten von Asthmatikern klangen, in Richtung der Piața Palatului liefen, des Platzes vor dem ehemaligen Königsschloss. In den zwanzig Jahren seither haben sich die Bilder überlagert und ineinander geschoben, aber mit einer beängstigenden, mich bedrängenden Deutlichkeit sehe ich sie alle noch vor mir. In der Zahia-Straße hatten die halb auf beiden Gehsteigen geparkten Autos wie eine Fackelallee gebrannt, die Straße hatte einem wüsten Kampfplatz geglichen. Neben den Toten schreiende Verletzte. Wie Glutscheiben glommen im Feuerschein vor mir zwei blutverschmierte Kanaldeckel – ein groteskes Augenpaar, das mir nachstarrte, als ich geduckt in Richtung Universität rannte. Die Innenstadt hatte sich zum umkämpften Schlachtfeld verwandelt. „Sie haben sich in den Bunkern unter dem Königspalast und dem ZK versteckt", schrie einer auf den Stufen des Universitätsportals über mir, „wir müssen die in den Bunkern suchen. Von dort gehen die Befehle aus!" Als die Studenten unter den aus einer Seitenstraße heransirrenden Geschossen vom großen Universitätsplatz zum nahen Zentralkomitee-Gebäude hinüberdrängten und -rannten, blieben Gehsteige, Fahrbahnen und einer der Sockel der vier Statuen von Blut besudelt zurück – es sah aus, als hätte ein wahnsinniger Maler mit dem Pinsel auf den Steinquader eingeschlagen, der Fürst Michael den Tapferen hoch zu Ross trägt. Ein schmächtiger Junge neben mir lief mit einer Trikolore in beiden Händen, aus deren gelbem Mittelfeld er das Kommunistenwappen des verhassten Staates herausgeschnitten hatte. Er stürzte im Gedränge, wurde vom Tuch eingerollt und wäre von der laufenden Menge niedergetrampelt worden, hätte ihn nicht einer am Arm ein Stück mitgeschleift, ehe er wieder auf die Beine kam. „Die Armee ist mit uns!", schrie hinter mir eine junge Frau hysterisch, packte mich im Laufen an der Schulter und zeigte in Richtung des Elisabeta- und Kogălniceanu-Boulevards, wohin sich zwei Panzer und Armeeeinheiten langsam zurückzuziehen begonnen hatten, „Armata e cu noi!"

stimmten einige singend an. In den Straßen rechts und links wurde geschossen. Im oberen Stockwerk der Nationalbibliothek brannte es. Frauen liefen den Mündungsfeuern aus den Waffen der jungen Uniformierten entgegen und riefen: „Wir sind eure Mütter!" Einigen gelang es, über die von den Kugeln auf den Asphalt Niedergestreckten hinweg Blumen in die Rohre der Maschinengewehre und Karabiner zu stecken. Auf zwei Panzer vor der bombastischen Fassade des „Armeehauses" waren Mädchen geklettert, hatten sich auf die Kanonenrohre gesetzt und ihre Gesichter vor die Mündungen gehalten. Ein aus der Calea Victoriei auftauchender schwerer Militärlaster überrollte vor mir eine Gruppe Anstürmender. Auf dem Platz zwischen dem in den dreißiger Jahren errichteten großartigen Palast der schon zehn Jahre später in Jalta von den Westalliierten an Moskau verschacherten Monarchie und der ZK-Residenz angekommen, wehten uns schwarzer, beißender Rauch von der Nationalbibliothek und Pulvergeruch ins Gesicht. „Die Schweine", rief ein hochgewachsener, langmähniger Jüngling mit schönem Poetengesicht und Heiduckenblick, „sie haben auf die alten Handschriften geschossen!" Er reckte einen Arm zur Seite, drehte sich laufend im Kreis und schrie mit übergeschnappter Stimme: „Brüder, Schwestern, der Tyrann und sein Weib dürfen nicht entkommen. Trebuie omorîţi ca nişte câini turbaţi! Sie gehören totgeschlagen wie tollwütige Hunde!" Fünf Schritte vor mir kippte er in vollem Lauf plötzlich zur Seite, als habe ihm jemand die Beine weggerissen. Eine Kugel hatte ihn in die rechte Schläfe getroffen. Ich stolperte über ihn, sah im letzten Augenblick das Blut aus dem Einschussloch quellen und wurde von den anderen mitgerissen …

Das Dunkel dieser Dezemberabende senkte sich über die Hauptstadt wie eine kalte, düstere Riesenkrake. Sie bemächtigte sich ungerührt der Lebenden und der Toten, wo immer und wer immer sie waren. Wenn sich gegen Mitternacht ihre Tentakel endgültig in die schwach beleuchteten Straßen und Plätze gewunden hatten, verstummten die Schreie und Schüsse nach und nach. Keiner, den ich ansprach, wusste, wie es weitergehen würde. Keiner, der aufzuhalten war. Ich schlief im Wagen.

*

Als sie dem klein gewachsenen, lispelnden Despoten und seinem vorlauten Weib, denen sie voller Wut die Schuld an der Armseligkeit und Enge ihrer Tage und an den gestohlenen Lebensjahren gaben, am ersten Weihnachtstag wie einem fliehenden Hundepaar hinterherschossen, bis die beiden gleich haltlosen Gliederpupen nebeneinander niedersackten und ein Straßenköter die herausquellende Hirnmasse des Weibes aufleckte, war ich bereits wieder außer Landes. Zum Gefühl, die Tyrannei überlebt zu haben wie ein Mensch des Mittelalters die Pest – nicht anders als alle Tyranneien auch diese eine der Gesinnungslumpen und Steigbügelhalter –, „gesellte sich bald vielfacher Ekel", von dem Sandu Pleşu mir einige Zeit später nach München schrieb, „multiple dégoût". Dazu gehöre, hieß es in dem ausführlichen, verbitterten Brief weiter, „die widerwärtige Erkenntnis, dass diejenigen, die sich durch die Jahre der Tyrannei hindurchgeschleimt haben, dass Zuträger und Verräter und deren Auftraggeber von einst mit exhibitionistischer Schamlosigkeit heute in aller Öffentlichkeit aus der Verantwortung für Unterdrückung, Not und Mord tauchen. Sie gebärden sich wie bemitleidenswerte gefallene Engel oder Märtyrer, und unsere ewig versagenden, perversen Intellektuellen spenden ihnen dafür Beifall … Ist dies also der Wandel – die Wende, von der wir uns die Haltung der Redlichkeit und deren Schutz erhofften? Wiederholen sich die Erbärmlichkeiten immerfort? Hätte ich's gewusst, mein Freund, nie wär's mir eingefallen, Dir abzuraten, für Remus gleich drei von ihnen umzubringen."

Aus Sandu Pleşus Brief, denke ich manchmal, spricht die Resignation, die sich im Augenblick des Sieges auf dem Gesicht des um 1530 von Michelangelo in Marmor gemeißelten „Il vincitore" spiegelt. Ich las ihn auch in den Zügen des schlanken Sankt-Georg-Reiters der Künstlerbrüder Martin und Georg von Clussenberch aus dem Jahr 1373, als ich an einem jener denkwürdigen Weihnachtstage 1989 auf der Rückfahrt aus Bukarest vor dem schönen Standbild in Klausenburg verharrte: Der jugendliche wehrhafte Heilige sticht den Drachen nieder, und in sein Gesicht ist das Wissen geschrieben, dass damit des Menschen Werk noch nicht getan ist, dass ringsum das Gewürm pausenlos aus dem Unrat steigt.

„Wissen und Resignation sind Geschwister seit jeher“, schrieb ich Sandu, „wir leben damit.“

Violeta

Karl B., ein Freund, hatte mir bei Antritt der Reise eine Sammlung der „Maximen und Reflexionen“ Goethes mit der Bemerkung in die Hand gedrückt: „Die haben mir gelegentlich das Gleichgewicht wiedergegeben. Vielleicht helfen sie dir bei der Reise in die Vergangenheit.“ Die letzte der Goethe-Sentenzen, die ich zwei Tage später vor dem Einschlafen im Hotel der mir innerlich und äußerlich fremd gewordenen Stadt las, lautete: „Wir alle leben vom Vergangenen und gehen am Vergangenen zugrunde.“ Ich war zu müde, um über die Vieldeutigkeit des Satzes nachzudenken, wenngleich dieser – anders als vom Freund angekündigt – eine aufflackernde Unruhe in mir ausgelöst hatte: Einen Augenblick lang wollte er mir wie ein Hinweis auf die bevorstehenden Tage erscheinen.

Obwohl ich am Morgen darauf nicht mehr daran dachte, fragte ich mich in der Duschkabine des Hotelzimmers mit den ungewohnten Gerüchen: Was suche ich hier, warum kehre ich in diese Welt zurück, mit der ich keinen Dialog mehr wünsche? Ich verließ dies Land, in dem ich keinen Verwandten mehr habe, vor über dreißig Jahren, um nicht länger zum Dialog mit seinem Bodensatz gezwungen zu sein.

Anderthalb Monate vorher hatte mich in München ein weißer DIN-A-5-Briefumschlag mit dem Absenderstempel „CNSAS Bucureşti“ des Inhalts erreicht, dass die erbetenen Dossiers zur Einsichtnahme bereitlägen, ich möchte mich bitte am Sitz der Behörde einfinden.

Das Bukarester „Consiliul Naţional pentru Studierea Arhivelor Securităţii“ war erst vor kurzem nach dem Muster der deutschen Gauck-Behörde ins Leben gerufen worden. Als Leiter der für Aufbewahrung, Sicherung und Auswertung der Stasi-Unterlagen verantwortlichen Berliner Einrichtung im Umgang mit derlei Dossiers erfahren, war der Deutsche Joachim Gauck den Kollegen in der Hauptstadt Rumäniens mit Rat und Tat behilflich gewesen und so gleichsam zum Mitbegründer des dortigen „Nationalen Rates für das Studium der Securitate-Archive“ geworden.

Schon am Tag nach der Ankunft fand ich mich zu dem im Schreiben mitgeteilten Zeitpunkt bei der angegebenen Anschrift ein und sah mich – nach einem zweistündigen Gespräch mit dem Direktor der Niederlassung, um das dieser, ein wendiger, aufgeweckter Politologe mittleren Alters, gebeten hatte – in Gegenwart einer bestenfalls dreißig Jahre alten Historikerin in der „sala de lectură“, im Lesesaal, an einem der kleinen Tische sitzen, deren es in dem Raum etwa zwanzig gab. Sie waren alle von meist älteren, grauhaarigen Männern besetzt, vor denen sich Leitz-Ordner und Papiere häuften. Jedem saß ein jüngerer Mensch als „wissenschaftlicher Begleiter“ gegenüber, dessen Aufgabe es war, Unklarheiten, eventuell Abkürzungen zu erläutern, beim Lesen schwer entzifferbarer Handschriften oder sonstwie auftretender Lektüreschwierigkeiten behilflich zu sein. Meine Begleiterin hatte sich als „doctor Violeta Fora“ ausgewiesen.

Ob ich sie „Violeta“ nennen dürfte, hatte ich die aschblonde junge Frau gefragt, deren grüne Augen im hellen Teint mir als besonderes Merkmal des schmalen Gesichtes aufgefallen waren. Sie hatte gelächelt und leise gesagt: „Ich bitte Sie darum.“ Den Zusammenklang von Sanftmut und Zurückhaltung, den sie ausstrahlte, empfand ich von der ersten Minute an als angenehm, mehr noch, ich empfand ihn während der folgenden drei Tage als Hort der Besinnung in der besonderen Lage, in die ich mich durch das Aufblättern Tag für Tag dramatischer Jahre meiner Vergangenheit versetzt sah. Sooft mich der Inhalt eines der nach Tausenden zählenden, vor fünfzig Jahren angelegten Schriftstücke fassungslos machte oder gar aufwühlte – Violeta saß unverändert antwortbereit vor mir, jederzeit den Anflug eines besänftigenden Lächelns auf den Lippen, als würde sie sagen: „Der Spuk ist vorbei, es kann dir nichts mehr geschehen.“

Dass sie mir auf diese Weise nicht allein zur verlässlichen Sachberaterin, sondern in der Eiseskälte der Begegnung mit der Vergangenheit zum menschlich lindernden Maß wurde, ergab sich von selbst. Die im Augenblick unserer Bekanntschaft gefasste Zuneigung verstärkte sich noch, als ich mich schon am ersten Vormittag des Aktenstudiums unerwartet der Erkenntnis gegenübergestellt sah, jahrelang von mehreren mir nahe stehenden Menschen „im Auftrag" ausgehorcht und zum Gegenstand schriftlicher „Berichte" gemacht worden zu sein, die 1959 wesentlich die Verurteilung zu fünfzehn Jahren Zwangsarbeit mitbewirkt hatten. Als ich an diesem Punkt, auf das Äußerste irritiert, den Kopf hob, blickte ich Violeta gerade in die Augen und erkannte sofort, dass sie gespürt haben musste, was in mir vorging. Mit einer Wärme im Blick, die meine Erregung abfing, fragte sie kaum hörbar: „Tut es sehr weh?" Ich war zu keiner Antwort fähig. Dann nickte ich und sagte aufatmend: „Ich habe immer noch einiges zu lernen." Wie viele Männer saßen hier schon so hilflos vor dir wie ich jetzt?, dachte ich.

Die Einblicke, die ich solcherart beim täglichen siebenstündigen Studium der acht prallen Leitz-Ordner Seite für Seite gewann, auf denen sich Lächerliches mit Unerbittlichem mischte, glichen ziellosen Wanderungen durch geisterhafte Landschaften, in denen bei jedem Schritt Fußangeln und Fallgruben warteten – selbst in düsteren Stunden hatte ich eine derart hohe Zahl nicht veranschlagt. Auch über ihren Anordnungsplan hatte ich mir ehemals zwar im Großen und Ganzen eine Vorstellung gemacht, doch das Ausmaß der zum Teil diabolischen Gerissenheit und ausgeklügelten Niedertracht der Verfänglichkeiten wurde mir jetzt erst bewusst. Ihnen wehrlos ausgesetzt gewesen zu sein, ließ mich noch im Rückblick erschauern.

Denn was sich mir aus all den Bespitzelungspapieren: aus den geheimen innerdienstlichen Mitteilungen, den „note informative" meiner Observateure, aus den Befehlen zur Verschärfung meiner Beobachtung und zur Ausstreuung verleumderischer Gerüchte über mich, meine Familie, meine Freunde und an regelmäßig wiederkehrenden „zusammenfassenden Beurteilungen“ – oder wie immer die Gattungsbezeichnungen dieser Art abwegiger Literatur sonst heißen – an Erkenntnissen eröffnete, beschrieb nicht nur das Panorama des vollendeten Netzes, in dem ich keine Stunde unbeaufsichtigt geblieben war. Es beschwor darüber hinaus Erinnerungen an längst vergessen geglaubte vertrauliche Gespräche mit Freunden, die sich zu Verrätern hatten erniedrigen lassen, und an ebenso prompt von Bekannten dem Staatssicherheitsdienst zugesteckten unter vier Augen gemachten Äußerungen. Dies alles setzte mich, während ich mit angehaltenem Atem las, dem Gefühl der Notwendigkeit endgültiger Preisgabe des Glaubens an menschliche Selbstachtung aus – wären da nicht jene Schriftstücke gewesen, aus denen die tapfere Weigerung sprach, dem bedrohlichen Drängen der Banditen mit Namen „Staatssicherheitsdienst“ nachzugeben. „Nein“, las ich in ihnen, „nein, dazu tauge ich nicht, sucht euch dafür einen anderen, gleichviel wie teuer mich die Ablehnung zu stehen kommt, das mache ich nicht …“

Als ich dann auf die Dossiers mit den Voruntersuchungsprotokollen stieß, tauchten aus den Erinnerungsnebeln der vergangenen Jahre zusätzlich auch alle die Gesichter vor mir auf, denen ich bei ungezählten Vernehmungen und Kreuzverhören wehrlos gegenübergesessen hatte. Verschlagene, selbstsichere, arrogante, smarte Offiziersgesichter, höhnisch darauf aus, mich, dem alle Verbindungen nach draußen abgeschnitten waren, in jeder Sekunde ihre Überlegenheit und meine Ohnmacht spüren zu lassen; geleckte und vor bedenkenlosem Machtbewusstsein widerliche Fratzen, die mich Tag für Tag hatten wissen lassen, dass es sie nur ein Wimpernheben kostete, um mich dem endgültigen Verschwinden in den Kellern ihrer Residenz zu überantworten. „Du redest vom Gesetz?“, war mir, als ich in einem Verhör auf rechtlich festgelegte Befugnisgrenzen hingewiesen hatte, aus einem dieser Männergesichter das Diktum entgegengezischt, „hör mir genau zu: Das Gesetz bin ich.“

Und plötzlich sah ich dann auch den jungen Hauptmann vor mir, zu dessen Gepflogenheiten es während der Tag-und-Nacht-Vernehmungen gehört hatte, mitten in hundert Fangfragen hinein von Zeit zu Zeit den spöttischen Ausruf zu werfen: „He, sei ein Mann!" – wonach er breit grinste, weil er mir in den Augen ablas, dass ich ihn am liebsten angesprungen und niedergeschlagen hätte. Ich sah ihn überdeutlich vor mir, während ich in den angegilbten Protokollen immer wieder auf seinen Namen – Barnar – stieß, neben den auch meine Unterschrift zu setzen ich mich geweigert hatte – trotz der Flüche, Verwünschungen, Fußtritte gegen das Schienbein und Hiebe mit dem ellenlangen Stahlkabel ins Gesicht. Eine hübsche, ebenmäßige Jungenvisage war das, der niemand auf der Welt die brutale Häme angesehen hätte, mit der ihr Träger sein dreckiges Handwerk im Namen der leninistischen Revolution ausübte – hellhäutig, mit kurzen Unterbrechungen ein freundliches Lächeln auf den Lippen, aschblonde Haare …

Die Erinnerungsbilder jagten sich. Aber natürlich! „Barnar" hieß der sanftgesichtige junge Hauptmann! Mit einem Mal beherrschte mich fast zwanghaft der Wunsch, Violeta zu fragen, ob sie nicht im Besitz einer Information über den Verbleib dieses skrupellosesten Untersuchungsoffiziers sei, zu dem ich jemals mit verbundenen Augen aus der Zelle gebracht worden war. Abgesehen jedoch von der Sinnlosigkeit, wenn nicht gar Unsinnigkeit meiner Überlegung, die mir sofort bewusst wurde, hatte ich von Dr. Violeta Fora bereits vor dem Öffnen des ersten Ordners auf eine allgemein gehaltene Frage die Antwort erhalten, dass die wissenschaftlichen Begleiter lediglich in groben Umrissen über die Dossiers der Bittsteller im Bilde sein müssten. „Die Kenntnis des Systems und der Terminologie genügt", hatte sie gesagt, „wohin kämen wir, wenn wir jedesmal tausende von Seiten lesen müssten", und, nein, zu Angaben über darin genannte Namen sei sie schon gar nicht in der Lage. Wozu auch? Einige der Peiniger lebten nicht mehr, viele seien untergetaucht, ihre Verfolgung liege in der Zuständigkeit anderer Behörden.

Auf eine seltsame Weise ließ mir während des ganzen Tags der Gedanke keine Ruhe, unter den Namen, die sich aus den ungezählten Blättern als leibhaftige Gestalten wieder in mein Gedächtnis drängten, dennoch Violeta nach diesem Hauptmann Barnar fragen zu müssen und sie zu bitten, Erkundigungen einzuholen – vielleicht einen Kollegen anzusprechen oder in weiteren Dossiers zu fahnden. Doch noch ehe ich gegen Abend das Archivgebäude verließ, hatte ich den Wunsch wieder verdrängt. Ich bin natürlich nicht wegen Barnar hier, sagte ich mir, ich bin hier, um auch aus seinem Tun und Verhalten heraus Zusammenhänge meines Lebens zu erkennen und zu verstehen, es gibt keinen anderen Grund, mich um den Hauptmann oder sonst einen in diesen Papieren zu scheren. Und überdies wurde ich mir der geradezu lachhaften Heftigkeit des Impulses bewusst, ausgerechnet von Violeta Aufschluss über jenen Barnar erwartet zu haben, nein, dafür standen mir wirkungsvollere Verbindungen zur Verfügung. Was um alles in der Welt hatte ich mir dabei nur gedacht, hielt ich mir vor, als ich gegen Abend auf die Straße hinaus trat. Doch ich war zu erfahren, das Leben hatte mich zu hellhörig gemacht, als dass ich dem Gefühl hätte ausweichen können, ohne mein Dazutun an Verborgenes herangeführt worden zu sein. Es würde sich erschließen. Dazu bedurfte es nicht meiner Ungeduld, ermahnte ich mich.

Ich verbrachte diesen ersten Abend, einer Einladung folgend, in kurzweiliger Gesellschaft im Hause des Schriftstellerehepaars Mana Tandiana und Remus Hussan – sie während der Diktatur wegen sibyllinisch doppelsinniger Verse vom Volk als „Gewissen der Nation“ verehrt, er gleichermaßen in gefährlicher Zeit als noble Gesinnungsinstanz geachtet. Zu Gast waren der Direktor der Bukarester BBC-Redaktion Dr. Miletus und seine spätere Gattin Roxana, im Gebirgsbiwak entbundenes Kind eines renommierten Ehepaars des bewaffneten antikommunistischen Widerstands, das von einer Horde des Staatssicherheitsdienstes umgebracht worden war; der blonden, lebensheiteren Frau, von Beruf Musikerin, sah niemand die Tragödie der Herkunft an. Zu den Gästen zählten außerdem mein Freund Dr.

Dan Rugus, ein Germanist, dessen Frau Dr. Mihaela, eine Physikerin mit dem Gesicht einer byzantinischen Ikonenmadonna, und die junge Laura Roca, der seit unserer Bekanntschaft vor wenigen Jahren meine starke Sympathie galt, eine Zeithistorikerin, die ihr Studium bald nach der Wende 1989/90 begonnen hatte; sie beschäftigte sich in ihrer Dissertation mit der ungeheuerlichen Rache des Regimes an tausenden rebellierender Bukarester Studenten in Akten perverser Barbarei, die in der Geschichte des 20. Jahrhunderts ihresgleichen suchen.

Wiewohl sich nun die Wissbegierde aller auf meinen Tag in den Archiven richtete und ich zu den mitteilungsfreudigen Naturen gehöre, enttäuschte ich die Frager mit allzu knappen Antworten – bis ihnen Mana Tandiana Einhalt gebot. Sie verstehe, sagte sie, dass ich so kurz nach der ersten Aktenlektüre zunächst einiges zu verarbeiten habe, man möchte mir doch, bitte, Zeit dafür lassen! Das wurde allgemein gutgeheißen, die Gespräche begannen in unterschiedlichen Richtungen zu verlaufen. Ich hörte, wie der eher einem Nordländer als einem Südosteuropäer ähnliche Miletus dem neben ihm sitzenden Hussan Einzelheiten der Erfahrungen Alexander Solschenyzins mit der Schwatzhaftigkeit westlicher Medien berichtete, die ehemals zu weltweiten Kampagnen gegen den Russen geführt hatten. Mihaela, die vor dem schönen braunen Kachelofen in der Zimmerecke stand, brachte Roxana mit anekdotischen Erinnerungen an „Dienstbesuche" der Frau des Staatschefs Ceauşescu im hauptstädtischen „Zentrum für Physikalische Versuche" zum Lachen; sie schloss mit einer ätzenden Bemerkung über die „ahnungslosen Schweden", die aus politischer Naivität – „oder was denn sonst?" – der halben Analphabetin Elena Ceauşescu ehemals ein Ehrendoktorat für „wissenschaftliche Meriten" verliehen hatten „und damit allen Physikern hierzulande die Hölle auf Erden bereiteten", sagte sie.

Ich beteiligte mich kaum an den Gesprächen. Lediglich Hussans Aufforderung, mich im kommenden Sommer mit einem Vortrag bei den „Politischen Sommerkursen für Studenten und Schüler" einzufinden, veranlasste mich zu etlichen Fragen und Terminerwägungen. Laura, wissenschaftliche Sekretärin der Akademie, hatte sich auf Hussans Bitte uns zugesellt, als dieser uns allein ließ, um Hausherrenpflichten nachzukommen, an die ihn seine Frau erinnerte. Ohne zu wissen, was mich dazu bewog, fragte ich Laura übergangslos, ob sie Violeta Fora kenne. Überrascht, ja, wie mir schien etwas verlegen blickte sie mich an, lächelte kurz und sagte zögernd: „Ja – ja, natürlich. Ich kenne sie", und nach einer längeren Pause, „wir studierten zusammen …" Wie käme ich denn auf Violeta, wollte sie wissen. Ich sagte es ihr und fügte hinzu, dass ich Violetas Wesen in der naturgemäß nicht eben heiteren Atmosphäre des Archivs als wohltuend empfände. „Wir kamen uns trotz gemeinsamer Studienjahre nicht näher", sagte Laura, milderte aber – ihrer zur Freundlichkeit neigenden Art entsprechend – die angedeutete Distanzierung sofort wieder ab: Violeta sei eine feinfühlige Kollegin gewesen, o ja, freilich immer auf Abstand bedacht. „Das ist ihre Art", ergänzte sie, „Ihnen kann es ja gleichgültig sein." Sie machte mir Terminvorschläge, die ich mit dem Taschenkalender in der Hand prüfte. Bevor Hussan wieder zu uns trat, sagte sie noch: „Violetas Vater kam bei den Schießereien während des Volksaufstands im Dezember neunundachtzig ums Leben."

Nein, Mana Tandiana hatte nicht Recht: Mich beschäftigten an jenem Abend in ihrem Hause im Kreis der klugen, geistig lebhaften Menschen nicht die Akteninhalte, aus denen mir die Chimärengrimassen gestohlener Lebensjahre entgegenblickten. Schon gar nicht deren vermutliche Auswirkungen auf meinen Gemütszustand. Der Grund meines Schweigens und Grübelns war die Unruhe, die mich seit dem jähen wie unbegreiflichen Bedürfnis befallen hatte und nicht mehr losließ, mit Violeta über Barnar zu sprechen. Nur mit ihr. Warum nur mit ihr? Ich hatte dafür keine Erklärung. Daher meine Unruhe, allein daher. Wie hätte Tandiana es wissen sollen?

Die Gesellschaft ging gegen Mitternacht auseinander. Ich war überzeugt, dass jeder den Heimweg in der Gewissheit antrat, die paar

Stunden mit Menschen verbracht zu haben, die sich ihrer Übereinstimmung aus den gleichen Lebenserfahrungen heraus und aus der gleichen Einstellung zu diesen sicher waren. Ich verbesserte mich daher: Es gibt, trotz allem, den Dialog. Die Einsicht erleichterte mich. Es muss den Dialog geben, dachte ich. Wir müssen nur immer darauf bedacht sein, den ehrlichen Dialogpartner zu wählen – sofern wir die Freiheit dazu haben. Wenn nicht, lehnen wir den Dialog ab, dachte ich noch. So konsequent müssen wir allemal sein.

Ich schlief im Hotelzimmer des zwölften Stockwerks gegen Morgen ein; erst als mir das Bild meiner Tochter vor Augen trat, die um einiges älter ist als Violeta, war ich dazu imstande. Ich frühstückte in Eile und saß wenige Minuten nach neun Uhr wieder in der „sala de lectură" Dr. Violeta Fora gegenüber, die mich mit unverändert natürlichem Entgegenkommen begrüßt und in den Lesesaal begleitet hatte. Ich gestand mir, dass ich mich der jungen Frau näher, ja fast vertraut fühlte, seit ich sie gleichsam in Gesellschaft meiner Tochter vor mir gesehen hatte, mit der mich ein starkes Gefühl verbindet.

Die Faszination der Dossier-Texte, die ich an diesem zweiten Tag las, war so stark, dass ich meine stumme Begleiterin über Stunden hinweg vergaß. Andere Namen, neue Gesichter drängten sich meiner Erinnerung auf, unerwartete Einblicke fesselten und beschäftigten mich. Leben wir wirklich alle vom Vergangenen und gehen am Vergangenen zugrunde?, fragte ich mich und dachte dabei: Ich werde das meine tun, dem Vergangenen überall dort die Stirn zu bieten, wo es mich hinabzuziehen droht. Wir haben nur die Wahl, vorwärts zu leben. Andernfalls geben wir uns auf. Wir können nicht anders. Aus welcher Düsternis heraus sinnierte Goethe? Ahnte er die bedrückenden Lasten eines schauerlichen Jahrhunderts voraus, dessen Geister keinen von uns je wieder verlassen werden? …

Als ich nach fünf Stunden Lektüre zum ersten Mal den Kopf hob, sah ich, dass Violeta einen Ehering trug, und während wir uns in die Augen blickten, hatte ich für den Bruchteil einer Sekunde das

Gefühl, ihr Gesicht in ferner Vergangenheit, in einem vorigen Leben schon gesehen zu haben.

Bevor ich am zweiten Tag das Archivgebäude in der Strada Dragoslavele verließ, fragte ich Violeta, ob sie meine Einladung zum Essen im Bistro „Primavera" für den nächsten Abend annehme. „Das käme einem ausgleichenden Abschluss meines Bukarestaufenthaltes gleich", sagte ich. Sie strich sich lächelnd eine Strähne des glatten, aschblonden Haares aus der Schläfe und sagte mit der Natürlichkeit zu, mit der sie mich an den beiden Tagen für sich eingenommen hatte: „Danke, ich komme gerne."

An diesem Abend saß ich bis spät allein an einem Ecktisch des ehemaligen Literatencafés „Capşa" und suchte während des Essens nach Resten des vorsozialistischen Glanzes an Säulen, an den goldfarbenen Wand- und Türornamenten. Ich trank einige Gläser Wodka hintereinander, um Ballast ebenso wie bedrängende Ahnungen loszuwerden. Ich sah dabei die ganze Zeit Violetas Gesicht vor mir und traf eine Stunde vor Mitternacht stark benommen im Hotel ein, ohne auch nur eine Sekunde das Frauengesicht mit dem aschblonden, glatten Haar und den grünen Augen verdrängen zu können. Der Schlaf übermannte mich binnen weniger Minuten.

Noch bevor ich am Morgen darauf im Archivgebäude eintraf, beherrschte mich eine Klarheit der Sinne und des Verstandes, die dem wolkenlosen Tag entsprach. Sie übertrug sich auf Violeta, die mich mit einem bezaubernden Lächeln anblickte und mich fragte: „Sie haben wohl einen schönen Abend hinter sich?" „Wir alle leben mit dem Vergangenen", antwortete ich im Bewusstsein der Rätselhaftigkeit meiner Erwiderung, „mit seinem Schatten – und mit dem Licht der Gegenwart." Ihr erstauntes Strahlen hätte mich um ein Haar veranlasst, ihr zuzuflüstern: „Sie sind eine wunderbare Frau." Dies Gesicht, dachte ich, dies Gesicht …

Als wir uns an dem südländisch warmen Sommerabend bei geöffnetem Fenster im Bistro am Rand des für seine Schönheit ehemals weithin bekannten „Cişmigiu"-Parks gegenübersaßen, war es nur noch eine Formalität, sie unauffällig nach ihrem Mädchennamen zu fragen – ich wusste seit der vergangenen Nacht, dass er „Barnar" lautete: dass sie die Tochter jenes Hauptmanns des Staatssicherheitsdienstes Securitate Cesar Barnar war, dem ich vor fast einem halben Jahrhundert acht Monate lang hilflos ausgeliefert gewesen war, seiner zynischen Kälte, seiner Schlägernatur und seinen furchtbaren Wutexplosionen angesichts der stoischen Leidensfähigkeit, die an mir zu entdecken der Hauptmann mit dem aschblonden Haar und den grünen Augen mir damals geholfen hatte. Ich erfuhr von Violeta, dass er ein zärtlicher, warmherziger Vater gewesen war, der seiner Tochter die Wünsche von den Augen abgelesen hatte.

*

Den drei Stunden in Gesellschaft der Dr. Violeta Fora im „Primavera" bewahre ich ein freundliches Gedenken. Ich habe der jungen Frau, die mich wie ein Licht durch die Schattenwelt der Dossiers begleitete und das Bild jenes Hauptmanns in meiner Erinnerung für immer überlagerte, mein Geheimnis niemals verraten, doch häufig darüber nachgedacht, dass sie zu den Menschen gehörte, die mir halfen, am Vergangenen nicht zugrunde zu gehen … Dreieinhalb Jahre nach unserer Begegnung, während eines Aufenthaltes in den Vereinigten Staaten als Teilnehmerin einer Historikertagung, starb Violeta bei einem Verkehrsunfall. Die Nachricht erreichte mich in München an einem südländisch warmen Sommerabend, als ich das Fenster meines Arbeitszimmers geöffnet hatte und mir aus dem Garten eine Duftwelle des Phloxes entgegenströmte, in die sich der spröde Geruch der Thujasträucher gemischt hatte. Laura Roca war am Telefon. Sie teilte mir Violeta Floras Tod und die näheren Umstände mit.

Die Heimkehr des Odysseus

Zu Beginn des Jahres 1993 erreichte mich in München die Einladung der „Gesellschaft der Germanisten Rumäniens“ meines ehemaligen Heimatlandes und des Germanistik-Lehrstuhls der Universität Bukarest zu einem für den Herbst desselben Jahres in Eforie an der Schwarzmeerküste geplanten internationalen Kongress. Die Einladung trug die Unterschrift des Leiters des Bukarester Lehrstuhls, Professor Dr. George Guțu. Ich hatte den Professor kurz vorher bei einem Treffen im Zusammenhang mit der Übersetzung meines Romans „Der Tanz in Ketten“ kennen gelernt. Nicht zuletzt aus Sympathie für den etwa Fünfzigjährigen beantwortete ich die Einladung zu einer Literaturlesung im Rahmen des Kongresses mit meiner Zusage.

Im Oktober flog ich mit einer Maschine der Lufthansa nach Bukarest, besorgte mir dort nach einigen Tagen des Herumschlenderns in der mir aus der Studentenzeit bekannten Stadt einen Mietwagen und machte mich durch die Donausteppe ostwärts in Richtung der Schwarzmeerküste auf. Da mich an die Veranstaltungsreihen in Eforie wenig band und ich die sogar aus Korea, Japan und den USA angereisten Damen und Herren ohne Bedauern ihren Fachdebatten überlassen konnte – etwa ihrem Austausch über das Pronominaladverb bei Rilke –, beschloss ich, die paar Tage des Aufenthalts zu kürzeren Ausflugsfahrten zu nutzen: nordwärts über Konstanza hinaus bis Tulcea am Beginn des mächtigen Donaudeltas, südwärts bis zur Steilküste nahe dem einst idyllischen Badeort Costinești. Zu den drei, vier Vorträgen, deren Gegenstand mich neugierig gemacht hatte, wollte ich schon wegen der Fortsetzung eines Gesprächs zurückkehren, das ich mit dem Tokioter Thomas-Mann-Spezialisten Ha Tzamigade und Josef Strelka von der New Yorker Columbia University über die Frage begonnen hatte, ob sich im europäischen Kulturbereich Reste alter Mythen bis heute lebendig erhielten; mir lag sehr an der Fortsetzung des Gesprächs. Während Tzamigade in Anlehnung an Beobachtungen in Japan zur Bejahung der Frage neigte, zeigte sich der kluge New Yorker Professor skeptisch, ohne sich jedoch festzulegen.

Als eines der Ziele meiner Küstenfahrten hatte ich die Măcin-Berge ausgesucht, weil sich mir die Atmosphäre dieser zu den geologisch ältesten Berglandschaften Europas zählenden Höhenzüge aus Tagen früher vagabundierender Motorradfahrten eingeprägt hatte. Den zu niedrigen Flachrücken von wenig über vierhundert Meter Höhe erodierten Erhebungen entströmte, wie ich mich erinnerte, ein Fluidum von Altersgelassenheit und -weisheit der Erde, das mir in keiner anderen Landschaft bewusst geworden war. Sich bis ans Sumpfgebiet des großen Donauknies erstreckend, schließen die Anhöhen die Dobrudscha-Hochfläche im Norden ab.

Ich erreichte sie bei wolkenfreiem Himmel und verließ sie wieder nach zweistündigem Verweilen auf den von Dorngestrüpp und herbstlich vergilbtem Trockengras bewachsenen, von keinem Laut und keinem Windhauch gestörten Erdrücken. Die Wirkung der eigenartigen Landschaftsstimmung war auch diesmal nicht ausgeblieben: Mit dem Gefühl der Rückkehr aus einer anderen Welt traf ich in der Absicht beim Wagen ein, unterwegs nach Konstanza das Denkmal des in diesen Landstrichen verstorbenen Dichters Ovid zu besuchen.

Doch nach kurzer Fahrt südwärts erregte ein verwitterter, in Küstenrichtung zeigender Wegweiser meine Aufmerksamkeit. Im letzten Augenblick entzifferte ich den Namen auf dem Blechschild. Ich brachte den Wagen mit einer Vollbremsung zum Stehen und setzte auf der leeren Straße bis zu dem Wegweiser zurück. Ich hatte richtig gelesen: In verwaschener Schrift stand auf dem Blech der Ortsname „Babadag“. Ohne eine Sekunde zu zögern, verließ ich die Hauptstraße und fuhr auf dem Landweg in die angezeigte Richtung, bemüht, meiner Erregung Herr zu werden und meine Gedanken zu sammeln.

Babadag, überlegte ich angestrengt, wie viele Jahre sind es her? Wo war das? Wie hieß der Mann? … Ich sah ihn wieder vor mir stehen, etwas höher gewachsen als ich, hager, dunkeläugig, ernst. Fast fieberhaft begann ich zu rechnen. Es sind drei Jahrzehnte, seit er vor mir gestanden und ohne sich zu bewegen mit halblauter, zurückhaltender Stimme gesprochen hatte. O ja, fiel mir ein, das war am Südrand der Donausteppe – im achttausend Mann großen Zwangsarbeitslager. Ohne sich zu bewegen, hatte er mir die ganze Zeit über ernst in die Augen geblickt und die Verse des Dichters aufgesagt, dessen Name mir bis dahin unbekannt gewesen war; das Gedicht, hatte er mich belehrt, heiße „Die Rückkehr des Odysseus". Ich hatte von Vers zu Vers faszinierter zugehört und den Text in einigen Tagen auswendig gelernt. Er hatte mich durch die Jahre der Haft begleitet … Plötzlich erinnerte ich mich jeder Einzelheit. Die restlichen paar Kilometer fuhr ich wie einer, der sich seiner Sache sicher ist und sich nicht aufhalten lässt.

Die Hausfassaden und breiten Dorfstraßen des ehemals über die Dobrudscha hinaus wegen seiner begüterten Schafhalter und Wollhändler bekannten Ortes zeugten vom Wohlstand lange vergangener Zeiten, und ich war mir sicher, der Ort würde sich jetzt rasch erholen. Den ersten Menschen, den ich auf dem Gehsteig rechter Hand erblickte, bat ich um Auskunft über die Anschrift jenes Octavian Alexa, der vor drei Jahrzehnten „pe motive politice" hinter Gittern gesessen hatte. Der Angesprochene war ein ungefähr siebzigjähriger, stoppelbärtiger Mann mit breiter Schramme auf der rechten Wange. Er lachte kurz und trocken auf und sagte: „Vom sechzehnten Lebensjahr aufwärts saßen alle anständigen Männer aus den Dobrudschadörfern im Gefängnis. E o poveste … Es ist eine Geschichte … Octavian wohnt um die Ecke links. Das dritte Haus." „Ich kenne die Geschichte", sagte ich.

Der lange, schmale Hof des Anwesens, das ich drei Minuten später betrat, leuchtete im Licht der Nachmittagssonne. Zum ebenerdigen Gebäude, das sich links nach hinten erstreckte, führten mehrere Türen; die Fenster dazwischen waren mit weißen Gardinen verhängt. Eine Art offene Laube, neben der ein großer Fliederbaum stand, schloss den Hof ab. Alles, was ich sah, erweckte den Eindruck auf Ordnung und Sauberkeit bedachten pflegerischen Sinnes. Ich überließ mich dem ruhigen Bild, ehe sich eine Tür öffnete und ein Mann aus dem Haus trat. Er war etwas höher gewachsen als ich, hager, dunkeläugig, ernst. Mit abwägend fragendem Blick gingen wir aufeinander zu. Wir umarmten uns lange und ohne ein Wort zu sagen. Dann, indem er mich an den Schultern fasste, fragte er, der immer noch in gedämpftem, zurückhaltendem Ton sprach: „Weißt du noch, dass wir im selben Jahr und am selben Tag geboren sind? Und dass wir beide zu fünfzehn Jahren verurteilt waren?“ Ich nickte. Da erst sagte er: „Willkommen in meinem Haus!“, und reichte mir die Hand. Er rief Frau und Söhne beim Namen und machte uns miteinander bekannt.

Ich blieb bis Mitternacht auf dem Alexa-Hof.

Doch zunächst überbrückten wir beim nachmittäglichen Umtrunk und Imbiss am Laubentisch die Zeit zwischen damals und heute. Wie es mir in dem fernen Land ginge, wollte er, wie ihm in den heimatlichen Gefilden, wollte ich wissen. Einmal stand er auf und verschwand im Haus. Kurz danach sah ich den jüngsten der fünf Söhne, die alle dem Vater ähnelten, den Hof verlassen; zwei seiner Brüder gingen gleichzeitig in den Garten hinter der Scheune.

Es begann zu dunkeln, als die ersten Gäste eintrafen – Brüder, Vettern, Onkel, Tanten, Neffen, Nichten, Enkel. Alle begrüßten mich mit Handschlag. Einer sagte: „Willkommen im freien Vaterland!“, ein anderer: „Gott segne deine Heimkehr!“ Als sich der Abendstern im westlichen Himmel über dem Fliederbaum zeigte, war die etwa sechzig Menschen zählende engere Verwandtschaft des Octavian

Alexa beisammen. Festlich gekleidet. Denn es galt, wie der jüngste Sohn jedem ausgerichtet hatte, nicht nur den Sonntag würdig zu beschließen, sondern den aus der Vergangenheit zurückgekehrten Freund des Hausherrn angemessen zu ehren.

Wie hier alles ohne Aufhebens und wohlüberlegt geschah und damit die Persönlichkeit des Gastgebers spiegelte, so auch die Vorbereitung der Feuerstelle am Rand des Hofes, das Spießen der von den Söhnen im Garten geschlachteten und für das Mahl vorbereiteten gehäuteten Widder, das Aufstellen dreier langer Tische nebst dazugehörenden Bänken, auf denen zuerst die Alten Platz nahmen, und das Aufspielen der drei Musiker in der Hofecke mit Klarinette, Geige und basschörigem Zimbal. Über den Lichtern des Feuers und der drei Hoflampen begann sich nahe beim Abendstern der Vollmond zu zeigen; hier, halb über dem herbstgelben Küstenland, halb über dem dunklen Meer, schien er etwas von der Schönheit beider in sein Leuchten aufgenommen zu haben. Er ließ die Frauen in den weißen, mit bunten Reihenornamenten bestickten Blusen aus feinster Baumwolle und die Männer mit dem spannenbreiten Ledergürtel auf dem Überfallhemd aussehen, als seien sie es, und nicht der Gast, die aus weit entfernten Welten und Tagen zurückgekehrt und in Octavian Alexas Hof zu festlicher Begegnung zusammengekommen waren. Ich stand als ein Fremder unter ihnen, den sie dennoch ohne Umstände freundlich als einen der Ihren aufgenommen hatten und der sich unter ihnen daheim fühlte.

Ich saß zwischen der Hausherrin und deren Vater, einem Neunzigjährigen mit weißem Haar bis zu den Schultern; die Frau war von kraftiger Gestalt, wenn sie lachte, klang ihre Stimme dunkel wie eine Glocke. Ich tunkte gemeinsam mit den Tischgenossen das Brot ins heiße Fett, das in der länglichen Holzwanne vor uns glänzte. Ich trank den rubinroten Murfatlarwein vom nahen Sonnenberg, beantwortete die gemessen gestellten Fragen und freute mich an den dunklen Glockentönen des Frauenlachens. Das Aroma der hinter uns über dem Feuer gedrehten Widder. Die bald lebhaften, bald getragenen Musikklänge. Das Licht des Mondes über uns am dunkelblauen Himmel …

Fast alle um die langen Tische versammelten Frauen waren Mütter, Witwen, Schwestern, Töchter oder Enkelinnen der Männer, die vor nicht ganz einem halben Jahrhundert nach erbitterten Schießereien mit Securitate-Kommandos verfolgt, erschlagen, zu Tode gefoltert oder mit Höchststrafen in die ehemals wie ein Spinnennetz das Land überziehenden Kerker gesperrt worden waren – nicht wenige von ihnen Opfer jenes menschlichen Unflats mit Namen Verräter, der seit Ischarioths Zeiten die Erde vergiftet … Die Toten jener Tage – die Erdrosselten und Erschossenen – saßen mit uns bei Tisch. Überall zwischen uns. Neben jedem von uns. In uns. Sie tranken mit uns. Sie waren in jedem Blick, in jedem Wort, in jeder unserer Gesten. Sie tanzten und sangen mit uns und begleiteten den Hausherrn, wenn er von Zeit zu Zeit die Runde um die Tische machte, mit jedem ein Wort wechselte und die Alten fragte, ob es ihnen auch an nichts mangele. Die fünf Söhne waren mit Wein und Stücken des saftigen Fleisches zur Stelle, wo diese fehlten. Der Stolz im Blick der Hausherrin entging mir nicht, als ich ihr sagte, die Söhne seien gleich Bäumen gewachsen – aufrecht, gerade und stark. Weilte nicht auch der Dichter Homer in unserer Mitte, da er doch nicht weit entfernt von hier seine Griechen nach tödlichem Kampf zu Mahl und Gesang zusammenrief? Nennen sich diese stolzen Schafzüchter an der Küste des einst hellenischen Meeres nicht bis heute unbeirrt Makedonen, bereit, im Geist der Ahnen Freiheit und Besitz mit dem Leben zu verteidigen?

So verging die halbe Nacht, ehe die Flammen erloschen, die Gespräche leiser wurden, die drei Musiker erschöpft die Instrumente sinken ließen. Im Dunkel der nach uralter Erde duftenden, lauen Herbstnacht stand der Mond nicht mehr über uns; er war auf das Hoftor zu gewandert, als wollte er das Zeichen zum Aufbruch geben.

Da sagte der Neunzigjährige neben mir laut: „Es ist Mitternacht, gute Leute. Lasst uns Octavian danken und heimgehen." Einige riefen: „Gott sei mit dir und den Deinen, Octavian", und erhoben sich, um dem Hausherrn und seiner Frau die Hand zu reichen.

Doch da hob Octavian Alexa, der Hagere mit den dunklen Augen und dem ernsten Blick, die Hand und gebot der aufgekommenen Bewegung Einhalt. In der Stille ging er an seinen Söhnen vorbei auf den mittleren der drei Tische zu. Er schob Besteck, Flaschen und Gläser mit ruhiger Bewegung beiseite und stieg über die Bank auf die Tischplatte. Es war kein Laut zu hören, als er, den Widerschein der Glut von der nahen Feuerstelle im Gesicht, mit sprödem, verhaltenem Ton in der Stimme zu sprechen begann. „Bevor wir auseinander gehen", sagte er, „gedenken wir unserer Toten. Auch des toten Kerker- und Lagerdichters Radu Gyr, der uns mit seinen Gedichten zu überleben half. Ich sage euch seine Verse von der Heimkehr auf."

Es war so still, dass ich meinte, das Atmen der Erde zu hören. Keiner der Versammelten bewegte sich. Als führe er ein Selbstgespräch, sprach der wie ein Denkmal über uns stehende Mann das Gedicht:

Die Heimkehr des Odysseus[1]

Ich sitze mit euch bei Tische, myrtenbekränzt –
doch schlafe ich lange schon unter Trojas Mauern.
Und wie mein Pokal im Lachen der Griechen erglänzt,
zecht ihr mit Toten und Geistern, die euch umlauern.
Ich schlafe längst unter Trojas Mauern.

Schon lange blieb ich zurück unter Trojas Mauern
und mit den toten Gefährten am Meeresgrund,
vergebens warten am Spieß in Flammenschauern

1 *Aus dem Rumänischen: Hans Bergel*

die fetten Widder und Rinder, gemästet und rund.
Denn ich entschlief schon längst unter Trojas Gemäuer,
verwese mit meinen Ruderern im Algengeflecht,
und kehre ich heim, so nur noch als Ungeheuer
gespenstisch entschwebend und ohne Geschlecht.
Für immer blieb ich zurück unter Trojas Gemäuer.

Ihr tastet die Schultern mir ab, die Gewänder,
ihr wollt gewiss sein, dass ich es bin.
Ich bin nur tausend Gräber und kein Vollender,
der unter euch tritt zu Trost und Gewinn.
Ihr zeigt mir die Tempel und Säulenhallen
und nennt mir die Gottheit, die neu euch erstand.
Ich aber zähle sie alle auf, die gefallen
und unter Trojas Schutt und Mauern verbrannt.
Bin ich, den Tod auf den Lippen, zum Schweigen verbannt?

So holt die Sänger zum fröhlichen Mahl,
besingt mich wie alle die Helden, ohne zu trauern …
Doch nur mein Schatten erhebt den gefüllten Pokal,
ihr zecht mit den Toten und Geistern, die euch umlauern,
denn ich entschlief schon längst unter Trojas Mauern,
und aller Öle betörende Ätherdüfte
befreien von Ilions Blutgerüchen mich nicht,
auch jenseits der heilenden Bäder und Lüfte
trag ich noch immer der teuren Toten Gewicht.

Seit langem ruhe ich tief unter Trojas Mauern.
Und selbst wenn die Stirn auf Penelopes süßen Brüsten
ich berge, versunken in heiße Lagerstatt,
irre ich weiter durch Meere von Knochengerüsten,
verblute bei den Zyklopen, des Kampfes satt.

Und während mich hungrig mit dürstenden Küssen
die liebende Frau über und über bedeckt,
die Narben streichelt, die mir Brust und Arme zerrissen,
und davon träumt, dass nichts mehr mich schmerzt und schreckt,
bin ich nur Wunde – nur Wunde sind Seele und Glieder,
und Wunde sind mir die Augen, eisig und leer.
Küsst mich die Frau? Küssen die Toten mich wieder?
Wer stieg mir ins Bett unter Trojas Asche her?

Ich wende mich ab von Penelopes Schenkeln und Haus,
schlag wieder mich mit den Gespenstern, die ringsum lauern,
von neuem zieh mit den Männern aufs Meer ich hinaus.
Ich will unter Trojas Gemäuer mich wühlen und kauern …

Denn längst schon blieb ich zurück unter Trojas Mauern.

Octavian Alexa schwieg. Niemand bewegte sich. Alle blickten zu ihm hinauf. Nach einer Pause sagte er: „Ich danke euch auch im Namen meines Freundes, der in Treue zu uns zurückgekehrt ist. Geht jetzt in Frieden nach Hause und bewahrt diese Stunden in eurem Gedächtnis. Denn nicht nur unsere Toten, auch mancher von uns Lebenden findet den Weg unter jenen Mauern her nicht mehr zurück." Ohne ein Wort zu sagen, gingen die Menschen auseinander. Durch das Hoftor, über dem der Mond stand.

Ich ging als Letzter. Auf der Rückfahrt nach Eforie an der Küste sah ich den Mond mit seinen Licht- und Schattenflecken in einer Deutlichkeit vor dem Nachthimmel, als zeigte er sich mir durch ein starkes Fernglas. Das nahe Meer, dachte ich, breitet sich jetzt in seinem Leuchten aus wie eine riesige gehämmerte Silberplatte. Durch das geöffnete Wagenfenster atmete ich die Luft ein, die auch hier von den Gerüchen der Erde gesättigt war. Ich traf eine Stunde nach

Mitternacht im Hotel ein und schlief die Stunden bis zum Frühstück tief und ohne Unterbrechung.

Der New Yorker Professor erwartete mich ungeduldig am Rundtischchen mit dem Blick aufs Meer. „Ich habe über unser Gespräch nachgedacht", sagte er angeregt und trank das Glas Orangensaft ohne abzusetzen aus, „ich meine, dass die Frage der Mythen …" „Ich weiß, ich weiß, Professor", unterbrach ich ihn, „seit heute Nacht weiß ich es. Die Mythen leben. Mitten unter uns. Ich werde Ihnen das erklären." Der japanische Thomas-Mann-Spezialist Ha Tzamigade trat an den Tisch, verbeugte sich höflich und bat um die Erlaubnis, sich auf den dritten Stuhl setzen zu dürfen. Er bat jeden Morgen um die Erlaubnis dafür.

Die beiden hörten sich meinen Bericht an, ohne mich mit einem Wort zu unterbrechen.

Faust und Coriolan oder Die literarische Angelegenheit

Meine Gastgeberin in Oakville am Westufer des Ontariosees, eine ergraute Siebzigjährige mit kurzem Haarschnitt und hellgrauen Augen, fragte mich beim Mittagessen eine Stunde nach meiner Ankunft, ob ich sie für einen Tag nach Stratford begleite, wo das zwanzigjährige Jubiläum der Shakespeare-Festspiele dem Theaterfreund das besondere Ereignis verspreche; sie habe Karten für eine „Hamlet"- und eine „Coriolan"-Aufführung besorgt. Die Namen zweier Schauspieler und eines Regisseurs, die sie nannte, waren mir unbekannt. Ich überlegte nur kurz. O ja, meine Reisepläne hatte ich verwirklicht, bis zum Abflug von Toronto nach Europa standen mir noch knapp vier Tage zur Verfügung.

Mrs. Selma Swendsen-Smith machte kein Hehl aus ihrer Freude über die Zusage und erklärte aufgeräumt, dass wir die Fahrt übermorgen mit ihrem Wagen antreten würden, zu dieser Jahreszeit sei „das Land zwischen den großen Seen" sehr schön. Wegen der Unterkunft werde sie sogleich die Schwägerin Nancy, die jüngste Halbschwester ihres verstorbenen Mannes, in der achtzig Meilen entfernt liegenden Stadt anrufen; während der allsommerlichen Festspiele fänden sich dort keine freien Hotelzimmer.

Zunächst jedoch verabschiedete ich mich, wie angekündigt, für den Rest des Tages von ihr und fuhr nordwärts in die Gegend von Shleburne. Ein Freund aus Kindheitstagen erwartete mich zu einem kurzen Besuch, ein in den Nachkriegsjahren aus Europa hierher eingewanderter, als Tabakfarmer und -großhändler zu geschäftlichem Erfolg gekommener Mann. Wir waren einst befreundet gewesen, ihn nach Jahrzehnten wiederzusehen, freute mich.

Der Herzlichkeit der Einladung entsprach die Aufnahme, die mir beim Eintreffen im chaletartigen Farmerhaus mit Türmchen und Dachgauben zuteil wurde. Schon ein erster Blick verschaffte mir eine Vorstellung vom Wohlstand, der sich in allem widerspiegelte, was ich zu sehen bekam. Um den alleinstehenden Fünfzigjährigen bemühten sich im Haus zwei Bedienstete, ein junger, auffallend hellblonder Mann und eine ältere, unaufdringlich besorgte Frau, die uns zum Essen auf die weiträumige Holzterrasse mit abendlichem Blick über Felder und eine sanfte Flussniederung bat. Die Gesprächsstunden vergingen wie im Flug.

Als ich ungefähr zwei Uhr nach Mitternacht durch die Mondlandschaft wieder in Richtung Oakville fuhr, hatte sich nicht nur meine Erinnerung an lange zurückliegende Begebnisse neu belebt, ich war auch zu Einblicken in eine Welt des Geschäftes gekommen, die mir als das andere Gesicht des Landes erschien, das ich während der letzten Wochen kreuz und quer durchfahren hatte: Zusätzlich zu den Bildern in ihrer Endlosigkeit verschwenderischer Landschaften, über denen die Poesie der großen Weiten lag, war mir durch die persönliche Mitteilung etwas von der Kälte wirtschaftlicher Übervorteilungskämpfe um Marktanteile unmittelbar bewusst geworden, zu der einer fähig sein muss, der sich in der Größenordnung des Freundes bewegt. Die Jahrzehnte hatten ihn geprägt. Nur für die Dauer von Augenblicken war er mir vertraut erschienen, dann wieder so fremd, als hätten wir uns niemals gekannt. Wenn auch angeregt von der Begegnung, so doch einigermaßen ernüchtert, hatte ich beim Abschied gedacht: Das war's dann wohl mit unserem ersten und letzten Wiedersehen, die Wege führten zu weit auseinander. Gleichzeitig aber hatte ich das Gefühl gehabt, der Freund würde mich am liebsten zu weiterem Bleiben auffordern. Doch er hatte geschwiegen.

Den Kopf noch voller Spekulationen über Märkte, Absätze und Aktien traf ich anderthalb Stunden vor Morgengrauen im Hause der Mrs. Swendsen-Smith ein, der gebürtigen Dänin, die in der Ehe mit dem Professor für Finanzwissenschaften an der Universität im nahen

Hamilton Robert „Bob“ Smith, einer Koryphäe des Fachs, den Mädchennamen behalten hatte. Ich schlief nur wenige Stunden.

Sie empfing mich zum späten Frühstück mit der Nachricht, dass sich uns bei der morgigen Fahrt nach Stratford der Sohn einer befreundeten Ärztin aus Detroit zugesellen werde. Der junge Mensch sei soeben in Oakville eingetroffen und beabsichtige ebenfalls, die Festspiele zu besuchen; eine Verpflichtung der Familie gegenüber habe sie zur Zusage veranlasst. Ob ich eine Begleitung als störend empfände? „Keineswegs“, sagte ich. Erleichtert merkte sie an: „Ein Schauspieler … Nun ja, einer von jenen Boys US-amerikanischen Schlags, deren Unbelastetheit und Unbekümmertheit uns Europäern bald ein bisschen beneidens-, bald ein bisschen belächelnswert erscheint.“ Sie unterbrach sich und sagte nach einer Weile: „Ach, wissen Sie, obwohl ich seit gut dreißig Jahren auf diesem Kontinent lebe, kann ich mich an gewisse Dinge nicht gewöhnen. Ich will es auch nicht.“

Mrs. Selma war ein fröhlicher, aufgeschlossener Mensch. Zwar fiel mir in bestimmten Augenblicken der Anflug von Zurücknahme, ja Unzugänglichkeit auf, der sei es ihre Gesichtszüge, sei es ihren Tonfall beherrschte – so als gäbe es etwas in ihrem Leben, das sie unterschwellig bedränge –, doch zeigte er sich jedesmal nur für den Bruchteil einer Sekunde. Dessen ungeachtet lachten wir während der ausgedehnten Mahlzeit viel, ich musste von der gemeinsamen Berliner Bekannten berichten, die mich an sie gewiesen hatte, und einige Male erstaunte mich während unseres lebhaften Gesprächs ihre Kenntnis des shakespeareschen Dramenuniversums wie allgemein der europäischen Literaturen, wenn sie etwa mit genauer Bestimmung eine kurze Bemerkung über den Unterschied zwischen dem französischen und dem spanischen Roman fallen ließ. Vom Reisen müde, verbrachte ich den Tag mit der auffrischenden Lektüre der beiden Bühnenstücke, die wir nächstentags in dem nach Shakespeares Geburtsort benannten Städtchen sehen würden. Zwischendurch, immer noch angeregt von dem Gespräch, entsann ich mich flüchtig der Äußerung der Berlinerin, ihre Freundin in Oakville habe es in der Ehe mit dem „karrieristisch erfolgsgierigen Bob", dessen Bekanntschaft sie ihr verdanke, „zunehmend schwerer" gehabt; ich hatte den Selbstvorwurf nicht überhört.

Der Vierundzwanzigjährige, den ich am Morgen darauf kennen lernte, strahlte in der Tat in Ausdrucksweise und Verhalten eine jungenhafte Unbefangenheit aus, die mich sogleich für ihn einnahm – wir fühlten uns ohne Umstände einander verbunden, als sich Mrs. Selma weder durch sein noch durch mein Angebot dazu überreden ließ, auf dem Beifahrersitz Platz zu nehmen und die Fahrt bis Stratford geruhsam zu genießen. Nein, sagte sie, seit dem Tod ihres Mannes vor vierzehn Jahren fahre sie den Wagen, und sie werde es mit Gottes Hilfe auch die nächsten vierzehn Jahre tun, worauf ihr Stammbaum durchaus schließen lasse. Jimmy, wie sie den Schauspieler nannte, nahm es mit der zwanglosen Leichtigkeit zur Kenntnis, die ihn in allem auszeichnete, was er sagte und tat. Auch unsere Stimmung bei der Fahrt in den wolkenlosen Sommermorgen hinein wurde von seiner belebenden Lässigkeit beflügelt, indem seine Fragen und Antworten dem Gespräch unvermutete Wendungen gaben oder seine Anmerkungen uns erheiterten. Dabei war weder Selbstgefälliges noch Besserwisserisches im Wesen des jungen Mannes, ja, seine Offenheit ließ ihn Gedanken aussprechen, deren ungedeckte Arglosigkeit mir mitunter fast kindlich vorkam.

Wir näherten uns der Stadt Guelph und fuhren auf eine weit ausholende, leicht ansteigende Schleife des kaum befahrenen hellen Highway zu, als sich Jimmy, der auf dem Beifahrersitz saß, halb über die Schulter zu mir wendete und wissen wollte, woher ich käme und womit ich mich beruflich beschäftige. „Aus Europa", sagte ich, „aus Deutschland, ich schreibe Bücher." Mit einem Ruck wendete er mir das Gesicht zu und sagte aufgekratzt: „Luckily for me! Das nenne ich Glück! Immer schon wollte ich einen Europäer um Aufklärung in einer literarischen Angelegenheit bitten. Und nun treffe ich gar a man from Germany! Darf ich Sie etwas fragen?" „Nur zu."

„Da ist", sagte er fast leidenschaftlich, „da ist dieser – dieser Doktor Faust, über den der Baron von Goethe einiges geschrieben hat. Nicht wahr?" „Ja. Und?" „Sehen Sie, der Mann, ich meine den Faust, der ist doch berühmt. Nicht wahr?" „Ja." „Er ist – er ist gescheit, oh, er ist genial. In allem. Er ist gebildet. Hochgebildet. Mister Goethe lässt ihn da gleich zu Beginn eine Menge aneinander reihen. Unglaublich! ... Nicht wahr?" „Ja." „Er hat Macht. Über Menschen. Macht über geheimes Wissen. Geld ... Na, und er hat Sex mit der schönsten Frau der Welt, mit der Marilyn Monroe der Trojaner, der griechischen Schönheitskönigin Helena ..." „Aber, Jimmy, ich bitte Sie!", sagte Mrs. Selma zugleich ungehalten und erheitert. „Sorry, I'm sorry, Missis Selma, excuse me ... Aber so ist es nun mal, und ich will es jetzt genau wissen", sagte Jimmy, „ich muss es endlich wissen." Er unterbrach sich, blickte mir forschend in die Augen und sagte: „All right, der Doktor Faust ist also berühmt. Er ist reich. Mächtig. Er kann haben, was er will. Obendrein hat er mit der schönsten Frau ..." „Jimmy!", rief Mrs. Selma. „Okay – er verkehrt mit der schönen Helena, okay?" „Ja", erwiderte ich, „und wo liegt Ihr Problem mit ihm?" „Hören Sie, der Mann hat Erfolg, egal was er beginnt, er hat rundum Erfolg. Bitte, und jetzt erklären Sie mir, warum dieser erfolgreiche, berühmte Mann trotzdem unglücklich ist. So unglücklich, sagt er, dass ihm das Herz verbrennt. Aus welchem Grund, verdammt, ist der Doktor unglücklich, da er doch erfolgreich ist? Ich verstehe das nicht."

Wir fuhren in gemächlichem Tempo über eine Steinbrücke mit niedrigem Geländer. Das Wasser des Bachs, der als irgendein „River" ausgewiesen war, leuchtete flüchtig auf. Es löste die Empfindung in mir aus, er zwinkere mir zu. Auf den hügeligen Wiesen rechter Hand standen vereinzelte Sträucher, deren Schatten sich im ebenmäßigen Grün streckten, als hätten sie nicht mitbekommen, dass es schon später Vormittag war. Im Spiegel über dem Fahrersitz beobachtete ich den angespannten Ausdruck in Mrs. Selmas Gesicht; die Siebzigjährige erwartete neugierig meine Antwort.

„Sofern ich Sie richtig verstehe", sagte ich nach kurzem Überlegen, „sind Sie der Ansicht, dass der Erfolg im Leben eines Menschen über allem anderen steht, aber Sie bringen Ihre Auffassung nicht in Einklang mit Fausts Lebensgefühl?" „Na, hören Sie", rief Jimmy, „wir leben doch alle für den Erfolg. Wofür denn sonst? Der Starke jedenfalls will ihn. Er gebührt ihm. Und er wird ihn auch haben. Ich bewundere den Erfolg. Wollen Sie ihn denn nicht auch?" „Ich stehe nicht zur Diskussion", sagte ich, „Ihnen geht es um Dr. Faust. Und der will, wie Sie sehen, etwas anderes als den Erfolg in Ihrem Verständnis. Sagen wir: Er will mehr …" Jimmy machte eine auffahrende und gleicherweise hilflose Handbewegung. „Mehr? … Was kann es für einen Menschen mehr geben als Erfolg?", fragte er verwundert, „mehr als Anerkennung, Ruhm, Reichtum, Macht? Und davon hat der Doktor, so viel er will. Obendrein hat er mit der schönsten Frau …" „Es ist gut, Jimmy", kam ihm Mrs. Selma zuvor, „das mit der Helena wissen wir schon … Aber", fuhr sie unerwartet temperamentvoll fort, „beurteilen Sie die Menschen wirklich nach ihrem Erfolg? Tun Sie das?" Fast heftig wiederholte sie die Frage: „Meinen Sie das im Ernst?" „Ich begreife Sie nicht, Madam", antwortete Jimmy, „der Mensch ist so viel wert, wie er zum Erfolg begabt ist. Sehen Sie sich doch um – ein Mensch ohne Erfolg zählt nicht. Wer anderer Auffassung ist, Missis Selma, der räumt den Versagern das Feld." Da ich Mrs. Selmas plötzliche Erregtheit spürte, beeilte ich mich, beschwichtigend in die Auseinandersetzung einzugreifen. „Ich schlage vor", sagte ich, „bei Faust zu bleiben. Der will Antwort auf die letzte denkbare Frage, die der Mensch stellen kann. Auf die Frage nach Gott. Egal, ob ihm das zu Erfolg – zu Ruhm, Macht, Reichtum verhilft. Es ist ihm völlig egal. Das eben macht ihn aus. Den Erfolg hat er längst – und wie! Doch er achtet ihn gering."

Jimmy war so überrascht, dass er schwieg. Eine Zeitlang hörten wir nur das weiche Summen der Wagenreifen auf der Asphaltdecke der Straße. Wir hatten die Sonne im Rücken; ein ausgebleichtes Schild zeigte an, dass es bis ins Zentrum Guelphs noch anderthalb

Meilen waren. Der junge Amerikaner klappte die Sonnenblende mit einem jähen Griff herunter. Nicht allein die Sinnlosigkeit seines Tuns, sondern mehr noch die Art des Handgriffs verriet seinen Unwillen. Ich hörte ihn murmeln: „Ich habe das nie verstanden. Und wenn es so ist, wie Sie sagen, dann ist der Doktor Faust ein Narr … Amerika wurde groß und stark, weil es den Erfolg will. Und zu jedem Opfer dafür bereit ist. Begreift man denn die Welt bei Ihnen anders? … Nein, mein Herr, Sie haben mich keineswegs überzeugt, keineswegs."

Wieder hörten wir dem Summen der Wagenreifen zu. Erst nach einer Pause sagte ich: „Vielleicht hilft es uns weiter, wenn ich Ihnen eine Geschichte erzähle. Sie trug sich in einer europäischen Hauptstadt zu: Vor einiger Zeit berichteten die Medien von einem Mann, der im Rotlichtmilieu auf scheußliche Art einen Mord begangen hatte. Dank mildernder Umstände verurteilte ihn das Gericht zu einer verhältnismäßig geringen Gefängnisstrafe. Während der Haftjahre schrieb er ein Buch der ‚Reue und inneren Heilung'. Es machte Schlagzeilen in den Feuilletons und beeindruckte auch die Richter so stark, dass sie ihn vor der Zeit auf freien Fuß setzen ließen. Sein literarischer Erfolg verschaffte ihm Zutritt zu Künstler- und Autorenkreisen. Begeisterte Literaturkritiker interviewten ihn, Stars aller Bereiche ließen sich zum Zeichen ihrer Toleranz beim Tanz, beim Essen, beim Konzertbesuch mit dem Erfolgreichen für die Zeitungen fotografieren, Journalisten umschwärmten ihn. Kurz, seine beredt bekundete Reue und sein Ruhm als Buchschreiber machten ihn gleich doppelt zum Star. Bis sich eines Tages herausstellte, dass er auch an weiteren Morden schuldig war, von denen er in seinem redseligen Reuegeständnis kein Wort hatte verlauten lassen. Sie sehen, Jimmy, hinter der Maske des Erfolgs verbirgt sich gelegentlich das Scheusal, und so ist die Frage nach der Vertretbarkeit seiner vorbehaltlosen Bewunderung nicht aus der Welt geschafft."

Jimmy schwieg eine Zeitlang. Dann sagte er aufatmend: „Böse Geschichte." Unbeeindruckt fügte er hinzu: „Auch das Prinzip des Erfolgs hat seinen Preis. Wie alles …"

Wieder sah ich Mrs. Selmas Gesicht im Spiegel. Die Dame fuhr umsichtig und ruhig, aber an den schmal gewordenen Lippen und am abweisenden Blick der grauen Augen las ich ab, dass diese letzte Antwort des jungen Mannes sie in Zorn versetzt hatte. Es war ihr anzusehen, dass sie nach dem passenden Wort suchte, um sich von neuem ins Gespräch zu mischen. Mir war schon vor Minuten klar geworden, dass der Gegenstand unseres Wortwechsels den Nerv ihres Verhältnisses zum verstorbenen Mann – dem „erfolgsgierigen Bob“ – bloßgelegt hatte. Das macht es ihr unmöglich, dachte ich, das eine vom anderen zu trennen. Als sie jedoch schwieg und nur resignierend einige Male den Kopf schüttelte, fühlte ich mich gedrängt, das Gespräch um ihretwillen fortzuführen. Ich sagte:

„Nun, auch ich habe eine Frage, eine Frage an Sie, Jimmy.“ „O yes, please“, sagte Jimmy sofort und wendete sich wieder halb zu mir, „bitte“.

„Wenn ich Ihre Vorgabe zum Maßstab nehme“, sagte ich, „dann sind mit Sicherheit die drei erfolgreichsten Männer unseres Jahrhunderts Stalin, Mao-Tse-tung und Hitler.“ Jimmy fuhr herum und starrte mich an. „Nun ja“, sagte ich, „mehr als alle anderen Männer unserer Zeit hatten die drei in Überfülle, was Sie aufzählten. Prüfen wir es: Sie hatten Ruhm, Weltruhm sogar. Geld, so viel sie wollten. Gegebenenfalls Frauen, sofern sie solche begehrten, was bei den Biographen nachzulesen ist. Und sie hatten Macht wie niemals jemand vor ihnen. Sie waren umjubelt, rund um den Globus von Abermillionen gefeiert, bewundert, ja vergöttert – und ebenso gefürchtet. Einen von ihnen, Hitler, wählte Ihre New York Times zum Mann des Jahres, er wurde für die Ehrung mit dem Nobelpreis vorgeschlagen; Stalin und Mao waren die Idole nicht zuletzt der westlichen Intellektuellen, sie sind es teils bis heute. Alle drei hatten das, was Sie die Attribute des Erfolgs nannten“, sagte ich, „drei Massenschlächter und -mörder … Der Erfolg in Ihrer Definition zeichnete also die drei größten Bluthunde der Menschheitsgeschichte in einem ganz ungewöhnlichen Maße aus. Ich bin gezwungen, daraus den Schluss abzuleiten, dass der Erfolg, dem Sie auf der Skala unserer Werte den höchsten Rang zuweisen, mit dem Seelengepäck des Ungeheuers daherkommen kann. Daher meine Frage: Macht Ihnen, dem Erfolgsbewunderer, das nichts aus?"

Noch ehe ich geendet hatte, rief Mrs. Selma „Exact!" – in einem Ton, als habe sie diesen Augenblick nicht erwarten können, es klang, als entlade sich lange in ihr Angestautes „So ist es!" „Aber nein doch", brauste Jimmy auf und wendete sich zu ihr, „nein, so habe ich es nicht gemeint! Als ob Sie es nicht wüssten, ich bitte Sie!" Sie beachtete den Einwand keine Sekunde lang und rief: „Du lieber Gott, je schwächer die Leute im Kopf sind, umso eher lassen sie sich vom Erfolgreichen um den Verstand bringen, egal, was er treibt. Genau hier liegt doch auch die Erklärung für das Zustandekommen von Macht und Herrschaft der drei aufgezählten Erfolgsbestien. Überlegen Sie mal!" Sie schwieg so eindringlich, ja so heftig, könnte man sagen, dass Jimmy keine Erwiderung wagte. Gleichzeitig hupte sie nachhaltig, weil ein schwarzer Geländewagen mit breiten Regenreifen dicht vor uns auf unsere Fahrspur eingeschwenkt war. In der Stille danach sagte sie ruhiger und trocken: „Mir stellte sich immer schon die Frage: Erfolg in wessen Augen? Bleiben wir ewig manipulierbar?"

Mich erstaunte nicht nur die Entschiedenheit, mit der Mrs. Selma die Diskussion an sich gerissen und Jimmy zurechtgewiesen hatte, sondern auch der Mangel an Feinfühligkeit bei Jimmy, dem nicht aufgefallen zu sein schien, dass Rede und Gegenrede sehr Persönliches in Mrs. Selma aufgerührt hatten. So fragte er denn auch nach einer Weile erstaunt: „Was meinen Sie damit, Madam: In wessen Augen? Doch in den Augen der Gesellschaft, der Welt. In wessen Augen denn sonst?" Erst nach einiger Zeit hörte ich Mrs. Selma langgedehnt sagen: „Ach so …" Da hättest du besser geschwiegen, Junge, dachte ich, als sie kaum hörbar wiederholte: „Ach so, der Gesellschaft." Danach schien die Angelegenheit für sie erledigt zu sein. Sie sagte kein Wort mehr. Weder damals noch später habe ich erfahren, ob der US-Boy die Ironie im Tonfall wahrgenommen hatte.

Die beiden Städte Guelph und Kitchener hinter uns, fuhren wir jetzt in südwestlicher Richtung; Stratford lag ungefähr zwanzig Meilen vor uns. Mrs. Selma behielt mit der Ankündigung von der Schönheit „des Landes zwischen den großen Seen" Recht. Bald über welliges, bald über flaches Gelände schoben sich Wälder, dann wieder Wiesen an die Straße heran, die alle vom Licht des wolkenfreien Himmels überspült waren. Bis zur Ankunft in der kleinen Festspielstadt unterhielten wir uns nur noch über Belangloses; Jimmy zeigte sich einfallsreich und von der muntersten Seite.

Als wir uns im Ortskern von ihm, der mit Freunden verabredet war, trennten, verriet sein Gesicht nach wie vor jene arglose Offenheit, die mich bei unserer Bekanntschaft für ihn eingenommen hatte. „Es war sehr, sehr unterhaltsam mit Ihnen", sagte er und reichte mir die Hand, „verry, verry amusing." Er strahlte mich an und sagte: „Das mit dem Faust habe ich immer noch nicht verstanden. Der Doktor ist mir zu europäisch. All right, ich werde Sie trotzdem nicht vergessen. Hope to see you again!" Kaum hatte er sich einige Schritte entfernt, hörte ich Mrs. Selmas Stimme neben mir wie im Selbstgespräch: „Nein, man soll sie nicht überfordern … Amusing …" Sie lachte kurz. „Warum auch sollte er mehr verstehen?"

Mrs. Nancy war eine füllige Sechzigjährige mit rötlich gefärbten Locken über gepuderten Pausbäckchen, sie erwartete uns mit dem Mittagessen; es gab köstliche Chickenwings mit gemischtem Gemüse. Theater? O Gott, nein, Theater! Dieser Rummel, sagte die quicklebendige Dame, das alles interessiere sie nun wirklich nicht im Geringsten. Aber wir dürften nach der bevorstehenden Anstrengung des Nachmittags und Abends mit lukullischem Genuss rechnen; für den Fall, dass sich das Theaterabenteuer zu „mühsam" gestalte – „troublesome" –, empfehle sie uns, zum Trost fest an ihre Einladung zu denken. Erst als sie mir zum goldgerahmten Porträtfoto eines Mannes auf dem Kaminsims sagte, es sei das Bildnis ihres Halbbruders Bob, fiel mir ein, dass ich in Mrs. Selmas Wohnung nirgendwo ein Bild des verstorbenen Gatten gesehen hatte. Bob sah auf dem Foto pausbäckig aus wie seine Halbschwester, auch hatte er deren kleine, listig dreinblickenden Knopfaugen.

Nein, „Hamlet" gestaltete sich nicht „mühsam". Freilich, der junge Mann, der den Dänenprinzen spielte, tat dies mit einer seltsamen Mischung aus Selbstvergessenheit, Glätte und Diabolik, die mich eher neugierig machte und befremdete als fesselte. Doch die „Coriolan"-Aufführung fand meine ganze Bewunderung. Shakespeares unerbittliche Sezierung des Homo sapiens, der sich als hartnäckig unfähig erweist, über das Vordergründige seiner Lage hinaus die Vorgänge zu begreifen und so, trotz einiger bemerkenswerter Eigenschaften als Haudegen, sich und alle anderen in verhängnisvolle Ausweglosigkeiten stürzt, stellte sich als eine Glanzleistung der gesamten Truppe dar. Gegen zehn Uhr abends waren wir wieder zu dritt um Mrs. Nancys Tafel und ein vortrefflich zubereitetes Fischgericht versammelt.

Tags darauf machte ich mich gegen Mittag mit Mrs. Selma nach Oakville auf – sie bat mich, auf dem Fahrersitz Platz zu nehmen. Nur den Bruchteil einer Sekunde erstaunte mich ihre Aufforderung; ich nickte. Eine Stunde nach der Ankunft in Oakville holte mich der Shuttle-Bus der Canadian-Air zum Flughafen nach Toronto ab.

Nicht wenig verwundert hörte ich beim Betreten der Passagierhalle meinen Namen aus den Lautsprechern schallen; eine Frauenstimme bat mich zum Informationskiosk.

Schon von weitem erkannte ich die Gestalt meines Freundes, des Tabakfarmers und -händlers. Er sei gekommen, sagte er bei der Tasse Kaffee im Glaspavillon nebenan, um mir zu sagen, dass er bedauere, meinen Besuch dazu genutzt zu haben, seine geschäftlichen Sorgen loszuwerden. „Verdammt", knurrte er, „ich kann schon an nichts mehr anderes denken …" Der Erfolg, zu dem einer hier gnadenlos verurteilt sei, nehme den Platz einer Religion ein. Er schwieg einigermaßen verlegen. Das sei, warf ich ein, überall das Gleiche. O ja, sagte er, aber man dürfe es nicht miteinander verwechseln – er habe das zu spät bemerkt. Während wir zahlten und uns erhoben, sagte er fast stockend: „Ich wünschte mir, du kämst wieder.“ Ich versprach es. Wir umarmten uns. Er hielt mich lange fest.

Wir sahen uns niemals wieder. Der Freund starb wenige Wochen nach unserer Begegnung an einem Herzinfarkt. Auch von der klugen und freundlichen Mrs. Selma Swendsen-Smith hörte ich nie wieder. Als ich mich in Oakville im Jahr nach dem gemeinsamen Besuch der Shakespeare-Festspiele nach ihr erkundigte, wurde mir gesagt, sie habe ihr großes Haus verkauft und den Ort verlassen.

Wildwasserfahrten oder Von der Rückkehr ins Paradies

Er war einer der Stillen in der Schar der Naturfreunde und -kenner: der Bergwanderer, Waldläufer und Kajakfahrer auf den Karpatenflüssen Freddy Nieweld, der in den Morgenstunden des 20. Mai 1994 unerwartet in seinem Haus in Kronstadt unter dem steil aufragenden Höhenzug der „Zinne" wenig über siebzigjährig starb. Einst legendäre Gestalten der bis vor wenigen Jahrzehnten noch kaum beschädigten transsilvanischen Naturwelt gehörten ebenso zu seinen Freunden wie die Höhlenforscher, Skitourengeher, Kletterer und Bergretter. Alle kannten ihn als zuverlässig, treu, fleißig, jeder konnte mit ihm rechnen, der ihn zum Freund hatte oder in Not geriet. Der kleingewachsene, zähe, wendige Mann arbeitete in der Textilindustrie, sein Lebensinhalt jedoch waren die Hochgebirge, Wälder und Flüsse der Süd- und Ostkarpaten – über achthundert Kilometer lang, zwischen fünfzig und hundertfünfzig Kilometer breit, umfasst deren Bogen das siebenbürgische Hochland mit einer Ausdehnungsfläche von der Größe Österreichs.

Noch zwei Abende vor seinem Tod saß ich mit ihm im Wohnzimmer seines Hauses inmitten des wildwuchernden Gartens im nordöstlichen Randbezirk seiner Vaterstadt. Wir hatten uns ungefähr dreißig Jahre nicht gesehen, und nicht nur der schwarze Johannisbeerwein, den er aus den selbstgezüchteten Früchten des Gartens kelterte, ließ uns bis in die Nacht hinein schwatzen. Wir warfen uns Erinnerungen zu wie Bälle. Die Toancele-Stromschnellen der Goldenen Bistritz, in denen sein rotschwarzes Klepperboot an einem Floßstamm zerschellte und unter dem Floßkonvoi verschwand. Der März-Schneesturm in der Westwand des Königsteins, aus dessen

Zugriff wir uns gerade noch retteten. Die Sintflut-Regennacht in der Hirschschlucht des Butschetsch-Massivs, durch die er mich wegen des bei einem Sturz verstauchten Fußknöchels mehr schleppte als stützte …

Waren es wirklich fünfundvierzig Jahre seit dem Beginn unserer Bekanntschaft? Die Umstände sind mir wegen der Folgen unvergesslich. Als ich – damals aktiver alpiner Skirennläufer – nach einem Abfahrtstraining auf der „Wolfsschluchtpiste" am Fuß des Schuler-Gebirges die Seilbahn bestieg, fragte mich ein untersetzter, mit Rucksack und breiten Kurzskiern ausgerüsteter Mann höflich, ob er den freien Platz neben mir einnehmen dürfe. Während der Fahrt hinauf machte ich dann die Bekanntschaft eines Menschen, der dem Sport gleichsam von der anderen Seite her begegnete. Nicht der Hochleistungsvergleich im Rennen, sondern das Eintauchen in die Natur, nicht die täglich bis an die Leistungsgrenze gehenden Trainingsläufe, sondern die Suche nach der Begegnung mit der Landschaft waren seine Sache … Ob ich je in einem Faltboot auf einem Fluss gesessen habe, wollte der Mann neben mir wissen, als wir bergauf schwebten. Ich fragte erstaunt, ob es denn im Umkreis jemanden gäbe, der ein solches Boot besitze? Zwar hätte ich Bücher Herbert Rittlingers, des Sportabenteurers zwischen den beiden Weltkriegen, gelesen, der nicht nur den Amazonas-Strom und den Euphrat, sondern auch die Goldene Bistritz quer durch die Ostkarpaten in einem Faltboot befahren hatte. Doch könne ich mir bei der Isoliertheit des Landes, in dem wir lebten, kaum vorstellen, dass es ein Boot aus der berühmten Klepper-Werft im oberbayerischen Rosenheim bei uns gäbe. Er besitze zwei der Boote, antwortete der Mann mit den kohlschwarzen Augen. Ich solle mir doch, bitte, gelegentlich Gedanken darüber machen, was einer wie ich sportlich beginne, wenn er „dieser Raserei über die Rennpisten" nicht mehr gewachsen, dem Sport aber „so stark verbunden" sei, dass er „ohne ihn nicht kann". Im Übrigen, fügte er hinzu, während wir an der Endstation ausstiegen, gäbe es nichts Schöneres als einen Frühjahrsmorgen im Boot auf dem Fluss. Er besitze, wie gesagt, zwei Faltboote, von denen das eine unbenutzt im Abstellschuppen liege. Ich blickte dem Mann nachdenklich hinterher, als er auf den Kurzskiern in weichen Bögen im Tiefschnee des Tannenwaldes verschwand. Abseits der Pisten, auf denen ich mich tummelte.

Zwei Jahre später kaufte ich Freddy das „unbenutzte Boot im Abstellschuppen" ab, nachdem ich – „zur Probe" – gemeinsam mit ihm „an einem Frühjahrsmorgen im Boot" den wasserreichen Schwarzbach am südlichen Innenrand der Ostkarpaten zwischen blühenden Korbweiden befahren hatte. Vor uns immer wieder aufsteigende Wildenten. Nach jeder Flussbiegung ein unerwartet neues Bild im Blickfeld. Unter uns im glasklaren Gebirgswasser Forellen, Waller, Weißfische, Schleien, Barben. Und bald stellte sich heraus, dass Freddy in mir „den Richtigen gewittert" hatte, wie er sagte. Ich war dem zusammenlegbaren, auf federleichtem Spantengerüst montierten Kajak mit Bootshaut, Spritzdecke und Paddel, mit dem geringen Tiefgang und der großen Wendigkeit von der ersten Minute an verbunden.

In der Fachliteratur ist viel die Rede von Siebenbürgens Bergen, Wäldern, Hochebenen, Riesenhöhlen als sportlichen Erfahrungsräumen, von den Hochwildjagden auf Braunbär, Hirsch, Gämse oder Wolf. Nirgend aber stieß ich in diesem Zusammenhang auf Schriften über die karpatischen Flüsse. Und was für Flüsse sind das! Goldene Bistritz, Alt, Mieresch, Schnelle Kreisch, Samosch. Sie entspringen nicht weit voneinander entfernt in dem von Gebirgszügen umstellten Hochland und sind so im wahren Wortsinn eingekesselt. Alle aber drängen sie, jeder in eine andere Himmelsrichtung, mit eigenwilliger Kraft mitten durch die Gebirgsketten hindurch aus dem Hochland hinaus. Die Goldene Bistritz bei Vatra Dornei durch die Ostkarpaten, der Alt bei Talmesch durch die Südkarpaten, der Mieresch im Westen bei Diemrich, Kreisch und Samosch im Norden bei Huedin und Baia Mare – dem ehemaligen Frauenbach – durch die Westsiebenbürgischen Karpaten. Aber nicht allein das Quellgebiet und der Ausbruch nach allen Seiten durch die Bergwälle sind ihnen gemeinsam, sondern auch das Ziel ihres Laufs. Sie bringen dramatische Strecken hinter sich und bilden Wasserlandschaften von einmaliger Schönheit, ehe sie nach Umwegen in die untere Donau und damit ins Schwarze Meer münden. Dass sie von Nebenflüssen begleitet sind, die zur Zeit der Schneeschmelze zu reißenden Bergwassern werden, erhöht den Reiz ihrer Kenntnis und das Abenteuer ihrer Befahrung. Der Arieş im siebenbürgischen Westgebirge, eingeklemmt zwischen den 1825 Meter hohen Muntele Mare und der Berggruppe um den 1438 Meter hohen Poeniţa-Gipfel, ist im März und April ein einziger weißer Schaumteppich. Der Schwarzbach stürmt südlich des 1648 Meter hohen Ostkarpatengipfels Nemira als Katarakt in den Oituz-Pass hinab. Der Lauterbach bewegt sich von den Südhängen der 2258 Meter hohen Ştefleşti-Spitze in den ersten warmen Frühjahrswochen mit dem Grollen eines Gewitters auf den Altfluss nördlich der großartigen Felsengen des Cozia-Passes zu.

Freddy lehrte mich den Umgang mit dem Boot in den unvorhersehbaren Tücken des bewegten Wassers. Er brachte mir den Blick für die Einfahrt in die Stromschnelle und das Eskimotieren bei, die Seitwärtsrolle im Boot unter Wasser. Er zeigte mir, wie im Kehrwasser in Ufernähe ohne großen Kraftaufwand flussaufwärts gepaddelt wird. Wie die Paddelschaufeln knapp unter der Wasserfläche einzusetzen sind, um die beste Zugkraft zu entwickeln.

Der Altfluss am nördlichen Ausgang der Beckenlandschaft vor Kronstadt zwischen den Baraolt- und den Perşani-Bergen war unser erstes Übungsgebiet. Er war zugleich viel mehr als das: Hauptader einer Wald- und Flusslandschaft, die, wie alle natürlichen Flusslandschaften auf der Erde, ein in sich selber ruhender, sich selber genügender biotopischer Kosmos ist und jeden gefangen nimmt, der sich ihr anvertraut und das Gefühl erlebt, in eine andere Welt aufgenommen zu sein. Die Waldlandschaft des Altflusses war in jenen fünfziger Jahren von paradiesischer Unversehrtheit. Vogel- und Fischreichtum des Wassers mitten im dichten Mischwald, Kranich und Wildente,

Nachtigall und Haubentaucher, Hecht und Fischotter machten das lautlose Gleiten übers Wasser, die Abende am Lagerfeuer, die Nächte im Zelt, die Flussnebelmorgen und die Streifzüge durch die Waldberge am Wasser entlang zu Ereignissen glückhaft empfundener Einsamkeit. Zum „Zwiegespräch mit der Schöpfung", sagte Freddy.

In allem, was die Umstände unserer Ausfahrten betraf, war Freddy der Meister. Nicht nur die gängigen Handgriffe beim Zeltaufbauen und Lagerfeueranzünden, auch jegliche unerwartete missliebige Situation fand in ihm ihren Herrn. Er löste die von Feuchtigkeit getränkte klemmende Spante beim Bootzerlegen mit dem gleichen Geschick aus dem Gerüst, wie er das vom überraschenden nächtlichen Gewitterregen plötzlich unterspülte Zelt im Handumdrehen auf ungefährdeter Stelle aufbaute. Er tarnte das ans Ufer gezogene Boot für die Dauer der zwei Wandertage mit einer Schnelligkeit, die mich in Erstaunen versetzte. Er dünstete in Huflattichblätter gewickelte Forellen in der Glutasche des Feuers, als hätte er Zeit seines Lebens nichts anders getan. Dabei konnte er, der ein Steak mit dem Genuss eines hungrigen Kindes verzehrte, bei langen Fußmärschen mit schwerem Gepäck oder bei stehend unter dem Felsvorsprung eines Hochgrates verbrachter Unwetternacht von einer stoischen Anspruchslosigkeit sein, wie sie mir selten begegnet ist. Er war der ideale Weggefährte, hilfsbereit und willens, den letzten Bissen ohne Zaudern zu teilen, einfallsreich im Beheben auftretender Pannen. Und niemals missgelaunt.

In jenen fünfziger Jahren befuhren wir nicht nur ein Dutzend Mal zu Frühjahrszeiten den Schwarzbach und den Oberlauf des Altflusses. Wir suchten die anspruchsvolle Herausforderung.

Das war zunächst der Trotuş südlich der ostkarpatischen Berzunt-Höhenzüge. Dann die schwierige Goldene Bistritz. Der Name dieses Karpatenflusses von ehemals wilder Schönheit soll aus der verschollenen Sprache der Petschenegen oder der Kumanen stammen. Er heißt zu deutsch „die Schnelle", „die Reißende", „die Schäumende". Das „Golden" hat entweder mit dem Flussgold zu tun, das dort in den Ostkarpaten, einem der ehemals goldreichsten Naturareale Europas, gewaschen wurde, oder mit der Goldfärbung des ostwärts fließenden Wassers, auf dem sich die Morgensonne in Lichtwundern spiegelt. Die Goldene Bistritz ist ein Fluss mittlerer Größenordnung, der zwischen der siebenbürgischen Stadt Borşa und der moldauischen Piatra Neamţ in Felsschluchten, Senken und bewaldeten Engtälern die Ostkarpaten durchbricht – ein Wildwasserweg von rund hundert Kilometer Länge mit unzähligen Stromschnellen, damals auch Transportweg für Flöße bis zum Sereth und dem Donauhafen Galatz hinab, wie es ihn heute nicht mehr gibt. Denn die schönsten Stellen mit den tosenden, schäumenden Stromschnellen, den Felsenengen und Wasserfällen wurden durch den Bau des Bicas-Stausees genauso für immer zerstört wie die rund zwanzig Berg- und Flussdörfer, deren in Jahrhunderten gewachsene Gestalt mit der Natur zu einer Einheit von überwältigender Lebendigkeit verschmolzen war.

Die Goldene Bistritz konnte zu jener Zeit während des Hochsommers mitunter fast austrocknen, weil die vielen kleinen Stauseen in den Bergen unter dem 2100 Meter hohen Pietrosu und dessen Nachbargipfeln die Zuflüsse abfingen und ihr Wasser für die große Floßdrift sammelten. Wenn sich dann die Schleusen öffneten und das Wasser freigaben, wurde sie binnen weniger Minuten zur unumstrittenen Herrin der Ostkarpatenlandschaften nördlich und südlich des 47. Breitengrades. „Vine!“, „Sie kommt!“, riefen die Bergbewohner in den Siedlungen und standen an den Flussufern, um das heranbrandende Wasser und die zu langen Konvois verbundenen Flöße mit den Männern an den Rudern zu begrüßen. Ihre Willkommens- und Glückwunschrufe mischten sich mit dem Poltern der mitgerissenen Steine am Flussgrund und mit dem Rauschen des Wassers zu einem brodelnden Tosen, das bis weit in die Waldgehöfte hinauf zu hören war … Tage und Nächte in Boot und Zelt, die Abstecher in die Waldbauerndörfer, die Gastfreundschaft der Flößerfamilien, danach wieder der Tanz auf den Stromschnellen südostwärts, vorbei am rund

2000 Meter hohen Tscheachlau, den wir durch endlose Wälder und auf den Saumpfaden der Schafherden und Tragesel über die Hochalmen bestiegen – Gipfelstunden im Gefühl eremitischer Verlassenheit mit dem Blick über die nicht endenden Weiten der vielgerühmten Tannenforste, die in jedem Gedicht und Lied der Bauern, Flößer und Waldarbeiter dieser Landschaften leben.

Nach Fahrten auf der Schnellen Kreisch und auf dem Samosch wiederholten wir die Bistritz-Befahrung gemeinsam und allein, jedesmal fasziniert vom Dunkel der an die Flussufer tretenden Tannenwälder, vom Gischt an den Felswänden rechts und links, vom ruhelos leuchtenden rauschenden Wasserband. Wir kamen durch die „Teufelsmühlen"-Stromschnelle, deren Dynamik in der Felsenpassage wie ein Zornausbruch der Berge und des Wassers wirkte. Und einmal hatten wir Rittlingers Bistritz-Buch mit und fanden die Plätze, von denen aus der Breslauer etwa dreißig Jahre vorher als erster Kajakbefahrer des Flusses dessen Landschaften fotografiert hatte. Sie waren unverändert.

Auf der Goldenen Bistritz war es auch, wo Freddy an einem Junimorgen in die gefährlichste Lage geriet, in der ich ihn als Kajakfahrer erlebt habe. Auf einem der schnellen Katarakte aus einer nicht einsehbaren Flussenge hinausgleitend, sah er sich wenige Meter vor einem gestrandeten, das Flussbett über die ganze Breite versperrenden Floßkonvoi. Ohne dass er etwas dagegen hätte unternehmen können, trug ihn das Wasser auf die aus den Seilen gerissenen, nach hunderten zählenden und über die ganze Talbreite gehäuften Tannenstämme zu, die unter dem enormen Wasserdruck krachend gegeneinander schlugen, pausenlos über- und durcheinander geworfen und in furchterregend chaotischer Bewegung gehalten wurden; das Tal hallte wider vom hohlen Dröhnen. Nur drei Bootslängen hinter Freddy, hörte ich seinen Schrei, sah im selben Augenblick das Boot auf den vordersten Stamm prallen und darunter verschwinden. In der heiklen Lage mit mir beschäftigt, erkannte ich gerade noch, wie sich Freddy in den Brechern an dem Stamm festklammerte, unter dem sein Boot verschwunden war. Es ging alles sehr schnell. Dann schlug mein Boot, vom Wasser plötzlich hochgehoben, neben ihm zwischen zwei der Stämme. Mit einem Sprung rettete ich mich auf einen der hin und her hüpfenden Tannenriesen und riss den Kajak mit. Dass Freddys Boot hundert Meter flussabwärts von zwei Flößern zwischen den Stämmen aus dem Wasser gezerrt werden konnte, war Zufall und Glück. Innerhalb von drei Tagen bastelten wir das Bootgerüst wieder zusammen, vom Müller des malerisch in einer Flussaue liegenden Dorfes unterstützt und mit jener fürstlichen Gastfreundschaft beherbergt, die zum Lebensverständnis der südöstlichen Völker gehört.

Niemals hat Freddy ein Hehl daraus gemacht, dass ihm die Wirkung der Schrecksekunden bei der Begegnung mit der Kraft des Wassers für immer in die Knochen gefahren war. Als wir uns im Frühjahr darauf für den bei Hochwasser die Schwierigkeiten der Goldenen Bistritz in den Schatten stellenden Südkarpatendurchbruch des Altflusses im Roten-Turm- und Cozia-Pass entschlossen, weigerte er sich, als Erster in die Cozia-Enge mit den bis zu einem Kilometer langen Stromschnellen und gut über einen Meter hohen Seitenbrechern hineinzufahren. Der Alt durchstößt dort zwischen dem 45. und 46. Breitengrad unweit des zweithöchsten Südkarpatengipfels, des 2535 Meter hohen Negoiu, in einer grandiosen Felsenenge das Gebirge – ungefähr 75 Kilometer Wasserweg aus dem Hochland nördlich bis in die Tiefebene südlich der Karpaten, in dessen Mittelteil die vor allem am linken Ufer emporsteigenden Steinwände hunderte von Metern Höhe erreichen.

Mir ist dieser fast gradlinige Flussschnitt durch eine Hochgebirgskette, sooft ich ihn im Kajak befuhr, immer als ein erdgeschichtliches Rätsel, als ein Naturwunder erschienen. In welchen Zeitläufen, durch welche Vorgänge der Erdbewegung und Gesteinsverlagerung, der unendlich langsam arbeitenden Wassereinwirkung die Passenge zustande kam, in der rechts des Flusses erhöht eine Straße, links ebenso erhöht ein Bahngleis durch Tunnel führt, vermag ich mir begreifbar nicht zu veranschaulichen. Denn hier wusch sich der Fluss nicht sein Bett immer tiefer im Erdreich oder Gestein zum Cañon aus. Er durchstößt vielmehr eine bis über 2500 Meter aufsteigende Gebirgskette gleichsam in frontalem Anrennen, um bei einem Gefälle von über dreihundert Metern aus einer Landschaft in die andere zu gelangen. Erst vom Boot aus gesehen, wurde in jenen Jahren die Gewaltigkeit der Durchbruchslandschaft sicht- und spürbar; schon nur von der höher gelegenen Passstraße aus stellt sich das Gefühl dafür nicht mehr so nachdrücklich ein.

Unmittelbar vor dem felsigen Passeingang, der wie ein aus erratischen Blöcken gebautes Tor wirkt, mündet von rechts der im Mühlbacher Gebirge entspringende Lauterbach in den Alt. Zur Zeit der Schneeschmelze gibt er diesem mit seinen Wassermengen zusätzlichen Antrieb für die Bildung von Schnellen, die unmittelbar nach dem jähen Beginn der Cozia-Enge einsetzen. Bei Hochwasser zählte ich deren einmal rund achtzig. Sie waren zum Teil von solcher Länge, dass Rücken-, Arm-, Handmuskeln und -sehnen durch das pausenlose Arbeiten am Paddel vor Erschöpfungsschmerzen den Dienst versagten. Aber sooft uns der Kajak aus den Schatten der Felsenengen und dem Gebrüll der dicht aufeinanderfolgenden Katarakte zwischen den nach und nach zurückweichenden Waldbergen ins Licht der südlichen Getischen Hochebene hinaustrug – wie die Geographen das Land nennen –, beherrschte uns das Gefühl, Teil eines großen Ereignisses gewesen zu sein.

Als wir den Passfluss zum ersten Mal befuhren, war er nicht nur vom Lauterbachzufluss, vom Schmelzwasser auf den Osthängen des Zibins- und auf den Nordabhängen des Fogarascher Gebirges angeschwollen, sondern auch von drei Tage lang währenden orkanartigen Gewitterregen. Schon das Krachen der ersten Stromschnelle war so laut, dass wir uns über wenige Meter hinweg von Boot zu Boot nicht mehr verständigen konnten.

Aus mehrfachem Grund entsinne ich mich eines Vorfalls: In der Cozia-Enge waren durch einen Bergrutsch auf der linken Uferseite hausgroße Felsblöcke in den Fluss gestürzt. Als breite Barriere lagen sie quer im Flussbett. Es sah dort aus, als kochte das Wasser in schaumhellen Fontänen hoch. Die scharfkantigen, zerrissenen Gesteinsbrocken standen aufgereckt im Gischt. Wir legten oberhalb der Stelle am rechten Ufer an, banden die Boote fest, kletterten auf einen Uferfelsen über das aus Schaum und schwarz leuchtenden Steinzacken bestehende, hundert Meter lange Chaos und beobachteten seine Bewegung. Freddy schüttelte den Kopf und verzog die Mundwinkel. Dann holte er Aststücke aus dem Wald und warf eins nach dem anderen oberhalb des brodelnden Wassers in den Fluss; wir verfolgten den Weg, den das Holz nahm. Das Geheimnis der sicheren Stromschnellenbefahrung im Kajak besteht darin, sich vom Wasser den Weg zeigen zu lassen und das Boot in seiner Richtung zu halten.

Er fahre nicht, sagte Freddy entschieden, als ich „Was nun?" fragte. Er sei schon einmal nahe dran gewesen, „ins Wasser zu beißen – damals, unter den urwelthaften Tannenstämmen" des auseinandergerissenen Floßkonvois auf der Goldenen Bistritz, das sei ein Hinweis; also trüge er das Boot „um die fatale Stelle" herum flussabwärts. Feststünde aber, dass jetzt ausgemacht sei, wo der Kajak im meterhohen Felsengewirr durch Gischt und Wassertrichter hindurchmüsse, die in den Fluss geworfenen Äste hätten die günstigste Fahrrinne angezeigt, gewissermaßen den Faden der Ariadne. So heiße doch die Dame. Ob ich mir das zutraue, wollte er wissen, ich sei schließlich der Jüngere. Ich traute es mir zu, lernte den Parcours auswendig wie ein Slalomfahrer die Rennstrecke, stieg ins Boot und lenkte es durch den kochenden, vom Bootsitz aus unübersichtlichen Zickzackkurs zwischen Felsen und Wassertürmungen hindurch. Erst danach stellten sich die weichen Knie ein. Als ich beim wartenden Freddy ans Ufer stieß, nickte er und sagte trocken: „Weißt du, warum ich nicht gefahren bin? Ich will demnächst heiraten, ich will mein Wort halten können." Wir haben viel miteinander gelacht. Selten so herzhaft wie damals.

Ich befuhr den Roten-Turm-Pass noch oft. Einmal zusammen mit meinem Bruder im Zweierkajak während einer Vollmondnacht im August. Nach dem Wagnis stiegen wir wie berauscht aus dem Boot. Die Riesenschatten der Berge über uns, das Grollen und Keuchen der Stromschnellen unter uns, den Widerschein des Mondlichts auf dem Fluss vor uns – das alles hatte uns wie ein Reigen gespenstischer Erscheinungen die Nacht hindurch begleitet.

Heute ist auch diese wildeste Flusslandschaft, die ich kannte, ausgelöscht. Eine Kette von Stauseen nahm ihr Gesicht, Charakter und Faszination. Als ich die entstellte, die kastrierte Landschaft nach Jahrzehnten sah, stockte mir der Atem. In einem Zustand ohnmächtigen Zorns war ich dem Heulen nahe. O nein, keiner versucht ungestraft die Rückkehr ins Paradies …

Mit dem Überholen und Herrichten der Boote in seinem von Mirabell- und Apfelbäumen, übermannshohen Johannisbeersträuchern, Musazeenstauden und Heckenrosen durchwachsenen Gartenhof beschäftigt, wo zwischen den Steinplatten Gänseblümchen und Akelei herausquollen, fragte mich Freddy eines Tages, ob ich „mal was vom Arieş gehört" habe. Ich überlegte und sagte: „Ja, zum letzten Mal vor vielen Jahren im Schulunterricht." Doch ich wisse nur, dass das Flüsschen im nördlichen siebenbürgischen Westgebirge zu suchen sei. Warum frage er? Na ja, sagte er, die Goldene Bistritz habe „der Vagabund Rittlinger faltbooterstbefahren", außerdem wisse er von einem, der von sich behaupte, das auf den Altfluss-Passagen durch die Südkarpaten getan zu haben – es habe ja schon in den dreißiger Jahren Faltboote in Kronstadt gegeben. Da sei ihm halt der Gedanke an den Arieş gekommen, „der noch unbefahren wartet", ob mich das nicht reize. Er übernehme Planung und Logistik.

Wir besorgten uns Karten und studierten den Arieş, der sich aus zwei Oberläufen speist. Ich erinnere mich nicht, warum wir übereinkamen, ihn von Norden aus zu befahren. Auf alle Fälle stellten wir fest, dass er an den Südhängen des 1850 Meter hohen Bihor-Gipfels entspringt. Er fließt, einschließlich aller Windungen, ungefähr 70

Kilometer weit, ehe er südlich von Thorenburg in den Mieresch mündet. Ob das nicht ein Bächlein sei, fragte ich, zu klein für eine Kajakbefahrung? Nein, sagte Freddy eifrig, er habe dort vor Jahren eine Bergtour gemacht und überdies Erkundigungen eingeholt. Im März, im April, wenn von den Hängen der Trăscăuer Berge und aus den Bergwäldern nördlich von Roşia-Montana das Schmelzwasser fließe, verwandle sich der Arieş „ins närrischste Gebirgswasser". Das habe ihm auch ein Ingenieur bestätigt, ein Freund, der seit Jahren dort oben in Bergwerken arbeite, rein verrückt spiele der Arieş dann, er werde „zur reißenden Bestie, vor der die Bauern im Tal das Zittern" kriegten.

Anfang März des darauffolgenden Jahres machten wir uns nach einem Anruf des ortskundigen Ingenieurs mit der Eisenbahn nach Câmpia-Turzii auf und fuhren von dort mit einem Kleinlaster weiter, den der Freund besorgt hatte, über Thorenburg westwärts ins Gebirge hinein. Es lag noch ein Hauch letzter Winterkühle in der Luft. Je näher wir den Bergen kamen, umso unverkennbarer war auch der starke Schneegeruch der Bäche und zahllosen Wasserrinnsale, die sich von den Hängen ergossen und auf den Arieş stießen. Nichts erschien uns falsch von dem, was der Bergbauingenieur berichtet hatte. Und indem wir bergan fuhren – jenem geschichtsumwitterten Goldenen Viereck entgegen, das wegen seiner Edelmetallvorkommen einst weltberühmt gewesen und von Montanfachleuten und -arbeitern, Spekulanten und Unternehmern, Hochstaplern und Hasardeuren aus Dutzenden von Ländern auf- und heimgesucht worden war –, stellte sich der Arieş als herrschsüchtiger weißer Wasserdrachen dar, der sich schnaubend durchs herrliche Tal herabstürzte. „Wie in den Märchen und Sagen der Bergbauern", sagte Freddy beeindruckt. Das Wasser war in schmale Stromschnellen aufgelöst, die an keiner Stelle die Hauptströmung erkennen ließen, an die sich das Boot hätte halten können. Sie brodelten über Felsbrocken und füllten das Flussbett bis an die Uferränder. Nirgendwo gab es entlang der Strecke, die wir auf holperiger Straße in die Berge hinauffuhren, auch nur einen

Meter ruhigen Wasserspiegel. Wie würde sich das Boot in den Strudeln, Strömungen und Gegenströmungen verhalten?

Wir gingen bis Albac hinauf, nahe unter dem Curcubata-Gipfel. Dort angekommen, waren wir beide der Meinung, dass die Befahrung mit dem Kajak unter diesen Umständen einem Selbstmordversuch gleichkäme. Doch während der Nacht in Câmpeni, als uns das Rauschen des Arieş in der Bohlenhütte nicht schlafen ließ, sagte ich zu Freddy: „Wer weiß, wann wir wieder hierher kommen." Freddy antwortete: „Ich wollte es nicht als Erster sagen."

Wir bestiegen in den nächsten zwei Tagen den Bihor-Gipfel. Wir fuhren und gingen danach die Ufer des verhältnismäßig weit oben befahrbaren Arieş ab. Wir hielten uns an unübersichtlichen Passagen lange auf, beobachteten sie und sprachen über die Eigenheit des Flusslaufs. Ununterbrochen wehte uns die Kälte des Wassers wie der Atemhauch einer ungezügelten Kraft an. Sooft ich weitergehen wollte, hielt mich der umsichtige Freddy zurück. Einst hatte ich einen französischen Skiabfahrtstrainer, von dem ich im Umgang mit Gefahr und Geschwindigkeit viel lernte. Vor dem ersten Training ging er die Rennstrecke mit uns vom Ziel zum Start hinauf und ließ sie uns Meter für Meter betrachten. „Wenn sich der Kopf gewöhnt hat, ist mehr als die Hälfte gewonnen. Cinq fois téte, une fois jambes", sagte er, „fünf Mal Kopf, einmal Beine. Das Handwerk beherrscht ihr. Allons!" Bei Trainingsläufen hielt er gelegentlich aus eben diesem Grund in kurzen Abständen an und forderte uns auf, „den Kopf zu gewöhnen". Ich habe damals am Arieş daran gedacht. Beim dritten Abendessen in Albac sagte Freddy: „Du wirst fahren. Die kritischen Stellen haben wir besprochen. Willst du noch warten? Ewig führt der Arieş nicht soviel Wasser wie jetzt …" Nachdenklich ergänzte er: „Unten, in der Klamm, in der Thorenburger Klamm – da bist du allein. Mutterseelenallein. Mit den Felsen rechts und links. Und den Bäumen. Ich meine mit dem Geäst, das dir ins Gesicht und auf die Hände schlägt. Das ist dort jetzt eine einzige Schnelle. Anderthalb Kilometer. Aus der kommst du nur im Talkessel heraus, vor dem

Dorf Mihai Viteazu. Engschlucht zwischen Steinwänden … Hörst du mir zu?" „Ja", sagte ich. „Du hast dort keine Wahl, keine Möglichkeit mehr, auszusteigen." „Ja."

Am Tag darauf befuhr ich den in Schnellen und Gischtwirbeln talwärts stürmenden eiskalten Arieş bis zum Austritt in die Hochebene. Freddy hatte mir für die Fahrt sein Boot empfohlen. Es war leichter, wendiger, auch kräftiger als meins. Am Kiel prangte sein Name „Hexe". Nahe beim Dorf Sărtăş, wo ich ausstieg, um die vom eisigen Wasser klammen Hände zu wärmen, trafen wir den damals bekanntesten, von uns Aktiven geschätzten Bukarester Sportreporter, Dr. Romeo Villara, der sich zu einem Kurzurlaub hier aufhielt. Gemeinsam mit Freddy umfuhr er die Klamm bis hinüber vors Dorf. Als sie eintrafen, war ich schon aus dem Boot gestiegen, das Brüllen des Wassers in der Engschlucht noch in den Ohren, im Kopf. Das Hochwasser hatte mich dort durch die Äste und Zweige der Baumkronen hindurchgejagt, Hände und Gesicht waren blutig. Ich spürte weder die Schnittwunden noch die erstarrten Hände. Jahre vorher hatte ich Dr. Villara, mit dem mich herzliche Freundschaft verband, zufällig an einer der Stromschnellen der Goldenen Bistritz getroffen. In der führenden Sportzeitung des Landes hatte er eine Reportage über die Begegnung unter dem Titel veröffentlicht: „Mit Skiern auf Rennpisten – im Kajak auf Wildwassern…" Ob es die Erstbefahrung des Arieş im Kajak war, weiß ich nicht. Doch ich weiß, dass ich ohne Freddy nicht gefahren wäre. Idee, Planung und Vorbereitung am „Tatort" waren sein Werk. „Ich kam die reißenden Flüsse herab" lautet eine der schönsten Verszeilen des Franzosen Arthur Rimbaud.

*

Wie mir seine Frau mitteilte, schrieb Freddy wenige Stunden vor dem Tod einen Brief an mich. Sie schickte ihn mir. „Sei gegrüßt in alter Freundschaft" lautete der Schlusssatz. „Das waren seine letzten Zeilen" notierte die Witwe am 20. Mai 1994 darunter. Noch zwei Tage vorher hatten wir in seinem von Büschen, Sträuchern und Bäumen, von Kletterpflanzen, Stauden und wildem Gewächs aller Art um- und überwucherten Haus Wiedersehen nach drei Jahrzehnten gefeiert. Seine kohlschwarzen Augen hatten wie ehemals geblitzt, und seine Frage war eine Aufforderung gewesen: „Machen wir gemeinsam noch einmal eine Fahrt? Eine letzte?“ Ich hatte mich sofort einverstanden erklärt: „Ich bin in einem Monat wieder im Land. Bereite bis dahin die Boote vor.“ Dreißig Stunden später war er tot.

Nein, keiner versucht ungestraft die Rückkehr ins Paradies, dachte ich, als ich den Brief in den Händen hielt.

Dunja, die Herrin.
Erinnerungen an ein Stromdelta

Ehe sie mit einer verwirrenden Maßlosigkeit Europas größtes Stromdelta auszubreiten beginnt, hat sie sich mit den Wassern aus zehn Ländern gespeist. Auf einem fast 3000 Kilometer langen Weg – vom Schwarzwald bis zum Schwarzen Meer – greift sie nach allen Reichtümern, die ihr die Ufer darbieten, und schüttet sie hier, so scheint es, auf die Tafeln ihres Begegnungsfestes mit dem Meer – eine tropische Wildnis aus Seen, Lagunen, Inseln, Schilf und Urwäldern am Rande des Alten Kontinents, ein gigantischer Brutherd tausendfältigen Lebens, ein wuchernd verwilderter Garten Gottes an der Grenze zwischen zwei Erdteilen. Der Strom, der sich in diesem Delta ein letztes Mal mit Glanz und Macht entfaltet, hieß bei den Römern Danubius. Die Slawen nannten ihn schon sehr früh Dunja, die Herrin.

Zuerst vom Kalkstein der Schwäbischen Alb fast aufgesogen und in den Bodensee abgeleitet, ist sie schon bei Ulm so weit angewachsen, dass sie Schiffe trägt. Sie verlässt bei Passau die süddeutschen Wälder, drängt hinter Krems ins Tullner Feld hinaus und durchbricht dann die ungarischen Mittelgebirge. Dort, wo sie – unter Budapests berühmten Brücken – die Schicksalslandschaft der Nibelungen verlassen hat, wird sie zum Strom und treibt in die hellen Weiten der Puszta hinein. Vergebens stellen sich ihr die Ausläufer der Südkarpaten entgegen, werfen die Banater Berge ihren Riegel vor. Sie stößt die Felsenwülste zum Eisernen-Tor-Pass auseinander und wird, was sie bis dahin nicht war, zur Scheide und Brücke zwischen Völkern und Ländern. In immer weiteren Sumpfgebieten schickt sie sich zugleich an, die Begegnung mit dem Meer vorzubereiten – mit jenem Pontus Euxinus, an dessen Gestaden Ovid um die Zeit der Schlacht im Teutoburger Wald, von Kaiser Augustus verstoßen, während der letzten Lebensjahre die Trauerlieder „Tristia" und die Briefe vom Schwarzen Meer „Epistulae ex Ponto" schrieb. Band sie in den oberen Teilen ihres Laufs Zeugnisse hoher Kultur an sich – frühe Bistümer, mittelalterliche Dome, Bauten des Barock, bedeutende Klöster und herrliche Städte –, so wird sie hier, je näher sie dem Meer kommt, immer erbarmungsloser zur Natur. Bei Passau beträgt ihre Breite 200, bei Budapest mehr als 500, bei Giurgiu mehr als 800 Meter – im Delta ist sie unübersehbar. Sie verbreitet sich hier über eine Fläche von 4500 Quadratkilometern, das ist ungefähr das Fünfzehnfache der Ausdehnung Münchens. Das Delta greift in drei Mündungsarmen von der Dobrudschaer Küste ins Schwarze Meer hinein – Kilija, Sulina, Sankt Georg. Die Arme sind wie die Schlagadern einer Landschaft, deren Überfluss und Einmaligkeit in Flora und Fauna, von der Wissenschaft noch längst nicht erfasst, allein in Legenden und Mythen ihrer Bewohner zu überblicken sind. Mit 300 Arten ist sie die Heimat der reichsten Vogelwelt, mit 240000 Hektar das größte Schilfgebiet der Erde. „Wer ins Delta fährt", sagt ein Fischerwort, „der fährt ins Vergessen."

Niemals gilt dieses Wort mehr als zu den Zeiten, da der Strom über die Buchten und toten Arme, über die Schilfflächen, die Weiden- und Akazienurwälder, die Euphorbien und Tamarisken hinweg unvorstellbare Mengen an Frühjahrsschmelzwasser heranführt. 6500 Kubikmeter ergießen sich je Sekunde ins Delta; das ist in zwei Minuten so viel, wie eine Millionenstadt zur täglichen Wasserversorgung braucht. Die Donau wird dann zur Riesin, die aller Maße spottet. Sie wischt die Uferböschungen weg und drückt die Deiche ein. Sie verwandelt und verzaubert die Deltaplatte in ein Meer vor dem Meer. Hunderte Kilometer stromaufwärts, bis zu den Ialomiţa-Sümpfen hin, versinken Inseln und Inselchen in ihr, als hätte es sie niemals gegeben. Selbst der massige Deich am Westufer, von Vadul Oii nordwärts, hält ihrem Druck nur mühsam, stellenweise gar nicht stand. Überall dort aber, wo die Dämme und Schutzwälle auseinander reißen, beginnen jene Treibjagden, die wie das Jüngste Gericht sind:

Wildschweine, Bären, Dachse, Hasen, Füchse, Schlangen, Pferde, Luchse, Hermeline und Wildkatzen fliehen gemeinsam vor den herankochenden, lehmbraunen Katarakten. Einmal sah ich Menschen zusammen mit den Tieren flüchten – auf die Inseln verschickte politische Häftlinge neben ihren uniformierten Bewachern. Die einen hatten das Arbeitsgerät, die anderen die Waffe weggeworfen. Zwischen und mit ihnen rannten Rehe und Wölfe um ihr Leben, das Wasser auf den Hacken, das aus den Deichbreschen toste. Jedesmal ist dies die Sekunde der Wahrheit. Der Strom allein bestimmt die Rangordnung – mit einer Macht, die keinen Einwand duldet. Das Unerhörte dabei ist seine teilnahmslose Gelassenheit.

Wenn nach solchen Wochen die vom Weidenblütenstaub bis zum Horizont safrangelb überhauchte Wasserfläche sinkt, hängen in den Kronen der Inselwälder Tang und Algen, zu Dächern verknotet und verklebt, so weit das Auge reicht. Tierkadaver baumeln in den Astgabeln, Fischerboote schaukeln kieloben auf den Wipfeln – Treibgut aus halb Europa, das sich im glühenden Licht schnell grau verfärbt. Darunter beginnt das Waldinnere zu dampfen wie südamerikanischer Dschungel, die wassergeschwängerte Luft ist heiß wie in den Regenwäldern am Amazonas. Der Waldboden wabert und gluckst, kaum betretbar, stinkend vom abgesetzten Kehricht aus den Durchzugsländern.

Aber die übergangslos hereinbrechende Sommerhitze baut die verschlickte Wildnis, ehe man es fasst, zur Brutglocke um für Kreatur und Vegetation. Aus den Inseln und Lagunen bricht ein Leben, dessen Fruchtbarkeit ungeheuerlich, ja gewalttätig ist. Unter den auffächernden Schwärmen der Pelikane und Silberreiher, der Kormorane und Wildenten, der Störche und Regenpfeifer, die den gleißenden Sonnenhimmel sekundenlang schwarz färben, verwandelt sich die Landschaft abermals von Grund auf. Sie wird zum Treibhaus, in dem das Schilf, diese zu Tausenden in den Delta-Armen und -Seen ausgelegten seidig-grünen Teppichfluchten, innerhalb von 24 Stunden um zehn Zentimeter wächst. Innerhalb weniger Tage ist der

Hochwasserdreck, -schlamm und -gestank überwuchert vom betäubend duftenden Purpur der Gräser, Blumen und Sträucher. Die Inseln sind schwimmende, warme Schwämme. Über den Wiesenhöhlen lagern Wolken von Pfefferminzbrodem, dessen Aroma bis in die Nacht hinein dem Jäger und Fallensteller die Sinne schwinden macht. Im Mittagsglast flirren ins Azur geworfene Fata Morganen. Wer auf diesen höllischen Eilanden den Boden durchsticht, stößt schon nach einem halben Meter auf schwarzen, breiigen Wassersud. Die Donau schwängert hier, im Delta, ihre Inseln wie einst der Nil seine Ufer. Mit der gleichen Unersättlichkeit, mit der sie ernährt, erstickt sie alles Leben, das zu schwach ist, sich ihrem Gesetz zu fügen.

Es gibt Jahre, in denen von Mai bis Oktober außer zwei, drei sintflutartig niedergehenden Wolkenbrüchen kein Wassertropfen vom Himmel fällt. Im Ansturm der bis auf 50 Grad steigenden Hitzewellen trocknen die Schwamminseln zu betonharten Tafeln aus. Das Unterfangen, Mais-, Weizen- oder Sonnenblumenkulturen anzulegen, steht jedes Mal vor den gleichen Ausgangsbedingungen: Da die Traktoren durch die Hartschicht des Erdreichs einbrechen, bleibt der Mensch das einzige verwendbare Werkzeug. Doch die Holzstiele seiner Rodehacken zerbersten beim Schlag auf den aus Schlamm, Sand und Löß zusammengebackenen Eisengrund. Seine Beile verklemmen sich hoffnungslos in den Mauern des übermannshohen Musazeendickichts. Seine Sägen bleiben in den baumstammdicken Strünken der Disteln stecken. Der Versuch, die Inseln mit dem Pflug zu gewinnen, missglückt allein schon wegen der unausrottbaren Disteln. Es gibt Distelgebilde im Delta, die haushoch werden, die an groteske Architekturen erinnern, an Fieberträume: in bizarrem Liniengewirr errichtete Spukkathedralen, deren rotblaue Blütenrosetten wie Wunder scheuer Lieblichkeit inmitten einer verwunschenen Welt des Grauens leuchten. Manchmal steht, hochaufgereckt, einsam eine Königskerze mitten in den gespenstischen Distelbauten. Einige Inseln sind von den wüsten Architekturen überwuchert. Der Distelsamen wird vom Meerwind übers Wasser westwärts bis in die Donausteppe geweht, die voller Disteln ist – kleingeratene Hutzelkinder der Inselriesen. Im Herbst, vor den einfallenden Ostwinden, rollen sie, vom verdorrten Wurzelstock gerissen, als verschrumpelte Kugelskelette über die Weiten der Steppe bis an den Südrand der Karpaten. Der Schriftsteller Panait Istrati, der rumänische „Gorki des Balkans", ein Freund Romain Rollands, nannte sie die „Disteln des Bărărgan"; er schrieb ihnen in seinem Roman magische Kräfte zu und ließ den rollenden Distelgnomen Menschen im Amok hinterherrennen.

Doch es sind nicht nur die heißen, endlos brütenden Sommer, es sind genauso die Winter, die hier im Gesetz des Übermaßes herrschen, auch wenn Klimaveränderungen der jüngsten Zeit die uralten Abläufe zu stören begannen. Aus den südukrainischen Steppen branden die Winde über das Schwarze Meer heran, treiben den Schnee in waagerechten Fluchten durch das Delta donauaufwärts und über die Südkarpaten bis ins transsilvanische Hochland. Die Tage werden nachtdunkel. Auf Eisschollen streunen halb verhungerte Wölfe über die Deltaseen und -lagunen und heulen vor den Fischersiedlungen. Wenn die vom Sturm gepeitschte Wasserfläche zu Schaumteppichen auseinander birst, sagen die Fischer: „Der Satan geht um." Sie meinen es ernst und bekreuzigen sich, denn sie sind fromme Leute. Wer die Winterorkane erlebt hat, die hier mit einer Kraft auf die Donau prallen, dass diese stehen zu bleiben und unter den eisigen Luftlawinen von vierzig Grad zu erstarren scheint, glaubt es mit ihnen. Die wolkenfreien und windstillen Tage danach, im Anhauch der Kälte gläsern, sind eines der Deltawunder. Erde und Himmel verschmelzen zu einem einzigen silbernen Riesenfeuer, in dem der Mensch abermals nichts gilt. Die Sonnenauf- und -untergänge sind an solchen Tagen von großartiger, atemberaubend melancholischer Schönheit.

Die unerbittliche Schutzherrschaft, mit der die Natur in dieser Landschaft von allem Lebendigem hemmungsloses Wuchern fordert, hat auch ihren Menschenschlag geprägt. Wohl scheinen in den südlich anrainenden Landstrichen unter diesem Patronat selbst die geschichtlichen Zeiträume, die hier zu ihrem Ausdruck fanden, souverän aller läppischen Vergänglichkeit entrissen zu sein. Makellos erhaltene ionische Säulen wurden dort in der Nähe der Hafenstadt Konstanza ausgegraben, römische Foren und Steinmosaike freigelegt, die aussehen, als hätten sie erst gestern den letzten Schliff der Vollendung erfahren, dazu Hausaltäre, Marmorstatuen. Im Wind der Küste beben die Minarette türkischer Moscheen, die Zwiebeltürme griechisch-orthodoxer Kirchen der Rumänen heben sich bedächtig über die Kronen der Akazien. Goldgeräte und -schmuck in menschengroßen Amphoren aus den vorchristlichen Epochen der Thraker lagerten in den Buchten, als seien sie soeben hingebracht worden … Schnittpunkt der Kulturen.

Aber am Rand der Deltaweiten ducken sich die mit Stroh- und Schilfpolstern gedeckten Katen der Fischer – jener Lipowaner, die vor 250 Jahren als Sektierer aus dem Zarenreich hierher flohen und zu Kindern dieses Wassers wurden wie niemand vor und nach ihnen. „Sie leben im Wasser wie Delphine oder andere Meeressäugetiere", schrieb der Donauchronist Claudio Magris über sie. Die Söhne wuchsen noch bis vor kurzem in den oft aus der Einwanderungszeit stammenden Booten, zwischen den Netzen, Harpunenmessern und Rudern der Väter, mit den Welsen und den in grausamer Art gejagten Stören auf, sie holen als Kanuten bei Olympischen Spielen und Weltmeisterschaften Goldmedaillen. Ein sperriger, zählebiger Menschenschlag, vom Gesetz dieses Raums gleicherweise zum schnellen, zielstrebigen Denken erzogen wie zu Misstrauen und irrationalem Verhalten. Oscar Walter Cisek, der von der südöstlichen Exotik faszinierte Bukarester Deutsche, nannte seinen Roman über das Delta doppelsinnig „Strom ohne Ende". Fischer, Wilderer, Strolche, Totschläger, Frauenräuber, Heiducken sind seine Helden. „Männer mit der Kraft von Ochsen, mit Hoden so groß wie die der Stiere." Dass Thomas Mann die Welt dieses Romans wie gebannt in sich aufnahm – wen wundert es?

Denn trotz der Betontürme moderner Werkanlagen, trotz schwimmender Maschinenkolosse, deren Messer ins Schilfdickicht hineinfahren, trotz neuer Brücken auf die Inseln und Vogelwarten der Wissenschaftler, der Luxuspassagierdampfer und Baustellen ist das Leben in den zahllosen Kanälen, Buchten und Bächen, in den vielen Seen und den bis zur Unzugänglichkeit von den Ästen der Riesenweiden überwölbten Wassertunnel, blieb dies Delta ein Irrgarten mit tausend Schlupfwinkeln und unberührt wie eh und je. Im Gestrüpp aus Riedgras, Schalmeien- und Kolbenrohr, in dämmerigen Waldhöhlen und Buschlöchern entlang des Lagunenlabyrinths und der Schlammpfade fanden nicht nur in vergangenen Zeiten, nein, finden auch heute Gejagte und Gesetzlose Unterschlupf. Erfrischende Maulbeeren, Fische, die milchnassen Körner halbreifer Maiskolben, Pelikan- und Wildenteneier, fette Wiesel, Zuckermelonen, die ölhaltigen Sonnenblumenkerne – wer inmitten solchen Reichtums atmet, der verdirbt nicht, der ist nicht verloren.

Kein Fischer verweigert zudem einem jäh vor ihm Auftauchenden einen halben Laib Brot, eine Handvoll kalten Maispudding. Im Gegenteil, ohne viel nach dem Woher und Wohin zu fragen, lädt er ihn wortlos ans Lagerfeuer ein, lässt ihn mit der Brotrinde ins heiße Sonnenblumenöl tunken, und ehe er geht, segnet er ihn mit einem Nicken und Murmeln. Wer immer so aus dem Wald auftaucht und im schmalen Kahn lautlos wieder verschwindet, ist der Bote einer freien, ungebundenen, allein dem Gesetz der Landschaft unterworfenen Welt – seiner Welt. Ich habe einen Sommer lang mit meinem Faltboot bei den Fischern gelebt, im Boot geschlafen, mit den Männern die Netze ausgeworfen und eingeholt, mit ihnen gegessen, gesungen und getanzt. Drei Monate, Tag für Tag. Keiner von ihnen hat mich je gefragt, wer ich bin, woher ich komme, wohin ich gehe. Doch als der Herbst nahte und ich sagte, dass ich mich heimwärts aufmachen müsse, haben sie sich im Kreis um mich gestellt und zum Abschied das Zeichen des Kreuzes über mir geschlagen …

Unaufhaltsam drängt die vom Strom aus den vielen Ländern mitgebrachte Masse von Schlamm, Schotter und Sand ins Delta, lagert sich an den Inseln ab, schiebt Wasseradern und Seen in immer neue Richtungen und Formen – und arbeitet jede Sekunde verändernd am Gesicht der Landschaft. Der 1961 verstorbene rumänische Epiker Mihail Sadoveanu notierte dazu: „An der Mündung des Donauarmes Kilija stand ich vor fünfzig Jahren auf dem Deck einer Schaluppe, sah im Licht des Vollmonds auf das Meer hinaus und lauschte den Nachtigallen. Ein Vierteljahrhundert später suchte ich diesen unvergesslichen, bezaubernden Ort. Er fand sich nicht mehr am Ufer. Die Auen und das Neuland waren zwei Kilometer nach Osten gewandert. Da erfasste mich ein Schauer angesichts der unaufhörlichen, ewigen und schicksalhaften Wandlung." Messungen haben ergeben, dass sich die Deltaplatte jährlich um einige Dutzend Meter ins Schwarze Meer hinausschiebt – in den Pontos Euxeinos, wie die Griechen es nannten. Wird es eines Tags auch diese ungewöhnlichste Wasserlandschaft Europas gastlich aufnehmen? Oder werden Begradigung und Nutzung sie schon vorher entzaubern, aushungern und in der domestizierten Gesichtslosigkeit unserer Normen untergehen lassen, zu aller Kreatur nie wiedergutzumachendem Schaden? …

In Oscar Walter Ciseks Roman hat ein Delta-Fischer eine Frau geraubt. Auf der Heimfahrt rudert er mit ihr ins Licht der untergehenden Sonne hinein, das sich wie flüssiges Gold vom Himmel über die Wasserfläche ergießt. Die Frau, in ruhiger, erfüllter Heiterkeit lächelnd, sitzt mitten in dem mit Früchten und Jagdwild randvoll beladenen Boot: Dunja, die Herrin …

Das verdammte Argument

Die aus sieben, acht Menschen bestehende Schlange, deren Schwanzende ich bildete, war nicht lang und die Helligkeit im kleinen Raum vor dem breiten, hohen Schalter so groß, dass ich die Dame, die ihn ausfüllte, in Muße betrachten konnte. Sie war von ansehnlicher Gestalt und auf athletische Weise schlank. Der eng anliegende, dunkelblaue Uniformrock mit blitzenden Knöpfen und Schnallen kleidete sie vorteilhaft. Sie stand aufrecht, die Bewegungen ihrer Hände waren sicher wie die Blicke, mit denen sie den jeweils an den Schaltertisch Tretenden kurz maß, ihn mit dem Foto im Reisepass verglich und mit halber Stimme etwas fragte. Den einen mehr, den anderen weniger. Der Griff zu den Papieren und Stempeln, mit denen sie hantierte, ließ keinen Zweifel daran, dass sie ihr Tun mit Routine meisterte. Alles Persönliche war ausgeschaltet.

Doch rührte ihre ruhige Autorität nicht nur daher. Sie lag mehr noch an der Art ihres Verhaltens – im ernsten, fragenden Blick, mit dem sie ihrem Gegenüber den Bruchteil einer Sekunde in die Augen sah, im sparsamen Kopfnicken, wenn sie ihm Pass und Papiere abnahm oder zurückgab, in der andeutenden Körperhaltung der Aufforderung an den Nächsten, näher zu treten. Dass außer dem hin und wieder hörbaren Papierrascheln, dem leisen Stempelaufschlag und den Schritten der Hinausgehenden oder Hereinkommenden kein Laut zu vernehmen war, hatte eindeutig damit zu tun. Nicht zu übersehen das Flair der wohldosierten, natürlichen Unnahbarkeit.

Dies alles machte es, dass ich mich mit wachsender Neugier dem Schalter näherte – besser gesagt: der sportlichen Schwarzen in der Uniform eines Captains der US-Passbehörde im Dienst des Münchner Konsulates der Vereinigten Staaten, von der ich den Aufdruck „Visitor's Entry Permit, august 1985" auf einer der freien Seiten meines Reisepasses erwartete; der Pförtner hatte mich beim Betreten des Gebäudes mit einem Blick auf eine der Türen an „Captain Kelley“ gewiesen. Je näher ich ihr nun in der kürzer werdenden Schlange rückte, umso neugieriger wurde ich, denn mit der Nähe wurde die Ausstrahlung der etwa Dreißigjährigen spürbarer. Seit ich sie beobachtete, hatte sie keine Spur der vollendeten Ausgeglichenheit verloren, mit der sie ihr Amt versah. Auch nicht in Fällen, bei denen sie sich Zeit ließ, ehe sie – manchmal erst nach leise gestellten zeitraubenden Fragen und oft umständlichen Antworten – zum Stempel griff. Und auch dies brachte die Beherrschtheit der Schwarzen in der dunkelblauen Offiziersuniform zustande: Keiner der Wartenden, den die träge verstreichenden Minuten zu einem Zeichen des Missmutes veranlasst hätten.

Es war die Zeit des Kalten Kriegs. Die politische Führungsmacht der Weststaaten hielt es bei den vielfältigen und spannungsreichen Auseinandersetzungen mit dem so genannten Ostblock für angezeigt, jeden Besucher ihres Landes einer eingehenden Prüfung zu unterziehen. Aber nicht die Einsicht in diese lästige Notwendigkeit war der Grund für die Geduld im kleinen Schalterraum. Der Grund war die souveräne Selbstsicherheit der uniformierten jungen Frau. Das hatte wenig mit der Uniform, es hatte mit ihrer Persönlichkeit zu tun.

Während der vor mir Stehende zum Pass griff, den Raum verließ und ich einen Schritt vortrat, schoss mir die fast neidische Frage durch den Kopf: Gibt es etwas, das dies zwanglos in sich selber ruhende Geschöpf aus der Fassung bringt? Dann hörte ich sie auch schon fast lautlos „Hallo!“ sagen und blickte ihr in die Augen. Sie war so hoch gewachsen wie ich. Das Dunkel ihres glatten Gesichtes hob sich in seltsam schöner Ergänzung vom Türkisblau des taillenbetonten Rockes mit den Schulterklappen ab; ihre übereinander gelegten Hände ruhten auf dem Schaltertisch, während sie mich wartend anschaute. Deine Seelenruhe möchte ich haben, dachte ich noch einmal neidisch und trat näher, nein, dich bringt mit Sicherheit so schnell nichts aus dem Gleichgewicht. Ich hatte mich getäuscht. Vor allem ahnte ich nicht, dass ich der Grund für die Preisgabe ihrer Haltung sein würde.

Ich reichte ihr den Reisepass mit dem Goldaufdruck „Europäische Gemeinschaft. Bundesrepublik Deutschland." Während ich mein Anliegen nannte, öffnete sie den roten Kunststoffeinband des kleinformatigen Dokuments, begann mit nachdenklich hochgezogener Braue Seite für Seite zu prüfen – und hielt plötzlich regungslos ein. Ohne sich zu bewegen, blickte sie mich kurz, ja blitzschnell an und blätterte dann langsam weiter. Auffällig langsam. Und etwas angespannt, wie mir schien. Ihr geändertes Verhalten war mir sofort aufgefallen, erst recht, weil sie mir nach einiger Zeit noch einmal, diesmal kühl, lange und forschend in die Augen sah. Da ich keine Erklärung dafür hatte, wollte ich schon sagen: „Stimmt etwas nicht?" Den Reisepass immer noch in der Hand, neigte sie sich vor und fragte: „Sie kommen aus Osteuropa?" „Ja, ich wurde dort geboren", antwortete ich, „lebe aber schon lange im Westen." „Sie waren, wie ich sehe, vor einigen Jahren mehrere Male drüben? Ich meine im Osten." „Ja doch", erwiderte ich, „dort leben noch Verwandte und Freunde." Bei meinen freimütigen Auskünften nach und nach zum Denkmal erstarrt, blickte sie mich an, als wollte sie den verborgensten Winkel meines Innern erkunden. Dann fragte sie leise und sehr eindringlich: „Sind Sie – ein Kommunist?" Eine Sekunde lang war ich sprachlos. Du lieber Himmel, dachte ich, wen die das fragt! … Aber dann neigte ich mich so weit vor, dass unsere Gesichter eine Spanne voneinander entfernt waren, und flüsterte: „Madam, ich habe eine Gegenfrage." Ohne ihre Antwort abzuwarten, fügte ich hinzu: „Sind Sie – eine Weiße?"

Keiner der hinter mir Wartenden konnte sehen, dass Captain Catherine Kelley für die Dauer einiger Augenblicke die Selbstsicherheit verlor, mit der sie ansonsten auf imponierende Weise ihr Amt wahrnahm. Doch dann hatte sie sich wieder im Griff, richtete sich auf und langte ruhig nach dem Stempel. Mit dem Sichtvermerk „Visitor's Entry Permit, august 1985", reichte sie mir den Pass, zögerte kurz und legte dann, was sie bei keinem meiner Vorgänger getan hatte, die rechte Hand zum militärischen Gruß an die Stirn. Sie entließ mich mit einem zugleich verschmitzten wie gewinnenden Lächeln.

Ein faires Lächeln. „Dein verdammtes Argument hat mich überzeugt", sagte es.

Das Gastmahl

Die unvergleichliche Gebärde des Parthenon hatte uns in Staunen versetzt, der aufgereckte Löwe von Cheronäa begeistert, das Wunder von Delphi und die Olympiaanlagen am Alpheios vor Bewunderung verstummen lassen. Beim Anstieg auf den Felsenhügel von Mykene mit seinen zyklopischen Mauern waren wir vom heißen Atem archaischer Schicksalsverstrickungen gestreift worden und hatten in der Amphitheatermuschel von Epidauros hingerissen der Sprecherin unten im Proskenion gelauscht, deren geflüsterte Sätze aus „Antigone“ in der Sprache des Sophokles Silbe für Silbe bis zu uns in die oberste Sitzreihe empor zu verstehen gewesen waren. Das Kampffeld bei Leuktra und des Epaminondas schiefe Schlachtordnung, Marathon und des Miltiades kühne Idee, die Perser schon während des Ausschiffens ihrer Landtruppen anzugreifen, die Thermopylen und des Leonidas unerhörte Tat – wir hatten die Stätten mit dem Wunsch abgeschritten, nichts zu versäumen, um uns auch hier den Ereignissen über die Jahrtausende hinweg innerlich anzunähern.

Wir waren nicht enttäuscht worden. Bis zum Apollon-Epikurios-Tempel im Kotilion- und zur Musenquelle des Pegasus im Helikon-Gebirge hinauf hatte uns das antike Hellas Schritt für Schritt, Gedanken um Gedanken immer eindringlicher etwas von jenem Lebensverständnis fühlen lassen, dessen späte Erben wir sind. Und am Ende unserer Erkundungen zwischen dem Pindus-Gebirge im Norden und dem Parnon-Gebirge im Süden, zwischen Athen und Kreta, Theben, Sparta und Rhodos hatten wir dann gemeint, alles Wesentliche von dem erfahren zu haben, was uns die Ägäis aus der Zeit des Platon und des Aristoteles, Aischylos und Praxiteles, des Phidias und Sokrates auf oft kaum noch erahnbaren Spuren an Wundern hinterließ.

Aber als wir wieder nordwärts fuhren und den Landschaften der Zikadenschreie, der Thymian- und Basilikumdüfte, der Ölbaum- und

Steineichenwälder und des immer neuen Blicks auf silbern leuchtende Buchten den Rücken kehrten, wussten wir nicht, dass uns der Höhepunkt der Hellasentdeckungen noch bevorstand. Hätte es uns jemand gesagt, wir hätten ihn vermutlich herablassend belehrt.

Es ereignete sich nämlich Folgendes: Wir hatten an dem Tag zwei, drei Vormittagsstunden Autofahrt durchs makedonische Bergland nordwestwärts innerlich zögernd, mit mühsam unterdrückten Wehmutsgefühlen des Abschieds zurückgelegt, als meine Frau auf der Passhöhe der kaum befahrenen Straße hoch über dem Städtchen Polikastron nach rechts zeigte und rief: „Sieh, das kleine Gasthaus! Lass uns hier zu Mittag essen.“ Dem Ton ihrer Stimme hatte ich entnommen, dass sie den Abschied noch hinauszuzögern wünschte. Ein von Moos- und Grasinseln halb überwachsener Steinhang erstreckte sich in leichtem Anstieg etwa dreißig Meter weit bis zum frisch gekalkten Häuschen mit überdachter Terrasse davor am Rande des Pistazienwaldes, der den ganzen Bergrücken und auch die Talflanke unterhalb der Straße bedeckte – nichts als Bergwälder bis zum Axios-Fluß hinab, der jenseits der nahen Grenze Vardar heißt.

Im Schatten des Vordachs, am Ende der Steinterrasse, saßen auf einer Bank zwei Alte, eine Frau und ein Mann – sie mit schwarzem Kopftuch rings ums freundlich lächelnde Gesicht, er blickte uns ernst und mit unbewegter Miene entgegen, schnauzbärtig, grauhaarig, beide Hände auf einen Stock gestützt, den er sich zwischen die Knie gestellt hatte; seine Fäuste sahen aus wie der Astknoten, auf dem sie lagen. Zwei weiß gedeckte Tischchen mit je zwei Stühlen standen vor der großen Glastür, deren rechter Flügel geöffnet war. Als wir uns dem Haus näherten, erkannte ich im Innern auf einer Anrichte zu Häufchen geordnetes Gemüse und Obst – Tomaten, rote Paprika, Äpfel, Auberginen, Fenchel, eine bauchige Flasche mit Öl und zwei Flaschen Wein. Die sorgfältig geplätteten Tischtücher, die sauber gefegte Terrasse, die in der Mittagssonne schneeweiß leuchtende Hausfassade und die beiden Alten – das alles wirkte in seiner ländlichen Einfachheit und Ordentlichkeit vorbehaltlos einladend. „Die

Bescheidenheit der Aufmachung", sagte ich zu meiner Frau, „lässt darauf schließen, dass hier selten ein Gast vorbeikommt." „Es ist wunderbar", erwiderte sie, „die Stille hier ist genau das, was ich mir zum Abschied vorstelle."

Wir waren bei dem Paar angekommen. „Kalimera", grüßten wir, „Guten Tag!", und meine Frau fragte freundlich: „Gibt es um diese Zeit bei Ihnen etwas zu essen?" Die vielleicht Siebzigjährige lächelte immer noch, dann sah sie ihren Mann an. Der erhob sich gemessen, reichte mir mit unbewegtem Gesicht die Hand und zeigte auf das nächststehende Tischchen. „Kathiste", sagte er, „kathiste", „Nehmt Platz, nehmt Platz." Was wir denn essen möchten, fragte die Frau, unentwegt lächelnd. Ohne uns verabredet zu haben, antworteten wir gleichzeitig: „Einen Bauernsalat."

Der Blick auf die Straße hinab, über die Wälder ins weitgestreckte Tal unter uns und auf die Höhenrücken drüben ließ uns die Weiterfahrt vergessen. Während wir die beiden Alten im Haus leise miteinander sprechen, mit Besteck und Geschirr klappern hörten, genossen wir die Weltentrücktheit des Ortes, zu dem gefunden zu haben uns als ein letztes Geschenk der zurückliegenden Wochen erschien. In den Ästen der hohen Pistazie neben uns und in den Bäumen hinter dem Haus sirrten Zikaden, dazwischen war das Summen einiger Wildbienen im Efeu an der Hausecke zu hören; über die Steinplatte, vor mir, an meinem Fuß vorbei, krochen eilig drei Ameisen. Die von einem kaum wahrnehmbaren Streichen bewegte Luft trug uns die Aromen der Wälder, Sträucher und Gräser zu. Gab es auf dieser Anhöhe, dachte ich, jemals ein anderes Ereignis?

Ich schreckte auf, als der Grieche plötzlich vor uns stand, in der einen Hand eine Flasche, in der anderen drei dickwandige Gläschen, die er vorsichtig auf dem Tisch abstellte. „Kalosorisate", „Willkommen", sagte er mit dem unverändert ernsten, vom Wind und Sonne hier oben gebräunten Gesicht. „Efharisto", „Danke", erwiderte ich und dachte: Er ist noch einer von den Wirten, die den Gast persönlich begrüßen. Der Ouzo mit dem Geschmack von Anis und Koriander, den wir tranken, hatte, anders als im Süden des Peloponnes, einen weicheren Biss. Er war kalt und zerfloss wie körniger Honig auf der Zunge.

Währenddessen legte die Frau Teller, Gabeln, Messer und Papierservietten auf den Tisch und lud uns ein, ins Haus zu treten. „Wählt selber", sagte sie, „was und wie viel ihr essen möchtet." Wir standen im kühlen Raum, zeigten bald auf den in kleine Würfel geschnittenen Schafkäse, bald auf die fleischigen Tomaten, auf Zucchini und Zwiebeln. Ich wünschte noch mehr, o ja, mehr von den grünen Oliven, deren ich seit jeher nicht genug haben kann, und „viel Öl", sagte ich, entzückt vom schweren, tranigen Baumgeruch, der mir aus der geöffneten Flasche in der Hand der Frau entgegenstieg. „Ihr könnt jetzt wieder zum Tisch gehen", sagte sie, „ego tha sas fero to fagito", „ich bringe euch das Essen."

Und dann saßen wir auf der Steinterrasse unter dem Vordach und aßen. Nein! Das ist nicht das rechte Wort! Wir aßen nicht: Wir schwelgten. Nein, auch das war's nicht. Denn das Mittagsmahl auf der Terrasse des kleinen Gasthauses über der Hochstrasse war Leibesspeisung und Seelenbad zugleich, war Schmaus und Fest des Lebensgefühls in einem. War Eintauchen mit allen Fasern und zu höchster Wachheit angeregtem Geist ins schäumende Parfüm der Tomaten, die im Gärtchen neben dem Haus unter Gottes reinstem Sonnenlicht gediehen. In die prickelnde Quellfrische der Paprikaschnitten. In die saftigen Häute faustgroßer Zwiebeln und ins sanfte Bouquet der Schafkäsescheiben. In Öl- und Gurkensäfte, die der Puder zerriebener trockener Oreganonblüten und -blätter zu Duftwolken von paradiesischer Betäubungskraft verwandelt hatte – und in die schamlos unbekümmerten Knoblauchdünste, die mir aus dem Teller entgegenstiegen …

Umgeben vom wilden Zikadenkonzert, das uns ermunterte, alle Zurückhaltung abzulegen, im Blickfeld die mittäglich reifende, mit Abgründigkeit in sich selber ruhende Landschaft, hätte ich mir keine Steigerung des Wohlbefindens meines Leibes und meiner Seele vorstellen können. War dies der Grund dafür, dass mich, während sich uns die Schönheit des Tages ohne Scheu zeigte, ein Gefühl großer Dankbarkeit durchflutete?

Meiner Frau muss es ähnlich ergangen sein. Sie nickte mir wortlos zu, wenn ich von den Anhäufungen der Fruchtherrlichkeiten aufblickte, die uns die immerfort lächelnde Griechin in hochwandigen Salatschüsseln aus Steingut mit der Aufforderung zubereitet hatte, nachzufüllen, sooft es uns beliebte. Mit dem sicheren Taktgefühl nobler Gastgeber hatte sich das Ehepaar danach ins Haus zurückgezogen und uns allein gelassen.

Es konnte keinen glücklicheren Abschluss der Reise durch Hellas geben als diese Stunde auf der Höhe griechischer Berge. War in ihr nicht alles zusammengefasst, was wir auf dem Festland und auf den Inseln gesehen und erlebt hatten: Die hellenische Freude der Sinne und des Verstandes am Leben? Auf die beredteste Formel gebracht, so wollte es uns scheinen, fand sie in unserem Mittagsmahl vollendeten Ausdruck – in diesem griechischsten aller Griechensalate, den ich je aß, gekrönt vom Glas Retsinawein, mit dem wir uns zutranken. Angemessener war der Abschied von den im Licht der Ägäis hundertfach erfahrenen Bekundungen unser aller frühen Anfänge nicht denkbar. Denn unser Mahl war weiß Gott nicht irgendein Mahl! O nein: Es war ein Bildungsereignis. Allein Platon und Sokrates fehlten, um es uns endgültig als ein solches verständlich zu machen. Hatten sie nicht dennoch teilgenommen an der Mittagsstunde auf der Berghöhe, denke ich heute, mit uns das Weißbrot ins Olivenöl getunkt, den hellgelben, harzigen Wein mit Kennermiene auf dem Gaumen geschmeckt und ein ebenso verhaltenes wie kluges und klares Wort dazu gesagt? Erinnere ich mich des Tages, könnte ich es beschwören.

Als wir geendet hatten, fanden sich die beiden alten Wirtsleute wieder auf der Terrasse ein, nahmen unser überschwängliches Lob erfreut entgegen – sie lächelnd, er freilich mit dem immer gleichen ernsten Gesicht –, deckten das Tischchen ab und sorgten auch sonst mit einigen Handgriffen dafür, dass wir uns gut betreut und aufgehoben fühlten. Der gemeinsam getrunkene starke Kaffee – „dreimal im Zuckerwasser schön aufgekocht", erklärte die Wirtin meiner Frau – besiegelte den Aufenthalt und zeigte den Augenblick der Weiterfahrt an.

Wer nun aber meint, dass allein die hier besungene Stunde des Festessens die Unvergesslichkeit des Tages ausmacht, der irrt. Er irrt im Grundsatz, so sehr er Verständnis dafür verdient.

Wir dankten. Ich bat um die Rechnung und zog die Geldbörse aus der Hosentasche, einigermaßen verwundert darüber, dass weder sie noch er auf meine Anstalten einging. Ich bat noch einmal um die Nennung des Betrags, den ich zu entrichten hatte. Wir schwiegen alle vier und blickten uns an. Ich empfand Verlegenheit, wie wir uns so gegenüberstanden, ohne ein Wort zu sagen im Zikadenlärm und im melodischen Summen der Wildbienen, als wären wir verzaubert und fänden das Wort nicht, das uns aus dem Verharren erlöste. Die Griechin lächelte, ihr Mann blickte mich ernst an. Er verneigte sich leicht und sagte: „Ziste kala, o theos na evlogi tis meres sas", „Lebt wohl, Gott segne eure Tage." Sie schlug drei Kreuze in unsere Richtung.

Da begannen wir zu begreifen, dass wir in einem Haus Einkehr gehalten und Gastfreundschaft genossen hatten, das weder eine Wirtsstube noch ein Gasthof, sondern der bescheidene Besitz der Xenia und des Iannis Theodorakis war – wie wir der Inschrift im Balken über der Tür entnommen hatten –, die seit einem halben Jahrhundert hier lebten, wo er als Waldarbeiter das Geld ins Haus brachte und sie als Früchte- und Reisigsammlerin aus den Siedlungen der Umgebung gelegentlich mit einigen Dinar zurückkehrte. Die Würde, mit der wir entlassen wurden, verbot jeden Versuch des Beharrens auf einer Geste der Gegenleistung.

So kommt es, dass ich bis heute beim Gedanken an Hellas neben den steinernen Porträtköpfen der Philosophen, Heerführer und Staatsmänner, der Mathematiker, Dichter und Olympioniken immer auch die Gesichter der beiden Alten auf der Passhöhe vor mir sehe und keine Schwierigkeiten damit habe, sie mit den Großen in einem Atem zu nennen. Weil mir erst das Gastmahl bei ihnen den Geist jener untergegangenen Welt vollends bewusst gemacht hat.

Zeittafel

1925
wird Hans Bergel am 26. Juli im siebenbürgischen Rosenau, Kreis Kronstadt (Rumänien) als erstes von vier Kindern des Lehrers und späteren Kreisschulrates Erich Bergel und dessen Ehefrau Katharina Truetsch geboren.

1936–1944
besucht Hans Bergel verschiedene Gymnasien in mehreren Städten. Im Juni 1940 unternimmt er aus Abenteuerdrang einen Ausreißversuch; in Burgas am Schwarzen Meer wird er von der bulgarischen Polizei aufgegriffen und zurückgebracht.

1942
kehrt der als Offizier der Rumänischen Armee im Osten schwer erkrankte Vater von der Front zurück. Hans Bergel wird vorübergehend aus der Schule wegen „Zersetzung und Verächtlichmachung der im deutschen Schulwesen in Rumänien die Leitlinien bestimmenden nationalsozialistischen Grundsätze durch wiederholte Ausfälle vor versammelter Schülerschaft“ ausgeschlossen.

1944
wird der Schulbesuch Hans Bergels infolge des Frontwechsels Rumäniens im August und der Exlex-Lage der deutschen Minderheit im Land unterbrochen. Zu dieser Zeit hat er erste Kontakte mit dem bewaffneten antikommunistischen Widerstand, er wird Kurier des Logistikzentrums in Hermannstadt und der in den Südkarpaten verstreuten Widerstandsgruppen. Sein Vater wird von Oktober bis Dezember inhaftiert.

1945
werden im Januar die arbeitsfähigen Deutschen in die UdSSR zwangsdeportiert. Auch Hans Bergel wird festgenommen; er flieht aus dem Sammellager. Bis Oktober verbirgt er sich bei einem zum Widerstand gehörenden Hirten im Zibinsgebirge und setzt seine Kuriertätigkeit fort. Wegen Beteiligung am Widerstand wird Hans Bergels Vater von März 1945 bis September 1946 ohne juristisches Verfahren erneut inhaftiert.

1946
besteht Hans Bergel die Reifeprüfung in Hermannstadt.

1946–1947
arbeitet Hans Bergel im Schuldienst in Gergeschdorf, Kreis Mühlbach. Er unterbricht seine Berufstätigkeit, kehrt nach Hermannstadt zurück und setzt seine Tätigkeit in der Résistance fort.

1947
droht Hans Bergel infolge Verrats die Gefahr der Verhaftung und Erschießung; er flieht im September aus dem Land, wird in Budapest festgenommen und an die rumänische Grenzbehörde Curtici ausgeliefert. In Temeswar wegen „unerlaubten Grenzübertritts" zu 14 Monaten Gefängnis verurteilt, gelingt ihm die Flucht aus dem Militärgefängnis. Seine Mutter wird von Mai bis November wegen Beihilfe zum Widerstand ohne juristisches Verfahren inhaftiert.

1948–1949
leistet Hans Bergel seinen Militärdienst, wird Mitglied im Armee-Sportklub Bukarest (Leichtathletik), Landesmeister und 1949 Landesrekordhalter im 4-mal-400-Meter-Staffellauf.

1949–1956
wird Hans Bergel Mitglied der Alpinen Ski-Nationalmannschaft Rumäniens, nimmt an internationalen Rennen teil und arbeitet als Trainer. Er hält sich abwechselnd in Bukarest, Kronstadt und Klausenburg auf und schließt Bekanntschaft mit den Autoren Adolf Meschendörfer, Oscar Walter Cisek, Alfred Margul-Sperber, Manfred Winkler, Anemone Latzina, Oskar Pastior, Andreas Birkner, Lucian Blaga, Mihail Sadoveanu, Nichita Stănescu, Nina Casian, Dumitru Gherghinescu-Vania, Tudor Arghezi, Erwin Wittstock u.a.

1951
wegen seiner Vorstrafe von der Musikhochschule Klausenburg nach dem ersten Semester exmatrikuliert, beginnt Hans Bergel ein Kunstgeschichts- und Philosophiestudium in Bukarest.

1952
heiratet Hans Bergel die Kunstmalerin Susanne Schunn. Sein 15-jähriger Bruder Ortwin und sein Schwager finden in den Südkarpaten in einer Lawine den Tod.

1953
wird Tochter Hildegard geboren.

1954
wird Hans Bergel erneut verhaftet und wegen „öffentlicher politischer Agitation" verurteilt. Er wird vorzeitig aus der Haft entlassen; die Wiederaufnahme des Studiums wird ihm verboten.

1956
wird Sohn Gerolf geboren. Hans Bergel erhält einen Literaturpreis der Bukarester Tageszeitung „Neuer Weg" für die Erzählung „Fürst und Lautenschläger".

1956–1957
arbeitet Hans Bergel als Cheftrainer und Trainingskoordinator eines Leichtathletik-Sportzentrums in Kronstadt.

1957–1958
wird Hans Bergel Feuilletonchef der Wochenzeitung „Volkszeitung“ in Kronstadt. Erste Buchveröffentlichungen sowie Kunst- und Literaturkritiken in mehreren deutschsprachigen Periodika folgen.

1958
wird Sohn Volker geboren. Am 31. Dezember wird Hans Bergel auf Betreiben der Rumänischen Kommunistischen Partei von der „Volkszeitung“ fristlos entlassen.

1959
nimmt Hans Bergel ab 01. Januar eine Anstellung als Violoncellist am Musiktheater Kronstadt an. Im März wird sein Bruder Erich, Chefdirigent der Staatlichen Philharmonie Klausenburg, aus politischen Gründen verhaftet. Am 20. April wird Hans Bergel zum dritten Mal verhaftet und am 15. September wegen staatsfeindlicher „literarischer Doppeldeutigkeit“ seiner 1956 preisgekrönten und 1957 veröffentlichten Erzählung „Fürst und Lautenschläger“ zu 15 Jahren Zwangsarbeit durch das Militärgericht Kronstadt verurteilt. Sein gesamter persönlicher Besitz – darunter das zweibändige Romanmanuskript „Der Mann ohne Vaterland“ und die 200-Seiten-Studie „Technik und Metaphysik der Novelle“ – wird beschlagnahmt. Unter strengem Gewahrsam, zeitweise in Ketten, verbringt Hans Bergel seine Strafe in den Gefängnissen Kronstadt, Zeiden, Festung Fogarasch, Fort Nr. 13 Jilava, Donaulager Luciu-Giurgeni, Donauinsel Strâmba u.a. Ein unbefristeter Zwangsaufenthalt führt ihn in den Donausteppenort Valea Călmățui.

1962
wird Erich Bergel aufgrund eines allgemeinen Begnadigungserlasses freigelassen.

1964
im April wird Hans Bergel aufgrund eines zweiten allgemeinen Begnadigungserlasses für politisch Inhaftierte nach fünf Jahren Zwangsarbeit freigelassen.

1964–1968
arbeitet Hans Bergel wieder als Violoncellist am Musiktheater Kronstadt.

1965
reisen Hans Bergels Frau und seine Kinder nach Deutschland aus.

1968
wandert Hans Bergel im März nach einer Audienz bei Staats- und Parteichef Nicolae Ceaușescu und mit Hilfe des Schriftstellers Günter Grass und anderer aus Rumänien aus. Er lässt sich in München nieder. Im November wird er durch den Obersten Gerichtshof Bukarest rehabilitiert.

1968–1969
geht Hans Bergel verschiedenen Beschäftigungen in München, Hamburg, Wolfratshausen u. a. als Bauarbeiter, Nachtwächter, Büroangestellter und Ghostwriter nach.

1969–1989
ist Hans Bergel ständiger Mitarbeiter des Bayerischen Rundfunks und Chefredakteur der Siebenbürgischen Zeitung, München.

1970
reisen Hans Bergels Eltern in die Bundesrepublik Deutschland ein.

1971
stirbt Hans Bergels Vater (72-jährig) in Bruckmühl, Oberbayern.

1972
wird die Ehe von Susanne und Hans Bergel geschieden. Hans Bergel unternimmt zahlreiche Reisen in europäische, afrikanische, amerikanische und arabische Länder, nach Neuseeland und Australien. Trotz heftiger Anfeindungen setzt er sich konsequent im Zeichen der KSZE-Beschlüsse für die Respektierung der Menschenrechte in Rumänien mit besonderer Berücksichtigung der deutschen Minderheit ein.

1975
führt Hans Bergel in Absprache mit dem Auswärtigen Amt Verhandlungen in Bukarest über die Erweiterung der Familienzusammenführung und bringt sie zu einem erfolgreichen Abschluss. Staats- und Parteichef Nicolae Ceauşescu lässt sich zur persönlichen Unterrichtung Hans Bergels „Menschenrechtliche Studie" (1976) zur Lage der deutschen Minderheit in Rumänien übersetzen.

1977
erscheint Hans Bergels Roman „Der Tanz in Ketten" – der „erste deutschsprachige Roman über die kommunistische Diktatur in Rumänien" (FAZ). „Der ‚Tanz in Ketten' ist der komplexeste, der subtilste, der kenntnisreichste Roman über den kommunistischen Terror im Rumänien der 1950er Jahre." (Ana Blandiana, in „Convorbiri Literare", Bukarest) Von der „Securitate" wird eine verleumderische Medienkampagne in Rumänien und in der Bundesrepublik Deutschland gegen Hans Bergel initiiert.

1978–1989
hat Hans Bergel wegen „Staatsfeindlichkeit“ Einreiseverbot für Rumänien.

1982
ist Hans Bergel Hauptredner der Massenkundgebung vor dem Kölner Dom „Für Menschenrechte, für Recht und Freiheit“; er nennt das Bukarester kommunistische Regime Zerstörer der materiellen und kulturellen Lebensgrundlagen der deutschen Minderheit in Rumänien.

1983
stellt die „Securitate“ Hans Bergel intensiv nach und plant ihn zu entführen.

1986
heiratet Hans Bergel die Apothekerin Elke Raschdorf. Hans Bergel erhält das Verdienstkreuz der Bundesrepublik Deutschland.

1988
erhält Hans Bergel den Kulturpreis der Siebenbürger Sachsen.

1989-2009
ist Hans Bergel Herausgeber der Kulturzeitschrift „Südostdeutsche Vierteljahresblätter“, seit 2006 „Spiegelungen“, im Auftrag des „Instituts für deutsche Kultur und Geschichte Südosteuropas“ (IKGS) an der Ludwig-Maximilians-Universität, München.

1989
reist Hans Bergel Ende Dezember in das aufständische Rumänien und besucht Klausenburg, Hermannstadt, Kronstadt und Bukarest.

1995
hält Hans Bergel sich vorzugsweise in Italien auf.

1996
wird Hans Bergel Ehrenbürger der Stadt Kronstadt, Siebenbürgen.

1998
stirbt Hans Bergels jüngerer Bruder Prof. Dr. h. c. mult. Erich Bergel (68-jährig) in Ruhpolding, Oberbayern.

1999
wird Hans Bergel Ehrenmitglied der Olympischen Akademie Rumäniens.

2001
verleiht die Universität Bukarest Hans Bergel die Ehrendoktorwürde.

2002
stirbt Hans Bergels Mutter (97-jährig) in Rosenheim, Oberbayern.

2006
erscheint Hans Bergels Roman „Die Wiederkehr der Wölfe“. „Mit epischer Virtuosität werden die Wirren der dreißiger und vierziger Jahre (in diesem Roman) in Szene gesetzt.“ („Kulturpolitische Korrespondenz“, Bonn)

2007
stirbt Hans Bergels Schwester Hildegard Sontag (80-jährig) in Rosenheim, Oberbayern.

2009
wird Hans Bergel vom Staatspräsidenten Rumäniens mit dem Orden „Kulturelle Verdienste im Range eines Offiziers“ ausgezeichnet.

2010
sind über 40 Buchveröffentlichungen Hans Bergels zu zählen: Romane, Erzählungen, Essays, Monografien, Lyrik, Übersetzungen; außerdem zahlreiche Funksendungen und Zeitungsaufsätze zu Kultur, Geschichte, Literatur, Kunst. Hans Bergel erhält weitere in- und ausländische Ehrungen.

(Überarbeitet und aktualisiert nach: Dr. Mihaela M. Stroe, 2005)